FOLIO SCIENCE-FICTION

Laurent Genefort

LES TEMPS ULTRAMODERNES

Gallimard

Né en 1968, Laurent Genefort découvre très tôt la science-fiction. Il publie son premier roman à l'âge de vingt ans et en a écrit depuis plus d'une cinquantaine, parmi lesquels *Arago* (Grand Prix de l'Imaginaire 1995), la trilogie *Spire*, *Les opéras de l'espace* ou la série *Omale*, dont le dernier tome, *Les vaisseaux d'Omale*, a paru en 2014 dans la collection « Lunes d'encre », aux Éditions Denoël. Il a également soutenu une thèse sur les livres-univers dans la science-fiction.

Pour Dad

1

Cavorite

WILLIAM JOHN LAMONT ENFIN RETROUVÉ

Le drame boursier a connu son épilogue dans la journée du 7 septembre. Une frégate aérienne des douanes britanniques a retrouvé le courtier new-yorkais à trente-quatre kilomètres d'altitude. Ruiné par le krach de la cavorite, William J. Lamont s'était défenestré le 15 mai 1923, quatre jours après le « vendredi noir ». Il avait préalablement écrit une lettre d'excuses aux clients dont il avait causé la banqueroute, puis s'était sanglé dans une ceinture de cavorite. Le métal antigravitatif l'avait emporté dans les airs sitôt la fenêtre du building franchie. Sa dépouille flottait depuis quatorze mois, congelée par le froid sibérien régnant dans la stratosphère. Porté par les vents ténus de haute altitude, le businessman tournoyait comme un astre.

On considérait le corps comme perdu. Miracle! Repéré par un astronome amateur qui a donné l'alerte, il a pu être récupéré par la frégate. Il sera rapatrié par le prochain paquebot de la White Star.

Louis d'Azay – *L'Aurore*, 10 septembre 1924

2

Renée Manadier

Dans la poche de son manteau, la lettre de convocation était froissée à force d'être serrée. Renée la posa sur sa jupe, pour la lisser avec application. Sur la banquette en face d'elle, un rire étouffé lui fit lever la tête. Les quatre heures du trajet ferroviaire lui avaient permis d'étudier à loisir les passagers du compartiment. Face à elle et flanquée de deux marmots boudeurs, une matrone somnolait, le menton enfoncé dans son fichu. Assis à côté, un homme à petite moustache cirée, comme tracée au fusain, était plongé dans la lecture d'un numéro du *Temps* daté de la veille : le 19 novembre 1924. Son voisin de gauche, un commis voyageur d'une cinquantaine d'années, aurait pu payer double tarif tant il occupait de place. Entre ses joues couperosées, sa bouche évoquait l'embouchure évasée d'un cor de chasse. Le dernier voyageur à sa droite, avec son allure efflanquée et son air d'adolescent rêveur, semblait le négatif de son épais voisin, sans cesse à l'affût d'une saillie à caser. Celui-là aurait éclaté d'un rire gaillard au lieu d'émettre un gloussement discret.

Renée faillit demander au jeune homme ce que son

geste avait de si amusant. Se ravisant, elle se leva et fit coulisser la porte du compartiment.

Le froid lui mordit l'échine. À l'intérieur du compartiment, le chauffage avait été réglé au maximum malgré la douceur extérieure. Renée avait gardé son manteau, moins par pudeur que par manque de place. Elle ferma les boutons du bas. Au fond de l'étroit couloir, les éclats de voix de soldats affalés sur les strapontins près des portières lui parvinrent. Elle les ignora en rivant son regard à la vitre, même si elle n'appréciait guère la pauvreté des sensations dispensées par le train. Des parcelles détrempées semblaient s'écouler le long des collines. Les panoramas privés de sons et d'odeurs se voyaient condamnés à rester à l'état d'esquisses vite effacées. Cela lui donnait l'impression d'être trimballée comme un paquet. Sous le ciel rosissant, elle remarqua néanmoins que les fermes et les petits villages avaient cédé la place à des tapis de toitures rouges, des hangars et des poteaux de lignes à haute tension. La capitale grignotait la campagne à la vitesse d'une mule tirant sa charrette, disait-on. En vérité, il s'agissait plutôt d'un lent mascaret poussant devant lui une écume de bouteilles vides, de rats crevés et de laideur.

Dans son dos, la porte claqua de nouveau.

« Vous permettez ? » Le jeune ricaneur. « J'espère ne pas vous avoir indisposée.

— Non. Mais je ne me savais pas si comique. »

Que ses mots ne se condensent pas en givre l'étonnait presque.

« Ce n'est pas à cause de vous. Enfin, je veux dire que vous n'avez rien fait de drôle. Je me suis demandé ce que contenait la lettre, pour que vous la conserviez sur vous et en preniez autant soin. Plusieurs hypothèses me sont passées par la tête.

— L'une d'elles a eu l'air de vous amuser.

— La plus idiote.

— C'est-à-dire ?

— Une lettre de votre amant. »

Renée refusa d'une paume levée la cigarette tendue. Le jeune homme la renfourna dans le paquet rose à moitié aplati, et s'accouda sans façon à son côté. Il lui rendait dix bonnes années. En tout cas, il n'avait pas plus de vingt-deux ou vingt-trois ans. Son visage était beau, malgré des lèvres tombantes et une barbe à la Lucien Guitry tentant de garnir des joues trop hâves. D'aucunes auraient jugé son nez trop long, mais au moins était-il tracé à l'équerre. Dans le compartiment, elle l'avait surpris à ébaucher le geste d'allonger les jambes pour caler ses pieds sur la banquette inoccupée en face de lui. Ce sans-gêne se pardonnait volontiers aux gamins des faubourgs et aux Yankees en goguette sur le vieux continent ; moins dans un simple train du soir.

« Georges.

— Renée.

— Enchanté. Qu'est-ce qui vous amène à Paris ?

— Vous l'avez deviné : ma lettre. »

Par la longue fenêtre du couloir, des pavillons flanqués de potagers s'agglutinaient autour de bâtiments surmontés de cheminées d'usines, tels des champignons sur une souche fumante. Le contrôleur n'avait pas reparu depuis son embarquement, si bien qu'elle n'avait personne à qui demander à quelle distance ils se trouvaient du terminus. Elle voyageait depuis bientôt quatre heures, mais le train avait pris du retard à cause de travaux d'électrification.

Ils entamèrent une arabesque afin de s'écarter du coude d'un fleuve. Des peupliers penchés en file marquaient le méandre. Une péniche volante tirée par un camion remontait une route, à la limite de l'horizon. Comme la voie de chemin de fer poursuivait sa courbe, les arbres s'interposèrent, et durant quelques secondes, le navire donna l'impression de voguer sur la forêt.

« Que contient-elle, cette fameuse lettre ?

— Une recommandation de mon académie. Ma classe ferme, je viens chercher un nouveau poste à Paris.

— Fichtre ! Une maîtresse d'école, j'en étais sûr.

— Pourquoi ?

— Le teint hâlé mais pas trop, les boucles châtain des cheveux domptées par un chignon, les traits un peu austères. Et les institutrices de province n'aiment pas le flirt.

— Dans ce cas, vous ne connaissez rien aux institutrices ni à la province.

— Vous vous moquez.

— Je vous rends juste la pareille. »

Georges plaqua une main sur son cœur en un geste de fausse candeur.

« J'ai présumé de votre rectitude. Je parie tout de même que vous distribuez avec honnêteté bons points et billets de satisfaction.

— Les punitions aussi.

— Hé ! moi, j'ai eu ma médaille en fer-blanc…

— Je n'en doute pas.

— Pourquoi a-t-on supprimé votre classe ?

— Pour la même raison que beaucoup. La crise de la cavorite a fermé des usines, mais elle n'a pas ramené les hommes partis à la ville après guerre. Les champs se sont vidés peu à peu. Les écoles ont suivi.

— Et vous voilà. »

Avant qu'elle ait eu le temps d'exprimer sa question à haute voix, il enchaîna :

« Moi, ce n'est pas la crise qui m'a poussé à quitter mon patelin.

— C'est quoi ?

— Paris. »

Par la fenêtre se profila la tour Eiffel-Toussaint Sud, au sommet de laquelle clignotait un fanal électrique. Renée fut surprise de ne pas l'avoir aperçue avant cette seconde. Le crépuscule ensanglantait l'horizon.

« Elle est belle, oui... »

Dans les prunelles du jeune homme, la fièvre de l'impatience remplaça l'ingénuité.

« Ce n'est pas pour sa beauté que je suis monté. Paris est incontournable si l'on veut tracer son chemin dans les arts.

— Vous êtes artiste ?

— Je me flatte de le devenir.

— Vous n'avez pas l'air bon à grand-chose. Vous devriez y arriver. »

Les lèvres de Georges s'incurvèrent en U.

« Comme vous êtes dure. Vous êtes montée à Éguzon. De sacrés artistes ont séjourné dans votre coin. Voilà qui devrait vous rendre un peu plus compréhensive à mon égard.

— C'est vrai, se radoucit-elle. De nos jours encore, on rencontre souvent des peintres, un chevalet sur le dos et un carnet à la main, au confluent ou à l'ombre des peupliers penchés sur la Sédelle. Vous savez peindre les paysages ?

— À quoi bon ? Seuls les photographes s'y intéressent aujourd'hui. La peinture se fait en atelier. »

Le ton de sa voix trahissait un certain mépris vis-à-vis de ceux qui affirmaient faire de l'art dans une chambre noire. Il fixa du regard la poche du manteau où l'enveloppe avait disparu.

« Vous, au moins, êtes recommandée.

— Personne ne vous attend ?

— Non. Mais Paris apprendra bientôt à me connaître, je vous en fais la promesse. »

La politesse commanda à Renée d'opiner. Il était plus probable qu'à l'instar de nombre d'artistes manqués, elle le retrouve à arpenter le pavé comme homme-sandwich ou vendeur d'articles de ménage. Le krach de la cavorite avait jeté des milliers de travailleurs à la rue. D'après les journaux, la plupart vivaient d'expédients.

Le vacarme se décupla comme ils entraient dans un tunnel. Georges psalmodia :

« *Ce bruit que font mille chaînes au bout desquelles hurlent mille géants qu'on fouette…*

— Un poète. J'aurais dû m'en douter.

— Pourquoi ?

— Vos yeux, peut-être.

— Une autre que vous aurait remarqué mes nippes. Et vous ? Vous aimez la poésie ?

— J'enseigne en primaire. La poésie est étudiée dans les classes supérieures.

— Vous n'avez pas répondu. »

En classe, elle lisait des passages de George Sand

exaltant la beauté de la Marche. Non par sensibilité littéraire, mais dans le but d'insuffler chez ses élèves l'amour du pays. Alors qu'elle-même ne rêvait que de partir, loin du vieux châtaignier de la cour de récréation où couraient les poules nourries par les écoliers, loin de sa classe au poêle charbonneux, aux murs couverts de cartes et de fresques historiques.

« Je préfère les connaissances », dit-elle, laconique.

La question de son compagnon avait fait ressurgir un souvenir en voie de fossilisation. Elle avait emmené ses élèves au bord de la Creuse, afin d'expérimenter l'écho. Elle avait emprunté le chronomètre du directeur, et le bus scolaire avait lâché la troupe en blouse noire devant le pont de Crozant. À son pied démarrait un sentier grimpant fort. Dans la gibecière des garçons qui leur servait d'ordinaire de cartable s'empilaient les provisions du pique-nique. En haut, elle les avait menés jusqu'à un bloc de granit aplati, juché sur un chaos rocailleux en équilibre au bord de la falaise. Selon la légende, les jeunes filles qui parvenaient à filer la laine jusqu'en bas en une nuit se mariaient dans l'année.

(Un élève plus hardi que les autres lui avait suggéré d'essayer, si elle voulait trouver un mari. Renée avait feint de ne rien avoir entendu : on ne collait pas de mauvais point un jour comme celui-là. Mais un homme, elle n'en voulait pas dans sa vie, en tout cas pas pour le moment. À moins que ce ne soit un trait héréditaire. Il n'y avait pas beaucoup d'hommes dans la famille : ils mouraient tôt, à la guerre ou de maladie, ou partaient travailler au loin et ne revenaient jamais.)

Au fond de l'encaissement, baignant dans une

brume impressionniste, les blocs se fragmentaient en cailloux, puis en gravier à mesure que l'on s'approchait de l'eau, comme si des tailleurs de pierre avaient laissé sur la rive les scories de taille. Là, Renée avait dit aux enfants de hurler dans le vent. La rive d'en face, où se dressaient les ruines du château, avait répercuté leurs cris. Elle leur avait fait calculer la distance en fonction du temps mis par l'écho pour leur revenir. Une magnifique expérimentation.

Le jeune homme hocha la tête sans insister. Un instant plus tard, il regagnait le compartiment. Tous les deux avaient saisi qu'au bout du compte, ils n'étaient pas destinés à s'entendre. En elle, un trop-plein cherchait à s'évacuer dans le voyage et les découvertes, tandis que Georges s'attelait à combler un vide.

Un cri rouillé d'essieux lui indiqua que le train commençait à ralentir.

« … Mais non, pérorait le voyageur de commerce, mener les gens dans des endroits rêvés n'est pas la prérogative des engins volants. J'utilise toutes les lignes au sud de la Loire, et j'affirme bien haut que le train a de beaux jours devant lui. Puis, n'est-ce pas grâce aux voies ferrées que les paquebots transcontinentaux traversent les pays ?… Et encore, plus pour longtemps, d'après ce que j'ai compris. Le train, lui, n'a aucun besoin de cavorite. »

Il agitait son journal au point que l'on ne pouvait plus lire les titres enserrés entre les six colonnes de une. Mais durant leurs heures de claustration forcée, Renée avait eu le temps de les mémoriser : *Des mencheviks à la capitale. Erreur d'aiguillage tragique. La crise bientôt derrière nous…*

« *Terminus, tout le monde descend ! Correspondance à la station d'aérotram, face à la voie 4 !* »

Le commis voyageur descendit courtoisement sa valise du porte-bagages, et Renée sauta sur le quai. Malgré la nuit, malgré le stress et la fatigue du voyage, elle se sentait d'une légèreté de cavorite. C'est à peine si elle s'aperçut qu'elle n'avait pas souhaité bonne chance à Georges. Les coups de sifflet déchirant les fumées eurent tôt fait de balayer son remords. Un triporteur vomi d'un torrent de vapeur s'arrêta à sa hauteur. Un gamin le chevauchait, un numéro cousu sur sa vareuse. Il avisa la valise qu'elle portait sous le bras. Renée l'avait empruntée à une cousine. Les fermoirs ne tenaient plus et la courroie de cuir était écaillée. Pour un sou, il lui proposa de l'embarquer jusqu'à la sortie de la gare. Renée refusa, en dépit du poids du bagage : des manuels scolaires annotés occupaient la moitié de son volume. Le diablotin renifla, avant de se précipiter sur la matrone aux marmots.

Renée leva les yeux. La gare d'Orléans évoquait un vaisseau de verre capturé dans une toile d'araignée. Les dernières lueurs du jour se reflétaient sur les marquises des grandes lignes et le couvert vitré du pavillon des arrivées, tandis que les réverbères illuminaient les quais, réduisant à des masses opaques les wagons remisés sur des voies de garage. La gaieté crue de l'éclairage électrique semblait avoir pour unique vocation de donner aux visiteurs débarqués de frais un avant-goût des cafés des boulevards.

Ses pas l'éloignèrent du ventre fumant de la locomotive. Ce fut pour pénétrer dans un dédale mouvant de porteurs et de kiosques tapissés d'affiches.

Des camelots trouvaient encore la force de s'égosiller. Dans le hall des départs se dressait un théâtre de marionnettes. Il était fermé à cette heure, ce qui n'empêchait pas une poignée d'enfants de rôder alentour, comme pour guetter la sortie de Guignol. À l'entrée des quais, deux employés guidaient vers un wagon de marchandises, au moyen de cordes, une barge de factage flottant à deux mètres du sol.

Renée chercha du regard des repères autour d'elle. Un panneau fléché indiquait la station de tramways volants occupant tout l'étage supérieur. On lui avait recommandé une pension bon marché derrière le Luxembourg, accessible par aérotram. Un escalier roulant permettait d'accéder à la station. Renée ne put résister à l'envie de s'engager sur l'appareil. Une plaque vissée au rebord prévenait : *Prière de s'agripper à la main courante*. L'engrènement des marches la captiva tant qu'elle faillit tomber lorsque celles-ci la rejetèrent sur le balcon d'étage.

« Faites donc attention ! »

Renée se confondit en excuses, mais la porte à tambour de la station avalait déjà la femme au chapeau qui venait de vociférer. Un sergent de ville observait le spectacle d'un air nonchalant. Un panneau aussi large que l'affichage électromécanique des arrivées et des départs, dans le hall en dessous, était surmonté de l'inscription en élégantes arabesques : *Aéropolitain*.

À travers la vitre de la porte à tambour, Renée distingua une rangée de tourniquets gardée par un poinçonneur. Derrière, l'aéroquai balafrait la façade de la gare, au-dessus de l'entrée monumentale. Sur la gauche en contrebas, un pont enjambait la Seine.

Un tramway flottant s'inséra en douceur, guidé par un rail suspendu, avant de s'immobiliser. L'afficheur frontal indiquait son terminus : *Nation*. Une corne retentit, et des portes latérales coulissèrent sur un intérieur presque vide.

Dominant son impulsion, Renée battit en retraite. Le sergent de ville, un sourire à demi camouflé par ses énormes bacchantes, la regarda dégringoler les marches jonchées de tickets poinçonnés. Ce n'était certes pas à cause du vertige, elle n'en avait jamais été affligée. Mais à peine débarquée, elle en avait déjà tant vu ! Depuis le tram, là-haut, Paris lui apparaîtrait comme une pâtisserie trop riche, écœurante d'un millier de saveurs. Et puis, l'envie la taraudait de se dégourdir les jambes, après tout ce temps passé en train, cloîtrée et cahotée.

C'est le pas précautionneux, comme craignant d'être happée par un maelström, qu'elle émergea de la gare.

3

Georges Moinel

Georges ne put s'empêcher de lever la main vers la carrosserie du tramway qui repartait en prenant de l'altitude. Non comme on flatte l'encolure d'une bête, mais avec l'impression, l'espace d'une pensée, d'être le passager d'un navire ayant sombré et qui voit, une seconde avant de périr noyé, une baleine glisser, imperturbable et majestueuse, au-dessus de lui.

« Hé, toi ! Pas touche, c'est interdit. »

L'instant était passé. Un agent accourait, son bâton à demi tiré. Le jeune homme n'eut pas le temps de réagir. Il fut empoigné et projeté jusqu'au mur de l'aéroquai. Déséquilibré, il glissa, s'écorchant un bras contre les aspérités du mur. L'agent le toisa, avant de rajuster son uniforme et de s'éloigner.

Un gloussement lui fit lever la tête. Une main se tendait vers lui. Comme il hésitait à la saisir, elle se fit insistante.

« Redresse-toi, camarade. L'homme est fait pour se tenir debout. Sur ce point, les préhistoriens et les communistes sont d'accord. »

Une fois hissé, Georges dévisagea l'auteur de la

tirade. Il hésita entre l'étonnement et le rire face à ce mélange contradictoire. Des cheveux noirs lustrés à la gomina lui conféraient l'allure d'un danseur de tango, de même que le gilet brodé hors d'âge et la large cravate au nœud tombant. Cet effet se voyait ruiné par une barbiche et de petites lunettes cerclées : l'attirail du penseur – ou de l'employé de bureau.

« Les communistes parlent toujours de façon aussi bizarre ?

— Ha ! les communistes. Je n'appartiens pas à cette engeance.

— Vous auriez pu. »

L'autre essuya ses verres à monture d'acier sur sa manche. Puis il attrapa le large carton à dessin qu'il avait posé contre sa cuisse, et lui fit signe de le suivre. Georges entrevit les portemines dépassant de la doublure de son veston.

« Vous êtes artiste ?

— Communiste, artiste, ce que tu veux, *amigo*. Ce sont des mots.

— Pas pour moi. »

Flavien se plia en avant.

« Tu as raison, les mots sont importants. Alors, vu qu'on s'est serré la pogne, on peut se tutoyer. »

Les présentations étaient faites. Flavien Malateste hantait les stations d'aéropolitain, en quête d'inspiration. Son carton à dessin contenait ses croquis.

« Quant aux artistes : les sidéralistes, les merveilleux et *tutti quanti* – intraduisibles, même en français ! s'exclama-t-il alors qu'ils regagnaient le plancher des vaches. Mais ils ont raison sur un point : la ville nous envoie sans cesse des signaux occultes. L'art est de savoir les capter, puis de les restituer.

— Tu captes... comme un poste de T.S.F. ?

— Un poste de T.S.F. Oui, brillante idée ! »

Au beau milieu du trottoir, il sortit une page.

« Tiens mon carton à dessin à ma hauteur, comme ça. Là, ne bouge plus. »

Il griffonna un rectangle surmonté d'un losange strié, qui devait être une antenne. Cela sembla prendre des heures. Les passants les toisaient d'un œil plein de mépris, et Georges se demanda si l'un d'eux n'allait pas avertir un agent de police pour les faire déguerpir.

« Que te disent ces signaux ? questionna-t-il, pendant que Flavien se reculait enfin pour considérer son ouvrage.

— La plupart du temps, la ville nous traite de fous. Ça, ces corniauds de Breton, Picabia et Soupault ne l'ont jamais pigé. » Il plia la page en deux avant de la ranger. « Tu me dois un verre, pour tout à l'heure. Et moi un autre, pour m'avoir soufflé une idée. Allons nous en jeter quelques-uns. Je te montrerai mes œuvres, et tu me parleras des tiennes. »

À mesure qu'ils s'éloignaient de la géométrie des voies neuves, les kiosques enluminés se muaient en infectes pissotières, les rues ouvrières allaient de guingois, les venelles se perdaient en quasi-culs-de-sac. Flavien connaissait à peu près tous les troquets, beuglants et bouges à six cents mètres autour de la Seine. Il choisit le plus glauque, mal éclairé par un antique réverbère à huile de baleine, au fond d'un préau où couraient les rats. Georges se pencha pour remettre d'aplomb le guéridon de jardin aux pattes rouillées qui servait de table.

Passé le troisième verre, Flavien ne fit aucune difficulté pour raconter son histoire.

Ses parents, des bourgeois progressistes, avaient voyagé dans toute l'Europe. Flavien les avait accompagnés, c'est pourquoi il parlait trois langues. Enfant chétif, il lisait beaucoup. Rousseau l'avait marqué, l'aspiration mystique à se mettre du côté de ceux qui souffrent. Plus jamais de guerre, plus jamais d'injustice. Dès douze ans, il avait vu le contraste entre Paris et Varsovie. Une paysanne avait baisé la main de son père qui avait fondu en larmes ; cette scène avait habité Flavien telle une image pieuse. Ses parents lui avaient laissé une liberté totale, et il en avait profité pour s'émanciper. Très vite, il s'était aperçu que les socialistes soi-disant matérialistes faisaient tourner les tables à la première occasion et répandaient la spiritualité indienne sous prétexte d'exotisme. Par ailleurs, ils ne cessaient de parler d'égalité, mais regardaient sans broncher les campagnes qui se vidaient et le sort des populations colonisées. Des menteurs, tous. C'est pourquoi il avait adhéré à des thèses plus radicales. Celles-ci pullulaient : nombre d'organisations, partout en Europe, refusaient les financements clandestins russes parce qu'elles trouvaient les mencheviks trop mous et corrompus.

Une bande anarchiste l'avait enfin accepté en son sein. « Tu es prêt à mourir en criant *libertad* ? » lui avait demandé son recruteur. Oui, mille fois oui. Flavien avait distribué des tracts, transporté des valises d'argent. Un jour, la police l'avait arrêté. Une fois fiché, il avait été mis sur la touche par la bande.

À Barcelone, des socialistes réformistes l'avaient à nouveau approché. « Tu n'en as pas assez de la précarité des anarchistes ? À quoi servent-ils, à part mettre le boxon ? Chez nous, tu peux militer et avoir une vraie vie. » Mais son deuxième rendez-vous était une embuscade. On l'avait chloroformé et fourré dans un coffre de voiture. Une voix avait filtré depuis l'habitacle : « Je posterai la lettre à la police demain. Je te parie qu'après le traitement que va recevoir celui-là, ces fils de pute d'anarchistes français ne viendront plus nous emmerder. On a déjà assez à faire avec les nôtres. » Flavien avait cru sa dernière heure arrivée. Par miracle, le coffre fermait mal. Il avait profité d'une côte pour se laisser tomber sur la route et rouler dans le fossé. Clopinant et meurtri, il avait fui à travers bois.

Cette trahison lui avait fait comprendre, *primo*, que la Révolution ne pouvait passer par des compromissions avec la gauche embourgeoisée ; celle-ci avait pactisé avec les auteurs du massacre de vingt mille communards et de la déportation des survivants. *Secundo*, qu'il fallait s'organiser. Les militants, en particulier ses compatriotes, devaient se discipliner. C'était ce qu'il avait découvert en revenant au pays.

Le visage congestionné par son propre récit, Flavien ne s'aperçut pas que son compagnon ne comprenait pas un traître mot. Georges, néanmoins, buvait ses paroles. Il n'avait jamais été attentif à ce qu'on lui disait. Mais là, il avait envie d'écouter.

Pour la première fois depuis très longtemps, il se sentait à l'aise.

« Le point commun entre l'Art, le vrai, et la Révolution, c'est la subversion, pérorait Flavien. La subversion couve le futur en gangrenant le réel. Toutes les mouvances ont compris cela, les révolutionnaires comme les contre-révolutionnaires. Bref. Aujourd'hui, si tu es réfractaire à la politique, tu n'es pas digne d'être artiste.

— Je ne suis pas réfractaire. Je n'y connais rien, c'est différent. Je suis venu pour l'art. »

Son compagnon éclata de rire.

« Pour la politique, tu apprendras. Voilà à quoi servent les bistrots. Concernant la chose artistique… Montre-moi la tienne, et je te montrerai la mienne. »

Satisfait de sa saillie, il réclama au tenancier un autre verre de *sang-erloor*, du Pernod additionné d'épices martiennes qui lui donnaient sa robe violacée. Georges trinqua en tâchant de refouler la nausée venue du fond de son estomac.

« Je n'ai rien à te montrer », confessa-t-il.

Flavien leva un sourcil.

« Tu te dis artiste, et tu n'as rien produit ?

— Rien encore.

— Bakounine a écrit que toute chose n'est que ce qu'elle fait. À mon avis, ça devrait s'appliquer aux hommes… Mais évidemment, tu n'as pas lu Bakounine.

— C'était un artiste ?

— Ha ha ! » Flavien se tapa les cuisses. « À sa manière. Sa toile, à lui, c'était l'Histoire. »

La paume de sa main claqua sur son carton à dessin, comme on exhorte une carne à avancer. Il en extirpa un rectangle de papier fort couvert de motifs géométriques multicolores, comme déformés par un vortex central. Malgré lui, Georges sentit son regard aspiré. Les formes autour convergeaient dans un mouvement hystérique vers la tache aveugle au milieu, vierge de peinture. Un accès de vertige le prit, amplifié par l'ébriété.

« Elle n'est pas encore achevée, commentait Flavien, mais c'est mon meilleur sujet jusqu'à présent. Attends, je t'explique. »

L'admiration de Georges le disputait à l'abattement. L'homme attablé face à lui était un véritable artiste, sans l'ombre d'un doute. Le discours enflammé dans lequel ce dernier se lança lui demeurait pour l'essentiel impénétrable : il se réclamait de l'héritage du *rayonnisme kappa* qui voyait dans les tourbillons invisibles induits par les radiations cavoriques le reflet des chocs et des mouvements de la vie. Le rayonnisme était l'un des surgeons éthérés du constructivisme, comme l'alterréalisme l'était du sidéralisme. Georges l'écoutait en tripotant son dessous de verre vantant les mérites du vin Mariani, avec lequel, racontaient les réclames, les premiers explorateurs de Mars avaient amadoué les créatures autochtones. Il n'y comprenait rien. Dans sa semi-ivresse, il parvint néanmoins à s'étonner :

« Tu connais la cavorite ?

— Bof, pas plus que tout le monde. J'ai assisté à quelques conférences publiques, ça suffit amplement. L'important dans la cavorite, c'est ce qu'elle représente.

— Qu'est-ce qu'elle est supposée représenter ?

— Le vertige du futur !

— Rien que ça ?

— Les académiques, les rêveristes, les immobilistes, bref les réactionnaires de tout poil haïssent la cavorite, à croire selon eux qu'elle a été forgée dans les fourneaux de l'enfer. À l'inverse, les alterréalistes en ont fait un étendard. Une preuve en soi de son intérêt, pas vrai ? »

Les autres dessins étaient principalement des croquis. La plupart ne valaient pas tripette, soliloqua Flavien, mais au moins, ce n'étaient pas des resucées de la *Vénus erloore* ou de la *Décomposition de l'éther* telles qu'on en trouvait dans toutes les galeries aujourd'hui.

De noires pensées tournaient dans le cerveau de Georges. Il doutait de posséder le dixième du talent de son compagnon, sans parler de sa culture. Combien d'années lui faudrait-il pour arriver à un résultat même très inférieur à ce qu'il venait de contempler ? Pas des années, non : des éons.

Il paya la tournée, puis les deux jeunes gens se retrouvèrent sur le pavé. La plupart des maisons d'artistes comme la Ruche avaient fermé dans la foulée du krach, expliqua Flavien appuyé contre le réverbère, et Montparnasse était à moitié désertée. Aujourd'hui, le Vél'd'Hiv' servait de point de ralliement, mais il s'enorgueillissait de n'y avoir jamais mis les pieds.

« Viens ce soir au Mirliton. C'est un cabaret qui n'a plus la cote depuis des lustres, mais il a parfois de beaux restes. Une amie m'y a donné rendez-vous.

— Une amie ?

— Un peu spéciale, mais attachante. »

4

Maurice Peretti

« Coffrez-moi ça. »

L'inspecteur hocha sèchement la tête. Il empoigna le voleur par le col, ou plutôt le lambeau crasseux qui pendait de sa chemise, et le sortit de la pièce. Maurice Peretti passa une main lasse sur son crâne aussi poli qu'un sou refrotté. Encore une affaire à ranger dans l'armoire aux escroqueries à la cavorite. En principe du moins, car dans la réalité il aurait fallu aligner quatre armoires si l'on avait voulu en faire un décompte correct.

Les yeux de Peretti, sous l'imposante broussaille des sourcils, n'avaient rien perdu de leur acuité. Jadis, ses prunelles, capables de se braquer sans ciller sur leur proie, l'avaient fait surnommer le Fakir ; son talent, aussi, à anticiper les coups de couteau vengeurs, que l'on disait surnaturel mais qui n'était que de l'adresse mêlée à une chance incroyable. Il n'avait jamais démenti la légende.

Cependant, l'époque du Fakir était révolue. On disait « monsieur le commissaire Peretti » et cela lui convenait. C'était un flic, un vrai, pas un de ces types aux allures de loufiats qui exhibaient leur chevalière d'agent spécial en lacet autour du cou. Mais sa carcasse naguère compacte s'était avachie, des cernes gris et violet alourdissaient son regard. Voilà des années qu'il se cantonnait aux rapines et aux affaires de mœurs mineures. Parfois un meurtre d'amoureux éconduit ou de mauvaises fréquentations. Les grandes affaires, il les laissait aux as du Quai, tout comme les opérations contre les bandes organisées. Passé soixante ans, plus question de jouer les terreurs.

D'ici quelques semaines, ce ne serait plus « commissaire Peretti », mais « commissaire à la retraite Peretti », ou plutôt « Peretti » tout court. Il n'avait pas toujours été comme ça. Plus jeune, il avait récolté son content de coups de poinçon et d'estafilades. Comme ce jour où une balle lui avait emporté un lobe d'oreille tout en lui faisant gagner une médaille et une promotion. Il avait offert une bouteille de mousseux au malfrat incarcéré qui lui avait tiré dessus, « pour services rendus ». La hiérarchie n'avait guère apprécié, mais cela lui avait valu une sacrée réputation chez les collègues. Au fond de lui, il restait néanmoins de la vieille école, un cogne qui ne s'était converti aux méthodes modernes de recherche de preuves que contraint et forcé.

Courget entra dans la salle encombrée de bureaux et de piles de dossiers. Lui, au contraire, se mouvait dans la modernité comme un poisson dans l'eau. D'un geste négligent, il lança son chapeau melon sur le portemanteau à droite de la porte. Les rangements montaient jusqu'au plafond, occultant trois des quatre fenêtres aux persiennes toujours ouvertes.

Dans la dernière, le lampadaire de la rue venait de s'allumer.

« Bientôt la quille, mon vieux. » Ce n'était pas une question. « Tu auras tout le temps de cultiver ton potager. »

Peretti grogna un assentiment. Félicien Courget, dit « l'Autopsie », et lui n'avaient jamais réussi à s'apprécier en vingt-cinq ans de maison. Trop de différences, dans leurs méthodes comme dans leurs ambitions. Mais Courget et les autres cherchaient à récupérer son réseau d'informateurs, c'est pourquoi ils évitaient de se le mettre ouvertement à dos.

« Cultiver des patates et des navets, non merci.

— Ça, taquiner le goujon, ou ce que tu voudras. La retraite, mon vieux, la liberté ! Quel mal à y penser ? Ne me dis pas que tu n'as aucun endroit où réchauffer tes vieux os.

— Nulle part en particulier.

— Eh bien, partout alors. Si tu veux mon avis : le plus loin possible de la pollution, avec ces foutues bagnoles qui nous survolent. » Il agita des doigts jaunis par la nicotine. « On vit la gueule coincée dans leurs pots d'échappement. Si on autopsiait un pigeon, je te fiche mon ticket qu'on lui découvrirait une paire de poumons plus noirs que les miens. »

La modernisation à marche forcée avait accéléré les mises à la retraite. Peretti ne comptait plus les pots de départ de collègues. Beaucoup n'avaient pas duré très longtemps après leur retour au civil. Privés de leur raison de vivre, ou juste de leurs habitudes, ils lâchaient la barre, et la vieillesse leur claquait à la figure comme un élastique. Un peu comme ces oiseaux en cage libérés par erreur, qui mouraient, moins faute de savoir se nourrir que de terreur face au ciel trop vaste. Ou ces bagnards, qui… Non. Lui n'était pas comme ça, se répétait-il.

Mais un peu tout de même, avoue.

Courget avait levé un pouce moqueur en direction de la porte.

« Allons, ta carrière ne va pas se terminer sur la petite gouape que j'ai vue passer. »

Peretti haussa les épaules.

« Pourquoi pas ?

— J'ai un cas gratiné. Ça pourrait…

— Non merci. »

L'autre n'insista pas. Peretti prit le métro pour rentrer chez lui, dans la proche banlieue à la lisière de Saint-Mandé. Plusieurs stations avaient fermé sur la ligne, faute de fréquentation, ce qui n'était pas pour lui déplaire. Hors de question d'emprunter l'automobile d'un inspecteur. Il avait ses deux jambes. Et il n'avait jamais aimé l'aérotram, trop loin de la chaussée à son goût. Tout comme les bourgeois du Haut-Paris, résolus à oublier les remugles populaciers. À leur manière, ils s'étaient affranchis de la vie terrestre. Certains avaient même muré leur rez-de-chaussée. Tous ces gogos qui croyaient à l'homme nouveau ! Alors qu'en dessous, au tréfonds de l'âme, les instincts primitifs subsistaient, remplissant les prisons et les morgues.

Peretti se fit bouillir une boîte de cassoulet sur un réchaud, ouvrit une bouteille. Puis il descendit au bistrot du coin. La trinité de poivrots était là, les piliers du temple comme les avait baptisés le patron. Joseph, qui avait voyagé jusqu'en Palestine pour suivre une voix intérieure. Gilbert, un ancien accordeur de piano, montrait des joues criblées et un nez en partie arraché ; durant la guerre, il avait travaillé à bourrer des obus de mitraille, et l'un d'eux avait éclaté ; si Dieu avait épargné sa vie et ses mains, Il ne l'avait pas guéri de tremblements l'empêchant à jamais d'exercer tout métier manuel. Brice était un ancien pêcheur qui, sur un coup de tête, avait vendu son bateau à un armateur se faisant fort de le plaquer de cavorite puis de le revendre ; il avait été saisi d'un regret immédiat, mais n'avait pu annuler la transaction ; la vision de son navire en train de s'envoler au loin l'avait poignardé en plein cœur ; il ne lui avait pas fallu trois mois pour sombrer dans l'alcool.

Au long des années, Peretti ne leur avait jamais avoué sa profession. Fonctionnaire communal, éludait-il, ce qui n'était pas faux de toute manière. La rugosité de son caractère le dispensait d'éconduire les curieux. Suzanne s'était éteinte huit ans plus tôt, après trois décennies de bons et loyaux services. Loyale, son épouse l'avait été jusqu'au bout malgré ses incartades à lui, inévitables dans le milieu où il évoluait. Elle les avait supportées, parce qu'elle savait qu'il ne les obtenait pas par la contrainte, au contraire de tant de ses collègues. Le cancer l'avait emportée, à moins qu'il ne s'agisse d'une de ces maladies mystérieuses importées de Mars. Il lui avait tenu la main jusque sur son lit de mort. À son dernier souffle, un souvenir avait jailli. Le jour de leur mariage, à l'ombre d'un chêne du bois de Vincennes, elle lui avait chuchoté : « Embrassons-nous tout notre saoul. Avec le métier que tu fais, demain tu seras peut-être mort, et moi je serai veuve. » C'était l'inverse qui s'était produit. La vie l'avait quittée, elle. Il s'était dit qu'il la rejoindrait bientôt, parce qu'il n'y avait pas de raison pour que le monde continue sans elle. Mais la Camarde l'avait dédaigné.

Cette nuit-là, le sommeil ne vint pas. Les paroles de Courget cognaient contre le dôme osseux de son crâne. Force était de constater qu'il ne laisserait pas d'empreinte indélébile dans le service. Ni là ni ailleurs. Il était trop tard. À moins que cet abruti de Courget n'ait raison ? Pourquoi ne pas partir sur un coup d'éclat ? On ne se souviendrait pas de lui, mais au moins, il aurait quitté ses fonctions de façon honorable.

Au petit matin, il alpagua l'un de ses subordonnés qui arrivait au bureau, hors d'haleine. L'homme avait gardé sa veste de pyjama sous son uniforme, en espérant que cela ne se remarquerait pas.

« Attendez au moins qu'on m'ait fichu à la retraite, avant de vous relâcher comme ça !

— Désolé, commissaire. La ligne Rouge était…

— Je ne suis pas votre institutrice, je me fous de vos excuses. »

Le tabac éventé et le café refroidi imprégnaient le bureau principal d'une infinie tristesse. Peretti alluma la lampe en cuivre, puis se plongea dans la paperasse. Ni esclandre étouffé d'un quelconque député corrompu du Bloc des Gauches ni affairiste promu attaché ministériel en récompense de parties fines. Juste un duel entre un éditorialiste et un général, qui avait commencé par un échange d'insultes dans les journaux pour se terminer dans une clairière du bois de Boulogne au petit matin, en présence de témoins. Pas de quoi fouetter un chat. Les scandales politiques éclataient avec la régularité d'une horloge : cela, la presse s'en chargeait fort bien. Et plutôt crever que de faire appel à Courget pour en dégotter un.

À midi, le commissaire entra dans un bistrot que la patronne avait cru bon de rebaptiser l'Ultra Modern Bar pour sa clientèle de soirée. Par bonheur, la carte, elle, était restée traditionnelle. Certains de ses informateurs internes avaient coutume d'y venir. Peretti possédait une taupe dans chaque service de la Préfecture et de la Sûreté. Tout de suite, attablé devant une blanquette, il reconnut Levert, son contact aux Brigades de l'Aigle. Les cicatrices d'une vérole avaient transformé sa peau en surface lunaire, quoique cela ne l'ait jamais empêché d'avoir du succès auprès de la gent féminine. Curieux : la bosse sous l'aisselle indiquait qu'il portait son pistolet. Ce n'était le cas qu'à l'imminence d'une intervention, ou quand il avait besoin de se rassurer.

« Tiens, Prosper. Je peux ? »

Avec une grimace, l'officier lui désigna la chaise d'en face.

« Tu es encore du poulailler, Maurice ?

— Bientôt, je ne t'enquiquinerai plus. Cela dit, tu n'as pas besoin de moi pour avoir l'air emmerdé. »

Geste vague.

« Si tu cherches quelque chose, désolé. J'ai rien pour toi.

— Au contraire, tu as une tête à avoir quelque chose pour moi, mais à ne pas vouloir le partager. Pourquoi ? »

Il avait lancé cela comme une pique, mais l'officier réagit au quart de tour.

« Une descente prévue, mais le patron l'a annulée. Je ne pige pas. Tu connais la réputation des Brigades : sans tache, depuis l'origine. J'aurais du mal à supporter que ça change.

— Fais-la quand même, ta descente, si tu es sûr de ton coup. Quand les résultats sont là, la hiérarchie nous couvre, c'est la règle.

— Pour cette fois, on nous a fait comprendre le contraire. »

Ce fut au tour de Peretti de grimacer. Lorsqu'on quittait un service, on conservait un bouton d'uniforme armorié, que l'on cousait sur le suivant. Nul besoin de lire ceux du veston de Levert pour connaître son parcours dans la police : il avait débuté dans un banal poste de quartier avant d'incorporer le Tigre, puis les Brigades de l'Aigle à leur création, cinq ans plus tard. Peretti l'avait connu à la salle d'entraînement. Tout de suite, il avait repéré son tatouage « *Seule la mort est certaine* » des brigades spéciales. Devenir son ami n'avait pas été facile. Une véritable prise de guerre.

Prosper Levert était un lymphatique, doté d'un pif phénoménal pour flairer l'embrouille. Pour le mettre dans cet état, il fallait qu'un rouage se soit sacrément grippé.

« Un ministre qui a écrit un bouquin, un espion qui s'est livré dans la presse ? suggéra-t-il. Ou l'inverse ?

— Là est le mystère. Un banal trafic de bagnoles, même pas volantes. »

Malgré lui, l'intérêt de Peretti était éveillé. Son cerveau fonctionnait à plein régime. Peut-être Levert avait-il calculé son aveu dans l'espoir que Peretti agisse à sa place. Toutefois, son amertume n'avait pas l'air feinte. En l'occurrence, leurs intérêts convergeaient. Il n'avait aucune raison de douter de lui.

« Raconte.

— Je n'ai rien de plus qu'une date et un lieu. »

La date, celle de la prochaine livraison depuis Marseille. Le lieu avait un nom prédestiné : Bagnolet, près des gourbis de l'ancienne Zone. Faute du relogement brutalement stoppé par la crise, des hangars avaient poussé. Idéal en effet pour stocker des marchandises volumineuses en toute discrétion.

« Combien d'hommes le défendent ?

— On ne sait pas. Ils ont toujours une vigie sur le toit, qui empêche d'approcher trop. »

Ce qui signifiait que l'officier était allé en repérage. Une vigie aérienne, cela paraissait excessif pour un trafic d'autos, et indiquait qu'il s'agissait d'une cargaison plus précieuse que des voitures. Tout cela confirmait ses dires.

« D'accord. J'irai voir.

— Écoute, je crois que j'ai eu tort. J'ai dû exagérer. N'y va pas. Le jeu n'en vaut pas la chandelle.

— Tu es sérieux ? »

Il l'était, et cela emporta sa décision.

« Si tu comptes vraiment effectuer une descente, soupira Levert, ne l'ébruite pas dans tes services. Nous aussi, nous avons des mouchards chez vous.

— D'accord. Je n'en parlerai qu'au dernier moment. »

L'officier des Brigades partit, l'assiette encore à demi pleine. Peretti regarda le plat, songeur. La livraison aurait lieu d'ici deux jours. Deux jours pour organiser l'opération. D'ordinaire, il savait rationner ses effectifs, c'était même l'une des raisons de sa longévité à la tête de son service. Mais là, il voguait dans le brouillard. Et pas question de faire chou blanc.

Le nom peint sur le fronton de l'entrepôt, *Outillages Meyer*, renvoyait à une société mise en faillite par le krach l'année précédente. Peretti envoya ses deux meilleurs agents armés de jumelles afin de confirmer la présence de la vigie, et de vérifier le trafic autour de l'entrepôt. Ils avaient pour consigne absolue de ne pas se faire repérer. Sinon, l'opération était fichue. Pendant ce temps, il sélectionna dix hommes sans les informer de la destination. Sa première ligne d'assaut. Puis trois camions et quatre voitures remplis de renfort, chargés de bloquer les voies de retraite. Des années plus tôt, l'un des petits malins de son service avait acheté un surplus de tapis au marché aux puces, et en avait calfeutré l'intérieur des véhicules, sur plusieurs épaisseurs. Cela étouffait les bruits, et pouvait même stopper les chevrotines et les balles de petit calibre.

Le rapport des deux agents lui parvint. Il y avait non seulement une vigie, mais aussi des gardes armés de fusils, postés aux quatre coins du hangar. Vu ce qui était montré, il y avait des chances qu'une fois entrés, ils rencontrent une forte résistance. Mieux valait se préparer au pire.

Mon vieux Prosper, tu m'as peut-être fourni l'enquête que j'attendais sans le savoir.

Les préparatifs l'occupèrent jusqu'à la dernière minute. Peretti étudia les points de fuite sur une carte, traça des croix aux points stratégiques. C'est là que ses renforts se posteraient. Sitôt l'assaut donné, il avait prévu qu'ils se rapprocheraient au plus près, afin de tirer sur tout véhicule volant qui tenterait de s'échapper. Il ne disposait pas d'un de ces canons de baleinière dont les Brigades de l'Aigle s'étaient pourvues dès leur création, et qui leur avaient permis de harponner – au sens littéral – des fuyards à cavorite.

Un peu de la vieille excitation des débuts lui échauffait le sang. Il savait qu'il s'en mordrait peut-être les doigts. En réalité, il ignorait dans quelle galère il s'embarquait. C'est à peine si, marmonnant pour lui-même au-dessus de la carte, il remarqua Courget qui le regardait avec un étonnement sans bornes.

Au petit matin, il remit une lettre cachetée aux lieutenants d'escadron. Il avait nommé ceux-ci d'après leurs états de service pendant la guerre contre la Prusse : c'était probablement un assaut en règle qui les attendait. Puis les voitures se mirent en branle, suivies par les camions. Voilà, c'était parti. Lui-même sauta sur un marchepied et inspira à pleins poumons. L'air froid et moite sentait la champignonnière, mais le soleil perçait enfin l'hiver et la pluie. Le pavé luisant giclait sous les pneumatiques.

Les lieutenants décachetèrent la feuille de route. Impossible à présent qu'un mouchard puisse transmettre l'info, et les opérateurs radio avaient ordre de ne laisser passer aucun message sinon ceux validés par leur chef.

L'approche s'effectua sans incident. La chance jouait pour eux : la vigie était tout à son café, le nez plongé dans le journal. Non, songea Peretti avec un sourire féroce, pas seulement la chance. Tous ces bandits modernes accordaient trop de confiance à la technologie. Ils avaient le regard braqué vers le ciel, dans l'attente d'un raid des Brigades de l'Aigle, et négligeaient les vieilles méthodes.

Sitôt que la vigie s'aperçut de l'arrivée du convoi, les fenêtres de l'entrepôt volèrent en éclats. Des balles balafrèrent les carrosseries. Dans une voiture voisine, un pneu éclata, faisant pencher l'engin, dont un phare explosa une seconde plus tard.

« Pied à terre, tout le monde ! »

Le couvert était rare, mais les agents de Peretti avaient déjà localisé les murets, les arbustes alentour et les talus. Le siège n'avait plus qu'à se mettre en place.

Les assiégés se retrouvaient pris au piège. Les assauts donnés contre les repaires d'anarchistes, puis contre les fascistes à la prise du pouvoir par le Bloc des Gauches, lui revenaient en mémoire. Il s'agissait alors de véritables batailles, qui se soldaient parfois par plus de cinquante morts. Le commissaire pressentait que ce n'était pas le cas ici. La pègre, alors ? Elle évitait de faire parler d'elle de cette manière, et surtout, la Sûreté s'en serait occupée.

Il héla son adjoint.

« Jaffeux ! Combien sont-ils là-dedans ?

— On n'a pas décompté plus de huit sources simultanées. Mais ils se déplacent le long des murs pour donner le change.

— Bon, finissons-en. »

Peretti était trop vieux pour les cabrioles et les réceptions en roulé-boulé, mais ce n'était pas à lui de mouiller le maillot, de toute manière. Il sortit sa montre de sa poche, nota l'heure pour le rapport. Sur son ordre, les véhicules se rapprochèrent. Il avait coutume d'économiser les balles, mais ce coup-ci, un feu roulant était nécessaire pour occuper les bandits retranchés et les empêcher d'élaborer un plan. Ses hommes étaient armés de deux pistolets chacun, et il avait pourvu ses meilleurs tireurs des trois fusils de guerre de la brigade. Il ordonna de tirer par salves dans les murs, à une cinquantaine de centimètres sous les fenêtres. Avec un ou plusieurs blessés, son message porterait mieux. La fumée des cartouches s'élevait en nuages poivrés. Peretti jeta un regard alentour. Les coups de feu n'avaient pas encore attiré les riverains, mais cela ne saurait tarder.

Il fit cesser la pétarade, puis empoigna son cornet. Le message, maintenant :

« Vous, là-dedans ! Vous ne vous échapperez pas, c'est une véritable souricière. Des voitures, c'est pour ça que vous voulez crever ? Il vous reste une chance de vous rendre. Saisissez-la. »

Deux minutes plus tard, il réitéra son offre, avant de commencer un compte à rebours. Alors qu'il s'apprêtait à donner l'ordre, une fenêtre située sur le toit explosa. Peretti et le reste des policiers contemplèrent l'étrange attelage, constitué d'une voiture décapotable et d'une remorque accrochées ensemble, bondir dans les airs.

Alors que le bolide zigzaguait dans un vol erratique, la porte principale coulissa et deux voitures surgirent, moteur rugissant.

« C'était une diversion ! N'en tenez pas compte, ouvrez le feu ! »

Ses hommes avaient déjà réagi. Cette fois, les bandits avaient brûlé leurs dernières cartouches. Ils n'eurent pas l'occasion de vendre chèrement leur peau. La première voiture, criblée de balles, acheva sa route dans un talus et prit feu. La seconde connut un sort plus tragique. L'un des occupants dégoupilla une grenade explosive. Au moment où il ramenait son bras en arrière pour la projeter, une balle le toucha à l'épaule. La grenade lui échappa et roula au fond du baquet. Quelques secondes plus tard, une boule de feu désintégra l'habitacle.

Peretti envoya Jaffeux chercher les pompiers, ainsi que des ambulances. Pour les occupants du second véhicule, il était trop tard.

Ce n'était pas ce qui intéressait le commissaire. À la tête de ses hommes, il pénétra dans le hangar. Il ramena le chien de son arme en arrière, mais c'était inutile. Il n'y avait plus personne, plus personne de vivant tout du moins. Un corps effondré indiquait que la fusillade avait causé une victime. Peretti rengaina son pistolet. Une quarantaine de voitures étaient alignées. Une partie d'entre elles provenaient d'Italie : des Alfa Romeo et des Bugatti. Le commissaire se souvenait d'un papier sur le patron des usines Bugatti, dans le dernier numéro de *L'Auto* : « *Jamais un constructeur italien digne de ce nom n'acceptera que les roues de ses voitures quittent le sol.* » Il s'agissait des modèles les plus chers. Le reste était constitué de Ford, de Citroën et de Renault. Aucune ne devait valoir plus de vingt mille francs pièce. Autant d'hommes de main pour protéger une poignée de voitures ?

Un pied-de-biche traînait sur un établi contre le mur. Peretti força le coffre du premier véhicule.

Une grande caisse en bois clouée occupait tout l'espace. Là encore, l'outil se révéla nécessaire.

L'inspecteur Baudarel toqua la visière de sa casquette.

« Ça alors ! »

Le couvercle de la caisse heurta bruyamment le sol. Peretti saisit un gros lingot d'un gris bleuâtre. Du plomb. Il y en avait des dizaines empilés. Si une barre de cette taille avait été entièrement forgée de ce métal, il n'aurait pu l'ébranler. Quant à la caisse, elle aurait défoncé le plancher du coffre. Le lingot n'avait pas plus de poids que du carton compressé. Il le fit sauter dans sa main.

« Tu as foutrement raison, Baudarel. Ça alors. »

5

Marcel Chery

Comme à son habitude, Marcel Chery jeta un coup d'œil en amont et en aval de la rue, en quête d'une silhouette suspecte, avant d'introduire la clé dans la serrure et de verrouiller la porte de son pavillon. Durant son procès, une journaliste au verbe leste avait dépeint Landru doté d'un œil de rapace, brillant, d'une longue fixité. Celui de Marcel était au contraire vif, inquisiteur.

Ces dernières années, la durée de ses promenades s'était allongée, au point qu'elles le menaient souvent en bord de Marne. À l'époque où il exerçait encore, dans un des arrondissements les plus chics de Paris, jamais il n'aurait eu une seule minute à perdre en balades. Une ère abolie.

Depuis ses premières *occupations*, la méfiance était chez lui une seconde nature. La sensation d'être épié ne le quittait pas. Une sensation inhérente à l'état de proie, lui qui s'était volontiers défini comme un prédateur. Elle lui procurait néanmoins la jouissance d'être en vie et en liberté. Cela ne l'avait pas empêché d'être attrapé, certes. Les précautions dont il s'entourait jadis n'avaient plus guère de fondement aujourd'hui. Cependant, Marcel n'avait jamais jugé utile de se débarrasser de cet atavisme.

On était loin, là, des guinguettes et des promenades : la berge était un simple chemin de terre qui se changeait à chaque montée des eaux en cloaque irisé par les rejets d'usines. Ses pas le menèrent jusqu'à une carrière entourée d'entrepôts délabrés. Quelques mois plus tôt, une rumeur avait couru sur l'existence d'un filon de cavorite, et aussitôt l'endroit avait fourmillé de prospecteurs, de curieux et de magnétiseurs arpentant le quartier, un pendule à la main. Comme toute rumeur infondée, il n'en restait plus rien une fois l'exaltation retombée.

Tout le long de la balade, sa nuque persista à le picoter. Un signe qui l'avait rarement trompé. Qui diable pouvait l'espionner ? La presse ne s'intéressait plus à lui depuis belle lurette. Même Louis d'Azay, le scribouillard qui l'avait débusqué, ne se déplaçait plus qu'une fois par an. Il venait siroter un petit noir au café du coin, posait deux, trois questions au patron, et voilà. La police ? Certes, elle avait été vexée qu'un publiciste la précède dans ses investigations. Mais elle ne s'était jamais doutée de rien. Ni autrefois ni aujourd'hui.

Et puis, cela passa. Lorsqu'il osa jeter un coup d'œil par-dessus son épaule, il n'y avait qu'une vieillarde en haillons. Autant dire personne.

Le retour à son pavillon avait presque complètement effacé la sensation. Mais à peine avait-il introduit la clé dans la serrure qu'elle le submergea.

La porte refermée, Marcel ouvrit sans bruit le tiroir de la commode du corridor. Son scalpel s'y trouvait, inséré entre les pages d'un vieux carnet de rendez-vous. Il l'aiguisait lui-même tous les mois. Ici, il était chez lui. Plus question de victime.

L'homme ne se leva pas du fauteuil dans lequel il était assis, un numéro ouvert des *Annales de médecine générale* sur les genoux. Son regard, en revanche, s'attarda une seconde sur le scalpel dont la pointe dépassait de sa main gauche.

« Docteur Chery, je présume.

— Vous devez le savoir, puisque vous vous êtes introduit dans mon domicile.

— En toute connaissance de cause, en effet. Désolé pour cette intrusion. Je me demandais... »

Le visiteur posa le journal sur la table cirée et se leva d'un mouvement fluide. Entre trente et quarante ans, yeux et cheveux clairs, pas d'irrégularité des traits. Une hérédité solide malgré des épaules tombantes. Chery soupçonna une complexion d'esprit à l'avenant.

« Qui êtes-vous ?

— ... Je me demandais pourquoi vous receviez encore ce genre de publication en 1921. » Sa main effleura le journal. « On vous a retiré le droit d'exercer.

— Je suis toujours médecin. Qui êtes-vous ?

— Mon nom ne vous dirait rien.

— Dites-le tout de même.

— Louis-Anatole Jaume. Rassurez-vous, je n'ai rien en commun avec ceux qui se sont acharnés contre vous. Au contraire.

— Vous connaissez mon passé.

— C'est l'avenir qui m'intéresse. »

Il n'émit aucun commentaire quand il s'aperçut

que le scalpel avait disparu. Marcel l'avait escamoté sans qu'il s'en rende compte.

« Laissez-moi deviner, disait celui-ci. Vous êtes dans le secteur médical. Vous êtes venu m'offrir un poste outre-mer, à soigner la malaria ou la vérole arésienne dans un trou où personne n'a jamais entendu parler de moi.

— Permettez…

— Je ne suis pas intéressé.

— Vous avez à moitié raison. Je suis venu vous recruter pour une mission. Son objet implique un long voyage. Mais mon domaine ne relève pas du secteur médical. Plutôt de l'industrie. »

L'incompréhension de Marcel grimpa d'un cran. Que diable avait-il à voir avec l'industrie ?

Le mince sourire de l'homme s'accentua, comme il voyait qu'il avait capté son attention.

« Je suis encore désolé de ne pas pouvoir me montrer très précis sur les éléments de la mission. Une fois un accord passé entre nous, tout vous sera dévoilé.

— Vos manières cavalières ne m'incitent pas à vous accorder ma confiance. Je ne devrais pas vous écouter davantage. À vrai dire, il n'y a pas la moindre raison que je supporte votre présence une minute de plus.

— Parfaitement vrai. Un mot de votre part, et je quitte votre vie pour de bon. Vous n'aurez plus à supporter la présence de quiconque chez vous. D'aucun employeur, jamais. Nous nous en assurerons. »

Marcel refoula le besoin de vérifier sur-le-champ si Jaume avait fouillé dans ses affaires et ce qu'il avait bien pu découvrir. Il doutait que ce dernier ait bâclé le travail. Il avait certainement effacé toute trace compromettante. Du reste, cela avait peu d'importance.

« Pour quand attendez-vous une réponse de ma part ?

— Demain, vous et moi serons fixés.

— Si tôt ? »

Pour toute réponse, Jaume s'empara d'un bout de papier et se pencha sur le bureau afin d'y inscrire quelque chose.

« Inutile de me raccompagner. À demain, docteur. »

Marcel attendit d'avoir entendu la porte d'entrée claquer pour déplier le papier.

Il contenait une autorisation pour assister à l'autopsie d'un Martien, à l'Institut médico-légal, quai de la Rapée.

« Un Martien. Qu'est-ce que c'est que cette histoire ? »

On célébrait les trois ans de l'armistice avec la Prusse lorsque la carrière de Marcel Chery avait pris un tournant favorable. Encore frais émoulu de la Faculté de médecine, où il avait obtenu une agrégation de physiologie, il avait publié deux articles. Le premier sur la pénétration des maladies infectieuses au sein des populations européennes à cause de l'insuffisance des services de santé ; le second, *La Sélection artificielle du genre humain*, avait eu un certain retentissement, si bien que son nom circulait pour qu'il obtienne un siège à l'Académie nationale.

Toutefois, sa notoriété n'avait pas franchi les portes de la profession.

Une épidémie inédite s'était alors déclarée, en plein cœur de Paris. Deux mille morts en une semaine. Un arrêté préfectoral avait fermé lycées et salles de spectacle. Les hôpitaux avaient été pris d'assaut tandis que la bonne société fuyait en province. Cinq ans après son déferlement, on ignorait encore combien de victimes elle avait causées de par le monde. Vingt millions rien qu'en Europe, avait-on écrit, probablement le double au total. Devant sa virulence et la gravité des symptômes, on avait pensé à une résurgence de peste ou de choléra. Dans les journaux, des voix avaient accusé des Martiens, voire des colons rapatriés, d'avoir amené le germe inconnu sur Terre. Aucune preuve n'avait validé ces hypothèses, non plus que la rumeur selon laquelle des agents prussiens avaient introduit des bacilles pathogènes dans des boîtes de conserve. L'Allemagne avait d'ailleurs payé un lourd tribut. Les ulcérations provoquées par la maladie touchaient tous les organes, épiderme et poumons compris.

L'épidémie avait reflué, laissant la presse décompter les victimes célèbres. Maurice Barrès, Marthe Hanau, Apollinaire avaient succombé. D'autres, comme Edmond Rostand, ne s'en étaient jamais remis.

Marcel Chery avait débarqué au ministère de la Santé, un épais dossier sous le bras.

Il se proposait d'ouvrir vingt-six centres dévolus au traitement et à la prophylaxie de la syphilis arésienne. Ils dispenseraient une cure mise au point par lui, à base d'arsenic stabilisé. Le ministère était si démuni que personne n'avait rappelé que la syphilis arésienne avait été baptisée par simple analogie avec les symptômes de la grande vérole, mais sans rien savoir de sa nature ni de son origine. Le traitement, efficace contre la vérole, n'avait aucune incidence sur la nouvelle affection. D'ailleurs, la plupart des patients traités avaient péri.

Cela n'avait pas empêché Marcel Chery d'être invité par les plus hautes instances. Son cabinet de consultation ne désemplissait pas. Il recevait des épouses de politiciens et d'industriels influents. Le président du Conseil en personne l'avait félicité d'avoir monté son réseau hospitalier en un temps record. Immergé dans son sentiment de toute-puissance, Marcel avait négligé les bruits qui commençaient à courir sur les « centres Chery ». Certaines patientes, anesthésiées pendant le traitement, souffraient du bas-ventre des semaines après leur sortie. Il s'agissait toutefois de déshéritées, si bien qu'elles n'avaient personne vers qui se tourner.

L'une d'elles, plus maligne que les autres, avait alerté un obscur échotier du *Siècle*. Louis d'Azay, tel était son nom, avait décidé d'enquêter. Il ne lui avait fallu que quelques semaines pour réunir toutes les preuves et les présenter à la police.

Au printemps 1918, deux inspecteurs avaient frappé à la porte de son appartement, derrière son cabinet. L'aube délayait à peine l'obscurité. Un peu embarrassés, ils l'avaient embarqué sans lui passer les menottes. Au commissariat, on lui avait signifié plusieurs chefs d'inculpation, dont le principal était d'avoir pratiqué des ablations d'ovaires sans consentement. En un an, treize cents patientes étaient présumées avoir subi une opération. Seules quelques dizaines avaient accepté d'inscrire leur nom dans un registre de plaignantes. Les autres avaient trop honte, ou n'étaient pas informées. Mais cela suffisait.

Au début, Marcel n'était resté incarcéré que quelques jours avant d'être relâché. Des semaines s'étaient écoulées… plus rien. Marcel s'était cru sorti d'affaire. Mais face à l'inertie de la police et de la justice, la presse s'était déchaînée contre lui. Louis d'Azay, son tourmenteur, avait déniché l'un de ses articles, publié des années plus tôt, qui sonnait dans son éditorial comme un aveu anticipé de culpabilité : *Dans la recherche de l'avènement de l'intelligence de l'Homme, la suppression de la stupidité et des tares individuelles et celle de la stupidité collective (les races inférieures, les improductifs) s'impose. La sélection artificielle, plus rapide que la sélection naturelle, si elle a pour but l'augmentation de notre puissance mentale, est à la fois logique et souhaitable.* Une phrase du même article avait été lue à haute voix à l'audience de son procès. Comment un type aussi insignifiant que le docteur Chery, présentant de surcroît une myopie prononcée et un bras plus court que l'autre, pouvait-il s'approprier les théories d'amélioration de la race ? Marcel avait eu un sourire de dédain. Ils n'avaient donc rien compris. Son propre sort l'indifférait. Son acte n'avait visé qu'au bien commun. Il avait formulé le regret d'avoir trompé les jeunes femmes, mais non son fondement. Du reste, avait-il clamé dans une salle du tribunal soudain réduite au silence, la première personne à laquelle il avait appliqué ses préconisations était lui-même. Un chirurgien de ses amis s'était chargé de le castrer.

Une fois la boîte de Pandore entrouverte, les révélations s'étaient enchaînées : les directeurs des centres avaient reçu un courrier de Marcel Chery. Celui-ci indiquait sa volonté d'étendre la stérilisation non seulement aux femmes indigentes ou de mauvaise vie, mais aussi aux vagabonds, aux débiles mentaux et aux métis. Sous la pression de l'opinion, le procureur avait cessé de traîner les pieds.

L'audience du procès, alourdie par une haine presque palpable du public, avait ravi la manchette de *L'Illustration* à la controverse politique du moment : l'invitation d'un émissaire russe par un phalanstère du Nord. Marcel avait été reconnu coupable. Des circonstances atténuantes lui avaient évité de justesse la prison ferme, mais les dommages et intérêts l'avaient ruiné. Ses centres avaient dû fermer. Toutes les portes lui avaient claqué au nez. Qui voudrait s'afficher au côté de celui que les feuilles à sensation avaient surnommé « le chéri de Satan », ou répondre aux coups de téléphone d'un criminel caricaturé en diablotin dans *Le Rire* ? En déposant chaque jour sa boue sur le pas de sa porte, la presse lui avait forgé une légende d'assassin au service des riches. Lui qui n'avait aucune appétence pour l'argent ! Et naturellement, rien sur ses accomplissements en tant que médecin, ni sur son dévouement au bien de la race humaine.

Son avocat lui avait conseillé de s'installer en banlieue sous un nom d'emprunt. Le scandale avait mis deux mois – une éternité – pour se voir relégué aux faits divers des journaux.

Et voilà deux ans qu'il végétait, s'enfonçant inexorablement dans le marécage de l'oubli. Sur le moment, il s'en était félicité. Plus de journalistes sous ses fenêtres ni de lettres injurieuses. Néanmoins, il rageait déjà de voir son intelligence condamnée à tourner en rond à l'intérieur de la voûte osseuse de son crâne, sans bénéfice pour quiconque. Son interlocuteur l'avait perçu, et seule la fierté avait empêché Marcel d'accepter sa proposition sur-le-champ.

Mais en vérité, sa décision était prise.

6

Cavorite

LE TOUT PREMIER VOL À CAVORITE

Record battu dans la catégorie du tour du monde en véhicule cavorié – c'est-à-dire plaqué de cavorite : il a été accompli en moins de cent vingt jours. On se permettra de rappeler que c'est à Alberto Santos-Dumont qu'il revient d'avoir effectué le premier vol. Ce fils de planteur brésilien revenu vivre en France a participé à un concours organisé par le célèbre mécène Henry Deutsch de La Meurthe, destiné à mettre à l'épreuve le vol dirigé.

Par un froid matin de février 1897, M. Santos-Dumont s'insère dans son appareil. Parmi les trois mille curieux, de simples badauds, mais aussi des reporters conviés pour l'occasion. Avec l'assurance d'une star de cinéma soucieuse de sa publicité, l'audacieux aéronaute pose devant un parterre de photographes, dans son engin : « guère plus qu'une caisse à savon », a écrit certain journaliste de L'Auto. *De fait, l'engin du jeune prodige ne paie pas de mine. Il s'agit du coffre central d'une Panhard & Levassor type A bardé de deux barres d'alcavorium, c'est-à-dire de composé cavorium-aluminium. L'ingénieur-aviateur y a néanmoins apporté des modifications substantielles. Il teste avec succès un astucieux système de volets tapissés de fines feuilles de plomb permettant d'orienter la lévitescence. Après un vol de trois quarts d'heure, au cours duquel il a effectué diverses manœuvres au-dessus du terrain, M. Santos-Dumont ouvre le sac qu'il a discrètement embarqué… pour déverser des brassées de roses sur le public ! Puis il se pose, sans capoter, au milieu d'une foule en délire.*

Quelle figure immense gît dans ce petit homme ! Trois mois plus tard, il traversera la Manche depuis Calais, gagnant haut le manche la prime de vingt mille francs offerte par le Daily Mail.

Marthe Antin – *La Science Populaire*, juin 1921

7

Renée Manadier

Le soleil ne dépassait pas encore des toits que, déjà, un tintamarre discordant emplissait l'espace. Des klaxons au niveau de la chaussée, des klaxons dans les airs où les voitures volantes louvoyaient entre les aérotrams. Renée se demanda si elle s'y habituerait un jour. Comment pouvait-il y avoir encore un seul oiseau dans les rues au milieu d'une telle cacophonie ? Comment supportaient-ils les éructations des véhicules poissant les poumons ?

Elle s'était habillée de façon stricte, avec des chaussures plates. Pendant qu'elle lui servait son petit déjeuner, la patronne de la pension lui avait expliqué le trajet jusqu'à l'adresse du rectorat. L'institutrice ayant payé sa semaine d'avance, elle avait même consenti au tutoiement.

« À quelle heure est ton rendez-vous ?

— Dix heures.

— Il n'est pas huit heures.

— Je ne suis pas pressée.

— À pied, c'est un peu loin, mais tu peux emprunter la Verte.

— La Verte ? »

La logeuse avait soupiré.

« La ligne de trottoirs roulants médiane. Elle remonte tout le boulevard Saint-Germain. En bas, c'est la Bleue, qui aboutit à Montparnasse. La Rouge serait la plus indiquée, mais mieux vaut l'éviter un matin de semaine, elle est souvent en panne à cause des portefaix.

— La Rouge…

— L'axe qui part de la Bastille et aboutit à Madeleine après être passé par République et Opéra. La Rouge dessert le quartier de la chaudronnerie, et surtout celui des confections et des étoffes. Les livreurs s'entassent sur le trottoir roulant pour gagner du temps. Du coup, le tapis patine en raison de la surcharge. Une fois, l'un des moteurs a pris feu à cause de ça. Ils sont strictement interdits, mais il y a toujours des petits malins pour braver la loi. »

Les trottoirs mécaniques résultaient de la volonté du préfet de la Seine, avait-elle expliqué à Renée, alors que les accidents de cabs et de trams à cavorite se multipliaient, estropiant ou tuant nombre de passants innocents. Un jour, la luxueuse Panhard d'un prince hongrois avait heurté un fronton d'immeuble. Le choc avait arraché une plaque antigravitative. La limousine, en se renversant, avait écrasé un cortège d'écolières. L'accident, relayé *ad nauseam* par la presse, avait enflammé la rue. Afin d'endiguer l'émeute et assurer que le peuple d'en bas n'était pas oublié, le préfet avait proclamé, outre le renforcement de la signalisation aérienne, l'installation de trottoirs motorisés. Les trois lignes existaient depuis à peine trois ans, mais elles avaient été si vite adoptées qu'elles semblaient faire corps avec la ville depuis toujours.

Restait le métro, lui avait rappelé la logeuse. Renée n'avait pas l'intention de s'enfermer sous terre. Récemment, un tunnel de métro s'était effondré à Barcelone, causant des dizaines de victimes. L'institutrice s'était montrée surprise que des gens acceptent encore d'emprunter ce moyen de transport. Le métro était certes délaissé par les Parisiens, et tous les projets de prolongement des lignes avaient été gelés, mais les banlieusards continuaient d'utiliser le réseau existant. Par ailleurs, il fournirait un moyen de transport sûr, en cas de nouveau conflit, contre les bombardements prussiens.

Suivant les instructions de la patronne, Renée descendit la rue, tourna à gauche et remonta une voie plus large, au trafic automobile intense. Les attelages à chevaux étaient si rares qu'ils avaient l'air égarés dans un décor qui n'était plus pour eux. Du haut de leur niche surélevée, les agents de circulation les rabattaient sur les côtés à grands gestes de bâton lumineux. Des nuages sales brouillaient le ciel, à moins que ce ne soient des fumées de pétrole brûlé. Un vent mou mais froid obligea la jeune femme à remonter son col. Elle levait sans cesse la tête vers les immeubles. Combien les strates majestueuses et ordonnées des boulevards rendaient barbare, en comparaison, le grossier horizon de pierres et de gorges de sa vallée natale !

Un gros camion Berliet glissait à trois hauteurs d'homme au-dessus du pavé. Boulonnées de chaque côté, deux plaques de cavorite peintes en jaune soutenaient sa masse.

Au carrefour, Renée aperçut un trottoir roulant. Et d'abord le déplacement des usagers, tels les canards en plâtre d'une attraction foraine. Un instant, elle hésita à s'insérer dans le flot de costumes et de jupons en flanelle. Malgré la menace de pluie, beaucoup d'entre eux allaient tête nue, comme pour narguer les porteurs de bérets et de chapeaux melon à bords plats. Chacun se hâtait, muré dans ses pensées, le visage clos.

Comment peut-on se cantonner dans la morosité, quand on est entouré de telles merveilles?

Des agents de transport en uniforme noir, le sifflet au bec, contrôlaient le trafic, poussant les piétons comme s'il s'agissait de vulgaires poulets. Le trottoir se composait de deux rubans de roulement juxtaposés, formés de lattes de bois transversales. Le ruban le plus proche de la chaussée se déplaçait à la vitesse d'un homme marchant à pas pressés, le second à un trot soutenu. Tous les six ou sept pas, un poteau serti d'émail vert offrait un appui pour monter ou descendre. Renée attrapa l'un d'eux et se propulsa sur le ruban. Aussitôt, elle fut emportée. Le martèlement des semelles faisait vibrer le plancher articulé, pour se propager dans ses mollets. Les passagers ajoutaient leur vitesse à celle du ruban. Pas le temps de goûter cette toute nouvelle sensation : on la bouscula jusqu'au ruban rapide.

Elle se laissa entraîner, grisée par ce diorama animé au point d'oublier le premier conseil de sa logeuse : ramener son sac à main contre soi, afin d'éviter les faveurs des voleurs à la tire. La patronne de la pension l'avait sermonnée sur les pièges tendus aux proies ingénues qu'étaient les jeunes provinciales. En particulier toute une faune d'hommes aux aguets, qui s'attelaient à vider le gousset des imprudents et à attirer les oiselles dans leurs rets. Renée pensait ne rien avoir à craindre de ce côté-là.

Les annonces des crieurs de journaux rivalisaient avec les boniments des camelots embusqués derrière les poteaux. La veille, Renée n'avait pas voulu monter dans l'aérotram de peur de tomber, victime d'une surdose de sensations. Elle n'avait pas prévu que la rue lui réserverait la même féerie. Les architectures élancées comme des élégantes, les colonnes d'affichage aussi criardes que des figures de Carême, les lampadaires ouvragés composaient autant de signes cabalistiques disposés à son unique attention.

Sur un mur, une affiche vantait la nouvelle revue du Moulin-Rouge, *Moscou-Montmartre*. Les danseuses étaient des Noires et des mulâtresses, avec à leur tête « Mistinguett, revenue exprès de Deauville ». Un sous-titre précisait : « Fantaisies acrobatiques sans cavorite ». Elle recouvrait à demi un placard pour un spectacle de Mayol aux Bouffes, en duo avec une actrice roumaine à la mode.

Les ombres élastiques des véhicules volants couraient sur les façades. Renée attrapa l'une d'elles du regard. Une Peugeot ou une Citroën, elle était à vrai dire incapable de faire la différence. L'automobile cavoriée orienta ses volets de propulsion à la verticale, avant d'accoster un embarcadère privé. Les immeubles de l'avenue étaient pourvus d'aéroquais semblables au-dessus du troisième étage. Surplombés par les balcons filants, ils formaient un auvent continu pour la rue en contrebas. La structure, avec sa longue plateforme et ses pilastres géométriques, contenait elle-même de la cavorite afin de ne pas s'écrouler. On lui avait récemment rajouté des étais.

La laque noire du véhicule avait des luisances de scarabée. *Comme de gros coléoptères qui bourdonnent dans les hauteurs*. Renée ne se rappelait plus où elle avait lu cette comparaison, mais elle n'aurait su mieux l'exprimer. Les roues, plus petites que les voitures terrestres, donnaient l'impression de s'être atrophiées selon un processus d'évolution naturelle. Certaines voitures volantes n'en possédaient même plus, et atterrissaient sur des patins enrobés de caoutchouc. La limousine se posa dans une nacelle de l'aéroquai prévue à cet effet, et ses passagers en émergèrent furtivement avant de disparaître. Tout juste Renée entraperçut-elle la soyeuse transparence de bas gainant une paire de jambes fuselées sous une jupe tailleur de grande marque.

Le trottoir roulant ne lui laissa pas le temps d'attarder son attention. Au coin de l'avenue, un taxi s'éleva pour éviter un aérotram au flanc tatoué d'une réclame, un bambin ravi devant son bol de cacaogluten. Une étole échappée de la portière voleta jusqu'au sol. Une chiffonnière poussait une carriole aux ressorts grinçant sur les jointures du trottoir. Elle ramassa le rectangle de soie sous l'œil impassible de soldats en bleu horizon.

Alors que se profilait l'anse de la Seine, deux agents dépassèrent Renée, silencieux comme des loups en traque. Elle les vit devancer un homme chargé d'un tapis sur l'épaule, pour encadrer un porteur de journaux. D'une manœuvre experte, ils le saisirent aux épaules et le balancèrent sans ménagement. Le jeune homme se réceptionna rudement sur la chaussée au milieu de ses liasses ficelées. Il brandit deux doigts : « Fientes de corniauds, vous me sortez de l'entre-cul pour me salir au-dehors ! »

Renée se tourna vers ses voisins. Personne ne broncha, si bien que ses velléités de protestation moururent au fond de sa gorge.

De toute façon, le rectorat n'était plus qu'à quatre rues de là. Elle quitta le trottoir roulant et se porta au-devant de la victime. L'homme, boitillant, était plus âgé qu'elle ne l'avait jugé de dos. Il la toisa d'un air maussade sitôt qu'elle lui demanda s'il s'était fait mal.

« J'ai l'habitude. Vous voulez un journal ? » Devant le geste de dénégation, il jeta, guttural : « J'ai pas de temps à perdre. Allez ouste, la grue ! »

Renée se remit en marche, un soupir aux lèvres. Son naturel allègre ne tarda pas à ressurgir. Le moindre encart lui faisait des œillades. *L'électrobonne Hoover libère la Femme. Le bouillon KUB à base d'ookomu, c'est Mars dans votre assiette – prenez-en, c'est un aliment sain !* Une affiche retint son attention : une conférence sur le progrès par le réformisme. Le portrait d'un vieil homme barbu à petites lunettes avait été défiguré par des *Boche* et des *Youpin* barbouillés à la peinture noire. Alors qu'elle tentait de déchiffrer son nom, un sergent de ville vint à sa rencontre. Un bâton lui battait la cuisse. Mieux valait s'éloigner, le temps lui manquait pour une explication.

Son enthousiasme quelque peu douché, Renée porta la main à son manteau. Un coup au cœur – mais non, sa recommandation était bien là.

L'angoisse, qu'elle avait refoulée derrière l'émerveillement provincial, jaillit en elle avec d'autant plus de force. C'est les jambes tremblantes qu'elle pénétra dans la cour du rectorat, après avoir tourné deux fois autour du pâté de maisons pour trouver le bon porche.

Un portier lui indiqua un escalier. Elle se perdit dans les couloirs et fut contrainte de redescendre, les joues peintes du rouge de l'embarras, pour se faire réexpliquer. Elle frappa. On grogna. Elle entra.

Dans un coin, un pardessus à martingale pendait à un portemanteau. Une armoire de classeurs métalliques occultait tout un mur.

Le fonctionnaire semblait un buste vissé à son bureau, aussi étriqué que le meuble, sans teint et sans âge. Ses yeux couleur d'huître lui furent tout de suite antipathiques. Pourtant, en cet instant, Renée ne put s'empêcher d'être impressionnée, car c'est à cet inconnu que l'Éducation nationale avait donné autorité pour décider de son sort. L'homme eut un geste sec de la main pour lui réclamer son dossier. Pendant cinq bonnes minutes, il l'examina sans contracter le moindre muscle, en dehors des mains qui épluchaient les documents.

« Mademoiselle Renée Manadier. Vous n'êtes donc pas mariée. En ménage, peut-être ?

— Non. »

Il la scruta comme un client le ferait d'une pièce de boucherie douteuse à un étal de marché.

« Vous êtes bien notée, mais ça ne suffit pas par les temps qui courent. Si les femmes consentaient à enfanter davantage, nous n'en serions pas là. Bref, tous les postes sur Paris sont pourvus pour l'année. »

Il désigna une pile impressionnante sur son bureau. « La liste des remplaçantes s'allonge un peu plus chaque jour.

— On m'a dit…

— On a été trop optimiste.

— Que puis-je faire ?

— Vous pouvez postuler pour les départements. Dans l'Est, on engage toujours, vous aurez juste à changer d'accent. Ou mieux, aux colonies.

— Les colonies ? »

Renée n'avait jamais envisagé cette possibilité. Paris représentait un saut dans l'inconnu. Hors de France, le pas à franchir devenait gigantesque.

« Les colonies, répéta le fonctionnaire. Il n'y a que là-bas que le ministère garantit des postes. En particulier sur Mars.

— Sur Mars ?

— Rassurez-vous, ce n'est pas aux Martiens que vous aurez à faire la classe, mais aux enfants de colons. Eux aussi ont besoin des leçons de la République.

— Dois-je donner ma réponse tout de suite ? »

L'homme haussa les épaules.

« Tout dépend de vos moyens. Le plus tôt sera le mieux. »

Il lui indiqua un bureau voisin pour retirer un formulaire, sur un ton qui lui signifiait son congé. Renée se retrouva dehors avant de réaliser : elle n'avait plus de travail, elle était seule, et n'avait qu'un mois d'économies devant elle.

Éplucher les petites annonces était le sport favori des désargentés, ne manqua pas de lui dire la patronne le lendemain matin. Renée n'eut aucun mal à saisir le message : tutoiement ou non, la pension ne faisait pas crédit.

À mesure que les jours passaient, l'espoir de dénicher un travail s'amenuisait. Les petites annonces fourmillaient de propositions de cours à domicile qui ne trouvaient jamais preneur, ce n'était pas là qu'elle assurerait sa subsistance. Chaque rue possédait son troquet ou son théâtre, mais des masures poussaient dans chaque recoin, chaque ruelle, et certains clochards effrayaient de jeunesse. La crise tirait les salaires vers le bas. Aux devantures, les panneaux *On ne fait plus crédit* fleurissaient, et quand les passants allaient d'un trottoir à l'autre, c'était pour éviter les magasins où ils avaient des dettes. Les voyageurs racontaient que les bouges parisiens ne pouvaient rivaliser en misère avec la lèpre des taudis de Berlin ou Düsseldorf. Renée avait du mal à imaginer que ce soit possible. Les quelques offres d'emploi qu'elle repéra ne lui permettraient même pas d'assurer son logement.

Un reportage dans l'*Éclair* la figea. « Vigie aéropolitaine, un nouveau métier »

Aucune qualification requise sinon de disposer de bons yeux, de ténacité et de ne pas être sujet au vertige. Il s'agissait de surveiller le trafic aérien du haut d'une tour. Pour cela, la capacité d'endurer les intempéries se révélait indispensable. Une séance d'instruction était offerte pour apprendre le maniement des drapeaux à signaux. L'auteur citait des chiffres éloquents : la capitale dénombrait des dizaines de milliers de voitures volantes, sans compter les péniches et autres navires cavoriés, si bien que les accidents étaient quotidiens. Les vigies avaient pour rôle d'alerter les estafettes de secours, mais aussi la police en cas de mouvements d'appareils suspects : la Sûreté générale avait déjà déjoué plusieurs projets d'attentats. Dans une affaire passée à la postérité comme « le crime ultime des communards », des anarchistes s'étaient emparés d'un bateau-mouche flottant, affrété et décoré pour le lancement de cigarettes Gauloises ; ils l'avaient lancé, bourré de dynamite, contre le Sacré-Cœur qui venait à peine d'être achevé. Par miracle, aucune victime n'avait été à déplorer, mais il ne subsistait rien de la coupole.

Vigie aérienne, pourquoi pas ? Renée avait l'habitude de surveiller des enfants, bien plus imprévisibles que n'importe quel aérotram ou cab flottant. De toute façon, en attendant une affectation, elle n'avait guère le choix.

Une agence de placement lui indiqua une adresse du côté de Passy. Sur le trajet, des postes d'observation situés en haut de mâts lui sautèrent au regard. Il y en avait des dizaines qu'elle n'avait jamais repérés jusqu'à présent, conférant aux immeubles des allures de navires échoués. Une échelle affreusement fragile escaladait le mât ajouré jusqu'au nid-de-pie à peine moins exigu qu'un tonneau. Des silhouettes minuscules se distinguaient parfois, dont la plupart n'étaient guère plus animées que des statues. Une onde glacée dévala l'échine de Renée. Son sixième sens, qui lui criait de se raviser. Elle poursuivit son chemin. Au terminus de la ligne Verte, elle passa au large de la tour Eiffel – l'originale – pour suivre le quai qui se déhanchait vers le sud.

Devant le bureau d'embauche de l'aéropolitain, la file des postulants s'allongeait jusqu'à masquer la boutique d'antiquaire et la papeterie d'art à côté. Au bout d'une heure, la queue n'avait avancé que de quelques mètres. Chacun défendait sa place avec âpreté. Le découragement l'emporta et Renée se dégagea. Elle ne voulait pas surveiller des engins volants, ni raccommoder des vêtements à la pièce, ni faire le ménage dans des appartements huppés. Sa mission consistait à enseigner.

Il ne lui restait plus qu'à rentrer. Sur le Champ-de-Mars, elle acheta un gros sandwich au pâté à une vendeuse ambulante. Elle en donna la moitié à un clochard, et émietta le croûton pour les oiseaux. Bientôt, les pigeons s'égaillèrent, chassés par le vent qui se levait, ne laissant que des pies insolentes.

Alors qu'elle rejoignait la Verte, une voiture se posa à quelques mètres avec la grâce d'une feuille morte. Une Delaunay-Belleville profilée comme une torpille, la carrosserie d'un rouge profond. L'intérieur capitonné était vide. Un chauffeur en livrée descendit de la cabine de conduite. Dans une avalanche de jurons italiens, il déplia une capote plombée sur la sustentation centrale. L'interruption du champ de lévitescence fit recouvrer brutalement son poids au véhicule, qui s'affaissa sur la chaussée comme si un piano lui était tombé dessus. Le chauffeur lança le moteur. Un instant plus tard, l'automobile disparaissait dans des crachotements de fumées noires.

Le trottoir roulant s'arrêta avec force grincements, rejetant Renée devant l'entrée du Sénat. Les bourrasques s'intensifièrent : une tempête à présent, qui vida la rue en quelques instants. Les quelques véhicules encore en l'air ballottaient comme des bouchons sur un océan déchaîné. La jeune femme noua un foulard afin de contenir ses mèches tire-bouchonnées et se précipita à l'abri d'arcades non loin de là. Les grilles aux pointes dorées du jardin du Luxembourg poignardaient le ciel bouché. Sur un mur des arcades, une plaque de marbre arborait un mètre étalon, borné par des repères cuivrés. L'inscription gravée en dessous lui sauta aux yeux :

À TOUS LES TEMPS, À TOUS LES PEUPLES

Soudain, des claquements retentirent : un volet sans doute, qui s'était libéré pour frapper la façade avec violence.

Une ombre frôla les toits. L'espace d'un effroyable instant, Renée imagina le conducteur imprudent d'une voiture volante précipité par-dessus bord avant d'avoir pu négocier son atterrissage.

Elle n'eut pas le temps de lever les yeux. Une forme humaine, enveloppée dans une cape en cuir jaune sale à moitié rigide, s'abattit à ses pieds. Comme un cri lui échappait, la silhouette empêtrée tenta de se redresser. Un bruissement, et des membres fripés émergèrent de l'amas comme d'un parapluie démantibulé. Puis une tête, affreusement déformée, qui darda sur elle un regard humide.

Tout à coup, Renée comprit. Le saisissement arrondit ses lèvres.

« Un erloor ! Un erloor de Mars ! »

8

Georges Moinel

Georges trouva une chambre au-dessus d'une boutique de lingère empestant l'eau de Cologne. La lingère, qui louait l'étage, le toisa avec insistance, si bien qu'il se demanda si elle n'avait pas détecté dans le blanc de son œil le début de migraine provoqué par le sang-erloor. Mais elle empocha son argent sans mot dire. Il avait à peine eu le temps de poser sa valise, que l'heure du rendez-vous indiquée par Flavien sonnait.

Accroché au flanc sud de la butte Montmartre, le cabaret n'était heureusement pas trop loin. Des bribes aigrelettes s'en échappaient. À chaque pas qui l'en rapprochait, les paroles se précisaient, dignes d'une chanson de bal de Ménilmontant.

« … Fini ! Nous vivons un autre Âge
« La vitesse, le surmenage,
« L'influence des sauvages
« Nous ont dénaturé le goût.
« Plus de nuances, on s'en fout… »

La porte poussée, une cohue indescriptible le happa. Un mélange de fumées, de sueur et de bruit s'engouffra dans ses poumons, telle l'atmosphère d'une autre planète. Il la huma à pleins poumons.

« … Tout le reste est à l'avenant
« La cavorite use les patiences
« En notre beau pays de France. »

Flavien agita la main du fond de la salle, non loin du piano droit. Une femme s'alanguissait sur ses genoux. Aux murs pendaient des toiles naïves aux couleurs crues. Des paquebots volants y côtoyaient des anges et des erloors aux ailes démesurées, dans un ballet charmant. L'une d'elles représentait le cabaret flottant dans un bariolage de nuages. Une main appliquée d'écolier avait titré *Guinguette en goguette*. Georges se faufila à travers un chaos de couples virevoltant entre les tables. Un as de la navigation cavorique, dont les frasques amoureuses nourrissaient les gros titres, s'étalait à l'une d'elles. Son nez avait été congelé dans la haute stratosphère, ou bien au pôle Sud, Georges n'arrivait pas à se le rappeler. Le voir ici, mêlé au beau monde, n'avait pas de quoi surprendre. En matière de renommée, les pilotes avaient succédé aux sportifs d'antan.

Pendant que des applaudissements saluaient la fin de la chanson, Georges atteignit la table. Un dandy à la mise excentrique se leva pour lui faire place. Il stoppa d'un geste autoritaire les excuses de Georges :

« Ta-ta-ta, pas de façons entre nous. Moi, je dois filer. J'ai une pièce à vendre à Varnel, et on dit qu'il est dans les parages. Je vais le guetter à la porte des toilettes.

— Je suis désolé. Je m'appelle Georges Moinel. Et vous… et toi ? »

Le dandy renifla.

« Tout le monde m'appelle Coco, ce qui me convient fort bien. Disons que je suis le fils dégénéré d'un procureur bordelais. Je m'attelle à le rendre le plus honteux possible.

— Bah ! ici, nous faisons tous le désespoir de nos parents, rigola Flavien, et les plus fous d'entre nous finiront sur l'échafaud. Pas de quoi en faire un drame. »

Coco fourra dans une trousse l'insolite attirail – une seringue, une cuiller et un réchaud à alcool – déployé sur la table. Un instant plus tard, il avait disparu. Toujours assise sur les genoux de Flavien, la femme le scrutait, un étrange sourire en coin, comme empreint d'ironie. Aussitôt, Coco s'effaça de son esprit et il ne put dénouer son regard de l'apparition. Sous une chevelure feu, son visage était celui d'une madone sur lequel chaque vicissitude de l'existence avait imprimé son fer. L'âge avait empâté sa silhouette entortillée dans un châle à pompons. Mais elle l'arborait avec une grâce qu'aucune rombière bardée de cavorite ne posséderait jamais, comme si elle avait su capter, par quelque procédé de fakir, un peu de la faible gravité martienne.

« Raccroche donc ta mâchoire avant qu'elle ne te tombe sur les genoux », rigola Flavien, en pinçant les fesses de la femme afin qu'elle bouge. Georges se poussa sans oser la regarder en face.

« Rassure-toi, Doudou fait cet effet-là à tout le monde. Ce n'est pas pour rien qu'elle est devenue la muse de la moitié de Montparnasse.

— Doudou, c'est votre nom ? »

Georges se maudit sur-le-champ d'avoir bêtifié de la sorte.

Elle leva son verre dans le geste de trinquer, montrant un majeur et un annulaire tranchés net audessus de la deuxième phalange.

« Le sobriquet que notre petit milieu m'a donné. »

Sa voix, grave et éraillée, portait elle aussi les stigmates d'une vie rude.

Le rire de Flavien éclata à ses oreilles.

« Oh, rien d'énigmatique là-dedans. Doudou a posé pour un tas de peintres. Elle a un cœur d'amadou, d'où son surnom… le cœur, ou bien la croupe, je ne me souviens plus. » Il esquiva la gifle que la femme faisait mine de lui décocher. « Le plus important, comme tu vois, c'est que la tête soit à la bonne place. »

Georges décida de ne pas se laisser décourager.

« Tu es modèle, alors ?

— Avec la crise, à quart temps seulement. Et encore.

— La crise ?

— La crise de la cavorite, coupa Flavien, qui se languissait de reprendre les rênes de la conversation. Le krach de l'an dernier a ruiné mécènes et marchands d'art. La cote de l'avant-garde s'est effondrée. Même un monstre sacré comme Picasso n'arrive plus à écouler sa production. Tu arrives deux ans trop tard, l'ami. Ce simulacre d'agapes que tu vois autour de toi, c'est un voile sur un champ de ruines.

— À ce point ?

— Pire que ce que tu crois. Hé ! Qui aurait pu

penser que le sort d'artistes sans le sou dépendrait d'une crise sans rapport avec eux ? »

Doudou balaya l'air dans sa direction. L'un des pompons de son châle lui heurta l'arcade sourcilière.

« Toi, Malateste, ne va pas effrayer mon nouvel ami. »

Flavien se frotta la paupière, avant d'écluser son verre. Doudou se tourna vers Georges.

« Et toi, mon joli, tu peins ?

— Flavien m'a montré quelques-unes de ses œuvres. Je ne pourrai jamais faire aussi bien.

— Ha ! Ses toiles, je les ai vues et je ne les trouve pas si bonnes.

— C'est encore plus décourageant pour moi. »

D'amusement, Flavien tambourina sur ses cuisses pendant que Doudou l'abreuvait de joyeuses injures.

« Il te reste la musique ou la poésie, reprit-elle à l'adresse de Georges.

— À propos de musique, si on continuait la fête au Dôme ou aux Deux Magots ? grogna Flavien. De toute façon, ici, l'air est trop pauvre en artistes. J'y étouffe. »

Dans la salle, le chansonnier avait cédé la place à un homme en redingote et lorgnon. Une partie du public l'applaudit. Les danseurs, eux, le huèrent pendant qu'il installait un engin à l'allure de caisse enregistreuse surmontée d'une paire d'antennes ; la première était droite, tandis que la seconde se recourbait en boucle.

« Tu veux festoyer ? À ce rythme, je serai bientôt à sec, lui glissa Georges.

— Personne ne t'oblige à danser la rumba ou à payer la tournée. Il s'agit de figurer, pas de festoyer.

C'est le cas de tout le monde, moi compris. Le piano-bar est l'antichambre de sa place dans les galeries et les revues d'art, camarade.

— Tu viens de dire qu'il n'y avait plus de marché.

— On ne vend plus rien, mais il reste la gloire. L'Art dans toute sa splendeur, quoi ! »

Doudou s'impatientait. Elle, elle avait envie de s'amuser, et le concert d'éthérophone avait commencé – c'était le nom de l'appareil, au-dessus duquel l'opérateur faisait tournoyer ses mains, comme s'il peignait sa musique dans les airs. Le son, filaire et pur, n'était assurément pas fait pour se trémousser.

« Allons à la Volière, alors.

— Chez les alterréalistes ? Non merci ! s'insurgea Flavien. Pour eux, la Révolution se résume à des jeux de mots oiseux. »

Ils échouèrent dans un café de boulevard où les serveuses passaient bras nus, chargées de verres remplis de bière pression. Flavien ne cessait de maugréer :

« Le Dôme ou le café de la Paix, la Rive droite ou la Rive gauche, quelle différence ? Une scène révoltante où se dandinent les pantins d'un monde en sursis, voilà ce que c'est. Ce n'est pas ce théâtre de Guignol qui accouchera de la Révolution.

— L'alcool te durcit, fit Doudou d'un ton las. Voilà un moment que ce n'est plus drôle. »

Elle glissa son bras sous celui de Georges. Quelque chose comme de l'électricité passa entre les deux êtres, comme chaque fois qu'ils s'effleuraient.

Alors qu'ils se levaient, Flavien tenta de les imiter, avant de se rasseoir avec une lourdeur épuisée sur sa banquette.

Georges porta la main à la poche de son veston. En un clin d'œil, son visage se vida de toute couleur.

« Mon portefeuille ! On me l'a volé. »

Il se fouilla frénétiquement. Ce fut vite expédié : sa veste comportait deux poches intérieures, plus une, plus petite, sous le revers. Deux fois, trois fois, mais c'était idiot, son portefeuille gonflé de billets ne pouvait échapper à la fouille. Il eut un geste d'énervement lorsque Doudou lui entoura le cou.

« Je ne plaisante pas. Toutes mes économies étaient dans mon portefeuille. Je n'ai plus rien, plus rien du tout ! »

Cela avait pu se produire n'importe où : dans la rue, ou ici même, au Mirliton, trois minutes plus tôt.

Doudou siffla un garçon et régla. Avachi sur la banquette, Flavien pouffa.

« Tu donnes dans l'oison de province, Doudou ?

— Comme dans tous ceux qui n'ont pas encore enfilé un masque de cynisme. Cela me change de ta compagnie.

— Eh bien, va donc baiser ton oison. »

Avant que Georges ait pu protester, elle l'entraîna dehors. La froideur humide venue de la Seine fit frissonner le jeune homme.

« Ne t'inquiète pas pour Flavien, demain il aura tout oublié, le rassura-t-elle. D'ailleurs, ses espérances d'artiste l'empêchent de penser vraiment ce qu'il dit à propos de la Révolution. Il a l'art chevillé à l'âme. Sitôt qu'il en parle, la flamme de son regard se ravive et il entre en fureur.

— Et moi...

— Tu es différent. Tu n'as pas l'étoffe d'un mauvais garçon, mais il y a de la révolte en toi, je le sens. Ça me plaît.

— Je ne veux pas être la cause de votre rupture. »

Elle éclata de rire.

« Quelle rupture ? Je n'appartiens pas à Flavien. À personne, du reste… Peut-être juste à toi, cette nuit, si tu acceptes de m'appartenir. »

La lueur glauque des pavés humides parut à cet instant comme la clarté du paradis.

« J'ai de quoi loger pour quelques jours, murmura-t-il dans leurs souffles mêlés. Le temps d'épuiser l'avance que j'ai donnée. Mais je ne pourrai pas rester plus longtemps.

— Laissons l'avenir aux savants et aux politiciens. Nous sommes des amoureux. Le présent est à nous, personne ne nous le volera. »

9

Maurice Peretti

Dans l'attente de leur évacuation, les corps avaient été alignés sur l'herbe. Les draps dont on les avait recouverts s'imbibaient lentement : la pluie qui avait inondé la France au début de l'année et ne s'était jamais évaporée. Peretti souleva l'un d'eux.

La trogne de l'emploi, pas de doute.

Mais il n'était pas satisfait. Il aurait préféré limiter la casse. Personne à interroger, du moins sur le moment. Les cadavres parlaient, si on savait écouter.

Un bref moment, le commissaire ferma les yeux. Le seul fait de gonfler ses poumons rendait l'air délicieux. Il était en vie, et ses hommes l'étaient tous.

Les fourgons affrétés pour la morgue ne tarderaient plus, mais ils devaient rester jusqu'à leur arrivée. Son regard revint sur Jaffeux, accroupi devant la seconde série de linceuls. Tout de suite, son instinct capta l'anormalité de son geste : l'inspecteur avait étendu le bras d'un cadavre, et s'acharnait sur sa main. Comme il se redressait, le poing fermé sur quelque chose, Peretti se planta devant lui.

« Montre ce que tu as trouvé. »

Jaffeux lui renvoya une expression hagarde.

« Ne me demandez pas, patron. S'il vous plaît.

— Donne-le-moi ou je t'arrête.

— Je ne peux pas. »

L'échange devenait absurde.

« Pourquoi tu ne peux pas ? Qu'as-tu volé ? De l'argent ? Non, tu n'as rien d'un détrousseur. »

Sans s'en rendre compte, Peretti avait posé la main sur la crosse de son arme, et comptait les balles non tirées dans le barillet. Ses hommes étaient dotés de Browning 7,65, mais lui ne s'était jamais résolu à abandonner son revolver d'ordonnance. Antique, mais solide et toujours parfaitement graissé. Jaffeux manifestait de l'hésitation. En lui se disputaient des pensées contradictoires. Il possédait le sens du devoir. Pour qu'il trahisse ainsi, la motivation devait être puissante. Mais il avait lu dans les yeux de son patron qu'au moindre geste de saisir son pistolet, ce dernier laisserait ses réflexes parler.

« Je ne peux pas, répéta-t-il d'une voix presque geignarde. Ils le veulent absolument. »

Une pièce à conviction, donc. Jaffeux n'était pas un lâche. Dans les secondes à venir, un nouveau corps irait rejoindre les deux rangées à leurs pieds.

Posément, Peretti écarta la main de son calibre.

C'est idiot. Comme s'il n'y en avait pas déjà assez comme ça.

« On peut trouver un terrain d'entente. Tu me montres ce que tu caches dans ton poing, et je te le laisse. »

L'inspecteur s'ébroua la tête.

« S'ils l'apprennent…

— Mon offre est de te laisser la vie sauve. Mais

elle ne tient que si tu me montres tout de suite l'objet dans ta main. L'autre option, c'est que tu repartes les pieds devant. »

Ou que Jaffeux se retrouve en taule à perpète pour le meurtre de son supérieur, s'il se révélait plus rapide. Cela, inutile de le dire.

Laborieusement, comme si Peretti lui-même lui desserrait les doigts, la main s'ouvrit sur une chevalière. Elle était frappée du sceau des Renseignements. Peretti le déchiffra à mi-voix.

« *Quatrième bureau, 2e section.* Le service d'espionnage de l'armée ? Qu'est-ce que l'armée vient fiche là-dedans ? »

La main se refermait déjà. Jaffeux recula, comme s'il craignait que son patron ne lui tire dans le dos. Ses pupilles tremblaient et ses paupières battaient de façon convulsive.

Peretti ne laissa percer aucune émotion.

« Disparais de ma vue, Jaffeux.

— Vous m'avez fait une fleur. À mon tour, avec ce conseil : laissez tomber, si vous voulez profiter de votre retraite. Vous n'êtes qu'un commissaire de quartier, vous ne boxez pas dans leur catégorie.

— Ah oui ?

— Ils vous écraseront. »

S'efforçant au calme, Peretti suivit l'inspecteur des yeux jusqu'à ce qu'il ait disparu. Son dos ruisselait. D'un seul coup, la fatigue l'assomma. Mais la colère était toujours là. Contre Levert, et surtout contre lui-même. Avec Jaffeux, il avait perdu un de ses meilleurs éléments.

Il s'accroupit devant le mystérieux agent. Entre deux âges, cheveux presque blonds coupés court, aucun trait saillant. Il souleva une paupière – des yeux délavés. Une balle en plein cœur avait tranché net le fil de son existence. Sans passer pour luxueuse, la coupe de ses vêtements s'affichait plus soignée que celle de ses acolytes. L'arme à sa ceinture était un semi-automatique standard. Peretti lui retourna la main, paume vers le haut. Le bout des doigts n'offrait plus le moindre relief, un corrosif les avait rendus indéchiffrables.

Un document dépassait de la poche du mort. Peretti le déplia. Des colonnes de chiffres en kilogrammes, d'autres dans une unité de mesure qu'il ne connaissait pas. Une inscription en rouge marquait le coin supérieur gauche : *Cv72 (45 %)*. La comptabilité des lingots, à l'évidence.

Un agent infiltré ? Non, il n'aurait pas laissé sa chevalière au doigt. Il appartenait à l'équipe de sécurisation de la planque. Peretti n'arrivait pas à se rappeler la fonction du Quatrième bureau. Il ne s'agissait pas du contre-espionnage, mais d'un département voué à l'intendance, ou quelque chose comme ça.

Cette affaire n'a ni queue ni tête.

Néanmoins, il comprenait ce que Jaffeux avait voulu lui dire. Il n'était pas de taille, et il commençait à le croire en effet. Là, dans cet entrepôt, gisaient des tonnes de lingots de cavorite inactivée par un revêtement de plomb. Un trésor se comptant en milliers de francs-or, depuis le krach qui avait résulté de la publication de deux rapports dans la presse, une vingtaine de mois plus tôt : un rapport des époux Curie, qui avaient déterminé la durée de vie du rayonnement antigravitatif, une durée beaucoup plus courte que ce que l'on avait pensé jusqu'alors. Et une étude d'experts des mines, longtemps étouffée mais qui avait ressurgi à la faveur du rapport Curie. On y lisait que les mines de cavorite en exploitation étaient aux trois quarts épuisées, et que les prospections ne donnaient rien depuis dix ans. Un vent de panique avait emporté le marché boursier. La crise avait fait boule de neige, plongeant les économies développées dans le chaos. Depuis, la course à la cavorite déterminait les politiques impériales. Et c'était dans ce nid de vipères qu'il avait mis un pied imprudent.

Son regard se posa sur les corps. Les premières victimes d'une guerre qu'il devinait sans pitié. À quoi auraient-elles servi, s'il ne poursuivait pas la recherche de la vérité ? Peretti s'aperçut que, bizarrement, il n'avait pas peur.

Du fond du terrain, un de ses inspecteurs accourait dans sa direction.

Je ne suis pas seul. Je dispose de mes troupes. Tant que je n'aurai pas quitté la maison, pour quelque temps encore, je peux agir.

« Commissaire, une communication radio vient d'arriver, lança l'inspecteur après le salut d'usage. Nous devons tout laisser en l'état. Ordre du ministère de la Guerre.

— Hein ? Comment savent-ils ?

— Ils ont été rancardés, apparemment. Ils affirment avoir des gars mieux qualifiés que nous.

— Combien de temps avant qu'ils débarquent ?

— Ils arrivent par fourgon volant. Dix minutes grand maximum, si vous voulez mon avis. »

Peretti frappa dans ses mains.

« Bon ! Pas le temps pour les empreintes, mais prenez des photographies de chacun de nos clients allongés là. Les visages, les silhouettes, les armes si vous pouvez. On a assez d'appareils ? » Devant la moue de l'inspecteur, il eut une mimique excédée. « Débrouillez-vous. S'il le faut, allez toquer à la porte du voisinage et empruntez-leur des appareils. Improvisez. »

Il courait déjà.

« Où allez-vous, commissaire ?

— Récupérer quelque chose d'important. »

Le champagne coulait à flots, et un gramophone avait été branché dans une des salles du commissariat. Des piétinements rythmés indiquaient que les secrétaires avaient été invitées à la fête. L'équipe de Peretti avait récolté un butin précieux en ces temps de pénurie de cavorite. Le gouvernement avait aussitôt fait main basse dessus, mais cela n'avait pas entaché la gaieté générale. On parlait de médailles, d'une prime importante de fin d'année. Peretti pariait qu'il n'y en aurait pas. Le préfet ne s'était même pas fendu d'un billet de félicitations. L'absence de réaction était en soi un message : on lui pardonnait cette opération – et encore, c'était à voir – à condition qu'il ne récidive pas.

Le regard un peu jaloux de Courget aurait dû mettre du baume au cœur de Peretti. Ce n'était pas le cas. Il venait de signer le formulaire de mutation de Jaffeux et cela le rendait furieux.

Les clichés étalés sur le bureau revenaient de l'Identité judiciaire. Peretti avait emprunté des chemins détournés pour effectuer les comparaisons sans éveiller l'attention de la hiérarchie. Sa décision de continuer l'enquête ne plairait pas à ceux qui souhaitaient garder le trafic secret, et il s'attendait à ce qu'on lui mette des bâtons dans les roues. Son affaire touchait à la pègre, mais aussi à l'industrie, donc à l'économie et à la politique. Les ramifications donnaient le vertige. Il lui manquait trop d'éléments. À vrai dire, il n'avait tiré qu'un seul fil, l'essentiel du canevas demeurait dans l'ombre.

Le bilan de l'identification était mitigé : des petites frappes qui auraient été qualifiées d'apaches dix ans plus tôt. Par ailleurs, la plupart étaient sorties du circuit. Un inconnu total, dont le corps ne portait aucune marque de reconnaissance : l'agent du Quatrième bureau, en l'occurrence le service du fourniment et du transport de l'armée. Enfin Vidal, un ancien étudiant connu de la police pour voies de fait ; ce fils de famille avait un peu fréquenté la pègre sous le surnom de « les Mines ». Il ne faisait plus parler de lui depuis deux ans. Un silence définitif à présent. Au cours d'une fouille sommaire de son cadavre, Baudarel avait trouvé un cylindre chemisé d'acier, à l'extrémité gravée de l'estampille d'une compagnie minière. Il avait empoché l'objet une minute avant l'arrivée des agents du Renseignement. Ceux-ci avaient sauté de leurs véhicules et expulsé les policiers sans guère de ménagement, mais ils n'avaient pas osé les fouiller.

Peretti tritura le tampon. Un peu de l'encre dont il s'était servi pour imprimer le motif sur un bout de papier lui restait sur les doigts. Il sortit le lingot qu'il avait subtilisé dans la caisse forcée. Il ne portait aucune frappe. Vidal n'avait pas eu le temps d'estampiller le lot.

Le commissaire hésitait à manipuler le lingot. Sur la caisse, de multiples inscriptions signalaient le danger de les laisser tomber. Si le revêtement de plomb se déchirait, le lingot filerait dans le ciel avec la force d'un boulet de canon.. Peretti se souvenait vaguement d'accidents mortels relayés par la presse. Mais les choses de la science ne l'avaient jamais intéressé, de sorte qu'il avait sur le sujet une ignorance de sauvage. Sans connaissances précises sur la cavorite, il pressentait qu'il ne réussirait pas son enquête. Il fallait en savoir plus là-dessus.

Il n'avait jamais accepté de téléphone sur son bureau. Cette fois, il le regrettait. Pour sa dernière enquête, il allait devoir abandonner un certain nombre d'habitudes. Il s'apprêtait à se lever pour utiliser l'appareil de Baudarel… avant de se rendre compte qu'il était bien trop tard pour avoir un correspondant au bout de la ligne.

10

Marcel Chery

Arrivé près du long édifice rectangulaire tout en briques, Marcel se retrouva happé par une foule surexcitée, agglutinée devant la porte close. Des années plus tôt, le public avait été banni de l'Institut médico-légal. Cependant, l'autopsie des Martiens transportés sur Terre et décédés avait soulevé un tel engouement que de nombreuses autorisations spéciales étaient délivrées. Marcel chercha Jaume du regard, mais impossible d'identifier qui que ce soit au milieu de la cohue. Il avait tâté des égarements de la foule en colère lors de son procès, et après, quand plusieurs de ses centres avaient été incendiés. Il l'avait en horreur. La populace – était-ce cela, la race de demain ?

Un bruyant déclic. Avec un juron mental à l'adresse de Jaume, Marcel suivit le mouvement lorsque les battants s'ouvrirent en grand et le concierge guida le groupe jusqu'à l'amphithéâtre.

En pénétrant dans la salle, il se rendit compte que la dépouille du Martien avait été disposée sur une table de présentation dressée presque à la verticale. Une minerve calait sa tête afin de l'empêcher de retomber sur son poitrail parcheminé et rachitique. Ses bras ailés débordaient de la planche. Les garçons d'amphithéâtre l'avaient sanglé au niveau du tronc avec des lanières en cuir. Ils avaient dû percer la membrane des ailes pour permettre aux crocs de soutenir le corps par les aisselles.

Les yeux du spécimen étaient ouverts, immenses, mais leur face vitreuse aurait été en peine d'évoquer le regard sauvage, bordé d'écarlate, de l'unique erloor vivant que Marcel avait aperçu jadis dans la cage d'un zoo, au côté d'un rhinocéros, d'un nain hydrocéphale et d'un Hottentot vêtu d'un simple pagne malgré le froid. Écrasé par la gravité terrestre, prostré dans l'espace exigu qui l'empêchait d'étendre ses ailes pourtant peu développées, l'erloor lui avait alors paru pitoyable.

Le cadavre étendu sous ses yeux rendait son souvenir plus anecdotique encore.

Les places en bas étaient déjà occupées par les étudiants en médecine. Marcel alla se poster sur un banc supérieur. Il y avait des rires, des toux bruyantes. Pendant que l'auditoire achevait de s'installer et que les commentaires fusaient déjà sur divers détails anatomiques du sujet, un photographe prit plusieurs clichés. Puis il replia son trépied, décrocha la toile quadrillée tendue sur le mur du fond, avant de s'éclipser tandis que le professeur à la Faculté entrait en scène, encadré de garçons d'amphithéâtre en calot noir et tablier blanc.

Sa présentation fut brève : le sujet était mort d'une pneumonie dans un cirque qui l'avait acquis l'année précédente. Probablement un vieux spécimen, ainsi que le suggéraient l'état dentaire ainsi que le bord des ailes membraneuses, usées et éfaufilées comme du vieux drap. Il était toutefois difficile de se prononcer, ajouta le médecin, car les cirques édentaient et frappaient volontiers leurs animaux « pour courber leur instinct ».

Tandis qu'il indiquait à l'un des assistants de faire basculer la table de présentation à l'horizontale, Marcel se demanda pourquoi Jaume l'avait entraîné jusqu'ici. Les erloors n'appartenaient pas à son domaine de compétence. Du reste, ils ne le passionnaient pas le moins du monde. Il se força néanmoins à regarder cette exhibition ridicule.

La dissection raviva son intérêt. L'incision en arc de cercle ouvrit le thorax du milieu de l'abdomen jusqu'au-dessus des mamelons. Les erloors étaient donc mammifères. Le médecin procédait à gestes rapides et précis. Le rabattement du couvercle de peau dévoila une chair blême comme du saindoux. Puis il ouvrit la cage thoracique au moyen d'un sécateur. Au bruit de section des côtes, des exclamations s'échappèrent du public, réprimées par un « Chut » impérieux des acolytes. Marcel eut une moue dédaigneuse.

Comme il s'y attendait, l'éviscération et la pesée des organes ne fournirent rien de fondamentalement différent d'un organisme humain, du moins rien que n'explique la physiologie erloore. Certaines glandes ainsi que des tissus poreux ne disaient rien à Marcel. Les autopsies se comptaient déjà par dizaines à travers l'Europe, si bien qu'on leur avait déjà attribué des noms. Il scruta avec une curiosité croissante les « branches médionasales » extirpées de la trachée du sujet, suivies par des « éponges sub-buccales » qui descendaient jusqu'à un cœur de taille réduite. Les dames et même quelques messieurs exprimaient leur enthousiasme ou parfois leur dégoût par des onomatopées ou des gloussements s'échappant de mouchoirs plaqués sur la bouche. Le professeur passa un long moment sur l'un des bras ailés, effectuant des crevées le long des attaches membraneuses pour dévoiler tendons et points d'articulation. Malgré le silence réclamé en début de séance, l'un des spectateurs ne put se retenir de demander s'il était normal qu'elles soient si peu développées.

« Tous les spécimens rapportés sont dans ce cas, consentit à répondre le professeur. Certains même n'ont plus que des extensions vestigiales. Les erloors ont peut-être eu un prédateur par le passé, et ce n'est plus le cas aujourd'hui. Dans cette hypothèse, il est logique que leurs ailes aient commencé à s'atrophier… À présent, silence pendant que j'ouvre le crâne. »

L'incision coronale provoqua des remous dans l'assistance, remous qui se transformèrent en cris étouffés lorsqu'il rabattit le scalp vers l'avant, puis scia la calotte crânienne. Comme pour le reste de la dissection, il commentait à haute voix : l'os était facile à découper, poreux, presque caoutchouteux. L'encéphale prélevé tenait dans le creux de sa main. Les deux lobes accolés, d'un gris pâle, ne différaient guère de leur équivalent humain, non plus que le cervelet et le bulbe rachidien tranché à ras. L'organe semblait légèrement plus petit, mais difficile d'être affirmatif, estima Marcel.

Le professeur suivait les sinuosités de la surface d'un index luisant.

« Les circonvolutions sont moins profondes et plus grossières que les nôtres. Voyez le déficit du lobe préfrontal, l'indice le plus significatif que l'espèce est limitée dans les idées abstraites et les constructions intellectuelles complexes. »

Il introduisit l'organe dans un bocal. Ce dernier, scellé, était prévu pour être étudié par un psychiatre de Sainte-Anne.

Alors qu'un garçon d'amphithéâtre tirait un drap sur le cadavre, une voix s'éleva du public, réclamant de mettre au jour le sexe de l'erloor, rétracté dans son fourreau urétral.

« Si vous n'étiez venu que pour cela, il était inutile de vous déplacer, rétorqua le médecin sur un ton agacé. Le système génital erloor a été étudié en long et en large par d'éminents confrères. Je ne le referai pas ici.

— Dans ce cas, vous auriez pu prévenir ! »

D'autres questions fusaient. Un étudiant bourré de tics leva frénétiquement la main.

« Les restes seront mis à la fosse ?

— Pas du tout ! Cet erloor n'était pas un criminel. Il sera incinéré.

— Incinéré, comme les hindous ? lança une femme en toilette du soir.

— Pour des raisons sanitaires, madame.

— Quelle drôle d'idée. »

Quelque chose de l'ordre de l'atavisme poussa Marcel à intimer le silence à cette sotte. Tout aussitôt, il se souvint qu'il n'était qu'un invité. Il n'avait aucune autorité, ni sur elle ni sur aucune des personnes présentes. Le malaise ressenti à son arrivée ressurgit, et il s'éclipsa avant la fin de la séance.

Louis-Anatole Jaume l'attendait à la sortie. Ses lèvres pincées semblaient refouler un insupportable sourire.

« Bonjour, docteur. Qu'en avez-vous pensé ?

— Vous m'avez infligé cette séance pour m'humilier ?

— Je vous demande pardon ?

— Vous savez que le droit d'exercer m'a été retiré. Et vous me montrez un éminent professeur en train d'officier devant un parterre ébahi : ce que j'aurais dû devenir. »

L'homme agita les mains.

« Vous vous méprenez. Mes intentions n'avaient rien d'aussi méprisable, bien au contraire.

— Quelles étaient-elles ?

— Vous faire découvrir les Martiens.

— Pourquoi ?

— Ils font partie de la mission.

— Vous m'avez dit que vous étiez dans l'industrie. Quel rapport avec les Martiens ?

— La mission que nous comptons vous confier implique d'aller sur Mars.

— Pourquoi m'envoyer sur Mars ? Vous voulez que je pratique la stérilisation en masse des erloors ? »

Jaume s'était mis à marcher, et Marcel lui avait emboîté le pas sans même s'en rendre compte. Derrière eux, les spectateurs de la dissection commençaient à se répandre dans la rue.

« Il n'est pas question de ça, mais je ne peux rien vous dire tout de suite. Considérez qu'il s'agit d'un secret de la plus haute importance.

— Ce n'est pas assez pour me convaincre.

— Je peux vous révéler la raison pour laquelle nous avons décidé de vous recruter. Nous avons été impressionnés par les capacités d'organisation dont vous avez fait preuve pour votre programme d'apurement racial. Vous avez monté un dispositif efficace, clandestin, qui a abouti à la stérilisation de treize cents personnes inaptes. Sur le plan industriel, cela relève de l'exploit. Quel dommage, pour ne pas dire quelle honte, qu'un talent aussi brillant que le vôtre reste inemployé. »

Marcel était flatté malgré lui par le compliment – le premier qu'on lui adressait pour ce motif, du reste. En d'autres temps, il aurait peut-être été mieux compris. Mais le gouvernement pleurait sur le manque de bras et finançait de ruineuses campagnes contre l'avortement. Voir de futurs citoyens, même inaptes, éliminés n'avait pu être accepté par ces politiciens à courte vue, comme par l'opinion publique gouvernée par l'émotion immédiate.

Jaume s'engouffra dans un *électro-shop*. Du moins, c'était ce qui était écrit, en lettres de néon vissées par-dessus une enseigne écaillée de blanchisseur. Des machines s'alignaient sur chaque mur. L'homme acheta deux jetons à un guichet, puis les introduisit dans une cafetière automatique. Des clients, jeunes pour la plupart, s'agglutinaient devant les machines : bouilloires à cartes perforées permettant de programmer le thé de son choix, fers à friser la moustache en une minute, distributeurs de biscuits, et même une machine à écrire dont le chariot se débloquait grâce à un jeton, et qui délivrait feuilles et papier carbone. Marcel observa un jeune homme tremper le bout des doigts dans un lavabo-séchoir avec la dévotion d'un prêtre manipulant un ciboire. Lui ne ressentait aucun goût pour le culte que chaque Parisien se faisait un devoir de pratiquer vis-à-vis de la nouveauté.

Jaume le rejoignit, deux tasses fumantes à la main, à une table dans l'arrière-salle.

« D'après ce que vous m'avez laissé entendre, vous représentez une organisation officielle, dit Marcel. Or, personne ne prendrait le risque d'associer son nom, ou celui d'une quelconque institution, au mien. La salissure rejaillirait et sur lui, et sur elle.

— Officielle ne veut pas forcément dire publique. Je collaborais avec le Comité international de la cavorite avant d'être moi-même recruté.

— Il me semble avoir entendu parler de ce Comité…

— Peu importe. Le département où j'officie aujourd'hui a une existence légale, mais ses opérations ne le sont pas toujours. Celle-ci en particulier réclame une discrétion absolue. Vous voyagerez incognito.

— Vous voulez que je travaille pour la France, moi que l'on a accusé d'avoir tué ses enfants. »

Jaume poussa un soupir.

« Moi-même et mon département trouvons les vues du gouvernement actuel trop timorées. En stérilisant des inaptes, vous avez œuvré pour la nation. Beaucoup d'entre nous pensent que vous êtes un visionnaire, docteur Chery. D'ailleurs, nombre de médecins allemands, anglais ou américains marchent dans vos traces. Mais comme vous le savez, nul n'est prophète en son pays. »

Marcel se rappelait en effet un fait divers qui

l'avait marqué : un chirurgien britannique avait volé des enfants et les avait trépanés pour leur implanter des grains de cavorium dans le cerveau. Son but était de produire des êtres supérieurs. Il purgeait sa peine dans une prison londonienne. L'homme n'avait à l'évidence pas toute sa raison, pour prêter au cavorium des vertus quasi magiques. Sa motivation, en revanche, était frappée au coin du bon sens.

« Vous êtes fasciste ? demanda-t-il. Certains ont adopté des thèses voisines de la mienne. »

Jaume brandit sa tasse vide. Dans le fond, entre les traces de marc, se lisait une devise patriotique.

« Pas fasciste, non. Je m'efforce juste que notre empire conserve son rang, dans cette période éprouvante. Nous nous retrouvons sur un point, docteur. Vous avez essayé de prévenir le déclin organique du citoyen français. Il en va de même de la France elle-même : un pays qui n'étend pas sa puissance au-delà de ses frontières se condamne au déclin. Nous devons empêcher cela. »

Chery fit tourner ce qui restait du breuvage dans sa tasse. Il garda pour lui que le sort de la patrie l'intéressait médiocrement. Son œuvre concernait le devenir de l'Homme tout entier.

Son interlocuteur dut lire sa pensée, car il ajouta :

« Je sais que seule la civilisation humaine vous importe. Il ne m'est pas permis de vous en révéler davantage, mais sachez que c'est bien de ça qu'il s'agit. Là-bas, sur Mars, voilà à quoi vous œuvrerez : la perpétuation du règne humain.

— Les erloors sont impliqués là-dedans ?

— Pour ça oui, ils le sont. »

11

Cavorite

UNE ÉPREUVE DE POIDS

Lors d'un événement financé par le constructeur, trente-deux énormes gais lurons, membres du Club des Cent Kilos, ont embarqué dans le nouvel aérotram de la ligne Rue de Belleville – Place Saint-Germain-l'Auxerrois. Pour être parrainé dans cette confrérie très fermée de bons vivants, trois conditions préliminaires sont indispensables : être un homme, connaître des adresses gastronomiques méconnues, et peser au moins un quintal.

C'est pour la troisième raison que le directeur des usines Renault a demandé le plus officiellement du monde au Club de venir éprouver la robustesse de leur dernier modèle d'aérotram. Le PN-CV4, conçu en partenariat avec De Dion qui a fourni le châssis, a bénéficié des avancées techniques dues à la guerre, notamment pour maintenir l'équilibre de la plateforme au cas où trop de passagers se presseraient d'un côté.

Au départ de la station Saint-Germain-des-Prés, les membres de la confrérie se sont répartis à leur gré dans les deux étages de l'aérotram. Le conducteur a fait sonner la cloche, et la rame a décollé, sans à-coup assez fort pour faire déborder le champagne des coupes. Les passagers ont festoyé tout le long des six kilomètres du trajet. Le tram a grincé, tangué un peu, mais, à l'instar de Paris, n'a pas sombré. Il a si bien tenu son altitude que les augustes passagers ont réclamé à cor et à cri d'effectuer le trajet dans l'autre sens.

Maxime Avenay – *Le Petit Parisien*,
15 septembre 1914

12

Renée Manadier

Sur une impulsion, elle souleva la créature dans ses bras et l'emporta. Son regard de bête traquée avait suffi. L'erloor ne pesait presque rien, même pour sa corpulence. Du sang coulait de son flanc. Un liquide violet comme de l'encre d'écolier : aucune artère n'avait été touchée, se rassura la jeune femme. La blessure circulaire indiquait qu'il s'était fait tirer dessus. Mais pas le temps de s'attarder, elle l'examinerait plus tard.

Sans la tempête qui avait chassé passants et promeneurs, jamais elle n'aurait pu traverser le Luxembourg avec son fardeau sans se faire aussitôt remarquer. La créature se blottissait contre elle, lui communiquant ses tremblements convulsifs. Par chance, la pension était à deux pas.

Renée entra en priant pour qu'il n'y ait personne. La porte d'entrée à peine refermée, le silence s'abattit sur eux. La respiration du Martien lui parvenait enfin, saccadée comme celle d'un chiot. Personne dans le couloir, parfait. L'escalier au bout. Elle grimpa les marches quatre à quatre et verrouilla sa chambre. C'était un deux-pièces comprenant une chambre et une salle à manger. Le tout d'une austérité monacale hormis un robinet d'eau froide, un fourneau et une prise électrique. Renée alluma l'ampoule pour faire un peu de lumière. Les volets fermés craquèrent sous les bourrasques qui tentaient de s'infiltrer. Un petit canapé faisait l'angle de la salle à manger. La jeune femme déposa la frêle carcasse dessus. Avec douceur mais fermeté, elle dégrafa les pattes qui s'accrochaient désespérément à son manteau. Des couinements s'échappèrent des replis de sa gueule.

« Du calme. Je m'occupe de toi. Pour cela, il faut que tu te taises. Les autres ne doivent pas savoir, ou bien tu ne dureras pas longtemps ici. »

Les plaintes cessèrent. Dans le même instant l'erloor s'abandonna, telle une marionnette à laquelle on aurait coupé les fils. Renée put le détailler plus à loisir. Avec son corps en tonneau et ses membres grêles, sa silhouette évoquait une poupée de son mal façonnée. Les ailes membraneuses qui rattachaient les bras au tronc ressemblaient à de la toile cirée cuite par le soleil. Les doigts fuselés de Renée coururent dessus. Un fumet de cuir brut et de suint se dégageait des replis parcheminés, rappelant celui d'un cheval. Ses jambes se terminaient par de longs pieds griffus.

La tête, surtout, différait d'un être humain. De longues oreilles arrondies surmontaient un crâne hideux. Sous un nez porcin, des mâchoires démesurées abritaient des dents pointues saillant entre des lèvres pendantes. Sur ce faciès de gargouille luisaient de grands yeux de nyctalope bordés de rouge, clignotant sur un front élevé. Un cercle noir se remarquait autour de l'orbite gauche, sans doute une marque de naissance.

« D'où viens-tu? murmura l'institutrice. Pas de Mars en tout cas. Il faut plus que des ailes pour venir jusqu'ici. »

Elle mit une bouilloire sur le fourneau. Puis elle prit un torchon, qu'elle savonna avec vigueur avant de l'ébouillanter. Ce qu'elle avait lu au sujet du peuple martien dans des revues de vulgarisation scientifique lui revenait en mémoire. Cela se résumait hélas à peu de choses. L'anatomie et la physiologie erloores demeuraient mal connues.

Elle savait en revanche qu'il n'existait pas de groupes importants sur Terre. Les erloors étaient trop fragiles. Issus d'une planète moins massive que le globe terrestre, ils possédaient une ossature crayeuse et des muscles débiles. Seuls quelques centaines de spécimens capturés par des colons avaient été rapportés, principalement pour être exhibés dans les académies, les zoos et les foires. Le fait que celui-là ait pu voler sous une pesanteur aussi forte étonnait encore Renée.

« Je ne sais même pas ton nom. »

Les dénominations ne manquaient pas : *anthropochiropterus* pour les savants du Muséum, *vampire* pour les concierges et la presse à sensation ; quant à *erloor*, il avait été rapporté par les premiers explorateurs de Mars. C'était le nom par lequel l'espèce autochtone se désignait elle-même.

Dès que la bouilloire commença à siffler, Renée essora le torchon, puis nettoya la plaie. Elle sentait les os à travers la peau couleur tabac, mais aucun ne semblait rompu. La balle avait perforé le flanc pour ressortir par-derrière ; elle avait également troué l'une des deux ailes membraneuses. Tant mieux, songea l'institutrice, il n'y aurait pas à l'extraire. Elle n'en avait d'ailleurs pas la compétence.

Le plus raisonnable serait de ramener l'erloor à ses légitimes propriétaires. Mais tant que ceux-ci n'auraient pas été identifiés, pourquoi ne resterait-il pas ici, avec elle ? Livré à lui-même, il ne serait pas en sécurité. Et puis, elle avait discerné des stries bleuâtres en travers des côtes. De temps à autre, la presse rapportait les mauvais traitements reçus par les erloors sous domination anglaise. Bien moins chez ses compatriotes, mais elle ne se faisait guère d'illusions là-dessus.

« C'est entendu, tu restes avec moi. »

Il restait de l'eau dans la bouilloire. Elle versa plusieurs cuillerées de consommé Maggi dans un bol et le lui présenta. Le museau de la créature se chiffonna davantage encore qu'il ne l'était au repos ; une langue fine et rose comme une queue de rat émergea, et entreprit de laper. Le breuvage fut ingéré à une vitesse stupéfiante.

J'ai l'impression que tu aimes ça.

Un coup au cœur, soudain, quand elle réalisa que le potage était peut-être toxique pour cet organisme étranger. Pendant une heure, l'angoisse la tenailla, mais la créature ne semblait pas souffrir, bien au contraire. Elle passa plusieurs fois la langue sur son museau, tel un chat repu, et une taie tomba bientôt sur ses yeux phosphorescents.

Dehors, les éléments hurlaient toujours leur rage. Renée tituba jusqu'à son lit.

À son réveil, elle se rendit compte qu'elle s'était couchée tout habillée. La tempête était finie. Au-dehors, des mésanges chantaient leur reconquête des airs. Des lambeaux de rêves bizarres s'accrochaient encore à elle, comme le Martien de la veille, qui…

L'erloor !

Lorsqu'elle surgit dans la salle à manger, l'erloor se tenait debout. Une de ses mains crochues suivait la frise florale du papier peint. Une vague de soulagement traversa Renée. Au bruit qu'elle produisit, ses oreilles frémirent. Il tourna sa face de cauchemar et sa gorge émit un son étrange, un peu plaintif.

« Assieds-toi et cesse de bouger. »

La double plaie ne suintait pas. Visiblement, cela ne s'était pas infecté. Renée recommença néanmoins le nettoyage. C'est à peine si l'erloor broncha, même quand elle appuya un peu pour voir si du pus n'engorgeait pas la cavité.

« Là, très bien. Cela m'ennuie de ne pas pouvoir t'appeler par ton nom. Lequel avais-tu, sur Mars ? Toi et tes congénères avez un langage, cela, je le sais. Comment t'appelait-on chez toi ? »

Une phosphorescence raviva ses yeux en assiettes. Il avait compris le sens de ses paroles, elle en aurait juré, mais il ne voulait pas parler.

« Tu peux avoir confiance », dit-elle doucement.

À nouveau, elle le nourrit de bouillon, puis lui enjoignit de ne pas sortir. L'erloor alla se poster au coin de la pièce. De là, il pouvait regarder sans être vu. Elle acquiesça, avant de claquer la porte.

Au rez-de-chaussée, les commentaires allaient bon train. Renée ne se mêla pas aux conversations. Personne d'ailleurs ne la remarqua. La patronne était au grenier, en train d'inspecter d'éventuels dégâts dans la toiture, si bien qu'elle avait chargé sa fille de servir le déjeuner. Renée ne s'attarda pas.

Dans la rue, le chaos régnait. Les chaussées étaient jonchées de branches arrachées et de pylônes abattus par la tempête, de sorte que la circulation s'écoulait avec difficulté. Dans un ciel gorgé de bile, une péniche dérivait, dressée à la verticale. Une plaque de cavorite avait dû glisser ou se détacher en heurtant un obstacle, modifiant l'équilibre du champ de lévitescence. Un petit groupe suivait le navire désemparé, essayant d'agripper un filin qui pendait.

Renée se dirigea vers un kiosque à journaux. Les unes étalaient des photographies de voitures encastrées dans des immeubles. Beaucoup de celles que leurs propriétaires n'avaient pas pris soin de plomber correctement avaient rompu leurs amarres. Une douzaine de vigies avaient été emportées tels des fétus avec leur nid-de-pie ; la jeune femme songea qu'elle aurait pu faire partie du lot, si elle avait répondu à l'offre d'embauche. Des chutes étaient à déplorer au pied des tours Eiffel-Toussaint, celles-ci n'ayant pas fermé leurs accès au public. Sur les manchettes, Renée reconnut vaguement une paire de comédiens de cinéma célèbres, « fauchés en pleine ascension », parmi les victimes. Le décompte des morts ne faisait que commencer, ce qui n'empêchait pas le trafic aéropolitain de reprendre de plus belle.

Dans les colonnes, aucune disparition d'erloor n'était mentionnée, mais il était encore trop tôt. La mort des deux acteurs – Charles Vanel et Madeleine

Renaud, des noms qui ne trouvaient aucun écho dans son esprit, mais Renée n'allait jamais au cinéma – accaparait l'émotion générale. Pendant deux jours, elle parcourut les nouvelles. Enfin, un entrefilet parut dans *Le Petit Parisien*. La tempête avait endommagé la verrière de la grande serre du Jardin des Plantes abritant un terrarium martien. L'un des erloors résidents, paniqué par la violence des éléments, s'était échappé. N'ayant pas été retrouvé, on supposait qu'il s'était échoué quelque part dans la campagne, et que l'on découvrirait sous peu sa dépouille dans un arbre. Le texte signalait qu'il avait été aperçu pour la dernière fois rue Soufflot, par un sergent de ville.

« Alors, c'est la police qui t'a tiré dessus. Cet article non plus ne cite pas ton nom. Même les éléphants ont droit au leur ! » s'indigna l'institutrice en réduisant la page en boule.

La colère lui faisait oublier son inquiétude. Ce matin, la logeuse lui avait rappelé l'interdiction de toute visite masculine. Son passage au vouvoiement n'augurait rien de bon. Sans se démonter, Renée lui avait juré qu'elle ne recevait aucun homme. La patronne, qui savait son horreur du mensonge, s'était contentée de sa parole. D'ailleurs, quoi de plus exact ? Un erloor n'était pas un homme.

Lorsqu'elle remonta, elle surprit l'erloor plongé dans la contemplation des livres alignés sur l'appui de son lit. Comme chaque fois qu'elle rentrait, il poussa des cris de fille chatouillée sitôt qu'il l'aperçut. Une émotion étrange dilata la poitrine de la jeune femme. Sans réfléchir, elle ouvrit un de ses manuels et mit sous ses yeux une gravure de la classification des règnes du vivant, sous forme d'arbre. Elle lut tout haut la leçon. De temps à autre, elle vérifiait le degré de concentration de son élève. Parfois, la mélancolie voilait ses yeux. Du moins, c'est ce qu'elle crut discerner. Peut-être l'erloor n'était-il sensible qu'au ton apaisant de sa voix. Il ne répéta jamais les mots qu'elle tentait de lui apprendre, mais elle avait la sensation qu'il comprenait.

L'erloor – elle n'arrivait plus à penser à lui comme une « créature » – fit crisser ses griffes les unes contre les autres. Un signe que son attention faiblissait. Renée referma le manuel. Elle se leva et prépara le bouillon. La cicatrisation avançait, d'ailleurs son patient commençait à se montrer réticent à ce qu'elle le touche.

Renée se rendit au Jardin des Plantes, longeant le trottoir mécanique immobilisé par la tempête. C'est à peine si elle entendit un jeune homme qui la dépassait en maugréant : « Mets donc la vapeur, hé, bourrique ! » Elle entra dans le jardin gardé par une statue de mammouth. Un panneau indiquait la serre martienne. Une bâche recouvrait la verrière endommagée. Profitant d'une pause des ouvriers, la jeune femme monta furtivement l'escalier d'entrée.

« Qu'est-ce que vous fichez là ? » Un homme en salopette s'avançait vers elle, un gros balai à la main. « C'est fermé pour toute la semaine. Vous ne savez pas lire ?

— Je sais lire, merci. Je suis institutrice. »

Le ton de l'employé changea sur-le-champ.

« Allons, qu'est-ce qu'André a encore fichu ? »

Avec une pointe de honte – teintée cependant de satisfaction –, Renée décida de ne pas le détromper.

« Rien, rassurez-vous.
— Alors, pourquoi êtes-vous là ?
— La fiche scolaire d'André indique que vous êtes préposé à l'entretien de la serre, c'est exact ? »

L'homme se gratta la tête, juste au-dessous de la ligne de cheveux qui lui mangeait le front jusqu'aux sourcils.

« Je ne savais pas vos fiches si précises.
— C'était une discussion avec André. Quoi qu'il en soit, il m'a paru très inquiet. Je passais dans le quartier et je voulais m'assurer que la tempête n'avait pas blessé son père. »

L'excuse sembla suffire à l'employé, qui essuya ses mains sur sa salopette.

« Si vous avez une minute, laissez-moi vous montrer la serre. »

Renée refoula un sourire de triomphe. Durant une seconde, elle se fit l'effet d'une de ces espionnes qui défrayaient la chronique.

« Vous avez de la chance, dit l'homme : en principe, il y a des gardes. Ils sont armés et ils ne plaisantent pas. Mais à cause des dégâts de la verrière, les erloors ont été transférés dans des cages à l'arrière.
— Des gardes ? Les erloors sont si dangereux que cela ? »

L'employé gloussa.

« Les explorateurs les ont dépeints comme des bêtes sanguinaires. Mais nettement moins que les tribus du Sahara, si vous voulez mon avis. Les erloors ne sont pas non plus les bons sauvages vantés par les écrivains trop sensibles, qui n'ont jamais approché l'un d'eux et restent bien au chaud sur Terre. Ce sont juste des vampires.

— Des vampires, c'est ainsi que vous les appelez ? »

Ils s'arrêtèrent au seuil de la serre, close par une barrière.

« Bah, tout le monde les appelle comme ça. *Erloor*, quel mot biscornu ! Et puis, c'est leur faute aussi. Ils boivent le sang de bœuf qu'on leur apporte et ils se protègent souvent les yeux avec leurs ailes, comme, vous savez, le Dracula du cinéma. »

Renée pointa un index sur de gros projecteurs électriques accrochés à une rampe.

« Parce que l'éclairage trop cru leur blesse les yeux, à l'évidence. Il vous suffirait de le réduire.

— Certes non ! Le public ne les verrait pas correctement. »

La flore martienne couvrait la moitié de l'immense serre. Des plantes aux fleurs gigantesques formaient un diorama dantesque, allant de l'orangé à l'incarnat. Une famille d'outardes aux ailes tronquées se glissa à travers des fougères. Un mur d'arbres violets aux troncs segmentés à l'instar des bambous dissimulait tout un village erloor reconstitué. Ce n'étaient pas les fameux hêtres rouges qui poussaient en forêts continentales sur Mars : le terrarium aurait été bien incapable d'abriter ces plantes aussi hautes qu'une tour Eiffel. Des lianes griffues pendaient des branches. Le tronc de l'un d'eux croulait sous une masse d'insectes jaunâtres, blottis tels des poussins sous ses feuilles charnues. Des pousses rappelant l'osier, couleur moutarde, tenaient le rôle de tapis herbeux.

« Je vous ferais bien visiter, mais il y a des éclats de verre partout, ce ne serait pas prudent pour vous.

— Si les erloors ne sont pas dangereux, pourquoi les garder ? »

L'employé se rapprocha, au point que son haleine légèrement avinée parvint à Renée.

« Pour les protéger.

— Les protéger de quoi ? »

Autrefois, un illuminé avait tenté d'attaquer le premier erloor transporté sur Terre. La secte d'origine américaine dont il se revendiquait considérait les erloors comme des démons. Il avait été vite maîtrisé, et la secte dissoute dans la foulée. C'était une autre époque.

L'histoire de l'employé la laissa dubitative. Quelques années plus tôt, à la dernière exposition coloniale, trente erloors avaient été enlevés. À peine quelques semaines plus tard, la rumeur d'une nouvelle cure de jouvence s'était répandue dans les salons huppés de toute l'Europe. Pour trente mille francs, un chirurgien se targuait de greffer des glandes d'erloor capables de rajeunir les tissus et de reconstituer les organes lésés. Des épouses fortunées ainsi que quelques célébrités s'étaient laissé tenter. Cela avait été un échec. L'une des clientes avait succombé à une infection généralisée. La police, alertée, avait remonté la filière jusqu'à un cabinet discret, à Nice. Ils avaient arrêté un certain docteur Voronoff, toujours sous les verrous à l'heure qu'il était.

« Le terme de vampire a été pris un peu trop au pied de la lettre, conclut l'employé. Mais il existe toujours des imbéciles pour croire que des dents ou des griffes d'erloor réduites en poudre peuvent accomplir des miracles. Alors, il faut les surveiller pour qu'il ne leur arrive rien.

— Les erloors enlevés n'ont jamais été retrouvés ?

— Je crois que non. D'après un collègue, certains auraient échappé à leurs geôliers et auraient rejoint les catacombes, où ils formeraient un nouveau peuple de la nuit.

— Je vois. L'un de vos pensionnaires a disparu quand la verrière a éclaté, n'est-ce pas ?

— D'où diable savez-vous…

— Les journaux. Comment s'appelait-il ?

— Oh, lui ! On l'avait surnommé le Monocle, à cause de son œil qui nous faisait rigoler.

— Mais entre eux… je veux dire, les erloors ont leur propre langage. Savez-vous comment ils l'appelaient ? »

L'homme la regarda comme si elle venait de lui asséner une absurdité. Puis il éclata de rire.

« Comment voulez-vous que je le sache ? C'est déjà beau quand il y en a un qui arrive à aligner correctement deux mots de français. Quel intérêt peut-il y avoir à apprendre un baragouin à base de clappements et de cris de chauve-souris ? »

Comme Renée appuyait un regard, il soupira.

« Les autres ne lui parlaient pas, de toute manière. Ils le maintenaient à l'écart, car il n'appartenait pas à leur tribu. C'est pour cela qu'il a saisi la première occasion de prendre la poudre d'escampette. »

Renée avait un millier d'autres questions, mais l'heure avançait et l'employé agita son balai. Elle craignit de raviver ses doutes en insistant, voire de passer pour une gourgandine.

Au moment de prendre congé, l'homme la retint :

« Pour André, revenez me voir s'il cause des troubles. Vous pourrez l'appeler le Monocle, lui aussi, après l'avoine que je lui aurai filée. »

13

Georges Moinel

Georges entra dans le cabaret alors que les convives entonnaient une ode à la prostate du dieu Pan, un grand tableau façon Diaghilev. Le videur, un ancien marin aux avant-bras gribouillés de tatouages maoris, avisa les nippes du nouveau venu avec suspicion. Alors qu'il s'apprêtait à le jeter dehors, un regain d'agitation attira son attention, et le sésame s'ouvrit de lui-même.

Refoulant le vent glacé de la rue, la chaleur des lieux ragaillardit le jeune homme. Presque aussitôt, il repéra Flavien Malateste, dont les cheveux gominés luisaient tel un casque sous les grosses ampoules électriques.

Comme à son habitude, il s'était plongé dans une joute verbale enflammée. En face de lui, un adolescent monté en graine tentait de soutenir le feu roulant de raisonnements mêlés d'invectives.

« … Tu as beau nier, ton futurisme ne s'écarte pas de celui de ces nihilistes russes qui ne sont que les vagues d'une houle venue de la Baltique. Des révolutionnaires ratés. Crois-moi, je parle en connaissance de cause.

— Futuro-slave ou rêveriste, sidéraliste ou immobile, X ou Y, pourquoi serait-on obligé de choisir ?

— C'est à l'approche de la guerre que l'on est sommé de choisir son camp. Et la guerre approche. »

Soudain, la présence de Georges parvint à sa conscience. Ses yeux s'écarquillèrent derrière ses lunettes.

« Fichtre – je veux dire, foutre ! mais c'est Georges. » D'une tape dans le dos, il congédia l'adolescent. « Il y a une éternité que je ne t'ai vu, camarade. Tu es parti sans laisser d'adresse. Par le grand Pan, tu as une mine à épouvanter un erloor. Que t'est-il arrivé ? »

Dans son pantalon défraîchi et son veston noir râpé, Georges n'avait plus l'allure du gandin qu'il avait à son débarquement à la gare d'Orléans. En quelques semaines, il s'était encore émacié, si c'était possible. Sous sa barbe maigre, sa peau était cireuse, et ses yeux avaient pris une teinte d'aquarelle lavée. Un feu intérieur semblait avoir consumé sa graisse et ses viscères. D'une certaine façon, c'était vrai, car malgré la faim, il oubliait parfois de manger. Le plus souvent, il attendait la fin des marchés pour acheter pour rien des rebuts des quatre-saisons. La révolte que Doudou avait lue en lui avait bourgeonné comme un champignon après la pluie. La presse évoquait avec une horreur feinte cette jeunesse revenue de tout qui, à vingt ans à peine, rêvait d'en finir. S'il n'en était pas là, c'était grâce au fantôme de Doudou qui hantait ses pensées.

« Je cherche Doudou.

— Doudou ? Après ta disparition, elle t'a cherché

partout, sans succès apparemment. Puis on s'est perdus de vue.

— Où est-elle ?

— Puisque je te dis que je l'ignore. »

Georges s'apprêtait à tourner les talons, mais Flavien héla une serveuse.

« Une tartine de rillettes pour mon ami. Vite, avant qu'il ne se dissipe dans les airs. » Il se retourna vers son compagnon. « Tu as l'air sacrément accroché. Pourtant, elle m'a dit que c'est toi qui avais rompu.

— Je ne pouvais pas la rembourser. »

L'autre se lissa les tempes.

« L'orgueil, comme c'est classique. Si tu ne veux pas te faire entretenir, il vaudrait mieux que tu renonces à devenir artiste.

— C'est déjà fait. »

Après le vol dont il avait été victime, Georges n'avait pu reconstituer son pécule. La crise avait transformé chaque emploi en os à la merci d'une meute de chiens. Toutefois, avec quelques francs récoltés, il s'était acheté des crayons et du papier. Puis il avait erré, en quête d'inspiration. L'aérotram avait toujours été hors de portée de sa bourse. S'il gardait la tête levée et vague des somnambules, c'était pour déchiffrer les panneaux publicitaires tapissant les murs d'immeubles à partir du troisième étage. Il se souvenait avec déjà de la nostalgie de l'unique fois où il avait emprunté le transport en commun : la molle impulsion de la rame quittant la station, la houle paresseuse qui l'agitait lorsque son chargement humain sautait sur le quai. Un début de poème ou de roman, peut-être. Mais ses croquis et ses vers, il les avait brûlés au vu du résultat.

Flavien poussa un soupir.

« Combien de temps êtes-vous restés ensemble, Doudou et toi ?

— Onze jours.

— Je ne sais si cette exactitude dans le détail doit me rassurer, ou au contraire m'inquiéter. »

Georges considéra les reliefs de son repas. Il devait bien un récit à son ami.

Sitôt son crédit épuisé, sa logeuse l'avait flanqué à la porte. Sans le sou, il avait échoué dans la baraque d'un gardien de chantier : une tanière glacée empestant le rat, au fond d'une impasse aux pavés éclatés. Le salpêtre purulait sur les murs. La nuit, il y faisait aussi noir que dans une taupinière. Les commodités se résumaient à une cuvette en étain et un seau pour les urines. Il y avait bien une baignoire, mais crevée et dépourvue de robinet. Ni chaise ni bahut, tout juste un cageot des Halles renversé en guise de table de nuit. La vermine, attirée par sa chaleur, l'avait fait fuir dès le premier soir, et il s'était réfugié dans la baignoire. Vers six heures, il émergeait de son caveau de faïence, courbaturé et maussade, avec le fracas de l'ascenseur grimpant dans la station d'aérotram à deux pas.

« Tu es sûr de ne pas avoir revu Doudou, ici ou là ? insista-t-il.

— Je ne vais pas te mentir. Doudou reste dans le cœur de beaucoup, mais en tant que modèle, elle n'a plus la cote. Les jeunes peintres et les photographes ne veulent pas de vraies femmes, mais des nymphettes échappées de bas-reliefs antiques.

— Où ai-je une chance de la trouver ?

— Essaie les repaires anarchistes. Elle a des amis là-bas.

— Et toi ?

— Moi ? » Le rire saccadé de Flavien fit chuter ses bésicles jusqu'à la butée des ailes du nez. « Les illégalistes sont morts ou achèvent de croupir en prison. Les colonies libertaires ont été démantelées, Lorulot assassiné par les sbires du gouvernement. Voilà dix ans que non seulement nous ne faisons plus peur, mais que nous amusons la galerie. Bientôt, on nous retrouvera dans les opérettes. Aujourd'hui, seuls les fascistes ont le cran de sauter avec leur bombe ou de monter fièrement à l'échafaud. » Il haussa les épaules. « D'ailleurs, à quoi bon ? Les paquebots-béliers, les attaques de banques à la voiture bourrée de mitraille… Rien n'a jamais marché. Le krach de 1923 a infligé plus de dégâts que nous ne serons jamais capables d'en commettre. Et pourtant, le capitalisme est toujours debout.

— Tu as jeté l'éponge ?

— J'ai choisi mes armes.

— Merci pour le dîner, camarade. »

Il se levait. Comme à regret, Flavien le retint par le bras.

« Un copain l'a aperçue tantôt à la sortie de l'usine de la Suze, près du barrage d'Alfort.

— Doudou est là-bas ?

— Je t'en supplie, ne fais pas l'andouille. »

14

Maurice Peretti

La nécessité d'en savoir plus sur la cavorite devenait urgente. Sa première impulsion fut de composer le 12 sur le cadran du téléphone, et de demander le numéro de l'Institut du Cavorisme. Le centre, fondé par les époux Curie, s'était donné pour mission d'étudier la cavorite sous ses aspects purement scientifiques. À l'autre bout du fil, l'un des étudiants des Curie répondit. Aux questions de Maurice, la voix juvénile usa d'un jargon qui acheva de noyer le policier dans le brouillard. « Antigravitescence », « radiations kappa », « cavorurgie »… le moindre terme le faisait achopper.

« *Savez-vous au moins ce qu'est un noyau atomique ?* grésilla la voix, excédée, dans l'écouteur en bakélite. *Ou la loi de propagation de Röntgen ?*

— Si vous m'expliquiez…

— *Ça me prendrait l'après-midi, et je ne l'ai pas. Contactez le C.F.I.C. Là-bas, ils seront ravis de vous éclairer.* »

Malgré la friture sur la ligne, l'ironie était perceptible.

« Le C.F.I.C. ? Qu'est-ce que c'est ?

— *Le Centre français d'information sur la cavorite. Ils organisent la propagande. Maintenant, si vous permettez…*

— Ne raccrochez pas. Une minute encore. Ce centre est gouvernemental ?

— *Rassurez-vous, il n'y a pas plus gouvernemental.* »

Son correspondant ne put voir la grimace de Peretti. Un organisme officiel pouvait avoir été corrompu.

« D'accord. Puis-je trouver un savant de chez vous susceptible de m'accorder du temps ?

— *Nous sommes tous très occupés, commissaire. Mais puisqu'il s'agit de votre édification personnelle, pourquoi ne pas vous procurer quelques numéros de* La Science Populaire ? *La revue traite souvent de cavorite dans ses pages.* »

C'était sans doute la solution la plus pratique, réfléchit Peretti en raccrochant. Mais pas d'articles : plutôt un journaliste, qu'il pourrait interroger à son gré. L'opératrice des renseignements lui indiqua l'adresse, rue d'Enghien. Il enfila son manteau.

Dans les couloirs, on ne parlait que de la note du préfet qui venait de tomber. De gigantesques manifestations étaient à prévoir pour les semaines, peut-être les jours à venir. Des émissaires syndicaux prenaient contact avec des mouvements de protestation ayant surgi dans les villes sinistrées par la crise, ainsi que dans les faubourgs. Une large partie de mécontents, mais aussi des révolutionnaires professionnels, frustrés par la politique du Bloc des Gauches dont ils avaient pourtant contribué à la défaite face à la Ligue des Droites. Une génération plus tôt, Peretti se serait démené pour contrecarrer leurs plans. Aujourd'hui, peu lui importait.

La Science Populaire avait son siège dans un bel immeuble surmonté d'un aéroquai à la ligne épurée. Une barge chargée d'énormes rouleaux de papier flottait à l'amarrage, houlant une grande ombre bosselée sur la façade.

Les locaux d'un journal n'étaient pas une chose étrangère à Peretti : des reporters lui avaient déjà donné rendez-vous dans ce genre d'endroit, même s'il avait dû passer par l'entrée de service. Mais ici, l'ambiance était toute différente, sans ballet de grouillots ni engueulades retentissant dans les étages. Le hall lui donna l'impression qu'il s'était aventuré dans un temple étrange, peuplé de reliques futuristes et tarabiscotées. À côté de la réception se dressait un écran de verre relié à une console de commandes bourdonnante. L'écran palpitait. À l'intérieur, un correspondant moustachu remuait à raison de plusieurs images par seconde. Ce n'était guère plus qu'une silhouette pointillée, mais la transmission semblait instantanée. Un peu intimidé, Peretti ôta son chapeau et se dirigea vers un comptoir. Deux secrétaires discutaient devant une impressionnante rangée de téléphones. Face à l'exhibition de sa carte de commissaire, elles échangèrent un regard interrogatif.

« Personne ne nous a averties de votre visite, se décida l'une d'elles.

— C'est normal. J'ai juste besoin de votre meilleur spécialiste en cavorite.

— À quel titre interviendra-t-il ?

— Auxiliaire de police.

— Monsieur Netter a fait un article sur les locomotrices électriques conçues pour tracter des paquebots cavoriés…

— Je préférerais quelqu'un versé dans la théorie, comment dites-vous… un physicien.

— Il y aura matière à article ?

— Non. La discrétion est requise, puisqu'il s'agit d'une affaire de police. »

L'intérêt de la secrétaire s'éteignit comme la flamme d'une bougie exposée à l'éther spatial.

« Je peux me renseigner, mais je doute fort que… »

À ce moment-là, le bourdonnement de l'appareil de transmission cinématographique grimpa dans l'aigu, pour s'achever dans un claquement d'arme à feu. D'instinct, Peretti porta la main à son pistolet, avant de constater que les secrétaires n'avaient pas bronché. Un technicien dévissa sa casquette graisseuse et fila un coup de visière dans le mécanisme.

« Foutu téléphote, impossible de stabiliser l'image ! Quant au son, rien à faire. Dire que ces satanés Angliches veulent en installer dans chacun de leurs navires. Je leur souhaite bien du plaisir.

— Bah, demain, ce truc sera démodé, rétorqua l'un de ses camarades. Chaque jour, une invention chasse l'autre. »

La secrétaire héla quelqu'un en chemin vers la sortie. Peretti se retourna.

Un petit bout de femme le scrutait avec curiosité de ses yeux noisette largement écartés. Elle avait des cheveux clairs, tirés sur une peau plus claire encore.

« Salut, Marthe ! lui lança la secrétaire dans le dos de Peretti. Ce monsieur est de la police. Il voudrait savoir comment ça marche, la cavorite. Je lui ai dit que c'était tout à fait dans tes cordes. »

La jeune femme hocha la tête. Sur l'instant, Peretti songea à un moineau tombé du nid. Ou plutôt une musaraigne au nez très fin.

Tout de suite, la fermeté de sa voix démentit sa première impression :

« Marthe Antin, se présenta-t-elle.

— Commissaire Peretti. Vous connaissez le principe de la cavorite ?

— On dirait que cela vous étonne.

— Eh bien…

— J'ai suivi les cours de physique atomique de monsieur Becquerel et celui du professeur Corégone. Par ailleurs, j'ai étudié des gisements cavorifères au Maroc. Mon diplôme m'a été remis il y a deux ans, mais j'ai plus de dix ans de pratique.

— Vraiment ?

— Si vous ne me croyez pas, cela vous regarde. »

Elle se détournait déjà.

« Attendez. Je suis désolé. Je m'attendais à un homme. Mais vous conviendrez très bien.

— Les hommes, ce n'est pas ça qui manque dans la partie. Vous vous entendrez mieux avec un de vos congénères.

— Homme ou femme, je m'en fiche. Je veux quelqu'un de compétent, mademoiselle Antin.

— Pas mademoiselle, madame.

— Toutes mes excuses. Je n'ai pas vu d'alliance à votre doigt.

— Parce que je ne la porte pas… Inutile de vous interroger. Je ne suis pas une suffragette. En visitant une exploitation de cavorite, j'ai manipulé de l'acide, et mon alliance a été à moitié rongée. Mon mari m'en a offert une autre, mais depuis lors, je la garde dans mon porte-monnaie.

— Dans ce cas, nous sommes d'accord.

— Je n'ai pas dit oui.

— Dites-le, alors. S'il vous plaît. »

Le visage de Marthe s'éclaira soudain, comme déclenché par un commutateur.

« Vous avez de la chance, je viens de rendre mon article. J'ai un peu de temps à vous consacrer.

— Vous pouvez commencer tout de suite ? »

Les yeux qu'elle darda sur lui semblaient projeter quelque mystérieux rayon, si bien qu'il se vit à la place de ceux qui avaient subi son propre regard, à l'époque où on le surnommait le Fakir. Un juste retour des choses.

« Entendu, disait-elle. Comment procède-t-on ?

— J'ai besoin d'un cours accéléré sur la cavorite. Les bases, pour commencer. Ensuite, vous m'accompagnerez là où j'aurai besoin de vos lumières.

— Combien serai-je rémunérée ? »

Peretti fit un bref calcul dans sa tête. Lorsqu'il annonça la somme, le museau de musaraigne de la physicienne se fronça.

« À ce compte-là, je ferais mieux de faire des ménages.

— C'est le tarif prévu pour les auxiliaires spéciaux. Un policier de premier échelon gagne moitié moins. Pourquoi croyez-vous que nous sommes si corrompus ? »

15

Marcel Chery

Jaume l'accueillit dans un faubourg loin des habitations, par une nuit glacée d'automne. Une voiture cavoriée sans plaque minéralogique grondait doucement, et Marcel dut se pencher pour apercevoir le chauffeur, casquette rabattue sur les yeux. En voyant l'homme engoncé dans un ciré noir anonyme, il éprouva de la déception. Déception qui s'accrut lorsque le chauffeur démarra sans aucune considération pour ses passagers. Jaume s'accrocha in extremis à une poignée souple entre le haut de la portière et le toit, mais Marcel fut renversé en arrière. Seule la main secourable de Jaume lui évita de se retrouver dans une position humiliante. Comme il le lâchait, le docteur nota que le bout de ses doigts était aussi lisse que ceux d'un mannequin des grands magasins : ses empreintes digitales avaient été effacées à l'acide. Plus que le discours qui lui avait été servi, ce détail convainquit Marcel de l'importance de l'opération.

Derrière les vitres, le tapis de toitures se densifiait. Ils volaient au ras des cheminées malgré l'interdiction de circuler au-dessus des habitations. Marcel s'efforça de ne pas montrer la peur qui le saisit à la pensée de leur vitesse, probablement plus de cent kilomètres-heure.

« Vous ne pourriez pas dire à votre chauffeur de ralentir ?

— Nous sommes en retard. Si vous avez peur, vous pouvez tirer le rideau.

— Je n'ai pas peur. On gèle, il fait encore nuit, et je suis de mauvaise humeur. »

Jaume eut un sourire espiègle.

« Vous feriez mieux de vous y habituer, docteur Chery. Le froid et la pénombre seront votre quotidien sur Mars. »

Une ride d'étonnement barra le front de Marcel : le froid et l'obscurité n'étaient jamais mentionnés dans les brochures et les reportages sur la vie martienne. À vrai dire, personne n'évoquait le climat.

« Vous semblez parler d'expérience.

— Moi, dans la colonie martienne ? « Jaume eut un rire bref. » Ils devraient quadrupler mon salaire avant que je considère l'idée de poser un pied sur Tharsis ou dans la région d'Olympe. Non, je n'y ai jamais séjourné et je ne compte pas aller là-bas un jour.

— Pardon ? Je croyais que vous m'accompagniez.

— Jusqu'au paquebot spatial. Vous serez pris en charge par l'un de mes agents embarqués, pour toute la durée du vol. À destination, il vous mènera à bon port. Quant à moi, je serai votre intermédiaire ici, sur notre bonne vieille Terre. »

Chery ravala les questions qui se bousculaient derrière ses lèvres. Du reste, le sursaut de son estomac le lui aurait interdit, car la voiture plongeait à nouveau vers le sol. Un instant plus tard, ils roulaient sur une route déserte, au large d'une colline couverte de bicoques faites de bric et de broc.

Une tour Eiffel-Toussaint se dressait à un kilomètre. Un paquebot spatial s'amarrait au deuxième étage. Il ne se distinguait pas seulement des simples paquebots volants par l'absence de balcons ouvragés et autres fioritures Art nouveau : le dépouillement constituait la marque de fabrique des *space liners*. À vrai dire, ceux-ci évoquaient moins les paquebots traditionnels que ces zeppelins construits par la Prusse et envoyés jusqu'aux Amériques pour narguer l'embargo français sur la cavorite. Son nom, l'*Éthéré*, formait l'unique ornement de la proue massive, disproportionnée par rapport aux flancs plus élancés. Son profil disgracieux l'avait fait surnommer l'*Enclume* par ses détracteurs, commenta Jaume.

« Savez-vous que l'*Éthéré* devait être baptisé le *Curie* ? ajouta-t-il.

— Ah oui ?

— Les Curie ont décliné.

— Pourquoi ?

— Ils n'ont jamais voulu profiter des honneurs de la science. Que leur refus résulte de leur philosophie ou de leur tempérament, ils avaient peut-être raison. Tenez. Vous avez donné votre nom aux centres Chery, on ne peut pas dire que ça ait assuré votre gloire. »

Marcel haussa les épaules. Qu'avait-il à faire des Curie ? Il détourna les yeux du navire. Quand bien même celui-ci devait le mener sur Mars, il n'avait pas envie de le détailler. L'*Éthéré* n'était en effet qu'un fer à repasser volant.

La panse du léviathan les recouvrit. Non pas en

occultant la voûte étoilée, masquée par un couvercle nuageux, mais par les lumières du dessous, qui accrochaient des reflets dans la coque.

Marcel ne s'attendait pas à une réhabilitation en bonne et due forme, mais il prit douloureusement la mesure de ce que signifiait le terme de « mission secrète ». La voiture se gara à un aéroquai désert du premier étage. Sous la dentelle d'acier et les plaques de verre, tout un peuple s'activait, que l'on devinait aux lumignons et aux pointes incandescentes des cigarettes.

Personne n'était là pour les accueillir. Jaume donna des instructions brèves au chauffeur, puis déchargea le coffre tandis que son passager descendait. Le vent sifflait dans les poutrelles. Jusqu'à l'ascenseur, Marcel s'efforça de ne pas trembler sur ses jambes, tout comme il évita de manifester son soulagement lorsque la cage stoppa devant le sas d'embarquement, au fond d'un étroit corridor lui aussi tapissé de métal.

Cette fois, un homme les attendait. Une salopette en toile épaisse le vêtait. Il hocha à peine la tête lorsque Jaume exhiba une plaque, puis sa lettre de mission. L'homme ne possédait guère plus de caractéristiques physiques que Jaume, si ce n'était une oreille gauche cisaillée. À l'évidence par une balle, estima le médecin. Un agent de terrain, donc.

« Vous pouvez m'appeler Hubert », dit-il en lui tendant une main. Un étau se referma sur la sienne. « On m'a chargé de vous escorter à destination. Je serai aussi votre assistant là-bas.

— Je ne suis plus un bambin, rétorqua Marcel en dégageant ses doigts. D'une part, je me suis engagé auprès de Jaume et je ne faillis jamais à ma parole. D'autre part, où irais-je si je décidais de laisser tomber ? »

Hubert sourit.

« Il s'agit bien de surveillance, docteur, mais pas à votre endroit. L'espionnage ne s'arrête pas aux écoutilles des paquebots spatiaux. Je dois m'assurer de votre couverture jusqu'au bout. Quatre mois, c'est interminable quand il suffit d'une minute d'inattention pour se trahir.

— Ma couverture ? »

L'homme lui tendit un livret cartonné couleur blanc cassé. *Nom : Urbain. Prénom : Raoul* avait été tracé d'une écriture appliquée sous les armoiries républicaines. À l'intérieur, tous les tampons officiels figuraient.

« Votre nouvelle identité. Vous devez apprendre par cœur les informations qui y figurent. Vous êtes Raoul Urbain, sur le navire et à Port-Darvel, sur Mars. Ensuite, ce ne sera plus nécessaire. Mais d'ici là, le docteur Marcel Chery n'existe plus. »

Marcel l'empocha, sans relever qu'il aurait préféré le savoir plus tôt. Les services secrets semblaient se faire un devoir de ne délivrer leurs informations qu'à l'ultime instant.

Hubert fit pivoter la roue de manœuvre de l'écoutille. Il s'effaça pour faire entrer Marcel.

« Ne traînons pas. L'embarquement des troisième classe commence dans une heure.

— Quel rapport avec nous ?

— Nous voyageons en troisième classe. Les espions y sont beaucoup moins nombreux. »

Marcel se retourna vers Jaume. L'agent s'était déjà détourné et marchait vers l'ascenseur.

« Les passagers en troisième classe embarquent de nuit ? s'étonna Marcel, refoulant sa déception.

— Pour ne pas importuner le reste de la clientèle, je suppose. Allons-y maintenant. Au moins, nous aurons une cabine fermée. Ce ne sera pas le cas de tous. »

Avec un haussement d'épaules, Marcel empoigna sa valise et franchit le seuil du sas.

Sitôt qu'il eut pénétré dans la coursive, ses pas éveillèrent des échos qui se démultiplièrent jusqu'aux confins du navire. Ses narines palpitèrent : l'air du dehors lui parvenait, charriant les parfums de la ville, mais mélangé à de la graisse de moteur et à des relents bestiaux. Les pompes avaient beau renouveler l'air sitôt que les paquebots abordaient l'atmosphère terrestre, expliqua Hubert, il restait toujours une aigreur particulière, comme incrustée dans le métal de la structure : celle des humains ayant séjourné des mois dans les entrailles du vaisseau.

« Une seconde. »

Le fracas de l'écoutille fit frémir Marcel. Une impression de claustration l'assaillit, et l'espace d'un instant il s'imagina jeté en prison, condamné à orbiter à jamais autour de la Terre. Cet horrible sentiment disparut en un battement de cils, tel l'esprit au réveil chassant les mauvais rêves. Mais il sut qu'il détesterait le voyage.

Des membres d'équipage trottaient dans les coursives. Passé quelques mètres, la lueur cuivrée des ampoules, encore amoindrie par leur grille de protection, les transformait en ombres furtives, et très vite la courbure des passages les engloutissait. De temps à autre, leur valise raclait contre un montant ou une saillie. Une respiration de forge faisait vibrer les parois. Quelque part en dessous ou au-dessus d'eux ? C'était comme s'ils évoluaient dans un milieu dépourvu de haut et de bas. Marcel se demanda comment Hubert parvenait à s'orienter à travers le labyrinthe d'acier.

Ils longèrent un réservoir immense résonnant de clapotis.

« Ça, des réservoirs d'eau ? s'étonna Marcel une fois qu'Hubert l'eut renseigné. Des piscines entières, vous voulez dire.

— Nous voguons sur un navire spatial qui achemine des milliers d'hommes et de femmes sur une autre planète, dans un voyage qui dépassera sûrement cent vingt jours. Tout est à l'avenant. »

Marcel se dit que si, par un phénomène extraordinaire, la cavorite cessait brusquement de les soutenir, l'*Éthéré* tomberait comme une pierre ; la coque éclaterait et les réservoirs d'eau exploseraient. Ceux qui se trouvaient dans les parages seraient engloutis. Il se représenta les titres ironiques des journaux, le lendemain : *Le chéri de Satan se noie au cours du naufrage d'un paquebot spatial.*

« Enfin un sourire. Le voyage vous plaira peut-être, après tout », fit remarquer Hubert.

Il avait prévu de lui faire visiter le pont des troisième classe. Marcel préférait s'installer tout de suite dans ses quartiers.

« Vous êtes sûr ? Durant le temps du voyage, nous serons confinés. Vous devriez profiter de…

— Ça ira, merci. »

Leur itinéraire les mena à travers une section encombrée de monumentales pièces mécaniques. Ce n'était pas une salle des machines, précisa Hubert, mais une chambre de transmission des ordres de la passerelle à ces dernières ; chaque moteur de propulsion en comptait une.

Après une salle caverneuse où s'alignaient des dizaines de tables et de bancs boulonnés au plancher, ils pénétrèrent enfin dans le quartier des dortoirs. Hubert prit la première chambre qui se présenta : deux lits superposés en métal émaillé, dans une pièce guère plus spacieuse qu'un compartiment de train. Un lavabo occupait un angle. Une tablette rabattable pouvait faire office de bureau. Rien d'autre.

Alors qu'ils s'installaient, un bruit de cavalcade leur parvint, amplifié par ses propres échos. En quelques minutes, un déferlement humain s'empara du pont, et les deux hommes préférèrent s'enfermer.

Il fallut les menaces de l'officier de pont pour qu'un semblant d'ordre réapparaisse. Un haut-parleur informa les passagers de gagner leur couchette : le décollage était imminent. Une succession rapprochée de secousses, suivies d'un léger roulis, indiqua la libération des grappins.

Sous le dos de Marcel, la literie était dure. Son étroitesse comprimait les épaules telle une veste étriquée. Il se concentra sur la couverture, qui grattait épouvantablement, afin de ne pas penser à la terre ferme en train de s'éloigner. L'angoisse tenaillait ses boyaux au point que si Hubert lui avait commenté l'ascension, il n'aurait pu se retenir de les vider. Son protecteur n'en fit rien, et Marcel lui en sut gré.

Enfin, la même voix grésillante avertit que les passagers étaient priés de se rassembler au réfectoire central. Les deux hommes suivirent le mouvement, et le docteur se retrouva environné d'hommes et de femmes, leur marmaille accrochée à leurs jupes. Certains portaient des sabots, mais la plupart étaient correctement vêtus. Durant leur poignée d'heures de confinement forcé, Hubert lui avait détaillé l'origine des troisième classe : des familles paysannes attirées par les promesses coloniales et nanties d'un titre de propriété, mais aussi des bagnards bénéficiant d'une remise de peine pour aller travailler aux chantiers martiens, des déportés politiques résultant d'accords avec la Russie, la Turquie et la Grèce ; sans compter quelques commerçants juifs expulsés d'Allemagne ou de Pologne pour « prix abusifs ». Ce disant, Hubert eut une grimace de dégoût que Marcel ne nota pas. Lui-même réalisait que la plupart des femmes qui l'entouraient auraient eu leur place dans ses centres de stérilisation. Il y avait en outre des rationnaires, apprit-il plus tard : des soldats logés séparément du reste des passagers, dans des dortoirs avec des lits en batterie. Mais on ne les verrait pas.

L'officier, juché sur une table, beugla pendant cinq bonnes minutes les instructions relatives aux repas, aux commodités et aux loisirs. À sa grande surprise, Marcel remarqua que tout le monde écoutait religieusement, y compris les enfants en bas âge. Le prestige de l'uniforme, sans aucun doute.

Lorsqu'il se tourna vers Hubert, il s'aperçut que

l'homme somnolait, le menton appuyé sur ses paumes en corolle.

L'officier de pont achevait son discours :

« … Et rappelez-vous que nous voguons à travers le Système solaire. Sous la coque, il n'y a plus de terre ni d'air, mais l'espace, dans toutes les directions. Tenez-vous tous tranquilles, collaborez avec les officiers, et nous arriverons à bon port. »

16

Cavorite

UNE RATIFICATION LABORIEUSE

Treize ans après l'Accord de la Cavorite, qui n'impliquait que la France et la Russie, un nouvel accord vient d'être conclu entre les puissances alliées. La France et la Russie restent au cœur du Traité de la Cavorite, mais le Royaume-Uni et l'Autriche ont été conviés à participer : les sujets de George V en la personne de Neville Chamberlain, du Foreign Office, la République autrichienne dans celle du comte Aloïs von Aehrenthal, ministre des Affaires extérieures. L'ambiance était cordiale mais tendue, car les enjeux étaient d'importance : ni plus ni moins que l'avenir de l'industrie européenne était sur la table, et, par voie de conséquence, la sécurité du monde.

Les tractations ont eu lieu au Quai d'Orsay. M. Édouard Herriot présidait les débats, assisté de figures du Bloc des Gauches (qu'il a contribué à fonder), mais aussi de membres emblématiques de la Ligue des Droites, dont il s'est récemment rapproché. Pendant une semaine, Paris a été le siège de l'attention mondiale. Jamais traité économique n'a rassemblé autant de rois, de présidents, de généraux et de sénateurs. Jamais non plus il n'a suscité plus vive contestation : anarchistes et ouvriers, qui défilaient contre les patrons et la main-d'œuvre à bas prix des colonies, mais aussi nationalistes turcs et agents de la péninsule balkanique, soupçonnés de sabotage pour leur compte ou celui de la Prusse. Car le Kaiser n'a pas abandonné le projet séculaire de soumettre l'Europe à son joug. C'est pourquoi il craint le rapprochement de la France et de l'Angleterre. En effet, quel axe redoutable il en résulterait !

Le traité a été signé dans la nuit. Nos correspondants nous télégraphient en continu tout détail communiqué par la Chancellerie. Peut-on crier victoire ? Il est trop tôt à cette heure pour juger des articles négociés pied à pied avec nos partenaires.

Auguste Avril – *Le Figaro*, 28 janvier 1919

17

Renée Manadier

La mort dans l'âme, Renée rejoignit la file du bureau d'embauche à la journée. Son pécule s'était épuisé plus vite que prévu. La vie était si chère ! À sept heures, une cohue se pressait, nerveuse et morne. À huit, les premières disputes éclataient. On s'interpellait en patois, en catalan, en roumain. Beaucoup venaient de camps de bric et de broc coincés dans les ordures, entre les faubourgs et la muraille, qui avaient survécu au démantèlement de la Zone.

« On devrait réserver une file aux macaques, maugréa une femme devant Renée. C'est une honte qu'ils passent avant nous.

— La semaine dernière, des Chemises bleues sont venues mettre bon ordre, répondit sa voisine. Elles ont fait le tri, pour que l'emploi reste aux Français.

— J'y étais. » Une autre voix. « Je les ai vues bastonner de pauvres bougres de village en les prenant pour des étrangers. Elles ne valent pas mieux que les milices royalistes. Moi, je suis républicaine.

— Les Chemises bleues n'ont rien à voir avec les Camelots. Elles détestent les bourgeois. »

Renée ne pouvait les en blâmer. L'arrogance du

Haut-Paris lui avait sauté aux yeux dès les premiers instants, les passagers des voitures de maître aux cuivres astiqués qui, filant sur leur erre, laissaient tomber par la portière mégot ou mouchoir sur les chapeaux des piétons. Pour le Haut-Paris, le trottoir, même roulant, c'était la vase, c'était la fange. Les frontons changeaient de style au-dessus du troisième étage, dans la ligne géométrique comme dans les motifs, plus dépouillés que les flamboyances végétales des porches de rez-de-chaussée.

En retour, le Bas-Paris haïssait ce beau monde. Mais en dessous de Paname existait encore un autre peuple : celui de la ceinture, invisible et corvéable, pour lequel l'électricité et l'eau courante ne possédaient pas beaucoup plus de réalité que des réclames au néon. Il constituait le gros de la file d'attente. Leur colère parvenait à Renée tels les borborygmes d'un estomac enflammé. Elle-même refusait de partager leur joie mauvaise à commenter les célébrités victimes de la tempête. Cependant, qu'en serait-il dans six mois, si sa situation continuait de se dégrader à ce rythme ?

La jeune femme était loin d'être la seule à maîtriser l'écriture, de sorte qu'avant qu'elle ait pu atteindre le guichet, le dernier emploi de télégraphiste avait été pris. Il ne restait plus que les besognes de gagne-deniers. Et encore : la plupart d'entre eux nécessitaient de connaître les méandres parisiens sur le bout des doigts.

« Tu n'es pas trop vieille pour apprendre les rues. Surtout du côté de la Butte ! » lui lança son voisin, égrillard.

Une adolescente engoncée dans une robe rapiécée la scruta de ses yeux bistre.

« Vous avez l'air trop bien pour ce qu'on trouve ici, m'dame. Vous devriez essayer aux Galeries Lafayette ou chez Dufayel. Ils ont leur propre bureau d'embauche, sur place. »

De retour à la pension, Renée poursuivit ses leçons. L'erloor préférait écouter debout, dans la pièce miteuse. Il demeurait sans réaction quand elle lui demandait son nom.

« Je ne vais tout de même pas t'appeler Monocle », dit-elle en désespoir de cause.

À ce mot, un son guttural s'échappa de la gorge du Martien.

« Pas Monocle. »

Pour la première fois, sa voix rauque s'était élevée. De surprise, Renée laissa tomber son manuel par terre.

« Tu parles enfin !

— Pas Monocle. Ogloor, mon nom-tribu.

— Pourquoi ne me l'as-tu pas dit plus tôt ? »

Ogloor fit vibrer ses oreilles. La façon erloore de secouer la tête à droite et à gauche, avait appris Renée. Ses yeux luisaient à la manière de grosses lampes.

« Tu es omoo, femelle tribu des dieux. »

Il avait redouté de livrer son nom, même si le lien de causalité échappait à la jeune femme.

« Pourtant, tu m'as fait confiance, fit-elle remarquer.

— Tu m'as sauvé du vent-terreur.

— Le vent-terreur ?… Ah oui, la tempête.

— Tempête.

— Tu veux bien que je continue à t'instruire, Ogloor ?

— Oui, mais retourner sur Grah-ju-Mangal, répondit-il en mastiquant certaines consonnes comme s'il s'agissait d'insectes vivants.

— Grah-ju-Mangal. Mars, tu veux dire.

— Grah-ju-Mangal, là où vivent les non-dieux. »

Les *non-dieux*, telle était la signification d'*erloor*.

« Je comprends ton souhait. Mes congénères ne t'ont pas traité avec le respect qui aurait dû te revenir. Peut-être qu'une fois éduqué, tu nous comprendras mieux et tu voudras rester.

— Pas possible comprendre omoos, dieux d'Imtu-ju-Onuu.

— Ce mot, quel sens a-t-il dans ma langue ?

— Étoile du Désastre.

— L'étoile du Désastre, voilà comment vous nommez notre monde ? »

À en croire les récits des explorateurs, la Terre occupait, dans le firmament de la planète rouge, la place de l'étoile du Berger pour un observateur terrien. Les erloors en avaient fait un objet de vénération depuis des temps immémoriaux. Cependant, l'institutrice n'avait lu nulle part cette traduction d'*étoile du Désastre*. Cela sonnait de façon sinistre. Il n'était pas difficile d'en deviner la raison. Pour des êtres primitifs, voir arriver des explorateurs armés et dotés d'une technologie supérieure devait revêtir un sens magique. Combien de nids d'erloors avaient été exterminés depuis le débarquement des Terriens ? À sa connaissance, aucun décompte n'avait été entrepris.

Imtu signifiait étoile, lui confirma Ogloor, mais aussi le brasillement d'une branche touchée par l'éclair. Lorsque les hommes étaient arrivés, ils avaient apporté le feu, sans doute volé aux étoiles. C'étaient bel et bien des dieux.

« Nous ne sommes pas des dieux, Ogloor.

— Omoos pas *mes* dieux. Mes dieux prennent et donnent aussi. Les dieux omoos prennent.

— Des demi-dieux, alors », murmura Renée pour elle-même, avant de répondre à haute voix : « Nous n'avons rien à voir avec des dieux. Nous sommes des êtres de raison, comme toi.

— Vous dieux. La preuve, Imtu-ju-Onuu a une seule lune. Les omoos ont dévoré l'autre.

— Non, non ! La Terre n'est pas comme Mars, elle n'a jamais possédé qu'une lune. »

Ogloor n'osa la contredire, mais toute son attitude refusait cette vérité. Renée haussa les épaules. Elle arriverait à lui dessiller les yeux. Ce n'était qu'une question de temps.

Le feu de l'enseignement la consumait. Elle-même, fille d'une lavandière et d'un ouvrier de tonnellerie, s'était élevée grâce à l'école. Elle était persuadée – non, elle *savait* – que l'éducation pouvait hisser jusqu'aux étoiles. C'est pourquoi enseigner confinait au sacré. Son exercice emplissait Renée de ce genre de joie qui, d'autant plus qu'elle était contenue, soulevait l'âme et la rendait heureuse.

Isolée dans cette grande cité qui l'effrayait presque autant que l'erloor, Renée éprouvait de la fierté à distribuer la science à un malheureux qui, sur Mars, ignorait même la puissance du feu et se contentait de dévorer de la viande crue et des racines. La devise qu'elle avait déchiffrée sur un mur, quelques instants avant qu'il ne tombe à ses pieds, était un signe. *À tous les temps, à tous les peuples*. Le savoir émancipateur dispensé par la nation devait être à l'image du mètre étalon : à tous les peuples, erloors compris. Sans cela, nul progrès possible.

Elle s'y attelait chaque soir, sous l'éclairage de la pauvre ampoule. (La crainte d'Ogloor vis-à-vis de la lumière électrique n'avait duré qu'une minute. Elle avait dû au contraire lui interdire de toucher l'interrupteur, qui l'attirait de façon irrésistible.) Quoique exténuant, le travail ne la décourageait pas. La répétition de la leçon butait sur l'appareil buccal d'Ogloor, qui ne parvenait pas à reproduire toutes les syllabes. Par ailleurs, sa souplesse mentale laissait à désirer. Mais il était indéniable qu'il apprenait. Il savait à présent compter jusqu'à cent, même si elle en douta lorsqu'il lui révéla son âge.

« Quoi, onze ans seulement ? »

Ogloor ne comprenait pas sa surprise, encore moins lorsqu'il lui précisa que l'espérance de vie erloore ne dépassait pas vingt ans. Puis elle se rappela qu'il fallait multiplier l'année martienne par deux. Nombre de recrues pour le service martien s'étaient fait duper par ce stratagème. Ogloor avait vingt-deux ans terrestres. S'il allait au bout de son existence, il lui en restait autant à vivre.

Afin de le laisser assimiler les leçons, elle entrecoupait ces dernières de conversations grâce auxquelles elle tâchait d'en savoir plus sur lui. Il avait été capturé avec une demi-douzaine des membres de son nid. Sa compagne, Aknood, avait fui en abandonnant leur progéniture. Celle-ci avait dû mourir, il ne le saurait jamais. Ses camarades n'avaient pas survécu au voyage spatial. On l'avait placé dans une cage voisine, avec des erloors à l'odeur hostile. Renée ignorait qu'il pût y avoir autant de pertes.

À dater de ce jour, Ogloor avait vécu dans la terreur. Pour lui, le débarquement sur Imtu-ju-Onuu, au soleil éblouissant et à la lune immobile dans le ciel, n'avait été que la continuation de son cauchemar. Renée avait eu beau lui montrer une affiche éducative du Système solaire, qu'elle avait apportée dans ses bagages et punaisée sur un mur, rien à faire. La Terre était un lieu surnaturel et maudit.

Une nuit qu'elle se levait pour se rendre aux toilettes, elle aperçut l'erloor recroquevillé sur le canapé. Elle savait que ses ailes, même atrophiées comme elles l'étaient, l'empêchaient de s'étendre. Il avait fourré la tête sous son aisselle, de sorte que celle-ci lui apparaissait de profil. La paupière frémissait, trahissant les mouvements du globe oculaire à l'intérieur de son orbite.

Il rêve.

À quoi donc pouvait rêver un erloor ?

La Samaritaine avait accepté de l'engager pour effectuer des commissions.

Sous l'œil de l'embaucheur, Renée s'était instantanément sentie godiche et endimanchée. « Vous avez bien le maintien d'une institutrice de province, mais cela importe peu. Grâce à Dieu, vous ne serez pas en contact avec la clientèle. Vous n'êtes pas dans un syndicat, au moins ?

— Un syndicat ?

— J'en déduis que non. C'est déjà ça. Quand pouvez-vous commencer ?

— Tout de suite, monsieur.

— Vous irez enfiler une blouse à l'office. »

Naguère, les postes étaient occupés par des jeunes filles de quatorze à dix-sept ans, consentit-il à expliquer. Mais aujourd'hui, ces dernières travaillaient à l'usine. Les tâches obligeaient Renée à courir toute la journée, à grimper sur des doubles échelles pour fixer des décorations. Les paquets à trimballer lui cassaient le dos. Les vitrines ouvraient sur un quai d'un côté et l'avenue de Rivoli de l'autre, mais la jeune femme n'avait jamais le temps de les admirer.

Sous son manteau d'opossum aux coutures râpées qu'il portait même à l'intérieur, le chef d'étage cultivait un air bonhomme. Renée n'était pas dupe, néanmoins. La première fois, à peine avait-elle franchi le porche d'entrée en lave émaillée qu'une demoiselle de magasin en larmes, son solde de tout compte serré sur la poitrine, l'avait bousculée. Pour elle, c'était fini. Les bruits couraient à voix très basse. « Quinze minutes seule dans le bureau de Deschamps pour une augmentation, une heure pour monter d'un échelon », persiflaient certaines. D'autres avaient au contraire déduit de ses doigts bagués qu'il s'agissait d'un inverti, qui ferait mieux d'aller travailler au Printemps.

La Samaritaine ne possédait pas les verrières dudit Printemps, mais son allure de cathédrale pavée de verre et sa ferronnerie impressionnaient Renée.

Madeleine, sa cheffe de rayon, était une rescapée du Bon Marché. À force de mystères, elle s'était forgé une légende : sous sa tenue à la dernière mode, d'horribles cicatrices ravageraient son corps, et ses efforts pour ne pas boiter lui feraient vivre le martyre. Renée n'y croyait guère, mais il aurait été malvenu de l'interroger. En tout cas, les regards se fixaient volontiers sur ses jambes, et peut-être était-ce là le but recherché.

L'effondrement du Bon Marché constituait l'un des plus grands drames de ces dernières années. Celui qui avait fait couler le plus d'encre en tout cas, car il avait mis en lumière ce que l'on avait appris deux ans plus tard grâce au Rapport Curie : que le cavorium, l'élément de la cavorite à l'origine de l'antigravitescence – les fameuses *radiations kappa* –, avait une durée de vie bien plus courte que ce que l'on avait pensé. Le Bon Marché avait été le premier grand magasin à utiliser des barres de cavorite noyées dans les colonnes et les murs porteurs pour se surélever de six étages. Et, logiquement, le premier à présenter des fissures lorsque le champ kappa avait commencé à faiblir. On n'avait pas pressenti la catastrophe, hormis quelques caricaturistes et autres oiseaux de malheur qui mettaient la fin de la civilisation sur le compte de l'industrie cavorique. Peut-être avaient-ils raison. Le coin de la rue de Sèvres et de la rue du Bac n'était encore aujourd'hui qu'un grand trou. À l'époque, des photographies des décombres du Bon Marché avaient fait la une de tous les pays, bientôt détrônées par celles des orgueilleux buildings américains, eux aussi atteints par le « mal de la cavoradiance ». Des années après, on n'avait pu déterminer le nombre exact de victimes parmi les employés et les clients, mais il se montait à plus de cinq fois celles de l'incendie du Bazar de la Charité qui avait vu la mort de tant de femmes. Son fondateur lui-même avait péri. On racontait qu'il avait refusé d'évacuer la bâtisse vacillante, à la manière d'un capitaine de navire sur le point de sombrer. Une vendeuse, qui répétait l'histoire d'un ton faussement horrifié, s'était attiré un sourire narquois de Madeleine, mais aucun commentaire.

À une pause de midi, Madeleine prit Renée à part.

« Un ami et moi, nous voudrions nous retrouver dans un endroit discret. Ici, il n'en est pas question. Tu vis seule. Pourrais-tu me prêter ton logement demain après-midi ? »

Une lame glacée fila le long de la colonne vertébrale de Renée. Ce qu'elle n'avait cessé d'appréhender au cours des dernières semaines se produisait. Elle improvisa :

« Moi aussi, j'ai quelqu'un. Il habite chez moi et ne veut pas être vu. »

Madeleine cligna des yeux.

« Ça, tu caches bien ton jeu, ma jolie !

— Je suis désolée. Je peux essayer de…

— Laisse donc. Figure-toi que j'avais l'intention de te corrompre. J'avais remarqué que tu passais pas mal de temps au milieu des articles martiens, au premier étage. »

Renée ne put qu'acquiescer. Elle avait cru que son manège passerait inaperçu. La première fois, elle avait attrapé un flacon au hasard sur l'étagère principale. Il contenait des griffes de prédateur martien réduites en poudre ; l'étiquette indiquait : *Poudre de roomboo – remède infaillible au déclin de la virilité*. Renée l'avait reposé. À côté, des plumes de paons martiens, appelés doorms dans le sabir erloor, avaient été plantées dans des vases emplis de sable. *Idéal pour les chapeaux de Madame*, elles formaient un bouquet de flammes roses.

Madeleine sortit de ses jupes une liasse de sachets. Face au mouvement de recul de Renée, elle sourit.

« Du calme, ce ne sont que des marchandises trop abîmées pour être vendues. On les destinait à la poubelle. »

En effet, un gros trait rouge barrait les sachets en papier. Il y avait des herbes séchées, des graines tire-bouchonnées, des fragments d'écorce odorante à brûler dans des encensoirs ou à bouillir en infusion. Les premiers colons avaient remarqué qu'une plante locale contenait une essence voisine de la bergamote, une autre du petit-grain, d'autres encore de la lavande. Un commerce n'avait pas tardé à éclore.

Madeleine lui fourra le paquet dans les mains.

« Garde-les, ils sont perdus de toute façon. Mon amant est chef adjoint de cabinet, autant dire une huile. Au lit, il est un peu potache, mais je le trouve gentil. Il nous paiera une chambre, s'il tient à moi. C'est quoi, le tien, pour qu'il se cache comme ça ? Un bandit ? ou juste un anarchiste ou un fasciste ?

— Un étranger. »

À ce mot, la cheffe se rembrunit, avant de pousser un soupir entendu.

« Bien sûr. Rassure-toi, je ne t'ennuierai plus avec ça. »

Une façon de lui assurer qu'elle ne lui tiendrait pas rigueur de sa réponse négative. La figure du Russe blanc ou du riche duc florentin avait dû remplacer dans son esprit celle de l'immigrant polonais ou tunisien charrié par bateau pour extraire de la cavorite ou construire des routes. Les journaux favorables à l'Action française en avaient fait leur cible de prédilection, et Madeleine découpait certains de leurs articles qu'elle faisait circuler. Que dirait-elle si elle apprenait que sa subordonnée hébergeait en réalité un erloor ?

Elle-même craignait de se faire dénoncer par sa voisine de chambre, si cette dernière s'avisait qu'elle cachait un Martien en fuite. Et elle frémissait de constater avec quelle aisance elle, une fonctionnaire irréprochable, était passée du mauvais côté de la barrière. Il était fort possible que le Jardin des Plantes porte plainte contre elle sitôt son acte rendu public. De plus, la détention d'un animal dans un immeuble sans l'aval du propriétaire était interdite. Le statut d'un erloor en relevait encore, même si une certaine presse enjoignait aux pouvoirs publics de leur octroyer une citoyenneté pleine et entière.

Et cependant, malgré les risques qu'elle courait, elle dormait sur ses deux oreilles. Quelle chose étrange !

Ogloor découvrit les marchandises martiennes avec une nonchalance qui vexa quelque peu Renée. Il émietta une sorte de romarin à la saveur vinaigrée, rompit une cosse à râper dont le sachet indiquait *Noix des marais*, sans le goûter. Le mal du pays ne semblait pas l'atteindre. Tout juste consentit-il à gober une grappe de raisin sec à la peau d'un rouge artériel. Renée attrapa le grain qu'il lui tendait, posé sur le repli palmé entre les doigts.

« C'est bon ?

— Œufs okoroas ! Pas bon. Mais okoroas tuent erloors. Manger leurs œufs, joie ! »

Cette fois, Renée ne put retenir un hoquet de dégoût.

18

Georges Moinel

Sans aérotram ni omnibus, tous les deux trop chers, faute surtout de sens de l'orientation, Georges chemina jusqu'à Vitry avant de réaliser sa fausse route. Remonter jusqu'au pont de Charenton lui coûta encore une bonne heure.

L'usine dressait sa façade droite, ornée de céramiques, sur l'avenue, comme pour concurrencer l'église qui se hissait juste à côté. Georges arriva, éreinté, mais ragaillardi par l'espérance. L'entrée était congestionnée d'ouvriers, clope au bec, de marchands de rue et de gamins coiffés de canotiers en carton. Sitôt qu'il commença à évoquer Doudou, deux types l'encadrèrent et le tirèrent à l'écart. Dans la rue, les autres détournèrent les yeux.

« Qu'est-ce que tu as, à poser des questions comme ça à tout le monde ? lança l'un d'eux. Tu cherches à te faire casser la gueule ? »

Georges se rappela qu'il avait été contrôlé deux fois depuis ce matin. Des rumeurs de grèves mettaient les autorités sur les dents.

« Doucement, les gars, je ne suis pas de la police.

— Les informateurs n'ont pas besoin d'en être. Il suffit qu'ils émargent.

— Parce que je vous donne l'impression d'avoir de l'argent ? »

Son argument ébranla quelque peu les gars. Ils le rudoyèrent pour la forme, avant de le laisser partir à condition de ne plus le revoir.

« Je cherche mon amie, dit-il, bravache. Je ne partirai pas sans elle.

— On a été conciliants. Profites-en plutôt pendant qu'il est temps. »

Une pichenette leur suffit pour le projeter sur le trottoir, où sa tête manqua de peu un lampadaire. Il se releva en époussetant son pardessus.

« Georges ? Georges, toi ici ? »

C'est comme si ces mots vidaient l'univers autour de lui. Soudain, plus rien d'autre n'exista.

« Doudou…

— Pas Doudou. » Elle le scrutait avec une incrédulité mêlée d'émotion. « Tu es venu me retrouver. Ernestine, c'est ainsi que je m'appelle vraiment. Ernestine Becker. »

Elle lui saisit la main, et ils se mirent en marche le long de la Marne.

« Mon Dieu, tu as l'air d'un clou. Allons manger. Il y a de quoi dans les environs. »

Il mourait d'envie de lui expliquer la raison de sa disparition.

« Restons au grand air. Au moins, il est gratuit. »

Un rire clair lui répondit.

« Mais j'ai trimé, moi, j'ai envie de poser mes fesses sur un véritable siège. D'ailleurs, la saison est passée pour la plage et les attractions. » Elle lui posa un baiser au coin des lèvres. « Je me doute de la raison qui t'a poussé à filer. Sur le moment, ça m'a mise en colère, parce que je t'aime bien. Et puis, j'ai réfléchi. Tu ne voulais pas que je te voie dans la misère. Mais c'est idiot. Je m'en fiche. C'est toi que je veux. »

Le jeune homme hocha une tête abasourdie. Un zigzag de rues les ramena sur la berge, en amont du barrage. Des canards flottaient sur les vaguelettes comme des bouchons. D'autres s'étaient aventurés sur terre et se dandinaient entre des balançoires et des bandes dénudées pour jeu de quilles. Des estaminets s'intercalaient entre des pavillons et de petits immeubles dépareillés. Plus loin, une presqu'île s'avançait sur le fleuve.

Au hasard, Georges désigna la devanture d'un café-restaurant.

« On entre ?

— Ah, non ! Ici, on chante anglais, on boit anglais et on danse américain. On se croirait à Montparnasse. » Répondant au regard interrogatif de son compagnon, elle précisa : « Flavien avait raison de dire que le Montparnasse des boîtes de nuit s'est frelaté. Pire, Paris tout entier est une verrue bourgeoise. Rien de sérieux ne peut se faire, maintenant. C'est en banlieue qu'on se réunit, sur les rives de la Marne et non de la Seine. Et encore, pas dans les guinguettes à touristes comme celle-là, non, dans les caboulots où l'on boit du gros rouge au milieu des clochards et des chiffonniers. Là où est le vrai peuple. » Toujours riant, elle ajouta : « En plus, avec ta mise, tu passeras inaperçu. »

Ils poussèrent la porte d'une taverne à la façade rabougrie, dont l'enseigne indiquait *Le Petit Moulin*.

On y servait un vin gris et de la bière Maxeville, expliqua-t-elle, mais surtout un bouillon de bœuf revigorant, comme au temps des bistrots de cochers. Des banquettes miteuses encombraient une salle mal éclairée et enfumée. Des étudiants faisaient du tapage devant une machine à sous. Ils venaient de l'école vétérinaire toute proche, affirma Ernestine à voix basse : il suffisait de voir le sang et le crottin de cheval à leurs souliers.

Il fut frappé par l'absence de femmes à demi dévêtues. Il n'y avait pas de piano, même pas de radio pour chanter les refrains à la mode. L'unique serveuse était affublée d'un robuste tablier.

Une photo punaisée au mur du fond attira l'attention de Georges. Le portrait d'un homme au front large et au sourire insolent, les arcades sourcilières un peu tombantes, mais contredites par un regard élevé. Sur la coupure de journal, quelqu'un lui avait dessiné des ailes dans le dos, à la manière d'un ange exterminateur.

« C'est Ravachol ? s'étonna-t-il.

— L'établissement est tenu par un sympathisant. Il faut l'être, pour nous supporter.

— Nous ?

— Mon groupe d'aminches. Avec eux, pas besoin de piano pour chanter.

— Que chantez-vous ?

— La Carmagnole, pardi.

— Je ne la connais pas.

— On te l'apprendra. »

Ernestine entreprit de se lever.

« On n'attend pas tes amis ?

— Je les préviendrai. Ils n'aiment pas trop les surprises. »

Elle habitait non loin de là, et ils furent bientôt rendus.

Le temps de se déshabiller, Georges se traita de tous les noms. Comment avait-il pu perdre toutes ces semaines loin d'elle ? Il avait tellement de temps à rattraper.

Ils ne passèrent pas leur nuit de retrouvailles à faire l'amour, mais à discuter, interminablement.

« Mes amants ne se sont jamais gênés pour s'amuser de mes doigts coupés, murmura-t-elle, allongée contre son flanc. Pas toi. Tu savais que je n'avais pas envie d'en parler. »

Elle brandissait sa main droite, aux deux doigts centraux raccourcis juste sous la deuxième articulation. La section était nette, chirurgicale. Une alliance ceignait toujours la base de son annulaire.

Les doigts de Georges s'entrelacèrent dans les siens. Ils s'ajustaient à la perfection.

« Cela ne te fait pas mal ?

— Non, rassure-toi. Dans mes rêves, j'arrive même à les bouger. » Un rire étrange s'échappa de ses lèvres. « Sans l'accident, je ne serais pas là, avec toi. Je serais… je ne sais pas. Encore au fond d'une usine, je suppose. »

Comme ses quatre sœurs avant elle, Ernestine s'était mariée très jeune. Ses parents avaient été obligés de fuir l'Alsace lors de son annexion, pour s'implanter près de Royan. Toute sa jeunesse, ses camarades de classe avaient moqué son nom à consonance allemande. Le mariage lui avait permis d'en changer. Félicien, un garçon qu'elle avait connu sur les bancs de la communale, avait des ambitions. « Acheter son matériel, mais pas la terre, ma chère Ernestine, voilà l'avenir ! » Il avait acheté une moissonneuse-batteuse cavoriée, d'une efficacité redoutable, et loué une exploitation de quinze hectares à un notaire qui en était propriétaire. Ainsi, il travaillait non seulement sur son terrain, mais pour ceux prêts à payer. Le couple trimait sans cesse, mais ils avaient l'impression d'être leurs propres patrons.

La déclaration de guerre contre la Prusse avait sonné le glas. Félicien avait endossé l'uniforme au cœur de l'été 1912. Trois mois plus tard, une lettre du ministère avait informé Ernestine qu'il était tombé au champ d'honneur quelque part en Westphalie. On ne lui avait donné aucun détail, et la dépouille n'avait jamais été retrouvée. Incapable de tenir seule la ferme, Ernestine avait dû revendre le matériel agricole, et n'avait pu s'opposer à la résiliation du bail.

Puis, une rumeur avait circulé : un grand navire cavorié passait prendre des ouvrières pour les filatures, à la ville la plus proche. Des péniches de transport sillonnaient les provinces déshéritées ainsi que l'Italie et l'Espagne, afin de véhiculer la main-d'œuvre jusqu'aux usines. Leur ballet incessant évitait le coût d'édifier des cités ouvrières, considérées de surcroît comme des foyers de fermentation révolutionnaire.

Le recruteur lui avait fait signer une déclaration sur l'honneur qu'elle n'était engagée dans aucune activité politique.

« Z'êtes veuve, à ce qu'indique vot' fiche. Vot' mari cotisait pas à un syndicat, j'espère.

— Mon mari est mort à la guerre.

— C'empêche pas. » L'homme avait cligné d'un œil faussement complice. « Ce s'rait pas si grave. Leur foutue internationale socialiste n'a pas résisté à l'appel de la patrie. De chaque côté, c'est les ouvriers et les paysans qu'ont pris les armes et se sont entre-tués, vrai ? »

La remarque du recruteur l'avait foudroyée. Elle avait apposé sa signature sur le contrat dans un état second. Le navire l'avait débarquée avec un contingent de jeunes femmes dans une usine, le long d'une rivière polluée. Près de Lyon, lui dit-on, mais cela aurait pu être n'importe où. Elle s'était rendu compte que le contrat l'engageait pour cinq ans dans des ateliers de soudure ou d'assemblage – les plus durs. Il n'y avait pas de recours. On travaillait dix heures d'affilée, avec une journée de repos tous les dix jours. Elle avait vu des ouvrières se faire lacérer jusqu'à l'os par des courroies de transmission en cuir qui lâchaient. La cheffe d'atelier avait elle-même été scalpée lorsque ses cheveux avaient été happés par une machine. Ernestine avait cru que cela ne lui arriverait pas. Il n'avait fallu que trois secondes d'inattention pour que deux doigts médians disparaissent, sectionnés par un train de roulement. Le contremaître avait refusé d'arrêter la machine, et Ernestine avait dû attendre la fin de la journée pour récupérer ses tronçons de phalanges. Elle les avait tenus dans sa paume quelques instants, puis les avait jetés dans une poubelle.

Du jour au lendemain, elle s'était retrouvée sans travail. Le temps que ses moignons de doigts guérissent, elle était à Paris. Avec son infirmité, inutile de songer à devenir couturière à cinq francs par jour.

Un gaillard barbu et jovial l'avait abordée en pleine rue. Quand il lui avait demandé avec un accent à couper au couteau si elle aimait l'art, elle avait rétorqué d'une voix hautaine : « Je ne suis pas montée à Paris dans l'espoir de rencontrer Maurice Chevalier, mais pour trouver du travail. »

Le gaillard avait éclaté de rire.

« C'est du boulot que je te propose. Et un logis, mais seulement s'il gèle.

— Pourquoi moi ?

— Tes doigts. Ils te donnent du cachet. »

C'est ainsi qu'elle avait décroché son premier poste de modèle : dans l'atelier d'un peintre polonais qui n'avait pas tardé à être emporté par la grande épidémie d'après guerre. On avait brûlé son corps dans une fosse publique. L'étudiant en médecine qui supervisait l'enfouissement lui avait conseillé d'aller se faire traiter dans l'un des nouveaux centres Chery, ouverts dans les grandes villes pour endiguer le fléau.

Sa voix se fêla, et Georges passa un bras autour de ses épaules. Ce nom, Chery, lui rappelait vaguement une affaire qui avait fait couler beaucoup d'encre, quelques années plus tôt.

« Chery, ce n'était pas un médecin célèbre, ou quelque chose comme ça ? J'avoue que j'ai oublié. »

Le rire caverneux d'Ernestine déversa du plomb dans le cœur de son amant.

« Des centaines de femmes n'oublieront pas, tant qu'elles vivront. »

Elle s'était rendue dans un des centres Chery ouverts depuis quelques mois seulement, celui-là même où le médecin officiait. Plus tard, au procès, il avait affirmé n'avoir jamais opéré en personne, et on n'avait pas mis sa parole en doute. Mais elle savait. Elle avait su à qui elle avait affaire à la minute où il avait pénétré dans la salle d'examen et posé les yeux sur elle. On l'avait préparée, et sur le moment, elle avait été trop impressionnée pour exiger que l'assistant écarte l'inhalateur de chloroforme. Mais son regard avait croisé le sien, et Ernestine avait reconnu la même lueur qu'elle avait discernée, alors qu'elle n'avait pas dix ans, au fond des yeux d'un fermier voisin exhibant des blaireaux capturés dans des pièges à mâchoires, et qu'il laissait crever des jours durant, pendus la tête en bas, hurlant la souffrance de leurs pattes tailladées. Tous les deux, le paysan et le docteur, appartenaient au genre des brutes qui tuaient parce qu'ils en avaient le pouvoir. À la barre, Chery n'avait exprimé aucune culpabilité, aucune honte, aucun remords. Ses théories sur l'infériorité des femmes faciles et de certaines races, qu'il avait exposées avec passion, n'étaient qu'un prétexte. Certains dans le jury avaient été dupes de ses grands mots, mais pas elle.

À son réveil, dans une arrière-salle, la douleur au creux de ses reins ne l'avait pas tout de suite alertée. Marcel Chery était parti, et la fugitive impression qu'elle avait eue à son endroit s'estompait déjà. Mais dans les semaines qui avaient suivi, du sang avait coulé de son entrejambe. Elle n'avait pas les moyens de consulter un médecin, et les dispensaires étaient débordés à cause de l'épidémie. La douleur, elle, avait mis trois mois à se tarir, et ses règles n'avaient plus reparu.

Le malaise avait grossi en elle, à la manière

d'une mauvaise tumeur. Elle avait fini par consulter, dans un centre social. Le médecin avait été catégorique : suite à une opération, elle ne pourrait plus porter d'enfant. Une sombre fureur s'était emparée d'elle. On l'avait trompée, comme pour son contrat à l'usine. Elle avait foncé au commissariat. L'inspecteur de faction avait consenti à enregistrer sa plainte après qu'Ernestine avait menacé de faire un scandale. Puis, pendant des semaines, elle avait épluché les journaux. Quotidiennement, elle se rendait devant le centre Chery, pour voir un flot toujours abondant de patientes qui entraient et sortaient. Rien ne se passerait, réalisa-t-elle. Elle sentit que si elle n'agissait pas, la rage qui la rongeait de l'intérieur aurait raison de sa vie. À un crieur de journaux, elle acheta la première feuille qu'il lui tendait. Sans prendre le temps de lire le contenu, elle se rendit à l'adresse indiquée en dernière page.

Là, un reporter recueillit son témoignage. Ou plutôt, il se livra sur elle à un véritable interrogatoire de police. Il était brusque dans ses questions, lui faisant répéter les faits jusqu'à ce qu'il repère la moindre divergence. Se voir obligée de révéler une partie de sa vie intime la brûla d'humiliation, mais elle ravala sa fierté. La pudeur était un sacrifice minime pour que justice lui soit rendue. L'article parut et, par un de ces emballements dont la presse avait le secret, l'intérêt public flamba. Le procès tant réclamé eut lieu. Le docteur Chery n'écopa d'aucune peine de prison, mais au moins tomba-t-il en disgrâce.

Quant à elle, elle avait obtenu du journaliste que son visage n'apparaisse pas. Il tint parole. Presque personne, dans le milieu artistique qui l'avait adoptée, ne la connaissait autrement que par son surnom.

« Si je tenais celui qui t'a stérilisée de force, je te jure qu'il paierait cher son crime », fulmina Georges, avant de s'apercevoir qu'il serrait Ernestine si fort qu'il lui rougissait les chairs. Il la lâcha en se répandant en excuses.

Elle se blottit contre lui.

« Pour moi, c'est du passé. D'ailleurs, Chery n'est qu'un pauvre fou. En revanche, ceux qui lui ont donné les moyens qu'il réclamait n'ont jamais été inquiétés. Ils n'ont même jamais été entendus comme témoins. Et ils ont bien fait, car c'est la société tout entière qui aurait été exposée à l'infamie. »

Jusqu'à ce jour, la *société* n'avait été qu'une abstraction pour Georges, un mot magique dépeignant une hydre, ou plutôt un golem constitué de règles qui gouvernaient des nations jusqu'au tréfonds des cervelles humaines. À présent, sa hideur lui sautait aux yeux, dans sa puissance la plus concrète. La société avait condamné sa bien-aimée à ne jamais être mère.

« Tes amis, dit-il d'une voix songeuse, ce sont bien des anarchistes, n'est-ce pas ?

— Oui.

— Tu me les présenterais ? »

19

Maurice Peretti

« Et vous, comment pensez-vous que fonctionne la cavorite ? commença Marthe.

— C'est à vous de me faire la leçon, pas à moi. »

Peretti et elle n'avaient pas quitté le siège de *La Science Populaire*. Les secrétaires avaient laissé à leur disposition une pièce garnie d'un bureau et de chaises. Le commissaire avait sorti un calepin d'une poche de son manteau. Son crayon oscillait au-dessus de la page blanche.

La jeune femme poussa un soupir.

« J'ai besoin d'avoir un aperçu de votre niveau de connaissances.

— Inutile d'y aller par quatre chemins : mon niveau équivaut à zéro. »

Marthe secoua la tête.

« Vous savez que la cavorite annule la gravité terrestre, n'est-ce pas ?

— Ça coule de source.

— Eh bien, vous voyez que vous ne partez pas de zéro. » En réalité, il n'en savait guère plus. La cavorite avait été découverte par accident par un Anglais, un certain Cavor qui lui avait donné son nom. Ce dernier n'avait pas eu le temps de profiter de sa gloire. Il avait péri des suites d'une expérience, et les élucubrations d'un associé sans scrupules avaient achevé de brouiller la vérité à son sujet. Il s'agissait en fait d'un simple hurluberlu, qui avait eu de la chance. De vrais scientifiques avaient pris le relais. Toute une génération de savants – Becquerel, Rutherford et les Curie à leur tête – s'était emparée du sujet pour échafauder la conception moderne de la matière. Grâce aux travaux sur la cavorite, la théorie atomique et celle de la radioactivité avaient pris leur forme actuelle.

« L'histoire ne m'intéresse pas, l'interrompit Peretti. Et dans le peu que vous m'avez dit, certains termes me sont aussi incompréhensibles que du martien. »

La jeune femme sembla retomber sur terre.

« Nous sauterons quelques démonstrations pour en venir aux conclusions, consentit-elle. Mais pour comprendre la cavorite, il faut démonter non seulement la matière, mais la charpente de l'univers.

— Faites donc. »

La théorie atomique ne semblait pas trop compliquée à Peretti, même s'il peinait à saisir le tableau général.

« Donc, résuma-t-il, la matière est constituée d'atomes, et la masse est tout entière contenue dans son noyau.

— Au niveau fondamental, la gravité est une force atomique, dépendante du noyau. Voilà pourquoi la lumière n'a, elle, aucune masse. Or, si la plupart des atomes sont stables dans le temps, certains ne le sont pas. Victime d'une instabilité innée ou d'une excitation provoquée, un noyau peut se désintégrer, c'est-à-dire se dissocier en deux parties. Au cours de l'opération, il libère des particules ou des rayonnements. On dit alors qu'il est radioactif. Il existe un nombre réduit d'atomes dans la nature, et encore moins d'atomes radioactifs. Tous n'ont pas été découverts, loin de là. Mais grâce à leur classification récente, on pense qu'il est possible d'en décompter au maximum une centaine. L'élément actif de la cavorite est le cavorium. C'est le professeur Henri Becquerel qui…

— Évitez les noms, je vous prie.

— Ah, oui. Donc, le cavorium est un élément radioactif. Ce n'est pas le seul. Les uranides… une classe d'éléments très proches… se désintègrent en produisant de la chaleur, de la lumière et des particules pénétrantes. Le cavorium, lui, a une propriété unique. En se désintégrant, un atome génère un rayonnement à l'origine de la lévitescence des véhicules et des bâtiments aériens. Quant à la raison pour laquelle il est antigravitatif, on en est réduit à des hypothèses. Pas plus qu'on ne sait pourquoi ce rayonnement est beaucoup plus puissant que le champ de gravité émis par la matière ordinaire. Il a été nommé "radiations kappa" pour le distinguer des autres types de radiations, mais on a trouvé un mot plus pratique, la "cavoradiance". Peut-être y a-t-il une particule associée à ce champ, mais on ne l'a pas encore mise en évidence. Nous aurions besoin d'instruments de détection plus fins que tout ce que l'on parvient à concevoir, aujourd'hui et probablement pour les décennies à venir. » La physicienne se rendit compte qu'elle dérivait vers des spéculations inaccessibles à Peretti. Elle toussota. « À l'état naturel, le cavorium est un métal terne, assez médiocre pour ce qui est de sa densité, de sa conductivité électrique ou de sa résistance mécanique. Il s'est révélé très dissous dans la croûte terrestre, à l'exception de quelques filons. Même au sein des minerais les plus riches, la teneur de cavorium n'excède pas quelques centaines de grammes par tonne. Le meilleur moyen de déclencher la cavoradiance est de concentrer une quantité suffisante de cavorium à haut taux de pureté. Pour composer l'alliage des lingots, on ajoute du cuivre, du nickel ou de l'aluminium. On parle de *bronze de cavorium* pour le premier, de *nicavorium* pour le deuxième, et pour le dernier, d'*alcavorium*.

— Jusqu'ici, je crois comprendre. Chaque barre de cavorite est enveloppée dans une feuille de plomb. Quel est son rôle, là-dedans ?

— J'y venais. L'émission kappa s'effectue dans toutes les directions autour du bloc de cavorite. Le bloc, quelle que soit sa grosseur, se contente de léviter, ou de se mouvoir légèrement en fonction de la répartition des grains de cavorium dans le minerai. Toute matière est sensible aux effets de la cavoradiance, sauf le plomb. Il se montre impénétrable aux radiations kappa, pour une raison que l'on ignore encore. Une fine pellicule suffit pour s'opposer au champ. »

Peretti tâchait de ne pas avoir l'air trop perdu.

« Il y a donc des choses qui vous échappent. »

Marthe éclata de rire.

« Des tas ! Voilà justement l'intérêt de continuer à sonder les mystères du monde. Avant la cavorite, beaucoup de savants étaient persuadés qu'il ne restait plus rien d'essentiel à trouver. L'antigravitescence a ouvert un tout nouveau terrain d'études. En trente ans, beaucoup de choses ont été comprises, mais il en reste plus encore à découvrir. Peut-être ne saura-t-on jamais tout.

— À quoi bon chercher, alors ?

— À quoi bon explorer de nouvelles terres ?... Bon. Vous suivez toujours ? »

Peretti s'aperçut que, tout à ses efforts de compréhension, il n'avait rien noté. Il referma son calepin. Après tout, le plus important était ce qui se trouvait dans son cerveau, non sur un carnet de notes. Il parvenait à se représenter la matière sous forme de grains dotés en leur centre de noyaux durs... même les gaz, ce qui était déjà plus déroutant. Au moment de se briser, les noyaux éjectaient des particules et des espèces de rayons. Ceux-ci traversaient le vide entre les atomes, avant d'agir à leur tour sur eux. Le commissaire les *voyait*, et cette plongée abyssale dans le monde microscopique le laissait sidéré, flottant dans un espace étrange créé par sa seule pensée.

Le rythme de désintégration d'un ensemble d'atomes de cavorium avait d'abord été estimé à une période de plusieurs siècles. Mais voici deux ans, un rapport dirigé par les époux Curie avait donné une nouvelle mesure, terriblement plus courte, et cette fois définitive : moins de vingt ans. Ce chiffre avait sonné le glas de la cavorite comme manne éternelle, et déclenché un krach dont le monde ne s'était toujours pas remis.

« Revenons au plomb, poursuivait Marthe Antin. Le principe est on ne peut plus simple : le plomb bloque la cavoradiance, et renvoie même le rayonnement qui lui parvient à la verticale. D'accord ? En posant une pellicule de plomb sur une plaque de composé-cavorite, on empêche le rayonnement de diffuser au-dessus. Cela revient à exercer une force équivalente vers le haut – et la plaque monte. Elle, ainsi que toute masse accrochée à elle, pour peu qu'elle ne la déséquilibre pas. C'est la raison pour laquelle deux longues plaques de cavorite courent de chaque côté de la carrosserie ou de la coque des véhicules volants. »

Peretti revenait en territoire connu. Son manque d'affinité vis-à-vis de la modernité s'était accommodé sans problème de l'automobile. Son aversion des machines ne l'empêchait pas d'apprécier l'amplification de la puissance humaine qu'elles permettaient.

Les véhicules cavoriés utilisaient des volets plombés, disposés juste sous les plaques de composé-cavorite, à l'avant, non seulement pour léviter, mais aussi pour se déplacer. Les volets défléchissaient vers l'arrière une partie du champ kappa des plaques. Ils n'avaient pas besoin d'être d'une solidité à toute épreuve, de simples lamelles de bois pelliculées de plomb suffisaient. Le plus important était qu'ils soient orientables. Placés à quarante-cinq degrés par rapport au sol, ils assuraient une propulsion minimale en mettant l'engin cavorié en « chute libre » vers l'avant. Celui-ci conservait cependant son inertie. C'est pourquoi, afin d'obtenir une vitesse appréciable, une propulsion supplémentaire était nécessaire : des moteurs à essence actionnaient des hélices, situées à l'arrière ou à l'avant selon les modèles. La plupart des péniches volantes s'en passaient d'ailleurs fort bien. Quant aux paquebots transcontinentaux, ils avaient réglé le problème en se faisant tracter par des locomotives.

Sa curiosité à l'égard de Marthe Antin augmenta encore le lendemain, à mesure qu'elle lui rabâchait les caractéristiques physiques et chimiques de la cavorite. La jeune femme décrivait le monde atomique comme s'il s'agissait de son royaume personnel. Elle s'animait alors d'une manière extraordinaire. Ses joues s'enflammaient, son ton devenait véhément, et elle se haussait sur la pointe des pieds comme pour s'élever à la hauteur de son discours. Il y avait, dans la passion qu'elle mettait à décrire les lois fondamentales, la même recherche d'absolu que Peretti avait décelée autrefois, au niveau politique, chez les anarchistes les plus exaltés. Un idéal transcendant en tout cas. Peut-être se méprenait-il, peut-être Marthe éprouvait-elle juste l'ivresse du jeu intellectuel. Mais son vieux flair le trompait rarement quant aux motivations. Et puis, l'écouter parler de science était comme se faire injecter un sérum contre l'amertume et la lassitude, même si l'effet s'avérait momentané.

« Avec la science, chaque matin, l'univers est nouveau, lui avait-elle confié. Face à l'enchantement des découvertes, être homme ou femme n'a plus de sens. Quand on est curieux, on redevient un enfant. »

Peretti lui avait donné rendez-vous dans un estaminet à deux pas du commissariat. Sur une table face à lui, elle avait noirci en quelques minutes des pages de schémas à l'appui de ses démonstrations.

Il déplia la feuille qu'il avait subtilisée sur l'un des

corps de l'entrepôt clandestin, et la tendit à la jeune femme. Elle étudia les colonnes de chiffres en silence.

« Ce que je vous montre, vous ne devez en parler à personne, pas même à votre mari », finit-il par lâcher.

Elle leva brièvement les yeux, avant d'opiner d'un geste distrait.

« C'est une feuille de comptabilité de lingots de cavorite..., commença-t-il.

— Je vois, oui.

— Cette inscription : *Cv72*, suivie d'un taux : *45 %*. Qu'est-ce que ça signifie ?

— Je ne vous l'ai pas déjà dit ? Cv est le symbole du cavorium. Soixante-douze, son numéro atomique. Rappelez-vous mon cours sur le tableau périodique des corps simples. Il s'agit d'une notion nouvelle, et certains physiciens ont du mal à accepter qu'elle n'ait pas été mise au point par un savant français. Mais son principe s'est révélé exact.

— Eh bien... »

Elle s'efforça de donner une connotation enjouée à son soupir.

« Peu importe. En matière de science, vous savez l'essentiel. Ou du moins, vous n'irez pas plus loin.

— Certes. Et le *45 %* ?

— Vous ne m'avez presque rien dit de l'affaire. Si vous voulez que mon aide soit efficace, je dois en savoir plus. »

Le policier s'attendait à sa requête. Du reste, elle avait raison. Quand il lui avait demandé de lui enseigner les rudiments de physique cavorique, elle lui avait répondu que pour ce faire, c'était toute la mécanique de l'univers qu'il fallait démonter. Elle lui serait plus utile en interprétant les éléments qu'il dénicherait, à l'image d'un médecin légiste donnant son diagnostic sur un cadavre.

Ce qu'il savait tenait en quelques mots.

« Vous avez découvert un trafic de cavorite dissimulée dans des voitures, résuma-t-elle. Et vous soupçonnez des ramifications dans les services de l'État. »

Il tendait la main pour récupérer le document, mais elle s'y replongea quelques instants.

« Votre intuition a l'air fondée, dit-elle en faisant pivoter la feuille. La colonne de gauche indique la quantité de cavorite livrée. Vous voyez, là. À droite, les chiffres sont intéressants par la mesure utilisée : un indice très récent, qui désigne la force soulevée en joules par unité de concentration. Le joule quantifie l'énergie, ici le travail, c'est-à-dire la force du déplacement effectué par la cavorite. Les usines cavorurgiques officielles produisent ce genre de document. Celui qui l'a rédigé est un familier de l'industrie, probablement assisté d'un physicien qui maîtrise bien la nomenclature.

— Le 45 % ?

— Ce genre de chiffre indique le taux de cavorium pur dans un lingot, à la sortie des opérations de transformation.

— Il est élevé ?

— Pour un lingot de composé-cavorite en sortie de traitement, plutôt médiocre au contraire. Curieux. Il faudrait que j'en voie un de mes propres yeux. Mais vous m'avez dit que les Renseignements ont fait main basse dessus, n'est-ce pas ? »

Il se leva soudain et la prit par l'épaule.

« Venez. »

À peine avaient-ils franchi le seuil du commissariat que Courget déboula dans le couloir. D'un coup d'œil, il jaugea Marthe.

« Le Fakir reprend du service ? Tu as ensorcelé une souris ?

— Va donc prendre un verre à ma santé, l'Autopsie. »

L'officier fila sans demander son reste. Le rire de Marthe cascada aux oreilles de Peretti. C'était la première fois qu'il l'entendait.

« L'Autopsie, je peux comprendre ce surnom, dans votre profession, fit-elle une fois son hilarité retombée. Mais le Fakir ? »

Il passa une main sur son crâne pour masquer sa gêne.

« C'était il y a longtemps.

— Parce qu'on vous prêtait des pouvoirs psychiques ?

— J'avais la réputation d'intimider, voilà tout. Ce n'est qu'un mot. »

Se doutait-elle qu'à la seconde où il l'avait vue, il avait songé à la surnommer la Musaraigne ? Sans savoir pourquoi, il avait tout de suite renoncé.

« Je m'excuse d'avoir ri.

— Ne vous excusez pas.

— Au moins, je peux m'expliquer. Une amie m'a raconté une histoire. Un fakir faisait ses tours dans les grands salons parisiens. Il avait une interprétation insolite de la cavorite. D'après lui, ce métal résonnait en permanence, comme une cloche frappée par un marteau. La musique qui en sortait, inaudible parce que trop subtile, plaisait tellement aux mille oreilles du Bouddha qu'en récompense, il lui permettait de léviter.

— La cavorite appartient au domaine de la science. Je ne pensais pas qu'elle pouvait attirer les croyances.

— Si vous lisiez le courrier que nous recevons au journal ! Au fond des campagnes, beaucoup croient encore que les fantômes lavent leur linceul dans les lavoirs. La cavorite n'est qu'un charme de plus. Et quand je parle des campagnes, la ville n'est pas épargnée. À Madrid, un amateur de radio a été lynché et son poste à galène détruit suite à une rumeur sur la nocivité des ondes hertziennes. Et cela, au vingtième siècle ! Pour la cavorite, c'est encore pire. Sans même parler des théories farfelues.

— Mais vous, les gens de science, vous êtes à l'abri des superstitions.

— Ah ! Si seulement c'était vrai. »

Naguère, plusieurs savants, et non des moindres, avaient accordé crédit à une spirite célèbre qui écumait l'Europe. Elle affirmait léviter sans avoir recours à la cavorite. On se l'arrachait à deux mille francs la séance. Un sceptique avait introduit du plomb dans la pièce sans l'avertir, et elle était tombée, se brisant un poignet. Cette démystification n'avait pas empêché un célèbre littérateur anglais, et même l'auguste Monsieur Curie, de persister à la vanter comme un authentique médium. Du reste, *Le Matin* ne promettait-il pas, dans un éditorial récent, cinq mille francs à tout occultiste qui prévoirait la date du prochain krach ? La cavorite permettait de cingler sur des mers nouvelles, mais le gros de l'humanité n'avait jamais quitté le rivage de la croyance. Les savants ne faisaient pas exception.

Peretti, quant à lui, se sentait étranger à ces considérations. Il voulait résoudre son enquête, un point c'est tout.

Il l'amena jusqu'à son bureau, dans la salle de sa brigade. Il avait toujours refusé de s'enfermer dans un cabinet à part, afin de rester avec ses hommes. En cet instant, le commissaire aurait préféré un peu d'isolement, mais c'est à peine si les deux officiers présents levèrent la tête pour saluer Marthe Antin.

Il avait entreposé le lingot dans un double fond. Il l'extirpa, retira le chiffon qui l'emmaillotait, et le posa sur la table. Il n'avait pas hésité à le plaquer contre le plateau de bois, mais le lingot rendit un son ridicule. Dans la salle, les yeux se levèrent. Peretti leur jeta un regard noir. Aussitôt, les hommes se replongèrent dans leurs affaires.

« Vous avez volé un lingot de cavorite, fit Marthe d'un ton ouvertement admiratif. J'aurais dû m'y attendre.

— J'avais besoin d'une trace. Et puis, c'est moi qui ai récupéré la cargaison, il me fallait bien un trophée.

— Cela pourrait vous valoir des ennuis, non ? »

Elle saisit le bloc de trente centimètres de long, et l'examina sous toutes les coutures. Pendant ce temps, Peretti sortit l'estampille. Mais la jeune femme n'avait d'yeux que pour le lingot.

« Du bronze de cavorium, selon toute probabilité. Revêtu d'un simple coffrage de plomb. Non traité, au risque de se déchirer. Personne ne produit plus ce genre de lingot dans des circonstances normales. Un choc, et une fuite de cavoradiance enverrait ce lingot en orbite. Littéralement, et en faisant tout exploser sur son passage. Vous avez bien fait de le mettre à l'abri. Ce lingot, commissaire, est aussi dangereux qu'une grenade prête à être dégoupillée. »

Peretti se retint de ne pas faire un pas en arrière.

« Que pouvez-vous me dire d'autre ?

— Sans analyse du composé-cavorite, pas grand-chose. » Elle avisa le tampon de métal. « Il s'agit du sceau de la compagnie qui devait l'authentifier, n'est-ce pas ? Loin de moi l'intention de vous décourager, mais si c'est avec cela que vous comptez remonter la filière…

— C'est souvent à partir de ce genre de détail que l'on démantèle les bandes les mieux organisées. »

D'une façon un peu infantile, il était heureux de lui apprendre quelque chose.

« Si je pouvais prélever un échantillon du lingot, je l'emporterais dans un laboratoire de chimie minérale, dit Marthe, réfléchissant à haute voix. Je connais quelqu'un, là-bas, qui pourrait nous détailler les composés exacts de l'alliage.

— À quoi cela nous servira-t-il de le savoir ?

— Chaque composé-cavorite est constitué de cavorium et d'autres éléments : le métal qui forme le lingot, en majorité, mais aussi des impuretés issues du minerai d'origine. Elles peuvent indiquer la mine de provenance, à la manière d'une signature.

— Vraiment, cela peut marcher ?

— Avec les traitements modernes de cavorurgie,

comme ceux qu'on a en France, non. Mais dans ce cas précis, oui, cela pourrait marcher. »

Peretti lui fourra le lingot entre les mains.

« Allons-y.

— Au laboratoire, maintenant ?

— Pourquoi attendre ? »

20

Marcel Chery

L'*Éthéré* fonçait vers Mars tel un bolide. De l'intérieur, toutefois, il était impossible de le sentir.

Il était difficile de se trouver une place à l'écart dans le réfectoire : il y avait toujours trop de monde. Mais, contrairement à ce qu'avait redouté Hubert, cela n'incommodait pas Marcel.

« Vous n'avez pas l'air d'apprécier les gens autour de nous », s'étonna son chaperon assis en face de lui. Il avait réussi à réserver une demi-table pour eux seuls. Du bout de sa fourchette, il piochait sans conviction dans une sorte de ragoût. On y trempait du pain martien à base de farine de châtaigne d'eau, afin de leur donner un avant-goût de leur destination. Les repas n'avaient guère de saveur, les plats souvent trop cuits, mais ils étaient copieux. « Je pensais que vous détesteriez la cantine, surtout avec ce qu'on nous met dans l'assiette.

— La nourriture servie à l'école de médecine était bien pire. De toute façon, je n'ai jamais été gourmet. »

À l'époque où il croulait sous l'argent, il aurait pu déjeuner tous les jours dans les restaurants les plus chics. Mais se nourrir n'avait jamais représenté pour lui qu'une corvée ; et, quand la nourriture était succulente, une insupportable perte de temps.

Quelqu'un avait arraché quatre pages du calendrier d'un almanach et les avait placardées sur un mur, à côté du sas de la coursive principale. Chaque jour, une croix biffait la case du jour écoulé. Une page était entièrement biffée, la deuxième l'était presque.

À la table d'à côté, une fillette serrait dans ses bras un pot en terre cuite. Marcel l'avait déjà vue, se trimballant dans les couloirs. Des pousses herbeuses en débordaient : des pissenlits, du muguet aussi, il n'était pas très sûr. Les plantes ne l'avaient jamais intéressé. C'était une occupation de femmes et de pharmaciens. Sans doute provenaient-elles de son potager d'enfant, mais si elles n'avaient pas toutes crevé au terme du voyage, la terre martienne s'en chargerait. Elle s'aperçut qu'il la lorgnait, et fixa sur lui des yeux effrontés. Avant qu'il ne détourne le regard, le père de la fillette, de dos jusque-là, pivota sur son banc et attrapa sa fille. Il lui arracha le pot pour lui fourrer un verre de vin à moitié plein, lui ordonnant de boire d'un trait, dans un patois à couper au couteau. C'était de toute façon le cas de la quasi-totalité des colons, qui se regroupaient selon les régions, au réfectoire comme aux douches ou aux salles de jeu.

Hubert s'était absenté un moment. Il revint avec deux desserts de deuxième classe, négociés contre des *bons d'espace* : tous les jours, chaque personne avait droit à cinq minutes devant un hublot donnant sur l'espace. Un officier prenait le bon cartonné, et accompagnait le passager jusqu'à une coursive du pont de deuxième classe dont les hublots donnaient sur l'extérieur. Souvent, on ne voyait que le ciel piqueté d'étoiles, ou le soleil – l'officier tendait alors un couvercle en bois, qui servait à masquer l'astre aveuglant. Mais parfois, on pouvait voir le globe terrestre, gros comme une pièce de cinq francs les premiers jours, de un franc, de cinq centimes… à mesure que Mars, de l'autre côté, devenait visible à l'œil nu. Elle se résumait encore à une boule jaunâtre, tachetée ici et là. Il arrivait aussi que l'observation s'abrège, quand un groupe de deuxième classe s'attardait dans la coursive ; les plus courageux se lançaient alors dans d'interminables palabres pour récupérer leur bon. Marcel, quant à lui, se passait fort bien de cette distraction. En décollant, l'*Éthéré* avait coupé toutes ses racines. Au bout de la troisième fois, il avait bâillé d'ennui : à quoi bon regarder les éons de vide, et les planètes réduites à des billes de pierre en suspension ? Il avait annoncé qu'il passait désormais son tour. Son chaperon s'était contenté de hausser les épaules.

Celui-ci posa l'assiette de dessert devant lui, et s'inséra dans l'écart entre le banc et la table.

« De la crème d'éther, voilà comment ils ont baptisé ce truc, dit-il. En clair : une émulsion de crème glacée à la vanille. »

Marcel jeta à peine un œil à la flaque sucrée. Il songea à aller l'offrir à la gamine, avant de renoncer.

« Prenez-le, il est à vous. »

L'autre ne se fit pas prier. Alors que Marcel s'apprêtait à se lever, il dit, doucement :

« J'ai entendu dire que ce soir des hommes organisent un feu d'ampoules. Nous irons. »

Les « feux d'ampoules » étaient une trouvaille d'un groupe de passagers. On avait mis à la disposition des troisième classe des vélos reliés à des dynamos ; l'électricité générée alimentait des appareils électriques comme des machines à laver ou des bouilloires. Cela offrait un petit supplément d'argent pour certains, et une manière de défouler ceux qui supportaient mal la captivité prolongée. Un soir par semaine, des passagers déboulonnaient les vélos avec leur socle, les rassemblaient en rond dans l'un des réfectoires, et les reliaient à des ampoules montées en brassée : on venait s'asseoir comme autour d'un feu de camp, et on sortait bouteilles d'eau-de-vie et crincrins. L'officier de pont le savait, mais le tolérait à condition de vérifier les branchements avant. Les ampoules endommagées devaient être remboursées.

Marcel devait reconnaître une certaine imagination chez les inventeurs du procédé. Il n'avait cependant aucune intention de se mêler à cette engeance, de devoir partager leurs engouements ou leurs chamailleries sans substance.

« Vous vous passerez de moi.

— Cela éveillerait la suspicion de ne pas y aller au moins une fois. Personne ne vous obligera à vous y faire des amis. »

Marcel hésita. Il avait lu et relu la maigre littérature médicale qu'il possédait sur les erloors : quelques articles disséminés dans les *Annales*, qu'il avait apportés dans ses bagages. Il les connaissait par cœur.

À la moitié du trajet vers Mars, c'est à peine s'il

avait remarqué la disparition soudaine de la brute qui avait essayé de s'introduire dans leur cabine pour les voler, ou le déménagement manu militari de colons belges dans une autre section de la soute après la rumeur qu'un espion allemand se cachait parmi eux. Il devinait qu'Hubert avait quelque chose à y voir, mais ils n'en parlaient jamais. Son garde du corps se montrait un compagnon silencieux et remarquablement peu encombrant. Il avait certes ses lubies à propos de la juiverie internationale et du métissage, mais Marcel n'avait eu qu'à se louer de lui. S'il lui disait de venir, c'était à bon escient.

« D'accord, nous irons. »

Hubert le laissa tranquille jusqu'au soir. Marcel n'ignorait pas qu'il rejoignait une des passagères, quelque part dans les entrailles du vaisseau. Les prestations de la dame étaient tarifées, mais cela ne semblait pas le gêner le moins du monde. Peut-être avait-il affaire à une « mariette », une de ces prostituées raflées et déportées dans un but de peuplement.

Ils n'eurent qu'une coursive à traverser. L'installation était prête. L'officier de pont avait quitté les lieux, et une vingtaine de jeunes hommes pédalaient à grand renfort d'ahans. Un enthousiaste avait même enfilé un maillot de coureur.

Une femme dont les bras épais dépassaient d'un tablier de lavandière se tenait derrière un seau, et distribuait un mélange de liqueurs au moyen d'une louche. Des gamins, auxquels l'accès aux vélos était interdit, faisaient la course en piaillant sur le pourtour de la salle. D'un geste discret, Hubert indiqua à Marcel de lui emboîter le pas. Ils contournèrent le cercle extérieur en s'efforçant d'être vus, puis s'assirent en tailleur à même le sol. L'amas d'ampoules brillait à la manière d'un feu, réalisa Marcel, les variations de vitesse des cyclistes amateurs faisant palpiter les ampoules telles des flammes.

Les participants, bientôt échauffés par l'alcool, échangeaient chansons et ragots. Un vieillard à l'accent berrichon soliloquait :

« J'ai connu l'époque où les bateaux se contentaient de fendre les eaux, les paquebots apprivoisaient juste les océans et les locomotives tractaient des voitures. De mon temps, la principale vertu de la tour Eiffel était d'être unique au monde… Mars restait un terrain de jeu de savants un peu fous. »

Il récolta un « On a compris, grand-père ! » beuglé trois rangs derrière lui par une femme qui avait une vielle à roue sur les genoux.

« Vrai, retourne au dix-neuvième siècle !

— Vous pouvez rigoler, la jeunesse. S'il n'y avait pas la misère d'où je viens, je ne serais pas là. Moi, on m'a appris qu'en lune vieille, les épousées font des garçons, et en lune croissante des filles. Et voilà qu'on me montre que la lune n'est qu'une boule de pierre morte, et qu'elle obéit à des lois étrangères à Notre Père. On me dit aussi qu'il y a plus de mesures d'éther entre la Terre et Mars que de seaux d'eau dans la mer. Bou diou, pour moi, ça a point d'bon sens. »

Avec un soupir, il sortit une pipe de son veston.

« Tu sais ce qu'on risque pour avoir allumé ne serait-ce qu'un clope, l'ancêtre », le sermonna son voisin de gauche, un homme qui mastiquait le bout de sa moustache. « C'est formellement interdit. Tout le dortoir sera fouillé, et on écopera d'une sacrée amende.

— Du tabac, il y en a des tonnes dans les soutes, protesta un autre.

— Le tabac, le blé, les patates et le lin : toute la cargaison est pour les colons. Les caisses sont cadenassées et sous bonne garde.

— Dans la section A, à la proue, ils ont un rebouteux breton. C'était un sacristain, au pays. Il fait passer le besoin de fumer rien qu'en posant les mains sur la gorge. Je connais quelqu'un qui a utilisé ses services, il a senti le fluide agir et il a été délivré.

— Voilà bien la preuve !

— Moi, je tuerais pour une bouffée.

— Essaie plutôt l'infirmerie. Ils donnent des calmants pour les nerfs.

— Ils soignent la panique d'enfermement, le mal de l'éther, à peu près tout en fait, à coups de calmants et de somnifères. Leurs cachets t'abrutissent des jours entiers. Je préférerais encore ton rebouteux. »

Hubert réfréna d'un regard sévère l'indignation mal contenue de Marcel vis-à-vis de ces arriérés. Comment la superstition la plus crasse prospérait-elle au cœur du temple de la science qu'était un navire spatial ? Mais il ne pouvait griller sa couverture en révélant son titre de médecin. Ici, il était Raoul Urbain.

Sa colère était telle qu'il écouta à peine l'histoire racontée par le connaisseur du rebouteux :

« Ce rebouteux possède le fluide, aucun doute là-dessus. D'ailleurs, c'est le fils de cette passeuse de feu qui a sauvé un paquebot il y a huit ans. Un moteur s'était emballé, impossible de fermer le robinet du carburant. L'explosion était une question de minutes. Un officier plus malin que les autres est allé chercher la passeuse de feu. Le capitaine disait que c'était ridicule. Mais toutes les tentatives avaient échoué, alors il l'a laissée faire. Elle a passé la main sur le pupitre des commandes, sans le toucher. Et comme par magie, la température a baissé dans la chambre de combustion. Ils ont pu redresser la barre, et le paquebot est arrivé à bon port. D'ailleurs, c'est elle que le rebouteux va rejoindre.

— Jamais entendu parler de cette histoire.

— Normal, *ils* ne veulent pas que ça se sache. »

Oui, la superstition prospérait au cœur de la science, songea Marcel. Il se leva brusquement, au milieu des regards étonnés. Hubert le rejoignit alors qu'il s'escrimait contre le loquet récalcitrant de la porte.

« Ce n'était pas malin de vous faire remarquer en partant comme ça.

— J'en avais assez entendu.

— Ce sont juste des histoires qu'ils se racontent à la veillée, dit Hubert d'un ton las, ça ne vaut pas la peine de se mettre dans tous ses états. Demain, ils auront oublié.

— Après-demain, ils en inventeront d'autres. Ils vivent dans la barbarie. »

Le découragement le submergeait. Purger le monde de ses éléments les plus vils aurait pu le rendre meilleur. On l'en avait empêché. Au lieu de le récompenser d'avoir tenté de le guérir, on l'avait puni. On l'avait traité plus bas que le rebouteux dont ils vantaient les mérites. Cette amertume s'étendait de sa personne à l'univers entier : y avait-il plus désespérant que de penser que la conquête des planètes répandait davantage de croyances délétères que de science ?

« À quoi bon m'avoir recruté ? demanda-t-il, comme Hubert ouvrait la porte de la cabine. Je ne peux pas améliorer la race humaine. Cela m'est interdit désormais. »

Son garde du corps eut un sourire en coin.

« Les erloors ne sont pas des hommes.

— Vous ne m'en direz pas plus, même maintenant ?

— Je n'en sais pas beaucoup plus que vous. De la patience, docteur. Le commandant Cazal vous expliquera à notre arrivée. »

21

Cavorite

UNE SOIRÉE DE GALA AU CHÂTEAU ICAROFF

Le prince Felixovitch Youssoupoff a donné une réception dans son célèbre « château Icaroff », arraché au domaine impérial à l'aube de la Révolution et actuellement ancré au-dessus de Monaco. Pour paraphraser une célèbre réclame, « la cavorite, comme la foi, soulève des montagnes ». On se souvient de ce temple tibétain, fantaisie d'un roi de la cavorite américain qui l'avait déraciné de l'Himalaya, et qui s'était brisé au-dessus du Pacifique. Ce genre d'accident n'est point à redouter. Le palais, extrait de Saint-Pétersbourg avec ses fondations, est solidement assis sur son socle rocheux. Son architecture néoclassique abrite les commodités les plus modernes, alimentées par une génératrice électrique à charbon. Heureux sont ceux qui ont pu admirer l'altimètre trônant dans l'entrée, dont le cadran a été ouvragé par Pierre-Karl Fabergé.

Pas moins de quatre cents invités étaient attendus à la réception du siècle : le Tout-Europe, comme on dit le Tout-Paris. Messieurs Sacha Guitry et André de

Fouquières figuraient parmi eux. Ce dernier s'était distingué par un œillet à la boutonnière de sa jaquette, une cravate de chez Jourdain & Brown, une canne des Alpes et des gants d'Écosse. Nos généraux de l'esprit français avaient la lourde charge de défendre la patrie face aux assauts donnés par de dignes successeurs d'Oscar Wilde. Les tirs, dit-on, furent nourris de tous côtés.

Le bal, animé par les créations de Poiret, avait pour thème les voyages de Gulliver. Un ballet – russe, naturellement – a été suivi par une pièce futuriste. Pour parachever la fête, le music-hall s'est invité à la soirée, si bien que les plus noctambules des convives ont pu reprendre en chœur les refrains de Caroline *et de* Mam'zell' Cavorium *autour d'un geyser de champagne, sans crainte des plaintes du voisinage.*

Ainsi que l'a relevé S.M. la reine Marie de Roumanie : « Des hordes d'employés de bureau et d'ouvriers colonisent désormais les plages des stations balnéaires où les gens de bonne compagnie tenaient salon naguère. Bientôt, il faudra se résoudre à grimper en orbite. »

Goursat – revue mondaine d'*Excelsior*,
1er juillet 1915

22

Renée Manadier

Les semaines suivantes, sitôt qu'elle avait une heure de libre, elle se rendait à la bibliothèque pour s'informer sur Mars. Les erloors alimentaient nombre d'histoires depuis leur découverte à l'aube du siècle. L'aura des premiers récits avait largement dépassé le cercle du *Journal des voyages* pour enflammer la nation entière.

Renée mouillait encore ses langes quand le premier groupe d'explorateurs terriens, mené par l'ingénieur français Darvel, avait établi le contact avec la race erloore. Un contact hélas hostile : une bande avait fondu du haut du ciel, voletant en cercles de plus en plus rapprochés. Les voyageurs avaient dû tirer pour se protéger. L'un d'eux, ancien défricheur de brousse attiré par la frontière martienne, y racontait avoir cuisiné, le soir venu, un des erloors abattus. Le goût en était salé à l'excès, la viande possédait une texture spongieuse, un peu comme de la trompe d'éléphant. L'aventurier confessait avoir ressenti le même malaise qu'après avoir mangé du singe : un inexprimable sentiment de cannibalisme.

L'exploration avait suscité un engouement bien

au-delà des frontières hexagonales. Les photos des plaines du Phénix avaient fait le tour du monde, déclenchant une hystérie populaire digne de celle provoquée par les pyramides. Devant les caméras, le président du Conseil avait dégusté de la viande de roomboo et de yack martien fumée, le tout sur du pain de châtaigne d'eau. Et sur son visage radieux, chacun avait pu lire : *c'est délicieux*. Mieux : *c'est comestible*, ce qui signifiait que dorénavant Mars était ouverte à quiconque investirait dans son exploitation.

Deux paquebots spatiaux avaient été construits dans la foulée. Ils avaient cinglé sur les vents d'éther vers la planète rouge, « les soutes bourrées jusqu'à la gueule de matériaux de construction, de véhicules à moteur et de rêves de gloire », selon l'expression de Pierre Loti. La rudesse du climat mais surtout les ressources limitées n'avaient pas empêché son peuplement. Un magazine avait représenté la géographie coloniale sous la forme d'une horloge, dont les villes rayonnaient autour de Solis Lacus : Auroreville, la capitale, à quatre heures, Aigues-Basses à six, Corsen à neuf heures, et Saint-Ambroise à minuit. Comme cette dernière, Sables-de-Gigas ou Nouvelle-Massalia se situaient en périphérie et ne restaient, quinze ans après leur fondation, que des avant-postes. Mais Auroreville, Gouvion ou Sainte-Marie-de-Gallie offraient des services comparables à ceux de n'importe quelle cité métropolitaine.

Avant le krach de la cavorite, l'afflux de colons avait déjà considérablement diminué, et au moment d'embarquer, ils savaient qu'ils devraient trimer dur pour subvenir à leurs besoins. Néanmoins, moins d'une génération après la première expédition d'exploration, la cloche des églises et celle des écoles faisaient vibrer la surface des marais martiens. Un accord diplomatique avait réservé à l'Angleterre un territoire couvrant des steppes élyséennes jusqu'à Hellas. Cydon et les régions partageant la même longitude formaient une zone tampon du sud au nord entre les deux puissances, si bien que l'on n'avait déploré aucun incident jusqu'à aujourd'hui.

Une garnison gardait chaque agglomération d'importance, quand bien même les erloors, peureux de nature, n'avaient jamais mené d'attaque de grande ampleur. Dans la presse, l'explorateur était toujours courageux, gardien du bon ordre des choses, aux prises avec une Mars livrée à la sauvagerie, mais en voie d'être civilisée, au besoin avec l'aide de la troupe. Les erloors étaient superstitieux, ignares, mais braves. On les représentait le plus souvent à l'état de bêtes : en vol, à l'attaque ou en fuite, leur visage réduit à une sempiternelle grimace. Domestiqués, ils empruntaient une allure plus humaine. L'écart entre les images d'Épinal et le spectacle qui s'offrait à Renée tous les soirs à la pension la perturbait. À moins qu'Ogloor ait été dénaturé par son voyage ? Elle se demanda à quoi ressemblait vraiment la vie d'un erloor au quotidien, avant l'arrivée des colons. Elle n'avait jamais eu cette sorte de curiosité vis-à-vis de son invité. Il faudrait changer cela.

Quoi qu'il en soit, la plupart des publications reflétaient l'avis de Madeleine. « *Un erloor a moins de valeur qu'un sauvage, un sauvage moins qu'un aliéné, qui vaut moins qu'un juif ; un juif moins qu'une femme, laquelle vaut moins qu'un homme* », avait lu à haute voix la cheffe de rayon, avant d'ajouter, froissant l'article découpé : « Il n'y a pas qu'à *L'Intransigeant* qu'on pense et qu'on écrit cela. Tout le bon peuple le pense.

— Tu es sûre ?

— J'ai vu des erloors à l'Exposition. Crois-moi, je sais mieux de quoi je parle que ces socialistes qui voudraient leur faire porter la redingote et le chapeau haut de forme ! »

Renée n'avait pas insisté. Mieux valait ne pas éveiller les soupçons de sa supérieure.

Une nuit, un fracas épouvantable réveilla la jeune femme. Échevelée, le regard perdu, elle surgit dans la salle à manger… pour s'arrêter aussitôt. Ogloor se tenait au milieu de la pièce, les bras ballants. Ses yeux clignotaient de volupté. La jeune femme comprit en apercevant une minuscule queue rose entre ses dents pointues. Le Martien venait de croquer une souris. Elle ouvrit la bouche pour l'admonester, avant de renoncer dans un soupir. Il était trop tard de toute façon. Elle tendit l'oreille. Aucune réaction dans les étages, mais elle se dit qu'au matin, il lui faudrait inventer une histoire pour justifier le bruit.

La vivacité de son élève était en tout cas le signe qu'il s'était remis de sa blessure. La cicatrice formait un cercle à peine discernable sur sa peau à présent d'une teinte tabac plus chaude. Les draperies sépia de ses ailes claquaient de vigueur à chaque mouvement, et son nez retroussé évoquait une truffe décolorée. Un sentiment d'accomplissement envahit Renée. Et aussitôt, une inquiétude tout aussi maternelle. Il ne s'était jamais plaint de sa claustration, mais il ne supporterait pas toujours de vivre ainsi, dans le silence. Était-il mieux loti ici que dans la cage de verre du Jardin des Plantes ? Probablement que non. Il ne disposait même pas du réconfort de ses semblables.

Je pourrais te relâcher dans la nature, et t'engager à traverser la mer pour rejoindre des contrées moins peuplées d'humains. Mais pourrais-tu te faire à une vie solitaire, dans le désert, soumis à notre pesanteur tout en devant assurer ta subsistance ?

À l'aube, un sinistre pressentiment la saisit, comme elle préparait le petit déjeuner. Elle caressa la nuque d'Ogloor, dont les oreilles arrondies frémirent d'aise. Au moment de partir, les consignes de précaution qu'elle avait l'habitude de lui répéter restèrent bloquées dans sa gorge.

La journée s'écoula comme un mauvais rêve. Elle ne parvint pas à se concentrer sur le bavardage des vendeuses : la mairie qui avait donné le thème du carnaval de la Mi-Carême, des Camelots du roi impliqués dans le saccage de baraquements de travailleurs tunisiens, un paquebot spatial obligé de laisser fuir l'air d'un compartiment de troisième classe en proie à un incendie… Il lui semblait que Madeleine – non, tout le personnel et les clientes – la scrutait sans cesse. Ce n'est qu'en rentrant à la pension qu'elle se rendit compte qu'elle avait oublié de forger une histoire au sujet du boucan de la nuit passée.

Le couloir était calme. D'ordinaire, la patronne rôdait dans le salon du rez-de-chaussée, guettant le retour de certains pensionnaires en vue de les réprimander sur tel ou tel manquement au règlement. Mais la porte était close. Renée grimpa les escaliers.

« Ogloor ? »

Elle tourna la clé dans la serrure derrière elle. Au fil du temps, elle avait appris à déchiffrer le langage corporel du Martien. Ses ailes, repliées sur lui comme pour le rendre invisible au monde extérieur, indiquaient un grand émoi.

« Là. Un instant, tu vas m'expliquer. Pendant ce temps, je te prépare un bouillon. »

Les oreilles de l'erloor se dressèrent.

Tout juste eut-elle de temps de percevoir le piétinement sur le palier. Un craquement retentit et la porte s'abattit, dégondée par un coup d'épaule. Six policiers se ruèrent dans la pièce. Ils portaient un uniforme à gros boutons, et une matraque lestait leur bras. L'un d'eux avait les mains crispées sur un filet de pêche enroulé. En l'apercevant, une taie laiteuse tomba sur les yeux d'Ogloor, et il poussa un feulement. Renée comprit leur manœuvre. Avant qu'elle ait pu s'élancer pour faire barrage de son corps, l'un des intrus l'empoigna. Ses doigts durs s'enfoncèrent dans ses avant-bras, au point qu'un cri de douleur lui échappa. Ce spectacle mit Ogloor en fureur – mais il était trop tard. Les ailes qu'il essayait de déployer dans une tentative d'intimidation s'empêtrèrent dans le filet. Peu après, deux policiers lui tombaient dessus.

« Ne l'écrasez pas ! cria Renée. Il a une ossature de Martien, vous allez le briser en mille morceaux ! »

L'officier aboya un ordre. Contre toute attente, ses acolytes l'écoutèrent. Un instant plus tard, Ogloor était sur pied, ligoté dans son filet et encadré fermement. Par l'embrasure, Renée distingua des pensionnaires, qui lorgnaient depuis la cage d'escalier.

Par un geste, le chef indiqua la sortie à ses subordonnés. Puis, en un salut formel, il toucha son képi. Sa voix était neutre, mais en dessous du couvre-chef, ses yeux luisaient d'un tel mépris que Renée ne put s'empêcher de se sentir coupable.

« Madame Manadier, ne quittez pas Paris et tenez-vous à notre disposition. C'est compris ? »

Sonnée, elle acquiesça.

« Pour Ogloor…

— On vous convoquera en vue d'éventuelles poursuites judiciaires. »

23

Georges Moinel

Les anarchistes n'étaient qu'une dizaine. Ils avaient fixé cette limite au cas où la police leur tomberait dessus, lui avait expliqué Ernestine avant leur premier rendez-vous. Ce maigre effectif suffisait néanmoins à bourrer l'unique pièce d'un rez-de-chaussée anonyme, chez un ancien soldat de la guerre de 1912. Le vétéran avait un corps rempli de ferraille, des jurons de caserne plein le gosier et des placards garnis de bouteilles. Presque bizarrement, songea Georges, il ne lui manquait aucune partie du corps. Quand le groupuscule devait discuter d'une opération, il évitait les cafés, même Le Petit Moulin où un informateur de la Sûreté pouvait traîner.

Le danger de se faire prendre de la sorte était réel, avait précisé Ernestine devant l'expression un peu goguenarde de son compagnon. Les autorités étaient sur les dents, non seulement à cause des grèves, mais aussi des rencontres internationales. Depuis un an, les sommets s'enchaînaient pour tenter de résoudre les crises consécutives au krach de la cavorite. Les alliances se nouaient et se dénonçaient, les escarmouches pour le contrôle des mines coloniales se multipliaient. Le monde menaçait d'exploser. Le mois précédent, les services secrets britanniques avaient déjoué un attentat contre un fleuron de leurs paquebots spatiaux. La bombe prévue pour exploser en orbite n'aurait laissé aucun survivant. Chacun craignait les nationalistes armés, les fascistes chassés du pouvoir, les anarchistes.

« Les anarchistes ? Il n'y a plus que les maurrassiens et Charles Péguy à nous considérer comme une menace », ricana celui qui répondait au sobriquet de « la Cave ».

Le groupe avait des origines et des motivations diverses. Une partie n'attirait d'ailleurs guère la sympathie de Georges. La plupart observaient en outre un mutisme tenace.

Tel n'était pas le cas du vétéran. Le Rabussier, ainsi qu'on le surnommait, n'avait pas résisté à raconter son histoire.

La France, lui avait bonimenté le recruteur, était une étoile à laquelle manquait une branche : l'Alsace. Pendant un an, le Rabussier avait rampé dans les tranchées pour que l'étoile puisse resplendir, à nouveau complète. Il avait participé à une demi-douzaine d'assauts, vu la moitié de ses camarades broyés par les obus ennemis. Il avait vu à l'œuvre les machines infernales inventées par les ingénieurs prussiens. L'une d'elles était une roue en fonte d'acier de cent tonnes hérissée de pointes, dotée à l'intérieur d'un mécanisme d'horlogerie animant une demi-coque en plomb, en rotation autour d'un essieu en cavorite. La roue, lancée sur les lignes françaises, rebondissait tel un ballon d'enfant. Chaque fois qu'elle retombait, dix soldats mouraient aplatis au fond de leur tranchée.

Le génie prussien avait imaginé d'autres engins destinés à frapper l'adversaire d'horreur, mais c'était la roue qui avait le plus impressionné le Rabussier. Impressionné, mais pas terrorisé.

Un jeune officier l'avait remarqué, et incorporé dans un nouvel escadron secret. La nuit de Pâques, le Rabussier avait embarqué à bord d'une des douze plateformes cavoriées livrées en secret à la France par l'Angleterre. Celle-ci n'avait jamais digéré sa défaite en mer du Nord, l'année précédente, qui avait vu tous les navires de la Royal Navy envoyés par le fond par des torpilles germaniques. Les plateformes étaient bourrées de tonnes de bombes. L'escadron avait survolé en silence les usines ennemies, et balancé son chargement incendiaire : *Les œufs du coq gaulois*, avait titré la propagande, une semaine plus tard.

Le jeune officier avait décidé de pousser l'avantage. Il avait fait monter un énorme projecteur de cinéma sur une des plateformes. Puis il avait voyagé jusqu'à Hanovre. Dans le crépuscule finissant, il avait projeté un film d'explosions sur les nuages, tout en balançant des grenades offensives par-dessus bord pour le bruitage. Le film avait été fabriqué dans le plus grand secret par un réalisateur de chez Pathé. La population, paniquée par le spectacle d'apocalypse, avait déserté la ville en pleine nuit. L'officier avait réitéré son exploit sur Brême, Cologne, Francfort et Stuttgart avant d'être abattu au-dessus du Luxembourg.

Le Rabussier, lui, s'en était sorti avec une dizaine d'éclats dans le corps et de multiples douleurs chroniques. Comment avait-il tenu, comment était-il resté un homme après ce qu'il avait vu et commis? La hiérarchie lui avait juré à l'époque que son sacrifice n'avait pas seulement permis la victoire, il avait mis un terme définitif à la guerre. Mais les années passant, certaines images ne le laissaient pas en paix. Des enfants déchiquetés par les bombes qu'il avait lancées, des familles anéanties par sa faute… Et voilà que le vilain museau de la guerre pointait à nouveau. Personne ne pensait plus, comme Renan, que l'Homme était en progrès continu ; le Rabussier avait eu de moins en moins de mal à se convaincre du contraire. Tout allait de mal en pis.

Aussi, quand il avait entendu parler du Grand Soir, cette mise au pas des puissants qui avaient confisqué l'Histoire à leur seul profit, n'avait-il pas hésité une seconde. Et dans sa caboche, les victimes de ses « frappes chirurgicales » l'avaient enfin laissé en paix.

Tous n'avaient pas vécu les avanies d'Ernestine ou de l'ancien combattant, mais ils partageaient une sensibilité à fleur de peau qui leur faisait honnir l'injustice. Ce sentiment les cimentait. Pour la première fois depuis son arrivée à Paris, ou peut-être depuis sa naissance, Georges avait l'impression d'appartenir à une fraternité. À son entrée dans l'appartement, Arsène, un type au front bombé et aux moustaches en croc, lui avait tendu une casquette rouge, signe de leur appartenance. Ernestine s'était portée garante de son compagnon, si bien qu'il n'avait pas eu à montrer patte blanche. Il était des leurs, dès à présent.

« Ils nous surveillent, c'est donc qu'ils ont peur de nous, dit Arsène à l'adresse de la Cave. Jusqu'à l'année dernière, tout le monde pouvait devenir riche. La presse à grand tirage le serinait à longueur de colonne : il suffisait d'investir dans l'industrie, dans la cavorite, dans les bons du Trésor… Et puis le krach a provoqué les ruptures de crédit, qui ont entraîné les banqueroutes. Les dominos ont continué à tomber jusqu'aux plus humbles travailleurs. » Il se tourna vers Georges. « Jusqu'aux artistes, d'après ce que m'a raconté Ernestine.

— Je ne suis plus artiste.

— Tant mieux ! Les artistes me rappellent Jaurès : capables de démonter les mécanismes du monde, mais ne comprenant rien à l'argent. En plus, ils détestent la violence. Donc, inutiles à la cause. » S'apercevant qu'il avait dévié de son propos, il se racla la gorge. « Aujourd'hui, les bourgeois se méfient de l'économie. Quant à la politique, partout les partis traditionnels s'effondrent, les traités expirent sitôt signés, les peuples s'écartèlent ou se recroquevillent sur eux-mêmes comme des araignées sous la flamme du briquet.

— Les nations n'ont pas dépéri, contra un autre. Au contraire, elles se sont renforcées. »

Le Rabussier l'applaudit.

« Parce que les bourgeois ont compris que seul l'État peut les maintenir dans leurs privilèges. C'est même son unique préoccupation. Les États sont d'énormes tiques au flanc des hommes. Voilà notre mission : extirper ces tiques, et les presser jusqu'à leur faire rendre le sang qu'elles pompent indûment. »

Ernestine avait laissé entendre qu'une opération se préparait. Georges dressa l'oreille dès qu'Arsène frappa un verre avec son couteau.

« Silence, tout le monde. »

Il n'eut pas à élever la voix pour être obéi, prouvant que, même dépourvu de chef, le vrai leader du groupe anarchiste, c'était lui. Ce n'était peut-être pas un hasard s'il était le seul à ne pas avoir été affublé d'un surnom.

« Venons-en au sujet de la réunion. De partout, les signes ne trompent pas : un raz-de-marée de grèves enfle au large. Il va déferler. Une chance s'offre à nous de revenir sur le devant de la scène.

— Tu veux rejoindre les camarades grévistes ? s'étonna le vétéran.

— Bien sûr que non. D'ailleurs, la C.G.T. a été très claire, elle ne nous laissera pas faire. Durant les semaines à venir, la Ligue des Droites sera trop occupée à mater les rébellions pour faire attention à nous. Le moment idéal pour passer à l'action.

— De quelle action parles-tu ?

— Une connaissance doit nous rencontrer dans une de nos planques.

— Un camarade ?

— Pas du tout, mais nous avons besoin de lui. Il nous permettra d'obtenir ce que nous voulons : nous introduire chez un ambassadeur.

— Vous comptez revolvériser un diplomate ? » s'exclama Georges.

Arsène sourit sous sa moustache.

« Laissons les assassinats aux fascistes, l'Artiste. Ce que nous visons, c'est son coffre-fort, ou plutôt les papiers qu'il contient. »

Un murmure d'assentiment s'éleva. Georges ne sut si les conjurés validaient le projet, ou le surnom qui venait de lui être attribué.

« Ces papiers, de quoi ils traitent ? » interrogea la Cave.

Arsène secoua la tête.

« Pour le moment, peu importe. Notre contact l'ignore, lui aussi. Il n'aura pas à le savoir. Quant à moi, j'ai un plan : les documents constituent la preuve du plus gros scandale du siècle. Une fois en notre possession, j'enverrai une copie à un journaliste…

— Les journalistes sont les copistes des flics et des magistrats, cracha le vétéran. Il n'y a rien à attendre d'eux.

— Celui de ma connaissance publie aux *Temps futurs* et au *Rappel*, des journaux gagnés à la cause. Face à l'étendue du scandale, tous les autres suivront. Ils n'auront pas le choix, s'ils veulent assurer leur tirage. »

Pour couvrir leur vol, il était néanmoins prévu de bourrer la maison de l'ambassadeur de cartouches de dynamite, qu'ils déclencheraient au terme de leur fuite.

Arsène ne fournit pas le nom de leur cible ni celui de leur contact. Pour cela, ils devaient attendre le jour du rendez-vous.

Entre-temps, la fièvre s'était emparée du pays, et des grèves éclataient partout en province. Les autorités avaient eu beau boucler Paris, les manifestants se cachaient à l'intérieur des soutes des péniches volantes et derrière les hayons des camions cavoriés. Pour un perturbateur arrêté, dix passaient au travers des mailles du filet. Le trafic cavorique avait transformé la capitale en passoire. Georges regardait avec une excitation trouble les incidents se succéder :

le porte-drapeau d'un cortège retrouvé pendu dans sa cellule le lendemain de son arrestation, un énième attentat manqué contre Clemenceau. Au milieu de ces remous, les inondations qui ravageaient une partie de l'Europe passaient inaperçues.

Jusqu'au matin du rendez-vous, Ernestine et Georges vécurent reclus. Ils rattrapaient le temps perdu avec une frénésie conjuratrice de désastre. Un ouragan se levait dans le monde, qui allait tout balayer, et ils avaient l'impression de le chevaucher. L'ambiance entre eux était à la fois joyeuse et grave. Ernestine partit réceptionner des instructions d'Arsène. Durant son absence, des doutes sur le bien-fondé de l'opération pointèrent. Georges les rejeta d'une pensée : il avait échoué en tant qu'artiste, il réussirait comme propagandiste. Et son amour pour Ernestine se trouvait magnifié par l'occasion qu'elle lui offrait de prouver sa valeur.

À son retour, quelque chose dans l'attitude de la jeune femme déclencha une alarme dans son cerveau. Il l'interrogea, mais elle pinça les lèvres.

« Ne t'inquiète pas, tout se déroule comme prévu.

— Qu'y a-t-il dans les instructions qui te rende si nerveuse ?

— Il est écrit de s'armer autant que possible. On ne sait jamais. »

Georges sursauta.

« Tu possèdes une arme ?

— Non. Un couteau fera l'affaire.

— Pourquoi prendre les armes, s'il est juste question d'un cambriolage ?

— Les événements se précipitent. À tout moment,

les manifestations peuvent se transformer en insurrection. Il faut se tenir prêts. »

Georges trouva sa réponse curieuse. Mieux valait au contraire ne pas se faire remarquer, s'ils voulaient réussir leur coup. Mais Arsène connaissait mieux son affaire que lui, sans doute.

Elle se planta devant lui.

« Notre mission est dangereuse, pas question de se le cacher. Certains d'entre nous n'en ressortiront peut-être pas vivants. Je dois savoir si tu iras jusqu'au bout.

— Tu en doutes ?

— Regarde-moi. »

Elle soupira – puis le gifla à toute volée. Georges dut reculer pour ne pas tomber.

« Regarde-moi ! » répéta-t-elle d'une voix implacable. Le silence qui s'ensuivit se brisa sur un éclat de rire de la jeune femme. « Maintenant, tu as les yeux comme des pistolets. Ne reste plus qu'à les armer, ces pistolets. »

Et elle l'embrassa à pleine bouche.

Un instant plus tard, ils filaient vers Paris.

24

Maurice Peretti

Peretti savait que Marthe et lui étaient sous surveillance, aussi mit-il Pergot sur le coup. C'était son meilleur limier. Il devait les suivre à distance, repérer l'espion à leurs basques, puis ne pas quitter ce dernier d'une semelle afin de voir à qui il en référait. Par mesure de prudence, également. La physicienne se trouvait sous sa responsabilité. S'il lui arrivait le moindre pépin, il ne se le pardonnerait pas. Quant à lui, il faisait mine de jeter un œil en arrière de temps à autre. Il aurait préféré mettre la jeune femme dans la confidence, mais il ignorait dans quelle mesure elle saurait jouer la comédie.

Le ciel au-dessus de leur tête s'obscurcit, le temps du passage d'une péniche volante. Elle répandait des nuages de suie en abondance, ajoutant à un smog aujourd'hui presque aussi poisseux que celui de Londres. De nombreuses usines de production avaient fermé ; cependant, la cavorification des véhicules avait décuplé la demande de moyens de propulsion, et les moteurs à charbon avaient connu un nouvel essor.

Le laboratoire de chimie avait été installé dans

un sous-sol au fond d'une courette pavée, séparée de la rue par un porche. Trois entrées d'immeubles y confluaient. L'année précédente, expliqua Marthe, elle était venue écrire un papier sur leur section de cavorite. Un ancien camarade d'études l'avait accueillie. Cornélius avait poursuivi dans la voie de la minéralogie, tandis qu'elle s'orientait vers la physique. Une rampe, elle aussi pavée, aboutissait dans une vaste pièce qui avait servi autrefois à parquer des chevaux ou des ânes de bât.

Sitôt qu'ils eurent franchi le seuil, des odeurs acides agressèrent les narines de Peretti. Il fit appel à toute sa volonté pour ne pas sortir un mouchoir et se le plaquer sur le bas du visage. Ils descendirent la rampe, passant le long de soupiraux fermés.

Des tommettes tachées de gris tapissaient le sol comme les paillasses. Un jeune homme dégingandé, le buste protégé par un tablier de cuir épais, vint à leur rencontre. Il donnait l'impression de devoir courber le dos pour ne pas taper le plafond. Ses joues et son nez étaient mouchetés de roux ; Peretti aurait été bien en peine d'affirmer qu'il s'agissait d'éclats d'expériences pyrotechniques plutôt que sa carnation naturelle.

Son visage s'éclaira.

« Marthe ! Comme c'est bon de te voir. » Il se pencha interminablement et lui claqua deux bises retentissantes. « Tu t'es enfin décidée à quitter ta feuille de chou pour faire de la vraie recherche ?

— J'ai été prise d'une envie soudaine de visiter à nouveau ton labo.

— Tu aurais dû me prévenir, j'aurais préparé une expérience exprès pour toi.

— Impossible de t'avertir. Ce monsieur, à mes côtés, est de la police. Il a besoin d'analyser ce lingot de cavorite. En urgence, et de façon confidentielle. »

Peretti se garda d'intervenir. Ici, Marthe était sur son terrain.

« Oui, je comprends. »

Cornélius les invita à le suivre jusqu'à un plan de travail crissant d'éclats brillants. Il les balaya d'une manche négligente. Peretti remarqua ses mains aussi abîmées par les produits chimiques que celles des ouvriers des tanneries de bords de Seine, jadis.

Un four électrique bâillait, criblé de gouttelettes de métal solidifié.

« De toute façon, vous ne pouviez pas me réjouir davantage.

— Ah bon ? ne put s'empêcher de dire Peretti.

— Autrefois, les compagnies minières n'hésitaient pas à nous fournir des barres de cavorite. On ne nous les réclamait jamais après les analyses. Cela nous permettait de réaliser nos expériences personnelles. Une époque révolue à cause de la pénurie. Aujourd'hui, on a affaire à un véritable rationnement. Je n'ai plus l'habitude d'en manipuler une aussi grosse quantité. »

Il retira l'emmaillotement, puis posa le lingot sur une balance à côté du four, au milieu d'un fourbi d'outils. Il nota le résultat, avant de se diriger vers une boîte en acier qui évoquait à Peretti un coffre-fort victime d'effraction. La porte, expliqua-t-il, était en cristal riche en plomb.

La désinvolture avec laquelle il opéra pour dénuder le lingot fit frissonner Peretti. Le réceptacle était tapissé de plomb, pour que le lingot ne file pas dans les airs sitôt la gangue retirée. Ce que Cornélius effectua, au moyen d'un outil ressemblant à un ouvre-boîte. Peretti s'approcha. La barre ressemblait à du banal laiton aux reflets violacés, peut-être un peu granuleux. Pourtant, une étrange magie agissait, et un sentiment de respect s'empara du commissaire. La barre lévitait, à égale distance des parois, suspendue comme par des cordes invisibles. Il y avait là assez de puissance antigravitative pour soulever des tonnes. Peretti sentait presque physiquement le rayonnement kappa émaner de la masse cavorique, dans toute sa force.

Cornélius gratta un peu de matière à la surface. Il la récupéra d'un geste leste, avant qu'elle aille se coller au pan supérieur de la boîte.

« Cela va prendre longtemps à analyser ? s'enquit Peretti au bout d'un moment.

— C'est vous qui avez voulu venir. Si vous tenez à rester, vous avez intérêt à vous trouver une chaise. »

Le commissaire ôta son chapeau et son manteau. Après tout, il n'avait rien d'autre à faire. Marthe donna un coup de main à son ami. De temps à autre, elle allait compulser une des publications emprisonnées derrière une bibliothèque grillagée. Même à deux, il leur fallut six heures pour obtenir les résultats. Si Cornélius n'avait rien perdu de son enthousiasme enfantin, celui de Peretti s'était refroidi. La physicienne dut le secouer pour le tirer de sa léthargie.

« Ça n'a pas de sens », sifflait Cornélius en relisant les éléments qu'il avait inscrits sur un tableau.

Peretti réprima un bâillement. Rien n'était simple

depuis le début, il n'y avait pas de raison pour que cela cesse maintenant.

« En effet, confirma Marthe. Les traces ne correspondent à aucune raffinerie de cavorite connue.

— À ce niveau d'impuretés, ce ne sont plus des traces. Quel travail de cochon ! » Cornélius avait pris un ton outré, comme s'il était lui-même victime. « Du calcium, du phosphore, du magnésium, plus des particules que je n'arrive pas à déterminer, en quantités non négligeables.

— Une mine non répertoriée alors, réfléchit Marthe à haute voix. Cela corrobore le fait que la cargaison a transité par Marseille. Son port est le point de passage des colonies africaines et asiatiques.

— À quoi bon cacher une mine ?

— Peut-être pour échapper aux droits de douane.

— Pas besoin que l'ensemble de la chaîne de production soit clandestin, surtout si la cavorite provient d'un pays ennemi. »

Si tel était le cas, les services secrets ne couvriraient pas ce trafic. À moins qu'ils ne veuillent mener leur propre enquête ? Mais il aurait été plus simple pour eux de le convoquer, lui, et de le convaincre, sans gaspiller des heures de surveillance à son endroit.

En s'attardant, se rendit compte Peretti, ils mettaient peut-être Cornélius en danger. D'ailleurs, ils n'obtiendraient pas plus d'informations. Il abrégea la discussion et, pendant que le lingot était rechapé, fit disparaître toute trace de leur présence.

25

Marcel Chery

Au réfectoire, toutes les pages du calendrier avaient été biffées. Au long de son voyage à travers l'espace, avant que la planète rouge n'envahisse les hublots d'observation, l'*Éthéré* avait connu des décès et quelques naissances, des pannes mineures, plus un incendie de soute qui avait asphyxié la moitié du bétail. Mais il avait survécu à l'éther, et chacun mesurait sa chance. La joyeuse impatience irradiant de tous les ponts avait fini par contaminer Marcel. Il avait surtout hâte de se mettre au travail, quel qu'il soit.

Alors qu'ils approchaient de l'atmosphère martienne, des mousses vinrent obturer les hublots de la coque au moyen de rondelles de métal cerclées de caoutchouc ; ils les inséraient dans des rainures, puis les sertissaient à la clé. Les haut-parleurs ordonnèrent aux passagers de regagner leurs couchettes. La moitié des lampes furent mises hors tension. Des fluctuations de pesanteur indiquèrent les manœuvres d'approche, provoquant des beuglements de panique qui se répercutèrent à travers les galeries depuis les soutes aux animaux. À nouveau, Marcel se félicita que son garde du corps ne puisse voir la peur qui devait se lire sur son visage.

Aucune annonce ne survint pendant une bonne heure, bien qu'il soit évident qu'ils avaient franchi victorieusement l'atmosphère. L'*Éthéré* bougeait encore, sans doute pour se positionner dans la nacelle d'atterrissage : Port-Darvel ne possédait pas de tour Eiffel à laquelle s'ancrer. Il était à douter que la colonie tout entière recèle assez d'acier pour en édifier une seule, releva Hubert. À la place s'étendait un simple quai pourvu de grues d'amarrage.

Marcel imita son garde du corps, qui enfilait de solides vêtements de campagne. Ils étaient confinés depuis si longtemps, au sein du vide neutre de l'éther, qu'il avait oublié quel temps il pouvait faire dehors.

Les passagers durent attendre que ceux des ponts supérieurs soient descendus pour se voir inviter, par haut-parleur, à se diriger vers les sas. La voix indiqua de régler sa montre à onze heures du matin. Marcel adressa un regard interrogatif à Hubert, qui restait allongé sur sa couchette, la tête calée sur ses paumes.

« Ne vous inquiétez pas, docteur. La journée martienne dure une demi-heure de plus que sur Terre, mais on vous fournira une nouvelle montre si on n'arrive pas à modifier le mécanisme de la vôtre.

— Je me demandais pourquoi nous ne débarquons pas tout de suite.

— On attend que le gros des troupes ait débarrassé le plancher. »

Derrière la porte, les piétinements durèrent une heure. Étouffant un bâillement, Hubert déverrouilla la porte. Marcel réalisa combien sa démarche était légère. Il avait l'impression qu'il aurait pu marcher des journées entières sans faiblir. Ils s'acheminèrent à travers le pont désert ; des papiers gras et autres déchets jonchaient les planchers. Aux quelques membres d'équipage qu'ils croisèrent, Hubert montra une plaque officielle et ce qui devait être une lettre de mission – c'était la première fois qu'il faisait étalage de son statut. L'un des membres d'équipage les mena jusqu'à un sas réservé à l'équipage.

Celui-ci ouvrait sur une rampe fixée au bas de la porte. Marcel s'agrippa à la rambarde. Un air d'une fraîcheur doucereuse s'engouffra dans ses poumons, charriant des relents de macération végétale. La falaise de métal du paquebot s'étendait dans son dos, mais il n'eut pas un regard en arrière. Le soleil était brouillé, plus petit et froid dans le ciel gris rosé, et il semblait possible de le fixer – pas trop longtemps tout de même, avertit le membre d'équipage avant de s'en retourner dans le ventre du navire : de toute façon, il brillait toujours par intermittence.

En contrebas, directement sur la piste, s'amassait la foule d'arrivants. La plupart portaient leurs bagages, mais des chariots motorisés faisaient la navette entre le groupe des classes supérieures et le hangar de réception au fronton duquel un panneau indiquait *Port-Darvel*. Un drapeau tricolore flottait au-dessus, et ses couleurs rendaient de façon bizarre, mais assez belle, sous le ciel rosé de Mars. Curieusement, la luminosité n'évoquait pas du tout le matin, mais plutôt une fin d'après-midi morose. Il devrait se résoudre à s'accoutumer à des éléments de base de la vie différents, soupira Marcel en lui-même ; comme ce vieillard, à la veillée du feu d'ampoules.

Son garde du corps avait commencé à dévaler les marches de la rampe. Marcel le rejoignit. Il gardait les yeux fixés sur le groupe des troisième classe pour éviter de penser à la distance qui le séparait encore du niveau du sol. Ils s'étaient spontanément mis en file, longeant un ravin en bord de piste. Il aperçut la gamine entrevue naguère à la cantine avec son pot de jardin. Elle venait de s'échapper de la colonne pour se précipiter dans le ravin. Des sortes de joncs poussaient dans le cloaque. Des gloussements saccadés comme une toux en émanaient, provenant de quelque batracien. La fillette criait de joie, comme un chiot. Son père la rappela pour lui faire réintégrer la file avant qu'ils aient atteint la guérite de contrôle, à l'entrée du hangar.

Au sol, deux hommes coiffés d'un chapeau mou les accueillirent. Un holster s'accrochait à leur ceinture. Leur teint blême indiquait qu'ils résidaient sur Mars depuis un moment.

« Docteur Chery ? »

Au moins, c'en était fini de ce stupide Raoul Urbain. Aussitôt, l'arrogance qu'il avait refoulée pendant des mois se fraya un chemin entre ses lèvres :

« Lui-même. Et vous, voyons : les mêmes bosses héréditaires sur les lobes temporaux du crâne, l'angle identique des épaules – vous êtes frères. Vous, vous êtes le plus intelligent des deux. L'autre, c'est la brute.

— Hé !

— Moi, c'est Maximilien. Mon frère s'appelle Ignace. Mais il est plus idiot que brute.

— Hé ! » protesta à nouveau l'intéressé.

Une Citroën stationnait de l'autre côté de la piste.

Peinte en kaki, elle comportait deux roues directrices à l'avant, et des trains de roulement souples à l'arrière. Des jerricans d'essence fixés par des sangles reposaient sur les garde-boue arrière.

« On est chargés de vous escorter jusqu'au C1, dit Maximilien.

— Le C1 ? »

Il fronça les sourcils à l'adresse d'Hubert.

« On a préféré ne rien lui dire jusqu'à aujourd'hui, glissa le garde du corps.

— Voilà bien le Bureau en métropole, sourit Maximilien. Des cachotteries, même aux nouvelles recrues.

— Le docteur Chery n'est pas une recrue habituelle. Il va achever l'organisation du centre, puis le diriger.

— Raison de plus.

— De toute façon, on ne m'a pas affranchi non plus. Vous nous expliquerez en route. »

Marcel s'apprêtait à poser une question – la première d'une bonne dizaine, à vrai dire – quand des cloches retentirent au loin. Ce son lui parut plus incongru que les quintes de gloussements émanant du ravin.

« Port-Darvel n'abrite pas d'église, reprit Maximilien alors qu'ils se dirigeaient vers le véhicule semi-chenillé. Ce n'est pas une ville à proprement parler. Auroreville se trouve à vingt-cinq kilomètres, elle est la vraie capitale de la colonie française. Le gouverneur civil demande au curé de faire sonner les cloches à chaque atterrissage de paquebot. On ne les entend pas toujours, ça dépend du vent.

— Nous allons à Auroreville ?

— Auroreville n'est pas sur notre route. De toute façon, il n'y a pas grand-chose à voir là-bas. »

Ignace aida Marcel à grimper dans l'habitacle, à côté d'Hubert, avant de s'installer au volant. Un fusil était fixé sous le toit. Le médecin intercepta un regard interrogatif de l'autre frère :

« Vous n'avez pas l'air déçu pour Auroreville, docteur. Rassurez-vous, vous aurez l'occasion de voir d'autres sites. On fera un détour par Gouvion si vous voulez. Il s'agit de la deuxième plus grande implantation de l'hémisphère, avec Sainte-Marie-de-Gallie qui est plus à l'ouest. D'ici quelques années, elle dépassera les cent mille habitants.

— Je suis venu remplir une mission, pas jouer au touriste. »

Maximilien éclata de rire, sans se rendre compte qu'aucune ironie ne se dissimulait dans le propos de Marcel. Pendant que le moteur ronflait, Marcel jeta un dernier coup d'œil au terminal. La fillette avait disparu avec le reste des troisième classe. Un groupe s'attardait devant un guichet, derrière la guérite de contrôle. Maximilien consentit à expliquer :

« C'est le Bureau des plaintes et rétributions. Au début, on l'a créé pour dédommager les victimes d'escrocs qui leur avaient vendu de faux territoires martiens, sur Terre. Les gens sont tellement ignorants que parfois les terrains fourgués n'appartiennent même pas à la colonie française ! La terre, ce n'est pas ce qui manque. Alors, le gouverneur leur offre un lopin d'une soixantaine d'hectares, comme ça ils ne repartent pas. Depuis longtemps, on l'applique systématiquement à tous ceux qui arrivent sans titre de propriété valable. »

La Citroën quitta la piste pour s'engager sur une route à l'allure de piste africaine. Le bitume s'écaillait en de multiples endroits, rongé par des mousses jaunâtres. La suspension de la voiture – à moins qu'il ne s'agisse de la pesanteur réduite – amortissait les secousses pour la réduire à un simple balancement, dont Marcel espéra qu'il n'allait pas lui provoquer de nausée.

L'*Éthéré* rapetissait dans le rétroviseur. Sa masse était telle, toutefois, qu'il fallut un bon quart d'heure avant d'avoir totalement disparu.

26

Cavorite

L'ASSASSINAT DE LA « LAPUTA ANARCHISTE »

Madame Emma Goldman a été assassinée à Londres avec plusieurs de ses partisans, alors qu'elle tentait d'y établir une Commune libertaire.

Cette agitatrice bien connue, antipatriote et féministe virulente, s'était installée en Angleterre après avoir été chassée des États-Unis, puis de Russie. Son essai, La Cavorite, le capital et les frontières, *lui avait procuré une renommée internationale. Si elle avait apporté son soutien aux révolutionnaires russes, elle s'était montrée de plus en plus critique vis-à-vis du gouvernement menchevik.*

Expulsée de Russie, elle s'était installée dans un immeuble vétuste de l'East End, recrutant parmi les ouvriers en grève, mais aussi les suffragettes et le « milieu rouge », afin de créer une Commune. Ses partisans avaient volé un important stock de cavorite (bien que ce fait ait été contesté par des reporters de sympathie libertaire) en vue du projet de sécession. Conformément aux instructions d'un ingénieur acquis à la cause, ils avaient cavorisé des emplacements stratégiques de l'édifice de cinq étages, puis avaient sapé les fondations, tout en renforçant les planchers et la charpente interne.

À la date du 22 mai, sans doute choisie pour célébrer le vingtième anniversaire de l'attentat anarchiste contre le roi d'Italie, Madame Goldman prononça un long discours à la fenêtre du premier étage de l'immeuble, devant un parterre de journalistes conviés pour l'occasion. À son côté se tenait son ami Alexandre Berkman. Il était question d'instaurer, à l'intérieur de l'île volante, une nouvelle société fondée sur des préceptes d'autonomie individuelle, de pacifisme et d'émancipation de la femme. Puis les points d'ancrage furent détruits à la masse. L'immeuble s'éleva. Il tangua quelques secondes avant de se stabiliser, au milieu des applaudissements.

Cette victoire fut de courte durée. Un camion surgit, moteur hurlant. Des grenades furent lancées à travers la rue. Une mitrailleuse pilonna la façade. L'intention était de tuer : elle tua. Madame Goldman refusa de se mettre à l'abri alors que les tirs avaient éclaté depuis plus d'une minute. Une rafale la faucha.

Pour l'heure, les instigateurs du massacre n'ont pas été retrouvés. Très vite, des voix accusatrices se sont élevées. Non seulement contre les puissants groupes fascistes qui sévissent en Grande-Bretagne comme dans toute l'Europe, mais aussi contre les services secrets de Sa Majesté, qui tenaient l'intellectuelle sous étroite surveillance. L'enquête s'oriente néanmoins vers un courant marxiste.

Henry de Korab – *Le Matin*, 16 juin 1921

27

Renée Manadier

Lorsqu'elle reçut sa convocation dans le bureau de Deschamps, Renée s'attendait à se voir signifier son licenciement. Ce serait logique, si Madeleine avait deviné qu'elle logeait un erloor. Les employées devaient mener une existence irréprochable ou, au minimum, ne pas avoir affaire à la police. Plus probablement, un pensionnaire avait appelé le commissariat après avoir repéré Ogloor.

Le cœur serré, elle entra dans un corridor d'attente.

Une photographie grand format en couleurs trônait au mur : un paquebot ancré au toit de la Samaritaine. Une scène impressionnante, encore aujourd'hui, et qui renvoyait Renée à un souvenir d'adolescence, la couverture d'un magazine : un paquebot amarré au sommet de la pyramide de Khéops.

Un ascenseur mobile fixé à une vaste écoutille permettait aux première classe d'accéder au magasin. Un article de journal avait été punaisé sous la photo. Afin de tromper l'attente, Renée le parcourut. En échange de la publicité offerte par l'opération, les passagères avaient bénéficié d'un bon pour un produit gratuit de leur choix. Quelques mois plus tard, le feu s'était déclaré à bord du navire. L'*Ionie*, tel était son nom, avait brûlé pendant vingt-quatre heures sans que quiconque parvienne à le maîtriser. À mesure qu'il partait en fumée, il avait gagné en altitude. Les équipes de sauvetage aérien avaient eu beau y larguer des sacs de sable, ils n'avaient pas réussi à compenser la perte de masse. Une vignette, en noir et blanc cette fois, montrait des silhouettes paniquées, se jetant du pont supérieur sans écouter les adjurations des secouristes. L'article précisait que les victimes s'étaient chiffrées à quelques dizaines seulement, les naufragés ayant utilisé les nacelles à parachute. Beaucoup moins en tout cas que la tragédie du *Lanterne* évoquée par l'auteur du texte : le paquebot interplanétaire abritait trois mille soldats français dans ses flancs quand il avait explosé entre la Terre et Mars. On n'avait jamais pu récupérer l'épave. Une nouvelle ceinture d'astéroïdes tournait autour du soleil, égrenant débris et cadavres héroïques.

« Miss Manadier ? Entrez. »

Renée releva vivement la tête. Le chef d'étage tenait la porte ouverte. Elle se glissa dans un murmure : « Oui, monsieur Deschamps. »

Deschamps se fendait d'un « miss » dans ses moments de bonne humeur. Cette fois cependant, cela eut pour effet d'attiser les craintes de Renée.

Le bureau n'était guère plus grand qu'un débarras. Il comportait néanmoins une chaise pour les visiteurs. Le chef la fit asseoir.

« Un inspecteur de police est venu me voir tout à l'heure. » Voyant qu'elle se décolorait, il leva une main apaisante. « Il n'a pas précisé pourquoi. Dois-je savoir quelque chose qui pourrait éclabousser la réputation du magasin ? »

La première impulsion de Renée fut de nier farouchement, mais les mots se bloquèrent dans sa gorge. Elle ne pouvait se résoudre à mentir.

« En toute honnêteté, monsieur Deschamps, je l'ignore. J'ai recueilli, par compassion, un erloor à la pension où je vis. La police est venue le saisir.

— Un erloor ?

— Un Martien.

— Je sais ce qu'est un erloor, mademoiselle ! C'est à mon étage que se trouvent les fournitures coloniales. » Il tapota le presse-papiers en cuivre en face de lui ; il avait la forme menaçante d'une bête martienne. Tout soudain, son œil s'alluma. « Vous êtes une idiote, miss Manadier. Vous seriez venue me raconter votre histoire, nous nous serions arrangés. La clientèle se fait rare au rayon martien depuis les difficultés du recrutement colonial. Une attraction avec votre erloor nous aurait garanti du monde. »

Renée secoua la tête.

« Il aurait sans doute refusé. Il a déjà été exposé à la curiosité des foules, et je ne crois pas qu'il aurait voulu remettre ça.

— Alors, votre erloor vaudrait mieux que les jeunes filles du tableau vivant que nous avons produit il y a trois mois ? »

Renée ne sut que répondre.

« On ne lui aurait pas demandé de danser la mazurka. Et surtout, nous nous serions mis d'accord avec la police. Maintenant, il est trop tard. Tant pis pour vous.

— Dois-je entendre que je suis licenciée ? »

Le front de Deschamps se plissa.

« Aurais-je une raison sérieuse ?

— Je vous ai caché l'existence d'un erloor chez moi…

— Aussi surprenant que cela puisse paraître, votre vie privée ne m'intéresse pas. Et puis, l'inspecteur savait qu'il mettait en péril votre emploi, sinon davantage, rien qu'en venant me demander des informations à votre sujet. Je n'aime pas ces manières. Vous pouvez disposer, miss Manadier. »

La patronne de la pension lui donna son congé dans l'entrée, en même temps qu'une convocation à la préfecture. Les deux femmes n'échangèrent que quelques mots. Les dents serrées, Renée remit son solde. Elle fila dans sa chambre, jeta ses affaires dans sa valise, avant de se précipiter dehors sans un regard en arrière.

Des cris d'enfants provenant d'un parc proche ne parvinrent pas à la tirer de sa morosité. Avec un hoquet de honte, elle se rappela soudain l'effet que les passants avaient eu sur elle à son arrivée. Elle non plus ne regardait plus les merveilles alentour. *Je ne pensais pas que je m'acclimaterais si vite*, se dit-elle avec une ironie dont elle était habituellement dépourvue. Si tout n'était pas allé de mal en pis !

Elle se morigéna et se força à rouvrir les yeux. En ce début d'année, il n'y avait pas de neige. Derrière la grille du square, les enfants ne portaient même pas de manteaux. *Tout est toujours neuf pour eux. Si seulement j'avais cette faculté !*

Sur la présentation de la convocation, un planton

enguicheté indiqua un bureau au rez-de-chaussée. Un dédale de couloirs sombres perçait l'édifice. Des claquements de portes sonores découpaient le silence en tranches. S'intercalant entre les portes numérotées, les bancs en bois conféraient à l'endroit une curieuse ambiance scolaire, si ce n'était les femmes au corsage ouvert et à la jupe crasseuse qui s'y entassaient. Leur regard éteint racontait une histoire que Renée n'avait aucune envie d'imaginer en cet instant. Elle ne put s'empêcher de s'écarter d'un couple étrange : une jeune fille, guère plus qu'une enfant, dont le regard fluctuait, comme si ses pupilles flottaient sans attache à l'intérieur des globes oculaires. L'homme qui la flanquait, chaussures blanches et veston à martingale, ne cessait de lisser ses rouflaquettes gominées.

Elle entra dans une pièce où s'affairaient une dizaine d'uniformes, dans une atmosphère si enfumée qu'il sembla à Renée, l'espace d'un instant, qu'elle avait pénétré dans un atelier automobile. Une machine à écrire aussi massive qu'un coléoptère martien veillait, comme pelotonnée, au coin d'un bureau. Des photographies anthropométriques avaient été punaisées sur les murs. L'une d'elles ornait une cible de fléchettes ; elle avait tant servi qu'il était impossible d'en déterminer l'identité ni même la nature – bandit, activiste ou préfet…

« Tiens donc. Attendez là », lui dit le brigadier auquel elle tendait la convocation.

Il lui indiquait un couloir adjacent, derrière une porte vitrée maintenue ouverte par une corbeille à papier. Renée alla s'asseoir. Elle s'était préparée à une longue attente. Ce fut interminable. Des pas pressés faisaient craquer le parquet. Dès qu'un uniforme passait devant elle, son cœur s'accélérait et elle se retenait d'empoigner sa valise, mais il ne lui accordait pas la moindre attention.

La jeune femme sombra dans une apathie peuplée de rêveries sinistres. Des histoires lui revenaient en mémoire, glanées à la pension ou parmi les cancans des vendeuses : une femme d'industriel violentée au poste de police à cause de sa robe plaquée au corps et de ses cheveux à la garçonne, le Premier ministre en personne l'avait suppliée de renoncer à porter plainte ; « affranchis » enfermés dans une cage, une ceinture de cavorite par-dessus la camisole, que l'on faisait tournoyer jusqu'à ce qu'ils rendent le contenu de leur estomac…

Au bout de deux heures, un mot la tira de sa torpeur :

« … L'*erloor* demande au valeureux colon qu'il a capturé et ligoté : "Toi, tu viens de France. Alors, Blum ou Maurras ? — Blum, bien sûr. Pourquoi ? — C'est pour l'assaisonnement."

— Ha ha ! Toujours impayable, l'Honorin. Alors, ta cliente ?

— Un truc bizarre…

— Plus bizarre que ce magistrat qui avait enfilé des champignons martiens dans le trou du cul de sa maîtresse, pour qu'ils éclatent à l'intérieur ?

— Les histoires de maboules qui s'acoquinent avec des vampires, voilà qui ne me paraît pas extraordinaire.

— Tu comptes refiler l'affaire à la Mondaine ?

— Le Cloaque ? Pas question de… Merde ! »

L'inspecteur venait de s'apercevoir que Renée

était à portée de voix. Elle le vit aller admonester le brigadier de l'entrée. Puis il revint, se frottant la nuque d'un air ennuyé.

« Suivez-moi, madame. »

Il lui désigna une chaise, avant de se glisser derrière un bureau encombré de paperasses. Renée s'apprêtait à répondre à une batterie de questions, mais l'agent garda le silence. Sa main attrapa un crayon de papier, dont il se mit à tapoter le bout contre une de ses dents. Renée croisa les bras sur sa poitrine. Puis, soudain, elle pouffa.

Le policier se pencha en avant.

« Pourquoi riez-vous ?

— Excusez-moi. J'utilise la même ruse que la vôtre sur certains de mes élèves, pour les mettre mal à l'aise quand ils ont commis une bêtise. » En un instant, la barrière de crainte irraisonnée avait volé en éclats sous son crâne. « Dites-moi la bêtise que j'ai faite, ou laissez-moi partir. »

Le policier poussa un soupir.

« Baissez d'un ton. C'est à moi de déterminer dans quelle mesure vous avez enfreint la loi. Nous avons dû intervenir pour libérer une créature martienne séquestrée chez vous…

— J'ai recueilli Ogloor. Il était blessé. Je ne l'ai jamais séquestré.

— Les agents qui l'ont capturé n'ont pas remarqué de blessure.

— Parce que je l'ai soigné ! On lui a tiré dessus le jour de la tempête. »

L'autre fit mine de fouiller dans ses papiers.

« Le médecin devra confirmer, mais admettons.

Vous l'avez recueilli, vous l'avez soigné. Pourquoi l'avoir caché ensuite, au lieu de le restituer ?

— Parce qu'il n'est pas ce que tout le monde croit qu'il est. »

L'homme plissa les yeux, et Renée détesta son regard.

« Je sais ce que vous pensez. Cela n'a rien à voir.

— Dites-moi ce que je pense.

— Vous pensez que lui et moi… »

Elle ne put achever sa phrase. Elle savait qu'Ogloor était un mâle à cause du renflement à l'entrejambe, mais elle n'avait jamais entrevu son sexe, qui semblait avoir la capacité de se rétracter complètement à l'intérieur de son anatomie. À moins que son pénis ne pousse durant les périodes de rut, pour se résorber le reste de l'année ? Elle n'y avait jamais réfléchi jusqu'à aujourd'hui.

Le policier se renfonça dans son fauteuil.

« Écoutez, madame. J'ai passé quelques années à la brigade mondaine. Des collègues à moi ont eu affaire à des victimes d'un curieux trouble mental, qui consiste à vouloir s'accoupler avec des vampires martiens. Ils sont prêts à payer une fortune pour coucher avec une de ces créatures édentée au préalable… et plus cher encore, pour une qui n'a pas été édentée. Un disciple du professeur Charcot a même donné un nom à cette perversion. Bref, en matière de débauche, on ne me la fait pas. » Son ton se fit conciliant. « En ce qui vous concerne, je ne flaire rien. Et vous ne ressemblez pas à ces filles qui aiment défier la loi. Pas votre genre. Alors, qu'aviez-vous à gagner avec tout ce cirque ? » Il jeta un regard en direction de sa valise. « Pourquoi avoir risqué de vous retrouver ici, au milieu des putains et de la racaille ? Ce vampire, qu'était-il pour vous ?

— Il était juste perdu. »

Elle raconta, sans chercher à dissimuler aucun détail. À quoi bon, du reste : il n'y avait rien dont elle puisse avoir honte.

« Ne me dites pas que vous n'aviez pas conscience de causer un trouble à l'ordre public.

— Ogloor ne sortait pas de ma chambre. Il ne causait aucun trouble.

— C'était un fugitif, échappé de sa cage.

— Comment peut-on être un fugitif quand on n'est pas considéré comme un être humain ? »

Un geste d'agacement balaya son argument.

« Jouer la maligne ne fera qu'aggraver votre cas, madame Manadier. Il vaut mieux pour vous que les Martiens ne soient pas des êtres humains : on pourrait vous accuser d'enlèvement. Là, ce sera seulement un détournement du bien d'autrui, en l'occurrence l'État.

— Vous m'inculpez sous ce motif ? »

Il ne répondit pas, ce qui signifiait que son sort était incertain. Ce qui n'empêchait pas l'inspecteur de la traiter à l'instar de ces femmes de bandits, rangées dans la même catégorie que leur compagnon. Pendant qu'il remplissait une fiche d'identification, elle songea : *Dorénavant, aucune école parisienne n'acceptera de m'engager*.

« Vous devrez venir pointer chaque semaine, jusqu'à ce qu'on vous avise du contraire.

— Et Ogloor ?

— Quoi ?

— Où est-il ? Je veux m'assurer qu'il va bien. »

Elle ne s'attira qu'une mimique désabusée.

« Les couloirs de cet établissement sont pleins de femmes qui ont perdu leur emploi. Elles n'imaginaient pas la rapidité de leur déchéance. Le mieux pour vous serait que vous oubliiez votre bestiole et que vous filiez droit.

— Le mal est fait, alors n'y comptez pas. Où est Ogloor ?

— Pour votre bestiole, vous pouvez toujours plaider sa cause à la Ligue pour la défense des animaux. »

Elle faillit rétorquer que les erloors n'étaient pas des animaux, qu'elle avait prouvé qu'ils pouvaient apprendre. Mais le policier avait érigé en lui un mur de certitudes qu'elle n'arriverait pas à lézarder.

De son côté, ce dernier sentit qu'elle n'en démordrait pas et abrégea l'interrogatoire.

Sitôt dans la rue, Renée se mit en quête d'un nouveau logement. En chemin, une Citroën pila à son niveau, manquant de peu se faire emboutir par une torpédo rugissante. Le conducteur l'agonit d'injures, avant de maugréer un « Va donc, eh, bonnot ! » et de le doubler en trombe.

Les vendeurs de cartes, à la sortie des gares et des métros, avaient la réputation de connaître les chambres à louer dès qu'elles se libéraient. Pour une piécette, l'un d'eux signala à Renée une chambre de bonne rue Guisarde, au-dessus d'un fleuriste faisant aussi marchand de graines. La concierge l'accepta avec un grognement. C'était une vieillarde à l'épais accent berrichon, mais Renée n'osa lui demander d'où elle était originaire. Un tablier de cuir décoloré, gribouillé de longues éraflures, ne la quittait jamais :

le vêtement de protection de son défunt mari, un ancien rémouleur. Plus tard, Renée découvrit qu'elle portait également son couteau.

La chambre mansardée avait des murs tapissés d'un affreux papier à ramages décollé par l'humidité. Au moment d'emménager, la seule formalité consista à inscrire son nom dans un registre en aussi piètre état que le papier peint. Il n'y avait pas l'électricité, et la chambre, meublée uniquement d'un lit, sentait la moisissure et le vieux garçon. L'eau courante se trouvait au palier du dessous, avec les toilettes. Ces dernières exhalaient une telle puanteur que Renée se résolut à les curer elle-même dès le deuxième soir. Les locataires étaient principalement des artisans saisonniers, des camelots et des étudiants. Dans les étages en dessous, une prostituée faisait beugler sa radio jusqu'à la fin des émissions. La concierge l'avertit que le dernier à avoir protesté s'était fait déboîter l'épaule par le marlou de la dame.

Une lettre du rectorat d'académie arriva enfin. Renée posa une demi-journée de congé auprès de Madeleine. À ses questions, elle répondit que son amant s'était cassé une jambe et qu'il attendait sa visite à l'Hôtel-Dieu. Alors qu'elle coupait par une série de ruelles, l'institutrice avisa un gril brinquebalant, qui répandait ses fumées goudronneuses dans le passage. Le marchand brandissait une brochette de viande et de champignons, mais Renée avait l'estomac trop serré pour avaler quoi que ce soit.

À son entrée, le fonctionnaire aux yeux d'huître empoigna les accoudoirs de son fauteuil.

« Vous voilà, vous ! La police m'a envoyé une demande de renseignements sur votre compte. Et voilà que le ministre de l'Instruction publique fait de même. Qu'est-ce qui m'attend demain : les gazetiers ?

— Si l'affaire enfle, ce n'est pas impossible », repartit Renée du tac au tac.

En quelques mots, elle lui avait résumé la situation. L'administrateur leva les yeux au ciel.

« Que vous est-il passé par la tête, ma pauvre amie ? Prendre la cause d'un Martien, qui n'a sûrement même pas conscience des efforts que vous déployez…

— En ce qui me concerne, Ogloor est un élève que j'ai défendu et que l'on m'a pris. Je veux poursuivre ma mission…

— Sur un Martien !

— Sur un futur citoyen, que je me suis promis d'émanciper. Seule l'instruction peut réduire les injustices.

— De quoi diable parlez-vous ? »

Renée prit une longue inspiration.

« Mutez-moi sur Mars.

— Pardon ?

— Vous m'avez proposé un poste sur Mars. J'ai appris que peu de gens veulent s'installer là-bas depuis le krach. Ils craignent le jour où, faute de cavorite, les paquebots spatiaux cesseront de ravitailler la colonie martienne. J'accepte de partir. C'est une aubaine pour vous aussi. »

Elle avait pris soin de faire dépasser de sa poche un numéro de la *Gazette d'outre-Terre* où paraissaient chaque mois les offres d'emploi : beaucoup de maçons, de contremaîtres et de cultivateurs, des géomètres spécialistes en cadastrage, mais également des infirmières et des institutrices. Le salaire affiché atteignait seize mille francs l'an, soit le double du sien. Il figurait même en rouge. Pour une somme aussi rondelette, il fallait que la colonie en ait un besoin désespéré. L'administrateur ne pouvait l'ignorer.

Celui-ci posa les mains à plat sur son bureau, comme pour vérifier qu'il était toujours ancré au sol.

« Vous êtes sérieuse ? Je devrais vous radier sur-le-champ, pour les ennuis que vous nous causez.

— Il est trop tard pour cela. Vous l'avez dit vous-même, l'affaire est remontée jusqu'au ministre. C'est une question de semaines avant qu'on me convoque au tribunal. Or, nous savons vous et moi que notre institution déteste par-dessus tout le scandale. Précisément ce dont raffolent les journaux. »

Il sembla à Renée que l'administrateur laissait échapper une plainte, mais sans doute était-ce le grincement de son fauteuil à roulettes.

« En m'envoyant sur Mars, vous prendrez les raconteurs d'histoires par surprise. Là-bas, vous n'entendrez plus parler de moi. Mais à une condition.

— Parce que vous avez une condition, en plus ?

— L'erloor m'accompagne. »

28

Georges Moinel

Ernestine avait préparé de l'argent pour prendre l'aérotram, mais les stations étaient fermées. Partout, des cortèges se formaient. Arsène ne s'était pas trompé, une nuée insurrectionnelle se condensait peu à peu.

Derrière les toits, des cris et des détonations retentissaient, mais le boulevard sur lequel ils débouchèrent était presque désert. Sa compagne se crispa contre Georges.

« On y est presque. Il est neuf heures et demie. À cette heure, ce calme, ce n'est pas normal.

— Moi aussi, j'ai une drôle de sensation. Rebroussons chemin, Ernestine.

— Au contraire, on doit avertir les camarades. »

Ravalant sa peur, il se força à conserver un pas égal. Deux immeubles aux murs mitoyens aveugles flanquaient l'entrepôt : aucune issue n'était à espérer de ce côté. Une voie de retraite donnant sur la rue derrière avait probablement été ménagée. Pas grand-chose à craindre donc, se dit Georges pour se rassurer, d'autant que les troubles se propageaient dans Paris.

Le grand battant de l'entrepôt coulissa, pour se refermer derrière eux sitôt le seuil franchi. Le froid fit frissonner Georges, ce genre de froid qui paralyse à l'instant où l'on s'immobilise. Un hangar aux larges verrières s'offrit à son regard, le sol jonché de caisses en bois vides et de papiers froissés. Une passerelle métallique sabrait les quatre murs pour former un étage à mi-hauteur. Des chaînes pendaient à des rails fixés au plafond. Tout de suite, Georges aperçut la demi-douzaine de gars à l'air résolu, armés de fusils et de revolvers. Il y en avait autant au niveau du sol, disposés à des points stratégiques. Tous avaient ôté leur casquette rouge, qui les transformait en cibles. Tout en haut, le vétéran lui adressa un signe de reconnaissance.

Arsène était en grande discussion avec un homme que Georges n'avait jamais vu, sans doute leur fameux contact.

« Dites bonjour à l'objectif », fit une voix dans leur dos.

Ernestine se retourna et étouffa une exclamation. Un homme avait une boîte vissée sur l'œil, sous un képi graisseux de machiniste. L'appareil cliquetait bruyamment, au rythme d'une grosse clé qui se dévidait sur le flanc.

« Pas le temps de jouer avec ta caméra, trancha la jeune femme. On doit avertir tout le monde que la police est là, dehors.

— On l'a déjà repérée. Des voitures garées, pleines d'agents. Question discrétion, ils ne sont pas fortiches.

— Quoi ? Et vous nous avez laissés entrer ? »

Le cameraman haussa les épaules.

« Impossible de vous avertir : les cognes ont mis en place une souricière. Toute personne sortant de l'entrepôt se ferait serrer sitôt le coin de la rue franchi.

— Cela n'a pas l'air de vous inquiéter, intervint Georges. Vous avez prévu une voie de retraite ?

— Inutile. Avec le grabuge qui s'annonce dehors, nous serons sous peu le cadet de leurs soucis. Ils n'ouvriront pas un nouveau front pour une poignée d'anarchistes. »

Georges renonça à partager ses doutes. Un dispositif capable de boucler tout un pâté de maisons impliquait des effectifs importants. Pourquoi les flics l'avaient-ils conservé, s'ils n'avaient pas l'intention d'intervenir ?

Arsène s'aperçut de leur présence. Il arriva, flanqué de l'homme.

« Doudou, l'Artiste, je vous présente Octave Leblanc. Voici celui qui nous permettra de faire main basse sur l'objet de notre intérêt. »

Octave inclina la tête d'un geste nerveux. Un tic agitait son museau de renard. Malgré sa pose quelque peu hautaine, songea Georges, tout en lui évoquait le voleur de poules.

« Moi, je me contenterai d'ouvrir le coffre-fort. Vous devrez me faire entrer.

— Oui, oui. Notre bonhomme donne une fête bientôt. Nous en serons. »

Octave se tapota la poitrine.

« Je sais, je sais, j'ai l'invitation. »

Arsène se tourna en direction de Georges.

« Tu as apporté une arme ?

— Non. »

Arsène tendit un index impérieux vers une table sur laquelle s'entassait un arsenal. Georges traîna les pieds vers l'amas hétéroclite. À côté d'une besace remplie de grenades se trouvaient des armes de poing. En l'occurrence des pistolets d'ordonnance, mais il aurait été bien en peine de les manier. Il en souleva un – effroyablement lourd. Derrière lui, le cameraman eut un rire franc. Son appareil lui battait la cuisse, pendu au bout d'une sangle.

« On dirait une poule qui a trouvé un couteau. Mieux vaut que tu ne touches pas à notre quincaillerie, tu risquerais d'abattre un camarade. J'ai mieux à te montrer. Suis-moi », dit-il en l'entraînant vers le fond du dépôt.

Georges jeta un coup d'œil à Ernestine : elle s'était jointe à la discussion entre Octave et Arsène. Ce dernier ne cessait de faire bouffer sa moustache, et Georges se demanda si ce geste inconscient ne trahissait pas certains espoirs vis-à-vis de la jeune femme. S'il était dans le vrai et qu'Ernestine s'en était aperçue, elle n'en faisait pas grand cas.

Le cameraman dévoila l'objet de son enthousiasme : un engin bizarre, sorte de bicycle à moteur flanqué de deux longerons rappelant des patins. La marque, ou le modèle, s'inscrivait en italique tarabiscoté sur la calandre : *Skavomota.*

« Je l'ai dénichée dans une casse de récupération de cavorite. Il en existe des tas au-delà des fortifications, c'est dingue tout ce qu'on peut y trouver. Surtout des voitures et des engins de levage, évidemment, mais aussi des jouets en forme de paquebots spatiaux, des statues en béton coulé autour d'un noyau d'alcavorium… Des centaines de tonnes de composés-cavorite ont été recyclées ; parfois sur des machins invraisemblables, dont je serais incapable de savoir à quoi ils pouvaient servir. Entre autres, cette skavomota.

— Jamais entendu parler, avoua Georges.

— Le constructeur s'est empressé de faire faillite. Il faut dire que l'unique modèle a causé une quinzaine de morts, tellement il était instable. On le surnommait la « roulette russe », mais c'était exagéré – pour la roulette : avec un pistolet à moitié chargé contre la tempe, on a au moins une chance d'en réchapper.

— Tu as tout de même récupéré un exemplaire ?

— À l'origine, la skavomota était prévue pour grimper à vingt mètres de hauteur, une vraie sauterelle. Vu qu'il était impossible de conserver longtemps l'assiette, le conducteur se retrouvait vite éjecté, comme un cow-boy d'un cheval sauvage. Avec les années, l'antigravitescence s'est affaiblie : tu sais, ce que les Curie ont découvert à propos du cavorium… mais peu importe la raison. La conséquence, c'est qu'à présent, la skavomota lévite à un mètre à peine. Elle devient sensible aux variations du sol, ce qui la rend gouvernable. »

Il raconta qu'une semaine auparavant, les Brigades de l'Aigle l'avaient pris en chasse, mais il leur avait échappé : la vivacité et la petitesse de la skavomota la rendaient aussi insaisissable qu'un gardon.

En fait, comprit Georges, le cameraman adorait tout ce qui se rapportait à la technique. Pour lui, le bonheur du genre humain passait par un accès gratuit et illimité à toutes les machines, en particulier celles ouvrant la conquête des deux. La Révolution donnerait à chacun le choix d'aller s'établir sur la Lune, Mars ou Vénus. Il n'avait jamais entendu parler des sidéralistes ni des alterréalistes, mais Georges n'en fut pas étonné. Il doutait que l'autre manifeste le moindre intérêt pour l'avant-garde, et l'art en général. Ses pensées étaient focalisées sur le monde réel. Il le laissa lui montrer le fonctionnement de la machine.

Tout à coup, une cavalcade se répercuta à travers le hangar. L'un des hommes du Rabussier dévalait l'escalier métallique.

« Les cognes vont agir. Un camion-bélier vient de déboucher au coin de la rue. Préparez-vous à l'assaut ! »

Georges étouffa un juron. Arsène avait été trop confiant, et son plan était mort dans l'œuf. Maintenant, ce qui importait, c'était d'en sortir libre, ou tout au moins en vie. Pendant que les conjurés se ruaient sur l'arsenal, il chercha Ernestine des yeux. Elle se trouvait près de l'entrée. Elle avait déjà pris les armes, et sur le moment, l'image de sa compagne dans le contre-jour du hangar, un pistolet dans chaque main, le subjugua. L'art pourrait-il jamais rendre cette force, cette vérité ?

Le cameraman n'avait pas ces états d'âme : il filmait. Il filma, lorsque les anarchistes ouvrirent le feu à travers les trous des fenêtres. Quand la porte explosa sous l'impact de la barre du camion-bélier, il continua de filmer. Georges observa, fasciné, les premiers policiers entrer sous un feu nourri, et plusieurs tomber d'affilée. Une explosion retentit dans les hauteurs, et tout à coup, le temps se remit à cascader au milieu des éclats de verre. Sur sa gauche, Georges vit la Cave s'affaler de côté.

Des balles sifflaient à présent à ses oreilles. Alors que tout semblait perdu, les hommes du Rabussier se laissèrent tomber à terre, suspendus aux chaînes du plafond. En quelques secondes, quatre policiers mordirent la poussière. Le reste reflua en désordre, se servant du camion-bélier comme d'un abri. L'air se comprimait et se détendait au rythme des détonations. C'est à peine si la voix d'Arsène porta au milieu de ce tumulte :

« Repoussons-les ! Courage, les amis, et vive l'anarchie ! »

C'était trop tard, et chacun le savait. Georges ne pouvait se résoudre à mourir pour un baroud d'honneur. Cela n'en valait pas la peine. Il chercha des yeux Ernestine. Celle-ci, accroupie derrière une caisse, vidait ses chargeurs en direction de la porte défoncée. Des impacts soulevaient la poussière tout autour. Il eut conscience qu'à cette seconde, il n'existait pas pour elle. Étrangement, une satisfaction morbide l'envahit. Aucun d'eux n'existait pour lui-même. Mais ensemble, ils étaient formidables.

Un nouvel afflux de flics changea à nouveau la donne. Le cameraman n'avait cessé de filmer au milieu de la bataille, inconscient des projectiles. Il s'effondra soudain, et sa caméra éclata sur le sol en répandant ses entrailles mécaniques.

À la même seconde, Ernestine bascula en arrière. Les bras en croix tenaient toujours ses revolvers. Le trou rouge lui perçant le front n'avait pas éteint la rage exaltée qui se lisait dans ses yeux.

Il eut encore le temps d'apercevoir le Rabussier au

bout de sa chaîne, tel un pendule. Il tirait sans discontinuer.

Le cameraman n'était pas armé et ne présentait aucun danger immédiat, or il avait été abattu comme un chien. Georges sut qu'aucun d'entre eux ne ressortirait vivant, s'ils s'acharnaient à tenir la position. Ils devaient fuir.

Plus tard, il n'aurait su dire comment il s'y était pris pour démarrer et manier la skavomota : il n'avait que vaguement prêté l'oreille aux explications du cameraman. Mais sitôt qu'il l'eut enfourchée, ses mains trouvèrent les commandes. L'engin se souleva doucement. En un autre temps, Georges aurait été paralysé par le trac de chevaucher une machine volante. C'est à peine s'il y songea. Sa première pensée, impérieuse, fut d'aller chercher Ernestine. Mais elle était morte, il n'y avait pas l'ombre d'un doute. Se rapprocher de l'entrée, où s'engouffrait une masse de policiers, était se vouer à une mort certaine.

Du coin de l'œil, il aperçut Octave Leblanc. Le jeune homme se terrait derrière des caisses, comme si leurs minces panneaux de bois pouvaient le protéger des balles. Il tourna le guidon de la skavomota dans sa direction, et appuya sur la pédale faisant coulisser le volet de déflexion du flux antigravitatif. Sitôt qu'il eut atteint l'angle adéquat, la machine se mit à avancer parallèlement au sol. À deux mètres de sa cible, il leva le pied. Mû par un ressort, le volet revint à la verticale. La machine glissa sur sa lancée à la manière d'un galet sur un étang gelé. Georges attrapa le jeune homme par le collet, et l'embarqua de force.

« Accroche-toi. »

Il tourna la poignée de l'accélérateur au maximum. Le moteur rugit, induisant la poussée de l'hélice arrière. Il s'arc-bouta afin d'écraser les pédales. La skavomota ne gagna que quelques pouces, mais fonça en avant. Au-dessus, le Rabussier oscillait, inerte, les membres ballants.

Georges louvoya entre les caisses et les corps étendus, se penchant pour accompagner les changements de trajectoire. Octave avait passé les bras autour de sa taille. L'engin accrocha un bout de planche, manquant de les faire chavirer. Georges redressa en catastrophe. L'engin se tassa contre le sol, rebondit à plus de trois mètres. Il traversa la verrière dans un déluge de verre brisé. Un bris lui lacéra la joue.

La lumière de l'extérieur le fit cligner des yeux. Il était passé. Dans la rue, le chaos régnait. Des manifestants avaient débordé les services d'ordre et couraient ici et là. Un flic était à terre, un autre penché sur lui. Pas le temps de s'attarder. Il prit un virage en épingle à cheveux, donna un coup de pied au flanc d'un véhicule garé afin de redresser sa trajectoire. Puis il fila à travers les rues.

Personne ne nous a tiré dessus. Enfin, je ne crois pas.

« Ça va, derrière ? »

Son passager accentua brièvement la pression de ses bras pour acquiescer. Une rue en pente les jeta au bas d'un pan de fortification à moitié éboulé. Et soudain, un silence mouillé leur fouetta le visage. Ils s'étaient enfoncés dans une de ces banlieues maraîchères qui débutaient juste au-delà des fortifications.

Georges ne ressentit les tapotements d'Octave contre son épaule que quand ils devinrent insistants.

Il coupa les gaz, et appuya sur les pédales afin d'obturer les volets de lévitation. Pas un chat alentour. La skavomota descendit jusqu'à racler le trottoir. D'ailleurs, elle était à sec : le réservoir sonna creux quand il tambourina dessus de l'index plié. Le moteur était brûlant entre ses jambes. Octave sauta sur le sol avec une bordée de jurons.

« Voilà un quart d'heure que je te crie de t'arrêter ! J'ai les cuisses toutes cloquées, ça me fait un mal de chien. » Il arrêta un instant de sautiller sur place, et grommela : « Ta cellule anarchiste n'existe plus, l'ami. La mission est annulée par le fait. C'est là qu'on se sépare.

— Non. »

L'autre ouvrit des yeux interloqués.

« Hein ? Tes amis sont morts, il n'y a plus d'organisation.

— C'est vrai. Mais tu connais les termes de la mission. On s'introduit dans la résidence d'un ambassadeur, on fauche les documents. Pas besoin d'organisation pour ça, il suffit de deux hommes déterminés.

— On a besoin d'argent, d'une cache, de contacts. Tu as tout ça ?

— Ce que j'ai, c'est la certitude qu'il faut le faire. »

L'autre le scruta, avec cette fois une grimace de commisération.

« Oh, je comprends. Tu étais avec cette femme que j'ai entrevue. Vous étiez ensemble. Je suis désolé.

— Inutile de l'être. Fais juste ton boulot. Arsène t'a remis le nécessaire, je vous ai vus dans le dépôt. »

Le jeune homme se renfrogna.

« Je ne sais rien de toi. Comment pourrai-je te faire confiance ?

— Moi, je connais ton identité et tes antécédents. Bref, assez pour te faire envoyer au bagne les vingt ans qui viennent, si je le décide. »

Jamais il n'aurait cru qu'une voix aussi fluette que la sienne puisse contenir autant de menace. Il ne la radoucit pas : s'il le faisait, il avait la conviction qu'elle se fêlerait comme une porcelaine trop ancienne.

« Ernestine était son nom. Cette opération, voilà tout ce qu'il me reste d'elle. Alors, on va la mener à bien, et au diable tout le reste. »

29

Maurice Peretti

Ils émergèrent dans la courette pavée. À l'intérieur leur provenaient des raclements souterrains : Cornélius avait repris son travail. Pouvoir aspirer à pleines goulées l'air de la nuit, tombée en leur absence, donna l'impression à Peretti de retrouver le monde des vivants après une incursion dans l'antre de Vulcain.

Au moment de franchir le porche, Peretti remarqua que les ampoules des lampadaires avaient été fracassées jusqu'à l'avenue en contrebas. Pris d'un accès de méfiance, il se proposa de raccompagner Marthe.

« Ce n'est pas la direction du métro.

— Laissez-moi vous escorter jusque chez vous. »

Elle accepta d'un mouvement de tête. À plusieurs reprises, la nuque de Peretti le démangea, comme si le regard d'un suiveur le perçait. Mais curieusement, il s'en moquait. Il avait juste envie de marcher à son côté. Lorsqu'ils arrivèrent chez elle, son mari était déjà là. Il leur ouvrit, un journal à la main.

« Maurice Peretti.

— Constant. Marthe n'a que votre nom à la bouche. »

Peretti se tourna vers la jeune femme, mais elle avait déjà disparu dans la cuisine, si bien qu'il dut subir la conversation, aussi insipide que l'homme lui-même. Impossible de raccrocher son attention ailleurs, tant l'intérieur était morne. Le couple ne possédait pas de radio. Le ménage qu'il offrait à voir semblait tout aussi morne. En tout cas, ce n'était pas un ménage de ce temps, tapageur et exalté. Constant ne posa aucune question sur les activités de son épouse, mais tint à l'avis de Peretti sur le dernier match de tennis, la menace des grèves imminentes ou les modèles de voiture en vogue.

« Imaginez-vous cette publicité de Citroën, sur les tours Eiffel ? Les quatre d'un coup, illuminées par les chevrons de la marque ! Je pense en acquérir une. Mais quinze mille francs, c'est une somme.

— Vous n'avez pas les moyens ? Vous travaillez tous les deux, et vous n'avez pas d'enfant à élever.

— Nous n'avons pas eu d'enfant viable, c'est vrai. Nous ne roulons pas sur l'or pour autant. Mes parents me prennent un quart de ma paie, rien que pour la pension. Quant à Marthe, elle aime à s'occuper de science, mais ça ne nourrit guère. »

Sa confidence mit Peretti mal à l'aise. Il marmonna une excuse, à laquelle son interlocuteur ne prêta aucune attention. La conversation s'éternisa. Marthe revint dresser la table. Constant s'anima enfin.

« Nous discutions de toi, justement. Je parlais à ton ami le commissaire de ta marotte.

— Ce n'est pas une marotte. Je suis physicienne. Voilà mille fois que je te le répète.

— Loin de moi l'intention de te vexer, ma chérie.

— D'où vous vient cet intérêt pour la science ? intervint Peretti. Vous ne m'avez jamais raconté. »

Un peu réticente au début, Marthe consentit à révéler qu'enfant, elle n'avait peur de rien. Elle grimpait partout et demandait sans cesse comment fonctionnaient les choses. Elle avait extorqué à son père la visite du Palais de l'électricité d'une Exposition. Dans cet endroit inondé de lumière où, au contraire des cathédrales, toute ombre était bannie, elle avait lu que la source unique et intarissable de tout progrès était la science. On condensait l'électricité, on la mettait en bouteille, on l'enroulait dans des bobines, on l'illuminait dans des lampes, on l'émancipait sur les toits. Elle servait l'humanité depuis des décennies, et la cavorite suivait le même chemin. Plus tard, avec son premier argent, la jeune fille avait acheté un numéro spécial du *Progrès* consacré au Salon de la locomotion aérienne, au Grand Palais. Elle avait vu les voitures flotter dans les airs, telles des apparitions de la Vierge Marie. Et elle s'était juré de faire partie de ce monde-là. Une fois son diplôme en poche, elle avait tenté de faire financer ses recherches. Sans succès. Ravalant sa fierté, elle avait accepté un poste de journaliste vulgarisatrice.

Constant se tourna vers Peretti.

« Et vous, vous n'êtes pas marié, commissaire ?

— Je l'ai été.

— Constant…, souffla Marthe.

— Ah oui, Marthe m'a dit que vous étiez veuf en

effet, se reprit son mari. Vous n'avez jamais eu envie de vous remarier ?

— Envie ? Non, jamais.

— Moi, je ne pourrais pas rester seul. Je serais incapable de me cuire un œuf ou de repasser une chemise. »

Peretti abîma son regard dans son assiette. Des paupiettes et des pommes de terre à l'eau diffusaient un fumet appétissant.

« Je ne connaissais pas mon bonheur avant d'en être privé.

— Vous avez dû apprendre à cuisiner ?

— J'ai appris à ouvrir des boîtes de conserve. »

Il ne put s'empêcher de s'étonner qu'une telle femme se soit unie à un individu si insignifiant. Marthe était aussi menue que Suzanne, possédait les mêmes cheveux de couleur indéterminée – la seule chose qui semblait l'être, chez elles deux. Il fut surpris de l'avoir comparée à sa défunte épouse. Il ne l'avait jamais fait, pour aucune femme, jusqu'à cet instant. *Vieux grigou. Comme si tu avais encore l'âge pour la bagatelle*. Mais son admonestation intérieure était de pure forme. Ce qu'il ressentait n'avait rien à voir avec les appétits de la chair. Malgré l'adversité, elle n'avait pas renoncé à son rêve de science. Sa compagnie l'avait aidé à retrouver le goût de chercher la vérité. Cette *envie* de la découverte était peut-être ce qui le liait à la jeune femme. Ses collègues de la Mondaine lui avaient parlé d'une théorie popularisée par un disciple de Charcot, tout entière fondée sur la pulsion sexuelle. Était-il possible qu'il existe une pulsion de connaissance, aussi puissante et souterraine ? Voire, même, que la première procède de la seconde ?

Le repas fini, il se leva lourdement, avant que Constant n'ait eu le temps de lui proposer un digestif.

« À demain au commissariat, madame Antin. »

D'instinct, Peretti porta la main à son arme quand la silhouette s'encadra dans l'entrée de la salle principale. Pergot émergea de l'ombre. Engoncé dans une gabardine cintrée à la taille, il cultivait la même allure que ces agents spéciaux que le commissaire s'attendait à voir débarquer un de ces quatre matins. Un sourire épanoui aux lèvres, le limier sortit une main gantée aux deux derniers doigts raides : des prothèses, l'annulaire et l'auriculaire ayant été emportés par l'éjection d'une douille de canon, durant la guerre contre les Boches.

« Salut, patron ! Vous en faites une tête. Vous croyez que les agents à vos basques s'en prendraient à vous dans votre propre commissariat ?

— J'ai juste mal dormi.

— Je vais vous dérider. Vous m'aviez demandé de filer votre suiveur.

— Alors ?

— Ces imbéciles du Renseignement se croient plus malins que nous. Mon gugusse m'a mené jusqu'à une boîte aux lettres, une niche entre deux pierres au fond d'une ruelle. »

Son sourire s'élargit. De sa main non gantée, il exhuma des bouts de papier froissés d'une de ses poches et les posa sur le bureau de Peretti.

« Ce n'est pas un message que j'ai trouvé, mais

plusieurs. Ils sont encore plus idiots que je ne le pensais. Voilà les copies que j'ai faites, avant de les replacer. »

L'un des messages contenait un rapport succinct sur la filature en cours. Les autres, des messages sibyllins. Un autre enfin, une date et ce qui semblait être un rendez-vous : la tour Eiffel-Toussaint Sud, un numéro à cinq chiffres ; en dessous, une phrase : *L'Avenir n'attendra pas pour Satan.*

Peretti fronça les buissons qui lui servaient de sourcils.

« L'Eiffel Sud, c'est bien là qu'accostent les paquebots transcontinentaux avant d'appareiller pour l'Orient.

— Oui, mais aussi des paquebots spatiaux. Les *space liners*, comme ils disent. »

Pergot s'interrompit, comme la porte de la salle s'ouvrait à nouveau. Peretti lui fit signe de continuer, mais l'inspecteur hésita.

« Madame Antin, mon auxiliaire. Je ne lui cache rien concernant notre affaire.

— J'ai terminé, patron, fit le policier en coulant un regard en biais à la jeune femme.

— Joli boulot. Je t'appelle. »

Peretti devinait l'opinion de son subordonné au sujet de Marthe. Pas meilleure, sans doute, que le reste de la brigade. Dans les couloirs, on commençait à murmurer que cette affaire lui faisait peu à peu perdre la boule. Il haussa les épaules. Il avait mieux à faire que se préoccuper de son image.

Marthe se penchait déjà sur les notes de Pergot. Peretti remarqua le sac en papier qu'elle avait déposé sur le bureau. Des croissants, des petits pains sucrés qui faisaient fureur dans les boulangeries. Une odeur de beurre chaud s'en dégageait.

« *L'Avenir n'attendra pas pour Satan*, lut-elle à mi-voix. Cela me dit quelque chose, mais quoi ?

— Un code, à l'évidence. Rien à faire sans la méthode de déchiffrage. »

Elle reposa la note. Son regard ne cessait de revenir à l'armoire aux escroqueries. Peretti la prit de vitesse en allant l'ouvrir. Il se plaça devant, pour prévenir un éventuel écroulement : à l'intérieur s'entassaient des monceaux de dossiers, sur deux épaisseurs.

« C'est là-dedans que nous avions commencé à classer les escroqueries à la cavorite. Il y en avait un si grand nombre, et qui touchaient à tant de domaines, que nous avons dû renoncer. Toutes ont déjà plusieurs années. »

D'une main, il embrassa une liasse de dossiers. Il prit celui du dessus.

« L'une de mes premières affaires en la matière, dit-il, un demi-sourire aux lèvres. Des petits malins, des étudiants en chimie. Ils avaient réussi à vendre de faux lingots de cavorite à des industriels peu au fait de la chose. Il s'agissait de formes en mousse plongées dans un bain électrifié ; une fine couche de métal argenté s'y déposait, pour que l'on croie avoir affaire à de la vraie cavorite. Un simple coup suffisait à les cabosser et à dévoiler la supercherie, c'est pourquoi ils ont affiné leur technique, avec cette fois un alliage léger à base d'étain. On le surnommait la “cavorite des fous”. »

L'étagère supérieure de l'armoire était réservée aux faux médicaments et autres panacées. Cavorine, cavorol, eau-de-Cavor, tout avait été inventé, pour guérir de la calvitie à la rage de dents en passant par la tuberculose. On la vendait en poudre à priser ou à dissoudre, en lotion, en dentifrice ou en shampooing, comme, dans d'autres officines, en médailles et en amulettes. Heureusement, la plupart ne comprenaient pas une once d'élément actif. L'affaire qu'il tenait entre les mains concernait un produit qui en contenait effectivement. Résultat : son ingestion s'était soldée chez les victimes par des ulcères intestinaux ainsi que deux décès. Du fond de sa cellule, l'inventeur criait encore au génie incompris.

La pile d'à côté concernait la vente de faux gadgets.

« Et là ? demanda Marthe en pointant l'index en dessous.

— Les arnaques juridiques : des ventes de faux titres de propriété minière, en Afrique ou sur Mars. De fausses assurances, aussi : des démarcheurs viennent avec des contrats d'assurance contre la chute de véhicules cavoriés sur les toits. Naturellement, les établissements sur l'en-tête n'existent pas. Ce genre d'affaires ressurgit chaque fois qu'un camion ou une péniche hors de contrôle défonce une façade. Lors de la dernière tempête, par exemple…

— Une seconde ! » Le museau de musaraigne de Marthe frémissait. « Des escrocs ont vendu des terrains cavorifères martiens ?

— Des faux, bien sûr. Chacun sait qu'il n'y a pas de cavorite sur Mars. Voilà des décennies qu'on en cherche, sans en trouver le plus petit gisement. »

Mars s'était révélée pauvre en minerais. Les forages n'avaient exhumé que de la caillasse, et les diamants de Solis Lacus s'étaient avérés quartz et pyrites. Mais la planète rouge recelait d'autres ressources. Elle avait été considérée comme la sauveuse des colons, spoliés par la suppression de la traite et l'interdiction de l'esclavage. Même si le krach de la cavorite avait remis ce dogme en question, une colonie représentait un débouché, et plus jamais la France ne connaîtrait le marasme consécutif à la défaite de 1875. Mais il s'agissait surtout d'étaler sa puissance face aux empires voisins. Pour étendre sa gloire sur Terre, il fallait contrôler le Système solaire. Tout cela justifiait le maintien d'une colonie là-bas.

« Et si la cargaison de cavorite que vous avez saisie ne provenait pas d'une colonie africaine, mais de Mars ? »

Marthe paraissait interloquée par sa propre hypothèse. Son visage s'anima à mesure que sa conviction se renforçait.

« Cela expliquerait la composition aberrante du lingot. Je connais les minerais principaux : l'hermésite, la kilianite, la lanosite… et Cornélius a étudié la vingtaine d'autres roches. Notre lingot n'a aucun rapport avec eux. Il doit venir d'une autre planète.

— Mars, donc, marmonna Peretti, étrangement satisfait qu'elle ait dit : *notre* lingot.

— Cela explique la raison de tous ces secrets, poursuivit Marthe. Les paquebots spatiaux accostent à Paris, mais aussi à Marseille, pour charger et décharger. C'est là-bas qu'a lieu le transfert. Le reste du trajet vers la capitale s'effectue de manière plus conventionnelle. »

Peretti savait les contrôles moins drastiques à Marseille. Ceux qui avaient monté cette filière avaient dû profiter du savoir-faire de la pègre en matière de marché clandestin.

Les autorités, le Renseignement, maintenant la pègre. Que manque-t-il encore dans ce panier de crabes ?

La jeune femme avait repris le papier. Soudain, elle le brandit sous le nez du policier.

« Voilà qui me revient ! Le message, là-dessus, ce n'est peut-être pas un code. L'*Avenir* est le nom d'un paquebot spatial. Il décolle pour Mars d'ici un mois ou deux, je ne sais plus. »

Dehors, le trafic prenait sa vitesse de croisière, et les coups de sirènes avertisseuses ajoutaient au vacarme ambiant. Peretti jeta un coup d'œil aux viennoiseries.

« Grâce à vous, nous avons fait un pas de géant dans la bonne direction. Et en plus, vous avez apporté des croissants. Un café, ça vous dit ? »

30

Marcel Chery

Les trois agents laissèrent Marcel admirer le paysage martien. Du reste, le moteur était si bruyant qu'il aurait couvert les conversations. La route s'enfonçait dans une région de bayous glacés. Des explorateurs les avaient comparés naguère aux marais scandinaves, mais une incroyable profusion de joncs d'espèces différentes régnait. Des sentiers de sable rouille les délimitaient, bordés d'halliers entremêlés. Ils serpentaient à travers les surfaces glauques, parcourues d'outardes aux ailes tronquées. On les aurait dits édifiés de main d'homme, réfléchit Marcel.

De temps à autre, un insecte jaune jonquille s'écrasait contre le pare-brise dans un bruit de gaufrette. Ignace poussait une bordée de jurons de caserne et, sans ralentir, passait un bras par la portière pour essuyer la sanie sur la vitre. Son frère, Maximilien, le laissait faire avec des soupirs d'embarras. Marcel se pencha au-dehors afin de voir ce qui constituait les bandes de gravier au bas de la route : des coquilles de bivalves triangulaires, par milliards.

« Les erloors les appellent des kotarras, expliqua

Maximilien. Ils sont comestibles. Heureusement, d'ailleurs : Mars ne possède pas d'océans, presque toute l'eau réside dans les marécages. Les kotarras sont partout, ils font l'ordinaire d'un tas d'espèces. Avec la nôtre, dorénavant.

— Les erloors en mangent ?

— Paraît-il. Je ne sais pas trop.

— Et les marais s'étendent sur la planète entière ? »

Surtout dans sa partie septentrionale, répondit Maximilien. Il existait plus de montagnes que les premiers observateurs l'avaient imaginé au début, et plus élevées, mais le gros du relief se répartissait entre bassins humides et collines. Jadis, des canaux rectilignes avaient été creusés sur des milliers de kilomètres pour refouler l'eau vers l'hémisphère Sud ; non parce qu'il en manquait là-bas, mais pour libérer des régions de l'omniprésence de l'élément liquide. Il en était résulté d'extravagantes forêts d'arbres de vingt étages de hauteur, grouillantes d'insectes géants et infestées de plantes carnivores.

« Par qui les canaux ont-ils été creusés ?

— Une race éteinte, sans aucun doute. La même qui a laissé des ruines bizarres ailleurs sur la planète. »

Des explorateurs de l'hémisphère Sud avaient photographié des sculptures et des statues de Martiens pourvus d'ailes démesurées : l'équivalent erloor d'un grand pénis, avait interprété l'un des découvreurs. Mais également des ruines d'édifices destinés à prendre des bains de vapeur. Ils étaient constitués d'une unique chambre nantie d'un foyer et traversée par une longue gouttière dallée, remplie de braises et de pierres sur lesquelles un serviteur erloor versait de l'eau. Sur des fresques, on distinguait d'autres erloors en train de creuser l'un des fameux canaux de drainage planétaire. Impossible que des créatures aussi primitives aient pu mener à bien des travaux cyclopéens. Une autre race avait donc donné les ordres. Puis elle s'était éteinte en silence, peut-être par abêtissement, à l'instar du sort qui attendait les humains si des savants tels que lui, Marcel Chery, ne prenaient pas un jour les rênes.

Il se retourna vers Hubert. Son garde du corps s'était avachi dans un coin de la banquette et ronflait copieusement. C'était comme si toute la tension du voyage s'était relâchée d'un bloc. Marcel ne pouvait le lui reprocher. Il avait accompli sa mission. Son endormissement prouvait qu'entre les mains de ces hommes, il n'y avait plus rien à craindre. Néanmoins, le docteur rongeait son frein. On ne lui avait toujours rien dit de ce qu'on attendait de lui.

Dès que la route enchaîna les côtes, les marécages cédèrent la place à une plaine émaillée de boqueteaux de saules. Les insectes, pourtant toujours aussi nombreux, ne se fracassaient plus contre le pare-brise : ils rebondissaient avec des *bong* assez forts pour fêler n'importe quelle vitre ordinaire. L'un d'eux resta collé plusieurs secondes avant de reprendre son vol : un scarabée or et émeraude gros comme un étourneau, joli et compliqué comme un monstre d'estampe japonaise.

« Un hunur, indiqua Maximilien. C'est comme ça que les erloors l'appellent. Si vous laissez traîner une sucrerie quelconque, vous pouvez être sûr qu'un hunur se pointera dans la minute.

— Vous connaissez le nom erloor de chaque animal ?

— Loin de là. Mais quelques-uns, forcément. Même les colons les plus réfractaires aux erloors finissent par les apprendre. Vous y viendrez.

— Eh bien, j'en connais déjà deux.

— Trois, si vous avez entendu parler des roomboos. »

Le prédateur le plus renommé de Mars, une sorte de taupe plus grande qu'un homme, montée sur trois paires de pattes. Les premiers explorateurs les avaient affrontés lors de l'épopée fondatrice. Marcel n'avait jamais saisi qu'il s'agissait d'un mot erloor ; à présent, l'évidence lui sautait aux yeux. Il désigna l'arme fixée au plafond.

« C'est en cas de rencontre avec un roomboo ?

— Les roomboos détestent le bruit des moteurs, en plus ils sont très chassés. Dans vingt ans, je doute que l'on en trouve encore sous nos latitudes. Mais oui, un roomboo peut charger s'il se fait prendre dans les phares, après la tombée de la nuit. À vrai dire, je crains davantage les yacks. »

Il dressa la liste des bêtes dangereuses. Mars n'en manquait pas, même si elles se raréfiaient autour des colonies. Par ailleurs, beaucoup de carnassiers étaient encore à découvrir : les immensités élyséennes restaient des blancs sur la carte, et la zone coloniale française elle-même foisonnait de terres inexplorées.

Ils laissaient derrière eux les marais du Phénix. À l'est, les steppes spongieuses du Dédale n'étaient pas encore visibles. Le clocher d'Auroreville surgit au-dessus d'une crête longtemps avant que la ville n'apparaisse, s'étalant sur une colline à la croisée de deux rivières. Celles-ci couraient se jeter dans le grand lac de Solis, au nord. Le semi-chenillé bifurqua sur un chemin de coquilles de kotarras broyées. Marcel se plia en avant et posa la main sur l'épaule du conducteur.

« Je croyais que l'on faisait escale à Gouvion. »

Ignace désigna son frère à côté de lui.

« Gouvion se trouve à plusieurs jours de route. Et le C1, à beaucoup plus. Notre prochaine étape a pour but de vous mettre au courant de votre mission. C'est à deux pas maintenant. »

Autour d'eux, les collines se trouaient de cavernes. Toutes, à un moment ou à un autre, avaient été habitées par des erloors. Certains clans investissaient les immenses hêtres rouges, mais dans des régions comme Tharsis ou ici, dans les plaines du Phénix, ils préféraient vivre en troglodytes, à la manière des chauves-souris.

Pendant l'explication mi-parlée mi-hurlée de Maximilien, Marcel gardait les yeux levés. Il espérait distinguer un erloor en vol. Il n'y en avait aucun. Par ailleurs, les collines alentour semblaient inhabitées.

La voiture remonta une piste dont le double sillon indiquait une utilisation fréquente. Enfin, elle s'arrêta à l'entrée d'une ébauche d'esplanade. Marcel descendit, suivi d'Hubert qui étirait ses muscles.

De grandes cavités et des monceaux de déblais montraient que le terrain avait été remué de fond en comble. Hubert fit face à Maximilien, les mains sur les hanches.

« En quoi ce chantier a un rapport avec la mission du docteur ?

— Ce n'est pas un chantier, mais un cimetière.

— Un cimetière ? Où sont les ossements ?

— Justement. Ils ont été récupérés. » Savourant l'effet sur ses deux interlocuteurs, il s'accroupit devant un trou. Il cracha dedans, avant d'enchaîner : « Des milliers de squelettes d'erloors se terraient là. On les a récupérés au bulldozer.

— Récupérer des ossements ? Quel intérêt ? reprit Hubert, dont l'agacement commençait à percer.

— À cause de la cavorite qu'ils contiennent. »

Il se redressa, et épousseta le bas de son pantalon avec le rebord de son chapeau.

« L'explication risque d'être longue. Pourquoi est-ce qu'on ne déjeunerait pas, pendant que je raconte ? Le cuistot du C1 nous a concocté un gueuleton en l'honneur de votre arrivée. »

Le cuistot avait même pensé à la nappe de pique-nique. Ils l'étalèrent sur le capot de la Citroën. Ignace se mit en devoir de déballer les provisions du panier en osier – de l'osier orangé martien. Pendant qu'il s'activait, Maximilien commença :

« Depuis plusieurs années, des rapports commandités par le C.I.C. tirent le signal d'alarme : les mines de cavorite actuelles sont épuisées ou en voie de l'être. Quant à la production, elle s'intensifie sans cesse. Si on est parvenus à étouffer le scandale, c'est surtout parce que la presse ne comprend rien à ce genre d'étude. La cavorite est déjà une ressource rare. Ce n'est qu'une question d'années avant que les empires se déchirent pour les derniers lingots.

— Jaume m'a dit qu'il avait appartenu au C.I.C., murmura Marcel.

— Jaume nous a été bien utile. Le C.I.C. possède de bons oracles économiques. Ils nous ont appris que la guerre de la cavorite est perdue sur Terre. C'est ici qu'elle se livre. »

Il croqua dans un sandwich. Marcel l'imita. Le pain n'était pas bon, et la tranche de viande à l'intérieur avait une texture curieuse, comme si elle avait été trop attendrie. Très salée, mais goûteuse tout de même.

« Du doorm. Une espèce de paon, si vous préférez, intervint Ignace en s'amusant de la tête des deux hommes. Il a presque disparu, faut croire que le cuistot a voulu faire bonne impression. D'accord, ce n'est pas terrible, mais Mars n'offre rien de mieux, question viande. Vous comprenez pourquoi les colons veulent à tout prix du bétail terrien ?

— Laisse-moi continuer, dit Maximilien. Où en étais-je... Ah, oui. La cavorite est devenue un enjeu national, d'autant que des rumeurs courent à son sujet. Son antigravitescence ne serait pas éternelle. Des savants travaillent là-dessus. Si ça se confirme, ce sera une catastrophe. Nous devons l'anticiper.

— Comment avez-vous trouvé que les erloors avaient de la cavorite dans les os ? demanda Marcel.

— Un jour, un médecin d'Auroreville a fait l'analyse chimique du squelette d'un erloor qui venait de mourir dans son cabinet. Il n'en a pas cru ses yeux : les os contenaient du cavorium en quantité. Et puis, le rapport avec les membranes atrophiées de leurs ailes lui est apparu. À un moment de leur évolution, les erloors sont devenus capables de fixer le cavorium dans les os, comme nous fixons le calcium. Leur corps allégé nécessitait des ailes dotées d'une portance moindre. Elles se sont naturellement mises à régresser. Dans plusieurs siècles, elles auront disparu. »

Marcel devinait la suite : au lieu de publier un article dans une revue médicale, le médecin s'était mis en cheville avec des industriels coloniaux afin d'exploiter le filon des nécropoles erloores. Un agent du ministère l'avait appris, mais avait préféré garder le secret de l'origine de cette cavorite providentielle. Il avait sans doute eu raison. En dépit de la propagande, les républicains de la métropole n'aimaient déjà guère les colons. Exploiter des tombes comme de vulgaires gisements ne serait pas du goût de leur électorat de midinettes, si l'histoire venait à se savoir. Certes, ceux qui s'indignaient des exactions sur les erloors appartenaient à la même minorité qui, lors des guerres passées, dénonçait les sévices des troupes sur les prisonniers ennemis. On les raillait, on les méprisait, mais ils rencontraient un écho plus large chaque année.

« Je ne comprends pas mon rôle là-dedans. Pourquoi avez-vous besoin de moi ? »

Maximilien s'approcha, comme s'il craignait qu'ici, au milieu de nulle part, traînent des oreilles indiscrètes.

« Les cimetières de toute la région ont été excavés, et les autres se nichent dans des zones sous contrôle étranger. On en trouvera de nouveaux, mais les quantités de cavorite à produire sont immenses. Ils ne suffiront pas. Or, il existe un autre genre de gisement, sous nos yeux.

— Les erloors eux-mêmes, acheva Marcel dans un murmure.

— Le C1 est un camp où les erloors seront *expédiés*, leurs os récupérés et concassés sur place.

— Ce qui signifie capturer les erloors, les acheminer jusqu'au camp et les regrouper… les endormir, les exécuter et les dépouiller de leur chair, de façon rapide et presque automatique. » Marcel réfléchissait à haute voix. « Tout cela nécessite une organisation sans faille.

— Sur Terre, vous avez créé des centres à la fois discrets et très performants. Le germe du sentimentalisme ne vous a pas infecté : vous ne reculez pas devant les moyens nécessaires pour arriver à votre but. Le flair de Jaume ne l'a pas trompé. Vous êtes la personne idéale, docteur. »

Marcel ne put s'empêcher de se rengorger. Il accepta de goûter un fruit martien dont la chair rappelait la pomme, sous une peau rugueuse comme une cupule de gland. Ils terminèrent leur collation de bon appétit. Ignace remplit le réservoir avec l'un des jerricans, puis ils remontèrent en voiture. La glace à présent rompue, les trois hommes parlaient en liberté. Maximilien lui apprit que l'extraction du cavorium des ossements et sa transformation en lingots d'alcavorium s'effectueraient dans une fonderie près de Port-Darvel. Les ouvriers ignoreraient la provenance du minerai, et eux aussi seraient soumis au secret.

On mettrait à sa disposition tout ce qu'il demanderait, dans la limite des ressources de la colonie. Hubert restait son garde du corps et son assistant sur place. Maximilien avait le grade de directeur adjoint. Il ferait le lien entre le C1 et le reste du monde.

Ignace alluma les phares après un court crépuscule. Très vite, il fit nuit noire, aucune des deux lunes ne s'était encore levée. Hubert demanda si la Terre était visible d'ici. Maximilien pointa le ciel en direction d'un astre guère différent des millions d'étoiles visibles.

« Ce doit être elle, là-bas. Elle veille sur nous. Ou elle nous surveille, je ne sais pas.

— La Terre, ce petit point blanc ?

— Elle est invisible toute une partie de l'année. Les médecins affirment que le nombre de colons en proie aux cauchemars double pendant cette période. »

Hubert se tourna vers Marcel.

« Pensez-vous que vous ferez des cauchemars, docteur ?

— Je n'en ai jamais souffert. Je ne pense pas que cela commencera ici. »

Dorénavant, il avait hâte d'arriver au camp. La visite de Gouvion pouvait attendre. Ils avaient près de deux semaines de route, à travers une campagne de plus en plus dépeuplée. Le C1 se nichait dans une vallée entre l'Icarie et la Memnonie, deux régions boisées barrées à l'est par les marais des Sirènes, au bout d'un grand plissement converti en voie routière, qu'ils rejoindraient à mi-parcours : l'Araxe. Pour Marcel, ce n'étaient que des noms vides de sens. Les premiers jours, ils firent halte dans des villages qui n'auraient pas déparé des gravures du siècle passé. Des nuages de tempête filèrent au-dessus de l'horizon, loin au sud. Hubert manifesta son inquiétude :

« Depuis la Terre, on aperçoit d'énormes tempêtes. On ne risque pas d'être emportés ?

— Le climat martien est curieux. Les télescopes terrestres montrent en réalité des nuages d'altitude, et ils crèvent rarement. En revanche, ils camouflent le soleil. C'est pourquoi il faut en profiter quand il y en a.

— Le soleil, un bien grand mot pour un si maigre lumignon », grommela Ignace.

La pauvreté lumineuse expliquait également l'absence de voilages aux fenêtres des maisons : le moindre rayon devait éclairer tout son saoul.

Les tavernes ressemblaient à des chaumières, où l'on pouvait refaire le plein de carburant. La teinte des poutres du plafond indiquait qu'elles avaient été taillées dans du hêtre rouge. « Le bois provient des grandes forêts d'Icarie, au nord », leur apprit un tenancier. Certains d'entre eux engagèrent la conversation auprès de Maximilien, sans grand succès. La nourriture était quelconque. Quant au vin, Mars en produisait quelques barriques, élaborées par des Espagnols naturalisés le jour de leur embarquement.

Néanmoins, sur Mars ou ailleurs, une taverne était une taverne, et les histoires circulaient.

« Vous avez entendu parler de ce boursicoteur français ? Les Rosbifs ont fini par l'avoir, racontait un client d'une voix trop forte à une demi-douzaine de lascars attablés à ses côtés.

— Un boursicoteur ?

— Un richard, quoi. Il avait loué une poignée de mercenaires et s'était proclamé empereur du Sahara. Comme il causait du grabuge, le consul là-bas l'a lâché. Il a eu le choix entre croupir à l'asile et prendre le premier paquebot pour Mars. À peine arrivé, il ne s'est pas fixé à l'intérieur de nos frontières, non. Il a recruté des hommes, et il est parti planter son drapeau en pleine zone anglaise. Son armée privée comptait tout juste une dizaine de gaillards, et deux Berliet même pas blindés. Mais s'il y a bien un truc avec lequel les Rosbifs ne rigolent pas, c'est l'empire de Sa Majesté. Ils ont envoyé cent tuniques rouges incendier son fortin. Ils ont pendu ses hommes devant lui, puis ils l'ont ligoté à un arbre et fusillé. Ils ont demandé au gouverneur d'Auroreville s'il voulait rapatrier le corps. Personne n'en a voulu. Alors, ils l'ont laissé dans un ravin. Les roomboos ont dû se régaler. »

Les villages disparurent comme la Citroën s'engageait sur un plateau fracturé, recouvert de steppes. La route se dégrada, provoquant une chute drastique de leur vitesse moyenne. Les chenilles arrière montrèrent leur utilité. Marcel refoula ses récriminations. Une fois à la tête du camp, il réclamerait la modernisation de la voie d'accès.

Presque malgré lui, il commençait à s'acclimater aux rythmes martiens, à l'atmosphère humide mais ténue. En dehors des gros nuages de tempêtes, des précipitations avaient lieu un jour sur deux : une pluie décourageante, parce qu'elle évoquait une bruine d'automne et que les saisons duraient deux fois plus longtemps. Dès qu'ils eurent rejoint l'Araxe, il aperçut quelques roomboos, du moins leur dos : ils fuyaient au premier coup de klaxon, dans un concert de beuglements courroucés. En revanche, le semi-chenillé croisa des crabes géants, que les erloors appelaient oogomus. Chaque fois, Ignace prenait soin de ralentir. Leur présence à des centaines de kilomètres du marais le plus proche démontrait une aptitude à de longues transhumances hors de leur milieu naturel. Des saules tranchés à mi-tronc paraissaient à l'évidence résulter du travail de leurs pinces. Marcel demanda s'ils étaient comestibles. Maximilien répondit par l'affirmative, mais leur chair se putréfiait en quelques heures, c'est pourquoi on ne les chassait qu'avec la perspective de les cuisiner sur-le-champ, pour toute une troupe.

Côté conducteur, l'horizon se mit à onduler : les cimes de hêtres rouges sous l'action du vent, expliqua Ignace à la question d'Hubert. La route, toutefois, resta au large de la forêt. Le rude panorama de la Memnonie se découvrait sur la droite, avec ses fosses aussi vertigineuses que ses montagnes.

Ils abordaient une nouvelle plaine descendante.

« Le C1 est droit devant », avertit Maximilien en se redressant à moitié sur le siège avant.

La déclivité révélait une vision du camp légèrement en surplomb. N'y tenant plus, Marcel rabattit la vitre et sortit la tête.

Le spectacle offert par le camp n'avait rien de réjouissant : une enceinte surmontée de barbelés, avec à l'intérieur de longues casemates en dur et des bâtiments cubiques, en bois ceux-là. Des tours de surveillance s'érigeaient aux points cardinaux. Une mitrailleuse pointait de l'une d'elles.

Tandis que la voiture ralentissait devant le portail d'entrée, le docteur Chery intercepta, reflétée par le pare-brise, une grimace sur le visage d'Ignace.

Le conducteur considérait le camp comme un trou à rats. Lui ne ressentait aucune déception, bien au contraire. Il avait l'impression étrange, et pourtant parfaitement appropriée, qu'il rentrait enfin chez lui.

31

Cavorite

UNE RIXE… AU NOM DE L'ART !

Les frasques des artistes de Montparnasse sont bien connues, au moins autant que le furent celles de Montmartre avant guerre. Mais aujourd'hui, Montmartre est devenu pire que le Mont-Saint-Michel, ouvert à tous les touristes charriés par les bus cavoriés, qui les déposent directement au sommet. La Gaîté a définitivement supplanté les Saules. Hélas, comme il est loin le temps des salonnières ! C'est ce qu'ont dû penser les policiers appelés à intervenir au Bal Erloor, ce café installé en face du Bal Nègre, et très rapidement surnommé la Volière par les alterréalistes. Les tenants de ce mouvement y ont établi leur quartier général à la fermeture de la Ruche, une cité d'artistes située près d'un abattoir où la mort beugle et mugit.

Cette avant-garde – oui, encore une, mais on n'est plus à une avant-garde près – rassemble à l'origine une vingtaine de peintres, de sculpteurs et de poètes. D'autres, Aragon et Max Jacob pour ne citer que les plus renommés, l'ont rejointe depuis le sidéralisme moribond. Ils révèrent la cavorite, à l'image du futurisme, ou du constructivisme si apprécié des Boches. Ce qui n'est certes pas le cas d'arts plus académiques et patriotes, disons-le, plus français. La brouille a éclaté non pas à cause de ceux-ci, mais d'une avant-garde concurrente : les immobilistes. Si les alterréalistes s'affirment en révolte contre le capitalisme et des valeurs qu'ils croient désuètes, les zélateurs de l'immobilisme se revendiquent, eux, d'un autre type de résistance : contre le modernisme. Ils sont attachés aux rythmes paisibles de la Nature, bouleversés par les applications de la cavorurgie condamnant la race humaine au déracinement et à la mobilité universelle.

L'autre jour, une escouade d'immobilistes a déboulé au Bal Erloor, siège d'une mini-exposition, attaquant au cri de : « La cavorite, c'est le viol ». Devise à laquelle les alterréalistes ont répondu par des slogans que comprenne qui pourra. Très vite, les chaises ont volé. On le sait, Montparnasse est une communauté agitée. Plusieurs membres des deux clans ont fini la nuit au poste, des sergents de ville ayant trouvé un couteau à cran d'arrêt sur les lieux.

Est-ce donc là cette fameuse école de Paris dont tout le monde parle ? Ou bien plutôt une sinistre parodie de l'éclat de 1900, qui s'efforce par ses simagrées de faire oublier le paradis perdu ? Mais l'absinthe du souvenir est toujours frelatée, et il semble que les artistes d'aujourd'hui aient le crâne plein de cavorite, qui les fait flotter dans leur rêve éveillé. Certes, être métèque ou apatride n'est pas une tare, mais de là à ériger ces traits en qualités ! Ne savent-ils pas, ceux-là qui voient dans l'erloor dégénéré l'homme nouveau, que l'Art français est un art enraciné – dans les traditions des grands anciens, dans le terroir, dans l'éternel féminin ? La cavorite, en son délire de progrès et de vitesse, déracine l'Art, de sorte que nul ne s'étonne qu'il parte à la dérive. Il en mourra, tout comme un arbre coupé de ses racines meurt, immanquablement.

M.R. – *L'Intransigeant*, 28 octobre 1923

32

Renée Manadier

Lorsqu'elle était ressortie du rectorat, la jeune femme tremblait de tous ses membres. Jamais elle n'aurait cru oser tenir tête à un supérieur hiérarchique. L'administrateur avait entériné sa mutation. Elle partirait par le prochain vaisseau pour Mars. Par ailleurs, Ogloor ferait partie du voyage.

Quelle drogue singulière que la victoire ! Un mélange d'euphorie, de peur rétrospective et, paradoxalement, de mélancolie. En tout cas aucune fierté vis-à-vis du procédé utilisé : le chantage. Le désespoir avait guidé son acte, se répétait-elle. Il n'empêche qu'au moment où elle avait insinué le dévoilement du scandale aux journaux, son regard avait évité celui de l'administrateur.

Les horaires nocturnes qu'elle avait acceptés au grand magasin lui libéraient un peu de temps le matin pour se préparer au voyage, mais aussi pour remonter la piste d'Ogloor. Ce n'était pas facile : ni la police ni l'éducation nationale n'avaient intérêt à ce qu'elle le retrouve, et elle avait promis de tenir la presse à l'écart. Elle guettait des nouvelles dans les journaux, mais rien jusque-là. Les erloors n'avaient pas réintégré le village reconstitué du Jardin des Plantes, inutile de chercher par là.

Madeleine ignorait que son appartement avait abrité un erloor, Renée n'en doutait plus. Un résident de la pension l'avait bel et bien dénoncée. Elle avait dû à nouveau mentir en annonçant son changement de domicile.

« Alors, tu as rompu avec ton amoureux secret, lui lança sa cheffe avec un clin d'œil. Tant mieux, j'ai l'impression que c'était un drôle de loustic. Un étranger, par les temps qui courent… »

Les tensions diplomatiques s'étaient de nouveau exacerbées avec la Prusse. Elles traduisaient l'exaspération de cette dernière face au refus de la France d'un moratoire de l'embargo sur la cavorite. L'industrie en souffrait, et l'inflation que subissait le Deutsche Mark avait jeté des milliers de familles à la rue. La traque à l'espion était devenue un sport national de chaque côté du Rhin. Les faits divers avaient rapporté l'histoire d'un couple d'Alsaciens pris pour des Allemands dans une file d'attente ; seule la fuite leur avait permis d'échapper au lynchage. Pour Renée, détester les Teutons relevait d'une obligation patriotique. Mais ils n'avaient pas plus de réalité pour elle que les « hordes de sauvages » ou la « juiverie cosmopolite » que le directeur d'école invoquait à tout propos. C'est pourquoi elle aurait été incapable d'appréhender sa propre réaction si un de leurs ressortissants l'entreprenait.

« Maintenant, tu n'as plus aucune excuse pour ne pas venir guincher samedi », ajouta Madeleine en remettant en place son chapeau en forme de bombe, qui lui donnait un air garçonnier. Mais même privée de sa chevelure blonde, contenue sous la cloche de feutre inspirée d'une gravure du dernier *Vogue*, la cheffe de rayon n'en éclatait pas moins de féminité.

« Non merci. »

Madeleine croisa les bras sur la poitrine dans un geste de dépit.

« Qu'est-ce que tu es au juste, pour refuser d'aller au bal ? Une nonne ? Personne ne t'obligera à fox-trotter. Il te suffira de répondre oui à n'importe quel garçon qui te paraîtra joli. »

Renée rougit. Elle enviait le talent de Madeleine d'attraper les bonnes choses charriées par la vie, sans se poser trop de questions. La semaine précédente, son amant l'avait emmenée au casino de Royan, plus grand et fastueux que celui de Deauville. Elle en faisait encore des gorges chaudes. Renée, quant à elle, ne possédait pas sa vivacité d'oiseau.

Toujours prolixe, Madeleine enchaîna sur un on-dit au sujet des bals de Joinville : des femmes seraient chloroformées dans des toilettes à double fond, kidnappées puis acheminées par navire express dans des harems au-delà des mers. Les plus malchanceuses se réveillaient dans les soutes de paquebot spatial à destination de Mars, pour nourrir les erloors en sang féminin.

« La planète des vampires, tu te rends compte ? conclut-elle avec un frisson délicieux. Quelle horreur.

— Je n'en ai jamais entendu parler. »

L'envie ne manquait pas à Renée de lui confier qu'elle serait bientôt en mesure de vérifier par elle-même. De toute manière, la rumeur avait l'air dénuée de fondement. Sa mère, lorsqu'elle était petite, lui avait raconté une histoire comparable au sujet de filles de bonne famille enlevées dans une arrière-boutique d'Orléans. Mais mieux valait ne pas ébruiter son départ, tant qu'il n'était pas assuré.

Cela ne tarda pas. Un pli l'attendait chez elle : un billet de deuxième classe sur le paquebot spatial l'*Avenir*, frappé du sceau bleu-vert du ministère des Colonies. Un liseré splendidement ornementé encadrait l'inscription :

COMPAGNIE GÉNÉRALE DES CHEMINS D'ÉTHER
BILLET 1 PERSONNE
DEUXIÈME CLASSE
N° 45464
RELIANT LE PORT SPATIAL PARIS-SUD – FRANCE (TERRE)
À PORT-DARVEL – PHŒNICIS LACUS (MARS)

Jusque tard dans la nuit, elle ne parvint pas à arracher son regard du bristol. Les majuscules à la typographie raffinée s'entrelaçaient comme des trajectoires balistiques. Des images de l'espace, de la Lune et de Mars, prises depuis le pont-promenade des paquebots, se mélangeaient dans son esprit, à la manière de ces films d'avant-garde.

Le pli contenait entre autres documents une liste de formalités à remplir. Il lui fallut plusieurs jours pour venir à bout de la visite médicale, la vaccination, l'ouverture d'un compte bancaire et mille autres corvées. Ogloor n'était mentionné nulle part, mais Renée ne s'inquiétait pas trop. L'Administration ne lui mentirait pas, de peur qu'elle débarque au dernier instant pour foncer à la rédaction d'un journal à scandale.

Madeleine ne mit qu'une minute à percevoir l'émoi sur son visage.

« Tes yeux brillent comme jamais. Tu as de la fièvre ?

— Une sorte de fièvre, oui. Le rectorat m'a affectée sur Mars. Je pars dans quelques jours.

— Quoi, si tôt ? Pourquoi me l'as-tu caché ? »

Renée répugnait à gâcher ses derniers moments sur Terre à cause d'une dispute.

« Mon sort était en suspens. Le désistement d'une candidate a joué.

— Mars, voyons ! Il n'y a rien là-bas que de la caillasse et des marais pleins de rouille ; pour ce qui est des hommes, des colons mal dégrossis et des militaires. Tout le monde le sait. Quand ce n'est pas à cause des bêtes sauvages ou des maladies, on y crève d'ennui.

— Mais non.

— Refuse, je t'en prie.

— J'ai déjà accepté.

— Monsieur Deschamps est au courant ?

— Je vais le lui annoncer de ce pas. »

Au moment où elle frappait à la porte du bureau, une boule se reforma au fond de sa gorge. Curieux. Quand bien même elle n'avait rien à perdre hormis quelques jours de solde, elle n'arrivait pas à se dominer. La crainte respectueuse de la hiérarchie était ancrée en elle.

Le chef d'étage accueillit sa décision avec impassibilité. Ses bagues cliquetèrent lorsqu'il tapota des doigts sur son bureau étriqué.

« J'en prends acte, mademoiselle Manadier. Certes, j'aurais préféré le savoir avant, pour prendre les dispositions adéquates.

— Le paquebot n'aborde pas avant plusieurs jours. Entre-temps, je serai heureuse de mettre la nouvelle recrue au courant.

— Madeleine s'en chargera. » Les doigts s'arrêtèrent de cliqueter. « C'est à cause de votre erloor ? Vous le raccompagnez sur Mars ? »

Renée opina du chef.

« Cela vaut-il la peine de vous couper de la Terre, peut-être définitivement ?

— On ne m'a pas laissé le choix. Et puis, j'avais déjà fait le deuil de ma vie campagnarde.

— De là à entreprendre un aussi long voyage, à travers les immensités du vide ? Il y a eu tellement d'accidents, et il y en aura encore beaucoup.

— J'ai confiance en ce qui me guide.

— Vraiment ?

— Ma vocation est d'enseigner, peu importe où. »

Le chef d'étage eut un demi-sourire.

« J'ai toujours rêvé de voyager en paquebot.

— Voyager, vous ?

— Pas forcément un paquebot spatial : un transcontinental me conviendrait fort bien. L'express de Stockholm, le Paris-Kiev, la destination importe peu. L'essentiel est le paquebot. Voilà peut-être la source de ma volonté de travailler ici. Le grand magasin est ce qui se rapproche le plus d'un paquebot : les verrières, le personnel stylé, le monde qui vient à vous… un paquebot échoué en plein Paris.

— Vous pourriez voyager pour de vrai.

— Avec ma femme et mes enfants, cela ferait trop cher.

— Vous avez des enfants ?

— Huit. »

Renée se rappelait les rumeurs qui couraient parmi les vendeuses à son sujet. Elle s'était targuée de ne pas leur accorder le moindre crédit, mais elles avaient tout de même produit leur vilain office.

« C'est que… personne n'en a jamais parlé.

— Un chef d'étage n'étale pas son intimité devant le petit personnel. »

Naguère, il s'était comporté en gentleman, et elle ne l'avait jamais remercié. Elle avait envie de se confondre en excuses. Elle ne sut que bredouiller un piteux merci.

« Ne me remerciez pas. » Il eut un geste pour la congédier. « Je retiens trois jours sur votre solde pour manquement à vos obligations. »

33

Georges Moinel

Si Georges avait raconté son histoire, ce n'était pas par goût du spectacle ni pour apitoyer Octave Leblanc : il fournissait assez d'éléments sur sa vie pour que le criminel puisse lui aussi l'incriminer, si l'opération tournait mal. Désormais, ils se tenaient l'un l'autre.

Son comparse entreprit de lui raconter ce qui l'avait poussé à proposer à Arsène de cambrioler la résidence de l'ambassadeur. Laissé bébé à l'assistance publique, il avait été placé en foyers. Très tôt, il s'était senti différent, et les autres enfants le lui avaient fait payer très cher. La moyenne de ses séjours en famille d'accueil n'excédait pas l'année. Toutes ne le maltraitaient pas, mais il n'avait sa place nulle part. Sous la carapace qu'il s'était constituée, l'ignorance de ses parents biologiques lui pesait. À seize ans, il s'était retrouvé à la rue. Il ne lui avait fallu que quelques mois pour révéler des talents de perceur de muraille. Avec une pioche ou un chalumeau, ou par sa seule dextérité, il parvenait à forcer la plupart des coffres-forts. Il n'avait rien d'un apache, cependant. Il s'était acoquiné avec Berthe, une fille de joie, voyante à ses heures perdues. Après lui avoir lu les lignes de la main, elle s'était montrée formelle : Octave était le fils caché d'un haut dignitaire, séparé pour des raisons mystérieuses. Les signes ne trompaient pas : ses yeux clairs et son teint pâle indiquaient sans conteste une ascendance slave. La preuve se trouvait enfermée dans un coffre-fort. Le destin l'avait fait cambrioleur, afin qu'il puisse découvrir ses origines et recouvrer son rang.

« C'est cela que tu cherches : un dossier relatif à ta naissance ? récapitula Georges, gagné par l'incrédulité.

— Votre cellule devait me fournir la logistique, et moi, les documents. Je me gardais ceux qui m'intéressaient.

— Comment sais-tu que cet ambassadeur en particulier est ton père ? Pourquoi pas un autre diplomate ? Avec toutes les affaires que l'on fait avec la Russie, ce n'est pas ce qui manque.

— Je le sais, je le sens. Berthe me l'a confirmé, d'ailleurs. Sans elle, je n'aurais jamais cédé à ton chantage. »

Georges lui resservit du vin, en se demandant s'il devait lui dire combien ses espérances reposaient sur du sable. Mais, d'une part, la nature de sa motivation lui importait peu. D'autre part, sa lubie le servait, aussi n'avait-il aucun intérêt à le détromper. Une fureur sèche, glacée, le portait, et il ne voulait pas gaspiller son énergie en vaine camaraderie. Ernestine était morte pour la mission. Elle disparaîtrait à jamais s'il échouait. Dans cette équation, Octave pesait moins qu'une once de cavorite.

« Moi aussi, je suis sûr que tu trouveras la vérité au fond de ce coffre-fort. »

L'autre s'était déjà abîmé dans la lecture de journaux. Ceux-ci s'empilaient ici et là. Le cambrioleur hébergeait Georges depuis plusieurs jours dans son deux-pièces. La cohabitation s'effectuait sans anicroche. La journée, il s'absentait, et ne revenait pas avant le soir avec des boîtes de conserve qu'ils faisaient réchauffer dans une casserole d'eau bouillante, sur la cuisinière à gaz. Il avait punaisé au mur des photographies découpées dans les journaux : le portrait guindé d'un dignitaire tout en moustaches, lorgnons ovales et décorations. Une toque contenait ses cheveux blancs. Son allure altière, au regard franc et dominateur, détonnait avec la trogne matoise d'Octave. Difficile de concevoir une quelconque filiation entre les deux.

Un plan figurait au milieu du mur, manifestement celui de la résidence. L'hôtel particulier comptait des dizaines de pièces. Certaines étaient biffées d'une croix, probablement celles dont Octave était certain qu'elles ne renfermaient pas le coffre-fort ; d'autres, au contraire, étaient entourées au crayon rouge.

Il s'aperçut qu'Octave s'était planté derrière lui, l'air amusé.

« Désolé, je ne voulais pas être indiscret.

— Au contraire, tu vas devoir apprendre ce plan par cœur.

— Pourquoi ?

— L'opération nécessite deux personnes. Arsène et les autres morts, je n'ai plus que toi.

— Je n'ai aucun talent pour la cambriole.

— Rassure-toi, je ne te demande pas de t'introduire dans une chambre forte. J'aurai trop peu de temps pour chercher où se trouve le coffre, j'ai besoin de quelqu'un sur place.

— Tu peux effectuer le repérage toi-même.

— Si on me voit traîner trop longtemps dans les parages, j'attirerai l'attention. »

Georges était dubitatif, mais Octave secoua la tête.

« Je ne m'embarrasserais pas de toi si je le pouvais. Mais pour avoir tes fichus documents, tu vas devoir mouiller la chemise. »

Ils disposaient d'une seule invitation. Il s'agissait d'un cocktail d'au revoir : l'ambassadeur donnait une grande réception avant son départ vers Mars, sur l'*Avenir*. Octave avait tenté de se faire engager comme serveur, en vain. Nanti de l'invitation, Georges procéderait au repérage du coffre.

« Je n'appartiens pas au beau monde, on me repérera tout de suite. »

Octave éclata de rire.

« Penses-tu ! Avec une queue-de-pie et des souliers richelieus, on passe partout. À condition de ne pas prendre de plastron en carton bouilli, les cerbères savent distinguer les vrais costumes des déguisements de carnaval… Le vrai danger, c'est la parole. Pour éviter de te trahir, tu n'auras qu'à te garder de causer politique. Contente-toi de dire que tu es attaché au consulat, et approuve tout ce qu'on te dira. Cette excuse fonctionne d'ailleurs pour n'importe quelle question gênante. »

Quelques jours plus tard, il lui apporta un costume complet enveloppé dans du papier, avec une chemise en popeline blanche et des souliers noirs. Il avait loué l'ensemble pour trois jours, et les reprendrait pour la soirée. Il sembla à Georges qu'il avait enfilé une camisole de force. Impossible de se sentir à l'aise dedans. Octave, lui, siffla entre ses dents.

« Ne te laisse pas impressionner par des bouts d'étoffe. Imagine que c'est un costume d'acteur.

— Bravo, tu as réussi à me ficher le trac.

— Bigre ! C'est toi qui m'as entraîné là-dedans. Tu veux tes documents ou pas ?

— Oui.

— Alors, fiche ta gêne aux oubliettes. Maintenant, on répète.

— Encore ?

— Encore, et encore. »

Depuis que Georges avait emménagé chez lui, Octave l'entraînait pour la soirée. Il avait tracé le plan de la résidence à la craie sur le plancher, et il obligeait son élève à sauter d'une pièce à l'autre, comme à la marelle, en égrenant leurs caractéristiques. Georges avait fini par en rêver, à la grande satisfaction d'Octave.

Après la séance de mémorisation des lieux, le cambrioleur lui parlait des usages mondains, puis ils passaient en revue tous les scénarios imaginables. Lesquels, pour une bonne partie, se concluaient par une fuite en règle. Le matin de l'opération, Octave lui remit un briquet.

« La mèche est traitée pour produire une flamme verte. Tu mettras le briquet à la fenêtre où tu auras localisé le coffre. Dans le petit logement en dessous, tu inscriras le lieu exact dans la pièce, et d'éventuelles précisions.

— Pourquoi ne pas se rencontrer en bas ? Je n'aurai qu'à t'indiquer l'endroit de vive voix.

— Encore une fois, mieux vaut qu'on ne nous voie pas ensemble durant la soirée. Je ne veux prendre aucun risque de ce côté-là. »

Les derniers préparatifs consistaient à s'habiller et à voler une voiture de luxe. Octave s'en acquitta avec sa maestria habituelle. Il revint avec une berline racée de vingt-cinq chevaux-vapeur, à la robe bordeaux. Sous le logo Panhard & Levassor aux initiales carambolées, un *Sc* s'entrelaçait dans la grille du radiateur. Il signifiait « sur-cavoriée », lui apprit Octave qui paraissait incollable dans le domaine automobile. Les accoudoirs se relevaient sur des logements pour des masques respiratoires, mais le cambrioleur en extirpa une flasque de whisky. Il en avala une rasade, avant de la tendre à Georges.

« Je veux avoir les idées claires, rétorqua celui-ci.

— Ne discute pas. Il faut plus de courage que d'idées claires, et de courage, tu vas en avoir besoin. »

L'attirail de cambriole tenait largement dans le coffre. Les mains crispées sur le volant, Octave conduisait vite, mais il sembla à Georges que le voyage durait des heures. Les beaux quartiers de l'Ouest enfilaient leurs maisons de maître et leurs hôtels particuliers le long de rues brillamment éclairées. Octave ne mit pas longtemps à repérer la résidence de l'ambassadeur : le ciel était noir de voitures flottant au-dessus d'un édifice à la façade toute en pierre de taille. Chacun attendait son tour pour atterrir sur l'aéroquai privé, même si les chauffeurs excédés commençaient à klaxonner leur mécontentement.

Octave s'inséra dans la file, ou plutôt la nuée. Très vite, l'embouteillage volant s'écoula, et quelques minutes plus tard, ils foulaient le revêtement bitumineux de la plateforme. Non loin de là, un valet ouvrait la porte arrière d'un camion cavorié. Des Noirs en émergèrent, accoutrés de longues bandes de toile cirée jaune fixées aux manches de leur frac, et grimés comme des erloors. Les étuis volumineux qu'ils transportaient avec mille précautions indiquaient qu'il s'agissait d'instrumentistes d'orchestre. L'un d'eux, sans doute le chef du groupe, donnait des ordres dans un anglais rapide et nasal. Ce n'était pas la première fois que Georges voyait un orchestre de jazz américain, mais celui-là ne lui disait rien. Il eut à peine le temps de déchiffrer l'inscription peinte sur le flanc du camion : *Sons of Genuine Negro Minstrels*, qu'un majordome accourait. Georges lui tendit le carton d'invitation à travers la fenêtre. Le majordome inspecta d'un coup d'œil l'intérieur capitonné, sans s'arrêter sur Octave. Ce dernier avait rabattu une casquette devant son visage.

« Votre chauffeur peut se restaurer, monsieur, indiqua le majordome, à condition d'utiliser l'entrée de service. Pour la trouver, il lui suffira de suivre le chemin de l'orchestre.

— Je le laisse à vos bons soins. »

Sans un regard à Octave, il claqua la portière et franchit l'entrée de l'aéroquai, entre deux cariatides de la façade. Un grand escalier descendait au rez-de-chaussée. Des festons et des sculptures en papier mâché accrochés un peu partout indiquaient le thème de la soirée : Mars, que l'ambassadeur s'apprêtait à rejoindre. Et c'était précisément ce que ressentait Georges : la sensation d'avoir débarqué sur un monde totalement étranger. Les meubles semblaient d'étranges plantes convolutées, les tableaux ouvraient sur des jardins et des demeures somptueux. Les invités circulaient, un verre de champagne à la main. Georges ne sut quoi répondre lorsqu'un couple en tenue de soirée inclina la tête dans sa direction. Leur visage peinturluré d'écarlate leur donnait l'allure d'Indiens du Nouveau Monde plutôt que de Martiens. Le temps qu'il se rappelle les instructions du cambrioleur, l'homme et la femme s'étaient éclipsés. Sans doute ne se souvenaient-ils même plus de sa présence.

Par une porte entrouverte, le jeune homme aperçut un peintre à son chevalet, en train de croquer une femme alanguie sur un long siège arrondi. L'étroitesse des hanches et les seins menus lui conféraient la silhouette d'une femme-enfant, allure démentie par une voilette et un fume-cigarette en jade. Tout dans son attitude suggérait l'ivresse, mais, sous la voilette en dentelle noire d'un exquis anachronisme, son regard affirmait le contraire. Georges s'éclipsa un instant avant qu'elle ne pose les yeux sur lui.

Il était encore tôt, mais une foule encombrait le hall de réception. S'y fondre se révéla plus compliqué que prévu. Des lambeaux de conversations s'échappaient de petits groupes : « Une superbe collection d'objets rapportés de Constantinople se trouve dans le corridor. Louis-Maurice n'a pas chômé. » « Ce Mustafa Kemal qui fait tellement parler de lui, il peut bien s'être entiché des voitures cavoriées et se moquer outrageusement de la religion, cela n'en fait pas un allié sûr pour autant. » « Avez-vous vu la dernière commande de Zadkine, pour l'Hôtel central de poste ? Oui, un grand panneau de céramique et de pastilles multicolores, qui représente une demoiselle du téléphone. Comme c'est audacieux, de montrer l'opératrice pieds nus et dépoitraillée ! La Marianne ultramoderne, la voilà, aucun doute là-dessus. » « Ça gueule à la Chambre, jusque dans la salle des pas perdus. Je vous parie cinquante mille francs que la Ligue des Droites ne survivra pas aux grèves. En fait, l'hémicycle voit déjà la meute se disperser. » Georges évitait de se laisser hameçonner. Du reste, il ne comprenait rien à la teneur des conversations et n'aurait su que répondre.

Où qu'il aille, au moins un valet gardait la pièce. En ce temps où les cartes diplomatiques se rebattaient d'un jour à l'autre, l'humeur générale était à la paranoïa. Avec raison, du reste : récemment, un diplomate austro-hongrois avait été assassiné à Londres, un second à Berlin.

Certains valets, s'aperçut-il en pestant intérieurement, suivaient des yeux chaque geste des invités. Et les siens, donc. Ce qui signifiait qu'il ne pouvait s'attarder trop longtemps dans une pièce ni y revenir trop souvent sans attirer leur attention.

Il avait visité une demi-douzaine de pièces, sans succès – c'est-à-dire sans pouvoir déterminer si le coffre s'y trouvait ou pas. La frustration grossissait peu à peu en lui.

Prendre l'air lui remettrait peut-être les idées en place. Ou, tout au moins, ferait redescendre sa tension. Il se mit dans les pas d'une grande dame russe auréolée de fourrures pour se diriger vers l'entrée, aux deux battants largement ouverts. L'aéroquai formait un monstrueux bourgeonnement du premier étage. Des colonnes le soutenaient. Un buffet avait été dressé sous cet abri. Les plats se conformaient au thème martien, jusqu'aux petits fours en forme de faînes de hêtres rouges, aux pichets remplis de jus de cassis ou aux cochons de lait remodelés pour imiter la silhouette de roomboos.

Mais le plus impressionnant n'était pas là. Au milieu de la cour flottait une boule en grès rouge, de trois mètres de diamètre, retenue au sol par une grosse chaîne. Un noyau de cavorite devait annuler son poids. À la surface, des lignes figuraient les régions, des points les implantations coloniales. Georges ne put échapper à la présentation que fit le maître de cérémonie, en prélude du premier toast. Le globe martien provenait de l'hôtel Montmorin, où siégeait la section outre-Terre du ministère des Colonies. L'œuvre, intitulée *Système solaire*, représentait les huit planètes. Le ministre avait accordé la requête de l'ambassadeur de lui emprunter le globe martien le temps d'une soirée.

Georges feignit de se joindre aux applaudissements ponctuant la présentation. Il s'apprêtait à rentrer pour poursuivre son repérage lorsqu'il aperçut un homme, accoudé au garde-corps en ferronnerie d'une fenêtre du rez-de-chaussée. Son costume contenait à grand-peine un embonpoint important. Une fille au bras, il enroulait avec ostentation un billet de banque rose et bleu. Il l'enflamma, avant d'allumer son cigare avec.

Ce n'est pas la crise pour tout le monde, à ce qu'on dirait.

Son cœur s'emballa comme il réalisait qu'il avait peut-être formulé, sans s'en rendre compte, cette réflexion à voix haute. Par un effort de volonté, il se força à ne pas scruter autour de lui avec frénésie pour vérifier si on l'avait entendu. Il vit avec soulagement les invités profiter de la fin du speech pour s'acheminer vers l'entrée, attirés par les notes rythmées du jazz-band qui s'élevaient depuis la salle de réception. Il avait dévié de sa mission, et avait failli se trahir. La leçon avait porté.

Quelqu'un avait déniché un gramophone au premier étage. Aussitôt, des fêtards s'étaient lancés dans une *turkey dance* endiablée. Le tintamarre qui en résultait devait retentir dans tout le pâté de maisons. Georges passa dans la pièce attenante, une bibliothèque tapissée d'étagères en bois ciré. Trois valets gardaient les entrées. Pourtant, il n'y avait que deux couples de passage, surtout occupés à se bécoter. Georges ne s'attarda pas non plus. C'est en se dirigeant vers les chambres du fond qu'il s'arrêta au milieu du couloir. Ils n'étaient pas assez stupides pour mobiliser trois gardes dans une pièce dépourvue de mobilier de valeur ou de bureau à dévaliser… à moins qu'elle ne recèle le coffre.

L'idée agit comme un déclic. L'espace de quelques battements de cœur, il exulta. Après toutes les avanies qui l'avaient frappé, le sort lui devenait enfin favorable. Car il en était sûr à présent, cette pièce contenait forcément le coffre.

Il était ridicule de faire brûler un briquet à la fenêtre, avec autant de monde en circulation. Ce serait inefficace, hormis pour attirer les soupçons. Il regagna l'aéroquai et prétexta avoir oublié son étui à cigarettes dans sa voiture. Octave s'y trouvait, guettant derrière le pare-brise. Il le mit rapidement au courant.

« Les trois gardes doivent quitter la pièce au moins quelques minutes pour que je puisse agir, résuma Octave. Sinon, rien à faire.

— C'est sans solution. »

Le cambrioleur eut un mince sourire.

« Bien sûr que non. Attends-moi dans la voiture. Mets ma casquette : à travers le pare-brise, on te prendra pour moi.

— Que comptes-tu faire ? »

Il lui renvoya un sourire malicieux.

« Un cambrioleur, c'est un peu comme un illusionniste : si je te révèle tous mes tours, où est l'amusement ?

— Je ne suis pas venu m'amuser.

— En tout cas, ça devrait plaire à l'anarchiste que tu es. »

La portière claqua avant que Georges ait pu trouver une réplique.

Il n'eut pas le temps de se morfondre : soudain, des exclamations retentirent en contrebas. Georges résista d'abord à l'envie de descendre. Lorsqu'il aperçut une cavalcade à l'entrée de l'aéroquai – une foule de gens en train de dévaler l'escalier principal –, il n'y tint plus.

Dans le jardin, la panique régnait. À juste titre, réalisa-t-il en voyant le globe martien partir lentement à la dérive. Il se pencha au-dessus de la rambarde en pierre de l'aéroquai, et, l'espace d'un moment, se laissa aller à la fascination du spectacle de l'énorme boule de pierre, qui commençait à dériver sur l'horizon. Le soleil achevait de se coucher, mais la lune était déjà visible. Deux lunes dans le ciel : un paysage martien en effet, se dit-il, presque étonné de se rappeler que la planète rouge possédait deux satellites.

Octave avait réussi à créer le chaos, en dessous. Il comprenait ce qu'avait voulu dire son comparse, et le sentiment qui l'animait se délectait du mal qu'il anticipait chez ses ennemis. Mais il ne se sentait pas moins dans la peau d'un innocent poussé malgré lui à commettre des forfaits. L'action désintéressée lui permettait de trouver la pureté qu'il n'avait pu obtenir dans l'art. Il ne pouvait être un criminel, il le savait. Ernestine le regardait de tout en haut et le savait, elle aussi.

Plusieurs invités firent décoller leur voiture afin de suivre le globe à la trace. Une demi-douzaine de véhicules ne tardèrent pas à l'entourer. Le globe montait rapidement, mais les hommes semblaient décidés à le stopper. L'un d'eux, plus téméraire que les autres – ou plus avide de publicité –, parvint à accrocher la chaîne à sa voiture. Il coupa son champ antigravitatif, avant de sauter dans le baquet d'une Bentley qui s'était placée en contrebas. Le poids du véhicule mit fin à l'ascension du bloc rocheux, qui commença à redescendre.

Comme la Bentley heurtait le toit d'une maison voisine, un sifflement retentit derrière lui. Georges ne vit pas la boule écraser le véhicule, l'enfonçant dans le toit.

Octave revenait, deux sacoches à bout de bras.

Georges se précipita pour ouvrir le coffre. Un croissant rougeâtre tuméfiait sa joue et son nez, mais une satisfaction triomphante flambait dans son regard. La portière refermée, Octave expira longuement, comme s'il avait retenu sa respiration tout du long.

« J'ai dû assommer le garde qu'ils ont laissé dans la bibliothèque.

— Tu l'as tué ?

— Je ne crois pas. Lui, par contre, m'a salement amoché. Mais j'ai obtenu ce que toi et moi nous voulions.

— Tu es sûr ?

— On ne pourrait l'être davantage. J'ai vidé le coffre. »

34

Maurice Peretti

Il y avait de quoi être d'une humeur de chien. Malgré ses protestations, il avait dû adjoindre sa brigade à celles stationnées place de la Nation. La note de service ne laissait aucune échappatoire : toutes les forces de l'ordre étaient réquisitionnées, qu'elles relèvent de la Préfecture ou de la Sûreté générale. Les Brigades de l'Aigle avaient dérouté les aérotrams par crainte que des émeutiers ne s'en emparent. En dépit de l'interdiction officielle, dix mille manifestants s'étaient rassemblés sur les quais de Seine. Sur l'un des Grands Boulevards, un député du Bloc haranguait un cortège au slogan de « Sus aux havanes ! ». Voyant les voies vers République bloquées, ils s'étaient rabattus vers Nation. Depuis la veille, des grèves avaient éclaté dans toutes les régions : une déclaration de guerre du peuple au cabinet du gouvernement. Les gouvernements des pays limitrophes, disait-on, préparaient leurs troupes face à une contamination possible du mouvement.

Peretti avait placé ses hommes en réserve. Pas question pour eux de recevoir les premiers pavés qui voleraient. Avec leurs foulards rabattus et leurs godillots cloutés, les manifestants évoquaient des factieux. Mais pour le moment, l'humeur était plus festive qu'insurrectionnelle. Quelqu'un avait apporté un accordéon et, après les chants hérités de la Commune, avait entonné des airs à la mode. À l'entrée d'une avenue, Peretti aperçut une Panhard aux phares chromés garée sur un aéroquai, attrapée au lasso puis tirée jusqu'au sol. Des hommes lui sautèrent dessus et la mirent en pièces, tels des lions sur un gnou.

Par la fenêtre d'un deuxième étage, une voix grésillait des nouvelles sur d'autres points chauds. Un reporter radiophonique s'était juché sur une plateforme flottante, à l'instar de ces chasseurs d'Afrique, afin de commenter les événements en direct. La plupart des manifestants, racontait-il, étaient des cheminots et des mineurs révoqués à la suite des grandes grèves brisées par Clemenceau deux ans auparavant. Ils comptaient également dans leurs rangs des provinciaux venus protester contre le mauvais état des voies : le développement du transport cavorié avait entraîné la désaffection des routes secondaires et des voies ferrées. En grande banlieue comme dans les régions reculées, des pissenlits poussaient dans les crevasses des chaussées.

« Ça va chauffer », l'avertit Baudarel. Le lieutenant, promu après que Peretti avait muté Jaffeux, pointait l'index sur un contingent en train d'arriver de l'avenue au nord. « Voilà les Chemises bleues. »

Sa voix trahissait de l'exultation. Peretti connaissait l'attirance d'une bonne partie de sa brigade pour les Chemises bleues. Le scandale de leur financement par Mussolini avait détourné les plus nationalistes, mais un noyau dur persistait à croire à un complot destiné à discréditer le fascisme. Leurs partisans ne ressemblaient en rien aux manifestants. Aucun n'avait plus de vingt ans, alors que l'on comptait des vieillards dans l'autre camp. L'inspiration militaire de leur organisation se reflétait non seulement dans leur uniforme, mais aussi dans leur façon de se déplacer. Ils ne formaient pas une horde dépenaillée et bruyante, éparpillée sur la place, mais une véritable armée, dont la discipline était le maître mot. Leur efficacité en imposait, devait reconnaître Peretti. Certains portaient une barre de fer à l'épaule, de façon ostensible, comme des fusils.

En arrière, la voix provençale de Couzinié :

« On n'intervient pas, patron ?

— C'est le boulot de la Sûreté, pas le nôtre. »

La moitié des députés de la Ligue des Droites prêtait l'oreille aux Chemises bleues, c'est pourquoi leurs chefs de section avaient passé un marché discret avec le gouvernement : pourvu qu'ils ne versent pas le sang et ne dégradent pas la statue au centre de la place, la police ne les ennuierait pas. Ils n'avaient apporté ni couteau ni sabre. Ils seraient libres de tabasser qui leur tomberait sous la main, casser quelques bras et quelques jambes. Pas davantage.

« Quelle kermesse ! » maugréa Baudarel.

Peretti regardait sans y prêter vraiment attention les mouvements de foule. La C.G.T., du moins ce qu'il en restait après l'assassinat de son leader, avait dépêché des gros bras afin de canaliser les rassemblements. Sans grand succès, de sorte que les Chemises bleues n'avaient qu'à isoler chaque groupe l'un après l'autre, à la manière d'une meute de loups. C'est d'ailleurs ainsi qu'elles-mêmes se définissaient. Leur modèle, Mussolini, n'avait pas procédé autrement avec le Parlement romain : il l'avait encerclé, avant de le dévorer.

Ce jour-là, aucune charge policière n'eut lieu, du moins dans son secteur. Toutefois, la répression sévit durement, et les jours suivants, des cadavres s'échouèrent par dizaines sur les berges, jusque sous le Pont-Neuf. Comme dans une mécanique infernale, les cortèges grossirent en signe de protestation, tandis que les vandales brisaient les lampadaires et défonçaient les trottoirs roulants. Ici et là retentissaient des *Marseillaise*, entonnées avec entrain ou désespoir selon la situation. Lorsque les vitrines des grands magasins furent pillées, le gouvernement déploya l'armée afin de bloquer l'accès aux Champs-Élysées. Les propriétaires amarraient à présent leurs voitures volantes aux toits, hors de portée.

Un matin, Peretti préparait ses troupes aux manifestations qui, déjà, faisaient monter des panaches de fumée aux quatre coins de la capitale. Une rumeur courait, relayée par la radio : la tour Eiffel-Toussaint Nord était en feu. Peretti n'y croyait guère : les fausses alertes concernant des points stratégiques étaient légion. Et puis, qu'y avait-il à brûler dans une masse de poutrelles métalliques ? Mais les ordres ne lui laissaient d'autre choix que d'obéir.

Courget entra en trombe dans la cour du commissariat. Tout de suite, il se dirigea vers Peretti.

« Je te cherchais. On a du sérieux : une cellule anarchiste compte profiter des manifestations pour commettre un sabotage.

— De quel genre ?
— Pas de détails, mais le renseignement est sûr.
— Des anarchistes, comme si on n'avait que ça à faire. »

La pression hiérarchique s'était intensifiée à mesure que son enquête sur la filière de cavorite avançait. Des demandes de rapports lui parvenaient sans cesse, et on tentait de lui coller des adjoints issus de services dont il n'avait jamais entendu parler. Il se tramait quelque chose. Levert avait disparu de la circulation. Peretti n'osait entrer à l'Ultra Modern Bar où les clients attablés s'adonnaient à la belote, ce nouveau jeu de cartes débarqué d'Amérique. Il n'y voyait que des espions. En temps normal, il aurait obéi à son instinct qui lui criait de s'extirper de là.

Il savait cependant qu'il ne pouvait se soustraire à l'intervention. Sa hiérarchie n'attendait qu'un refus pour lui retirer son affaire.

« C'est pour quand ?
— Demain. »

Peretti scruta Courget. L'espace d'un battement de cils, il vit à travers ses prunelles de Fakir. Durant ce laps de temps infinitésimal, le regard du policier fluctua.

Peretti s'efforça de sourire.

« Bien sûr. Demain, huit heures. »

Il ne disposait plus de beaucoup de temps. Avec ce qu'il possédait sur son compte en banque, il acheta un billet de deuxième classe sur l'*Avenir*. Puis il rédigea un ordre de mission pour Marthe. Libre à elle de poursuivre ses investigations sur Mars. Il colla un timbre sur une enveloppe à son adresse, mais ne put se résoudre à la poster. Impossible désormais de se fier à quiconque.

Je suis peut-être bon à enfermer à Basile. Mais s'il y a un moment où me croire persécuté peut me sauver la peau, c'est maintenant.

Le trajet jusque chez Marthe lui permit de goûter l'atmosphère étrange des rues. Des mâts de circulation aérienne avaient été abattus. L'un d'eux, retenu par ses filins de sécurité, s'était encastré dans un immeuble de la rue Saint-Antoine. Les rares véhicules à circuler louvoyaient entre les pavés et les ordures jonchant la chaussée. Les entrées de métro avaient été barricadées. On disait qu'un vendeur d'essence itinérant avait été touché par un policier trop nerveux, en marge d'un attroupement. Le bidon qu'il trimballait sur le dos s'était embrasé. Il avait été transformé en torche vivante, et avait gravement brûlé plusieurs passants. La T.S.F. diffusait sans cesse des appels à ne pas quitter son domicile. Pourtant, crieurs de journaux et camelots arpentaient toujours le bitume, et la plupart des commerces étaient ouverts.

Marthe avait écouté la radio. Peretti en avait rajouté une couche : les prévisions de la Préfecture sur les troubles étaient affolantes.

La porte s'ouvrit sur un visage de musaraigne qui s'éclaira sitôt qu'elle l'aperçut.

« Commissaire ? Je croyais qu'on vous avait réquisitionné pour tenir la rue. »

Un fer à repasser fumait à côté de vêtements amoncelés sur un fauteuil. Sans un mot, Peretti lui tendit l'enveloppe. Elle s'en empara, les yeux fixés sur lui.

« Vous en faites une tête. Je vais mettre de l'eau à bouillir pour le café. Et pour récupérer le timbre de l'enveloppe, si vous n'y voyez pas d'inconvénient. »

Pendant qu'elle procédait, il posa son chapeau sur la table.

« Votre mari n'est pas là ?

— Manifestations ou pas, c'est un jour comme les autres. Il faut bien faire chauffer la marmite.

— Je suis venu vous informer que je ne pourrai peut-être pas continuer à vous rétribuer.

— Quoi ! Dans ce cas, vous vous passerez de mes services.

— Je sais. »

Elle posa les deux mains à plat sur la table.

« Voyons, c'est idiot ! Vous avez besoin de moi.

— Ce n'est pas moi qui ai besoin de vous, c'est l'enquête. Si je me trouvais dans l'incapacité de la mener à son terme, accepteriez-vous de continuer ? »

La ligne très fine de ses sourcils se fronça. Elle prit un couteau et fendit l'enveloppe. Dans un même mouvement, elle déplia l'ordre de mission.

« Vous savez bien que oui. Mais je ne comprends pas. Je suis déjà votre adjointe.

— Cela, c'est pour l'hypothèse que je viens de formuler. Ce serait bête d'arrêter, alors que nous progressons si bien.

— De quelle incapacité parlez-vous ? »

Il passa une main sur son crâne.

« Demain, je peux avoir un accident. Mieux vaut être prudent.

— Vraiment, je ne saisis pas. »

Il prit la tasse brûlante qu'elle lui avait servie. Comme elle s'apprêtait à passer l'enveloppe sur la bouilloire pour décoller le timbre, il lui indiqua qu'il restait quelque chose à l'intérieur.

« Un billet sur un paquebot spatial. »

Elle leva des yeux stupéfaits du rectangle de carton velouté, embelli de majuscules calligraphiées. *Deuxième classe, n° 43722.*

« Pourquoi ?

— Tant que l'on n'ira pas sur place, on ne démontera pas la filière. Authentifier la cavorite nécessite quelqu'un de compétent. Or, je ne connais personne en dehors de vous. Je veux dire, quelqu'un de confiance.

— Arrêtez d'essayer de m'attendrir ! Ce genre de tactique marche toujours sur moi, et je déteste ça. » Marthe retourna le bristol avec précaution. « Ce billet représente une fortune. La police a réellement payé ? »

Sans réponse de sa part, elle prit une chaise et s'assit. Ses mains étreignaient le billet ornementé.

« Merci, commissaire. Je ne pouvais rêver plus beau cadeau. Mais je n'aime pas la tournure qu'a prise cette conversation. Vos paroles, le billet pour Mars – tout cela ressemble trop à un adieu. Vous êtes sûr de ce que vous faites ? »

Il prit une longue gorgée, savourant l'amertume.

« Au contraire, je n'ai jamais été aussi incertain. Les services secrets de l'armée en ont après moi, et je ne sais même pas pourquoi. Si ça se trouve, je m'apprête à trahir les intérêts de notre pays. Pourtant, quelque chose me pousse à savoir.

— Moi aussi, j'ai envie de savoir. »

Ils restèrent silencieux, un peu gênés. Peretti avait réfléchi avant d'acheter le billet. Non à cause du prix, mais parce qu'il s'agissait peut-être d'un cadeau empoisonné. Si son tour venait, ne risquait-on pas de s'en prendre à elle ? Une impulsion de déchirer le billet le saisit.

L'instant passa, et il se maudit.

Le bruit de la manifestation parvenait de derrière la ligne des toits, en un roulis sonore d'où saillaient ici et là des cris acérés. Dix heures n'avaient pas sonné que la radio décomptait des morts. La veille au soir, l'allocution d'un ministre avait mis le feu aux poudres. Le cours boursier de la cavorite fluctuait en fonction des manifestations et des occupations d'usines. Grévistes et marcheurs, avait scandé le politicien, étaient des ennemis de l'intérieur tout juste dignes d'être alignés contre un mur et fusillés.

Les brigades mobiles avaient pris position à chaque coin d'immeuble. Le secteur était bouclé : à présent, plus personne ne sortait.

Peretti avait amené cinq hommes, Courget le double. Il s'agissait d'entrer en force dans un dépôt abandonné servant de quartier général à des anarchistes. Sur l'opération, Courget lui en révéla le minimum. Lui-même ne paraissait guère au courant. Un inspecteur des Brigades de l'Aigle leur montra des fiches d'identification des militants, mais en réalité, les effectifs du groupuscule étaient inconnus. Toute personne sortant du dépôt devait être considérée comme suspecte et arrêtée.

Peretti interpella l'inspecteur.

« Il y a des femmes là-dedans ?

— Au moins une, puisque les derniers à être entrés dans la nasse étaient un couple. Ça ne change rien. Les femmes sont les plus fanatiques. Elles peuvent tout à fait vous approcher, une ceinture de dynamite dissimulée sous leurs jupes, et déclencher l'explosion.

— Je sais, oui. »

À l'entrée du boulevard, en amont, des mouvements de foule enflaient dangereusement. Un détachement tenta de s'infiltrer. Il fut tout de suite repoussé, mais Peretti se rendit compte qu'ils risquaient de déborder à n'importe quel instant. Une intervention dans ces conditions était de la folie. Les Brigades avaient compris, car leur chef donna le signal de l'assaut du dépôt. Courget se tourna vers Peretti.

« Reste en arrière, si jamais il y a un embusqué qui nous prend à revers. »

Sans attendre sa réponse, il lança ses hommes en avant. Peretti étouffa un juron. Il n'avait à présent d'autre choix que de le couvrir.

Un camion des Brigades armé d'un bélier défonça la porte. Les policiers s'engouffrèrent dans l'ouverture, au milieu des débris de bois. Quelque part, une grenade éclata, soufflant des vitres à l'étage du dépôt, mais aucune fusillade ne s'ensuivit.

Arme au poing, Peretti beugla ses ordres. Lui devait rester en arrière, mais pas ses hommes. Il compta mentalement les secondes. Si les anarchistes devaient répondre à l'assaut, c'était maintenant. Peut-être s'était-il menti à lui-même au sujet de sa dernière enquête. Le sang dans ses artères lui rugissait qu'il redevenait lui-même : un cogne, qui arrêtait les malfrats à coups de poing et de pistolet.

Dans l'entrepôt, l'enfer se déchaîna. Un cameraman ennemi s'écroula, mortellement atteint. Son appareil roula sur le sol en émiettant les lentilles de son objectif.

Des hommes tombèrent du plafond, probablement soutenus par un dispositif de cavorite. Ils n'avaient pas touché terre qu'ils ouvraient le feu. En un clin d'œil, la confusion fut totale. Certains avaient la pratique du combat. Ils avaient été militaires, ou avaient lutté armes à la main contre les fascistes en Italie ou en Espagne. Des Aigles mordirent la poussière. Des balles sifflèrent. Sur le seuil du dépôt, Peretti riposta, mais il avait du mal à discerner ce qu'il se passait dans la pénombre. Les conditions idéales pour tuer un collègue par erreur. De nouveaux mouvements attirèrent son attention, vers le boulevard.

Bordel!

Une écume humaine envahissait la rue : les manifestants avaient rompu le fragile barrage et déferlaient.

Couzinié se tenait à une dizaine de pas devant lui, au milieu du dépôt, devant une espèce de terrasse reliée au sol par des marches métalliques.

« Couzinié, avertis Baudarel de… »

Le crâne de son lieutenant éclata. Des parcelles d'os et de cervelle éclaboussèrent la terre. Le corps suivit.

Peretti recula dans la rue.

Des manifestants le dépassèrent en trombe. L'un d'eux clopinait, le visage en sang, une oreille à demi arrachée lui battant la tempe. On l'avait durement matraqué. Aucun d'eux ne s'était rendu compte du drame en train de se jouer. Pas plus qu'ils ne virent le Berliet qui déboîtait, quittant son stationnement. D'abord, Peretti n'y prêta pas non plus attention. Ce devait être un renfort des Brigades, ce ne pouvait être que cela.

Le moteur du camion s'emballa. Un manifestant, pris dans la trajectoire, lui balança un pavé. Le conducteur braqua. Il continua d'accélérer, et le phare gauche fut arraché. Le temps que le véhicule redresse, Peretti s'était à moitié retourné.

Le choc était inévitable.

Il savait qu'il n'aurait pas le temps de l'esquiver complètement. Tout ce qu'il put faire, c'est imprimer à son corps un mouvement de torsion. Le pare-chocs le jeta au sol. Puis les roues lui passèrent sur les jambes.

Peretti sentit chaque os se rompre à l'intérieur de ses cuisses. Mais comme détaché de lui-même, conscient que son cerveau ne lui faisait pas encore ressentir la douleur, le temps pour lui de se mettre à l'abri. Ce n'était plus la peine toutefois : dans une embardée, le véhicule rebondit contre le trottoir et fonça sur la chaussée, manquant de renverser un autre manifestant.

Dans un effort surhumain, Peretti tenta de se redresser, puis tomba sur le côté droit. Il leva les yeux en direction de la porte. L'opération se poursuivait, à en juger par le crépitement de fusillade. La foule avait compris qu'il se passait quelque chose d'anormal et se débandait. Quelques policiers criaient d'inutiles « Circulez ! ». Personne ne se soucia de Courget, qui revenait dans sa direction. Il contempla Peretti à terre, ses jambes accusant des angles bizarres. Ce dernier comprit que son instinct ne l'avait pas trompé. L'homme avait su dès le début, pour le piège. L'opération était bien réelle. Ils avaient escompté faire d'une pierre deux coups : le commissaire Peretti, mort dans l'exercice de ses fonctions, écrasé par un anarchiste qui avait réussi à prendre la fuite.

Il chercha son pistolet des yeux, mais le choc l'avait projeté au loin. L'arme de Courget, elle, pendait au bout de son bras.

« Espèce d'ordure, voilà pourquoi tu m'as tenu en arrière. Tu viens finir le boulot ?

— Non. Je ne suis pas comme ce couillon de Jaffeux, ce n'est pas l'envie qui me manque de voir ton cadavre sur la table d'autopsie. Mais il y a trop de témoins. Et puis, à quoi bon t'estourbir ? Tes jambes sont foutues. Si tu survis, tu attendras la retraite au fond d'un lit d'hôpital. Tu es une affaire classée. »

Peretti se garda de le détromper. De toute façon, ses pensées se défaisaient sous les coups de boutoir de la souffrance. Avant que le raz-de-marée ne l'emporte, il songea que Marthe ne devait pas venir lui rendre visite. Les commanditaires de son meurtre se tiendraient peut-être en embuscade. Il ne fallait pas…

35

Marcel Chery

Maximilien avait fait des merveilles, se félicita Marcel tandis que la table finissait d'être installée dans une salle contiguë à son bureau.

« Ce bloc pèse près de deux tonnes, maugréa Cazal, le commandant de la garnison du C1. Je ne demanderai pas à mes hommes de le retourner s'il ne vous convient pas.

— Ne vous tracassez pas, c'est parfait.

— L'un d'eux a eu la main droite broyée en le chargeant.

— Je suppose que cela fait partie du métier…

— Leur métier est la guerre, pas la manutention. D'ailleurs, si vous pouviez y jeter un coup d'œil…

— Vous avez votre médecin.

— Il est à Auroreville. Le rapatrier réclamera des jours.

— D'accord. Amenez-le-moi tout à l'heure. »

La plaque de marbre de Tharsis reposait sur un cadre d'acier, auquel s'ancraient des madriers de hêtre rouge. La blancheur d'albâtre de la table luisait sous la lumière crue de l'ampoule. Une paillasse d'évier et deux tabourets constituaient tout le mobilier de la salle, et des instruments de dissection s'alignaient sur une desserte à roulettes.

« J'aurai besoin de sangles, dit-il, frappé par une idée.

— Des sangles ?

— Ma première dissection sera sur un sujet vif. De cette manière, j'en apprendrai plus. »

Ignorant la grimace de l'officier, il rentra dans son bureau. Celui-ci occupait le rez-de-chaussée du premier bâtiment à gauche de l'entrée du camp. Marcel en avait décidé ainsi, contre l'avis de Cazal. Le vieux militaire avait argué qu'en cas d'attaque extérieure ou de rébellion, la position n'était pas sûre. Marcel lui avait ri au nez : « Aucun Indien ne menace notre fort, commandant. Les seules mesures de sécurité dont nous avons à nous préoccuper concernent le confinement des erloors avant leur *traitement*. »

Ces trois derniers mois avaient été consacrés à l'attribution des différentes tâches du camp aux bâtiments : la rampe d'accueil et les dortoirs des erloors, la caserne, les magasins et autres commodités réservées au personnel ainsi qu'à la soldatesque, la chambre d'euthanasie, la salle de séparation des chairs erloores et de broyage des ossements… Ils n'attendaient plus que l'arrivée des premiers convois pour montrer leur efficacité. L'efficacité, telle était l'idée maîtresse qui l'avait guidé dans l'élaboration de ses plans, sans laquelle l'ambitieux programme ne pourrait être pleinement mis en œuvre. Le travail du personnel devait s'effectuer sans que la disposition des lieux soit un obstacle. Tout gaspillage de temps et d'énergie devait être éliminé. Marcel était fier des logements : les installations électriques et sanitaires, au centre des bâtiments, étaient d'un accès facile. Les chambres étaient bien éclairées, illuminées même, dans le but que chaque erloor soit toujours visible, mais aussi pour ne leur laisser aucun recoin de pénombre où ils pourraient trouver du repos.

Des papiers encombraient le bureau : des notes du médecin qui avait découvert le cavorium dans les squelettes erloors, et qu'Hubert avait récupérées à son intention. Leur auteur avait péri, victime d'une chute de sa voiture dans une crevasse, près d'Auroreville. Sinon, on n'aurait sans doute pas fait appel à lui.

La porte d'entrée du bureau donnait sur la cour centrale. Marcel s'arrêta sur le seuil et contempla l'ouvrage accompli. Sous sa supervision, le personnel avait réalisé des miracles de génie civil. On avait dressé des mâts supportant un vaste maillage de fil de fer barbelé. Même s'il était prévu de lacérer systématiquement leurs ailes, l'un des prisonniers pouvait tenter de s'échapper par la voie des airs. Il s'empêtrerait sans coup férir dans le roncier métallique.

Le personnel comptait d'anciens militaires. Les autres étaient des brutes, des criminels à qui l'État avait proposé de commuer la peine en aller simple pour Mars. Cela n'avait pas d'importance : la besogne requise nécessitait une personnalité rudimentaire.

Cazal émergea du bureau. Aussitôt, il fila en direction de la caserne. Un camion bâché venait de stopper sous le portail, à l'entrée de la cour centrale. La portière s'ouvrit. Maximilien sauta à terre sans avoir pris la peine de déplier le marchepied, et accourut.

C'est à peine s'il salua l'officier lorsqu'ils se croisèrent. Les deux hommes se détestaient. Marcel, lui, n'en avait cure. Il les appréciait tous les deux ; leur mésentente même pouvait servir d'aiguillon. Il n'avait aucune raison de douter de ses seconds. Cazal se méfiait de Marcel comme de tout civil, mais il obéissait quoi qu'il arrive. Maximilien, lui, trouvait le principe moteur de sa morale dans la volonté du chef. Quant à Hubert, il avait officié au service d'ordre de la Ligue des Droites, sur Terre, avant d'en être exclu parce qu'il professait trop ouvertement le sentiment racial. Il nourrissait une curieuse obsession vis-à-vis des juifs, qu'il situait encore plus bas que les erloors sur l'échelle de l'évolution. En pension chez les Pères, il avait appris un jeu consistant à arracher les pattes et les ailes des insectes.

« L'abbé appelait cela "dégrader Dreyfus", avait-il confié un soir. Il réclamait sans cesse une descente de lit en peau de youpin, pour pouvoir la piétiner matin et soir. Hélas, les francs-maçons et les inféodés à la finance s'y opposaient. La peau tannée et les ailes de chauve-souris des erloors devaient pourvoir à merveille à cet usage. L'abbé est mort avant de voir son vœu réalisé, mais c'est peut-être en souvenir de lui que je suis allé sur Mars, la première fois. »

Hors d'haleine, Maximilien stoppa devant Marcel.

« Un erloor attend dans le camion, docteur. La table de dissection a été livrée ?

— Elle est prête à servir. Amenez le sujet. »

Au début, Marcel avait réfléchi au nom à donner aux erloors sur les documents administratifs. Puis, il avait haussé les épaules. Autant le garder, puisqu'ils n'avaient pas d'importance.

Au camion, Maximilien extirpa l'animal en le tirant par une laisse. Ce fut d'abord comme un sac informe d'où saillaient deux pattes grêles. La silhouette se fit humanoïde lorsque le crâne émergea. Des bribes stridentes s'en échappaient. L'agent lui donna un léger coup de laisse pour accélérer son pas. Au moment où ils abordaient le seuil, l'erloor leva à demi un bras auquel pendait un lambeau de membrane, telle l'écharpe d'un membre cassé.

Il fixa Marcel de ses yeux rouges, et prononça quelque chose comme : « Omoo doklaar ju imtu ju onuu. »

« Les ailes sont lacérées, mais sinon, ce spécimen a l'air en bon état, dit Marcel lorsque le Martien fut passé. C'est un mâle ou une femelle ?

— On n'a pas vraiment regardé.

— Cela conviendra.

— Le commandant Cazal vous en fournira bientôt par charretées. Vous pourrez expérimenter tant qu'il vous plaira.

— Justement. Le C1 deviendra sous peu une véritable usine. Je n'aurai sans doute pas le temps de les étudier. »

Pendant que Maximilien le menait à sa destination finale, le souvenir de la séance de dissection à la morgue parisienne fit sourire Marcel. Le professeur avait les mains liées par le règlement de la faculté et la surveillance de la meute d'imbéciles venus assister au spectacle. Lui jouissait d'une liberté absolue. Il pouvait procéder à sa guise, sur un cobaye vivant. Il goûtait enfin sa revanche.

Maximilien n'eut pas besoin d'aide pour ligoter le prisonnier sur la table. Les Martiens n'avaient pas une musculature très développée, et celui-là ne réalisait pas encore ce qui allait se passer pour lui. Marcel revêtit un tablier, puis choisit une scie sur la desserte.

Sitôt qu'il eut commencé à découper, les cris de l'erloor s'élevèrent. Une incision dans la région thoracique fit couler un sang violacé, et Marcel dut éponger afin d'éviter que toute la cavité ne soit noyée. Lorsqu'il changeait d'instrument, les cris s'atténuaient, et il débitait son charabia en boucle : « Omoo doklaar ju imtu ju onuu. » Ses paroles se perdaient dans un abondant écoulement de salive, si bien que Marcel n'y prêta plus attention. Une autre incision, dans une zone ganglionnaire, provoqua des secousses désordonnées dans les membres inférieurs, telle une grenouille soumise à un courant galvanique. L'agitation motrice se calma d'elle-même au bout de deux minutes. Les organes exposés sous ses yeux, et qui palpitaient encore, possédaient une beauté dont l'erloor était dépourvu à l'extérieur. En lui, l'écho d'un écho doutait de la validité de l'opération. Mais sa conscience restait limpide : les erloors étaient des chauves-souris à forme humaine et non l'inverse. Il ne s'y trompait pas. Même quand des mots de français franchissaient leurs lèvres, ils parlaient comme les perroquets pouvaient parler. Leurs pensées et leurs instincts restaient bestiaux.

Le spécimen cessa brutalement de crier lorsque le scalpel s'enfonça dans une glande spongieuse, située entre le cœur et la glotte. Les yeux perdirent leur éclat, et la bouche bâilla. Marcel faillit pousser un juron. C'était déjà terminé, et il n'avait presque rien appris. D'ailleurs, il n'avait pas de balance pour peser les organes, et il n'avait pris aucune note.

Bon, ce n'était qu'un essai. Et Maximilien avait raison, il disposerait bientôt de tout un stock. Hubert assisterait aux séances de dissection et prendrait les notes pour lui. Il pariait que ce dernier ne se ferait pas prier.

Par la fenêtre de son bureau, il interpella un soldat :

« J'en ai fini avec mon erloor. Amenez-moi votre camarade blessé. Je vais le recoudre pendant que je suis chaud. »

Les mains derrière le dos sur le seuil du bureau, Marcel contemplait la première fournée d'erloors en train de débarquer des camions ainsi que des remorques. La moisson avait été fructueuse. Maximilien et ses agents avaient bien travaillé, en parvenant à rassembler trois cents sujets sans éveiller la curiosité. Leurs bras luxés et leurs jambes souillées de déjections témoignaient de la rudesse du voyage, davantage que leurs yeux, que la taille et l'aspect vitreux faisaient toujours paraître hagards. Quelques sons stridents fusaient ici et là, mais dans l'ensemble, ils restaient silencieux. Les plus grands spécimens couvraient les plus menus au moyen de leurs ailes, mais celles-ci, déchirées, n'avaient guère d'efficacité contre le froid. À cet instant, Marcel comprit pourquoi Ignace s'était esclaffé à sa proposition d'achever l'édification du camp avec les premiers erloors arrivés. Les erloors faisaient une main-d'œuvre déplorable, répétaient les colons avec aigreur. Ce n'était pas qu'ils fussent rétifs, ils étaient juste inaptes. Les mettre au pas, les fouetter, cela ne servait à rien. Les premiers colons avaient eu beau instaurer un « impôt de grotte », rien n'y avait fait, les erloors ne venaient pas travailler. Dans une sorte de vision instantanée, Marcel eut la certitude que le C1 était l'expression même de l'ère nouvelle, où chacun était un capital vivant. L'Occidental possédait en lui un immense capital de capacités innées ou acquises. L'erloor, que recelait-il ? Jusqu'à ce que l'on crée ce camp d'extraction de cavorium, la réponse s'étalait sous ses yeux, d'une simplicité biblique : *rien*.

Armé d'un appareil photographique, Maximilien papillonnait autour de la horde. Un cordon de soldats escorta celle-ci jusqu'aux bâtisses des dortoirs. Certains glissaient sur le givre recouvrant la cour centrale.

Hubert surgit à côté du docteur. Il portait une épaisse cotte à revers fourrés, comme les pilotes d'aéronef.

« Les camions ne vont pas s'attarder. Les conducteurs veulent repartir, retrouver leur famille en ville.

— Eh bien ?

— L'un d'eux doit faire l'aller-retour à Auroreville. Il peut vous emmener passer deux ou trois jours là-bas. Ici, tout est sous contrôle. Maximilien et le commandant Cazal s'occupent des opérations.

— Vous m'accompagneriez, bien sûr.

— Pour votre sécurité. »

Marcel n'avait aucune envie d'aller à Auroreville, non plus qu'à une bourgade plus proche. Auroreville ne l'intéressait pas davantage que Mars dans son ensemble. L'idée d'être cantonné au milieu de nulle part incommodait Hubert, mais pas lui. Le C1 était son univers, là où se forgeait son destin, et cela lui convenait à la perfection.

« Allez-y sans moi. Comme vous dites, nous nous débrouillons très bien, et ici je suis le maître, je ne risque absolument rien. »

Après une hésitation, Hubert accepta, mais il fit patienter le conducteur jusqu'au soir, le temps de s'assurer que tous les erloors avaient été logés. Les séances d'euthanasie ne commenceraient pas avant la semaine suivante ; d'ici là, l'intégralité des installations devaient être testées.

Marcel n'avait pas l'habitude de se mêler au personnel, et encore moins à la garnison. Le chef des cuisines lui livrait ses repas à son bureau. Mais tout le monde avait bien travaillé, et il parut au réfectoire. Les hourras qui accompagnèrent son arrivée, le respect qui émanait de ces hommes au caractère rustre le rassérénèrent. Le chef avait servi deux roomboos à la broche, et fabriqué des galettes à la châtaigne d'eau pour fêter l'inauguration. Le programme pouvait commencer, et Marcel ne doutait plus à présent de son éclatant succès.

Les jours suivants, le camp ressembla à une fourmilière remuée par un bâton. Par les barreaux des fenêtres, les erloors se pressaient pour contempler le ballet des ouvriers.

Le temps était venu de procéder au premier essai. Les dortoirs étaient des baraques-hangars de cinquante-six mètres de long sur sept de large. Le premier contenait cent cinquante spécimens. C'est sur eux que Marcel décida d'opérer. Les erloors affamés ne se firent pas prier pour ingérer le repas spécialement préparé pour eux. Il contenait un anesthésique qui les plongea dans un profond sommeil. La drogue fonctionnait si bien que Maximilien annonça à Marcel le décès de la moitié des spécimens : ils avaient simplement cessé de respirer. Tous avaient des yeux de poissons morts. Le personnel transporta les survivants endormis vers la salle d'euthanasie.

Puis, les machines à vapeur se mirent en marche. Il s'agissait d'une des grandes fiertés de Marcel. Un test lui avait permis d'établir que la crémation des dépouilles induisait trop d'impuretés : le carbone de la chair s'incrustait dans le squelette. C'est pourquoi il avait fait transformer une salle en gigantesque bouilloire, alimentée par trois machines situées dans un local attenant. Tout un habillage de tuyauteries les reliait à la salle de cuisson. Un opérateur se tenait devant une série de volants et de cadrans.

Les cadavres furent disposés sur le plancher, la porte étanche claqua, et les machines déversèrent des torrents de vapeur surchauffée à l'intérieur. Dans sa pelisse rembourrée de duvet de doorm, Marcel attendait dehors, en compagnie de Maximilien. L'imperméabilité était loin d'être parfaite, remarqua-t-il, et des panaches de vapeur fusaient ici et là.

« Je peux entourer les fuites avec un bout de charbon, proposa Maximilien. Nos hommes les colmateront dès demain.

— Inutile. Il est bon que la pression s'évacue, de toute façon.

— Je ne pensais pas à la pression, mais à l'odeur. »

Un relent doucereux de viande bouillie devenait perceptible en effet. S'il parvenait aux narines des erloors dans leurs baraquements, ils se douteraient peut-être de ce qui les attendait. Marcel avait du mal à croire à une révolte. Même chassés par les colons, les clans erloors n'avaient jamais montré de capacité à s'insurger de façon coordonnée. Mais c'était tout de même ennuyeux. Ni lui ni les constructeurs n'avaient pensé à orienter le bâtiment de sorte qu'il se trouve toujours sous le vent ; d'ailleurs, Marcel n'était pas certain qu'ils sachent d'où soufflait le vent la majeure partie de l'année.

« Tant pis. Nous verrons bien. »

Les ouvriers devaient transporter les cadavres ébouillantés dans la salle de préparation, où les chairs étaient séparées, puis les ossements insérés dans un crématoire, avant le passage à la presse. Les deux hommes se retrouvèrent le lendemain à six heures. L'euphorie de l'inauguration s'était évaporée, et les ouvriers balançaient d'un air morose les corps dans des bennes roulantes. Les chairs se décollaient dans de curieux chuintements sous ces manipulations, et leurs émanations corrompaient l'air tout autour. Marcel finit par reculer. Lui et Maximilien se rendirent à la salle de préparation. Les squelettes s'entassaient déjà sur des caillebotis, imbriqués les uns dans les autres. Vers midi, ils passèrent au four, puis, préalablement tassés à coups de botte, sous une presse hydraulique. Les blocs compactés furent rangés dans des caisses, comme des briquettes.

À la fin de la journée, les caisses de poudre d'os d'erloor furent chargées sur un camion. Marcel se laissa aller à l'exultation. Tout s'était déroulé comme prévu. Le programme pouvait entrer dans la phase industrielle.

Il avait encore fallu six bonnes semaines avant que l'usine tourne à plein régime. Les camions effectuaient à présent des rotations régulières, et il y avait même un petit campement à mi-chemin de la capitale, une ancienne grotte où l'on parquait les erloors quand le C1 était plein. Ici, les hommes s'adaptaient. L'un d'eux avait causé une grande frayeur à Maximilien en s'échappant du camp, mais il n'était jamais arrivé dans aucune ville, et les traces qu'il avait laissées avaient mené à un marais où il avait dû se noyer. Un autre s'était pendu, un troisième s'était enfermé avec des erloors destinés à l'abattage. C'était relativement peu, d'après les estimations d'Hubert. Parfois, des camions ramenaient des corps momifiés tirés de fosses communes : d'anciennes victimes d'expéditions punitives de colons, vieilles de quinze ans ou plus. Les dépouilles étaient si dégradées qu'elles allaient directement au crématoire.

Six mois s'étaient écoulés lorsque Hubert se présenta au bureau de Marcel. Le soleil n'était qu'un disque un peu plus pâle que l'étain du ciel. Il était revenu dans la nuit de l'usine cavorurgique près de Port-Darvel. Un large sourire illuminait son visage, aussi Marcel décida-t-il de ne pas lui faire remarquer que la terre de ses bottes souillait son parquet.

Il reposa son stylographe et avisa le sac encombrant qui pendait au bout de son bras.

« Bonjour, Hubert. De quoi s'agit-il ?

— D'une gratification de la part de nos amis d'Auroreville, docteur.

— Une gratification ?

— En témoignage des services rendus. »

À la manière d'un prestidigitateur de foire, il extirpa du sac une caissette allongée. Il dénoua une ficelle maintenant le couvercle en place. Un gros lingot apparut, revêtu d'un gris mat un peu pâle.

« Ce que l'on voit n'est que la pellicule de plomb. Sans elle, le lingot aurait déjà quitté l'attraction gravitationnelle de Mars et flotterait quelque part dans l'éther.

— Voilà donc la cavorite de nos erloors.

— On a pensé que vous voudriez voir le résultat concret de notre entreprise. Le lingot à lui seul vaut une petite fortune. Il vous est offert comme un trophée.

— Vous remercierez nos amis de leur charmante attention.

— J'ai pris la liberté de vous devancer. »

Marcel caressa le lingot qu'Hubert avait posé sur son bureau. La concrétisation de la finalité du C1. Un instant, il se demanda combien de vies erloores contenait ce morceau d'alliage. Tout aussitôt, la question s'évanouit de son esprit. Les aboutissants n'éveillaient en lui aucune émotion.

« Un peu gros pour un presse-papiers, mais je le garde sur mon bureau. »

36

Cavorite

UN TERRIBLE DRAME AU-DESSUS DU PACIFIQUE

Le Sphinx, *un cargo des Messageries Maritimes jaugeant douze mille tonneaux, s'est abîmé en plein océan Pacifique. En provenance de Saigon, il faisait route vers Marseille quand il a essuyé une formidable tempête. Pour ajouter à la catastrophe, ses flancs étaient remplis de main-d'œuvre indochinoise, laquelle devait embarquer dans un paquebot spatial pour Mars. Le navire a versé, des plaques de cavorite mal fixées s'étant détachées. La pression exercée sur la coque a rompu celle-ci, précipitant mille six cent soixante-douze Vietnamiens et Cambodgiens dans l'océan. Deux navires s'étaient déroutés pour répondre à l'appel de détresse. Ils sont arrivés trop tard. Le bâtiment avait déjà coulé, et il ne restait plus que des débris et de menus objets, éparpillés sur des kilomètres. Aucun passager n'a survécu.*

Le ministère des Colonies est formel : cette tragédie n'enrayera pas le programme de migration de deux cent mille ouvriers, prévu pour les grands travaux martiens. Si la perle de l'empire a payé un lourd tribut, le Progrès, lui, ne s'arrêtera pas.

Non signé – *Le Nouveau Bulletin colonial*,
avril 1916

37

Renée Manadier

Pour la première fois depuis sa montée à la capitale, Renée avait du temps à elle. Elle en profita pour arpenter les quais en quête de textes classiques à emporter pour ses futurs élèves. La Seine coulait, indifférente et sale, entre ses deux rives de pierre. Sur Mars, elle doutait de pouvoir trouver des livres. Les boîtes vert wagon des bouquinistes alignées le long des parapets en regorgeaient. Des cartes postales s'entassaient dans des casiers en carton. L'une d'elles montrait une caricature de Jaurès fessé par le Kaiser. Renée extirpa une pile d'un casier portant l'inscription « *Mars* ».

Survol du mont Olympe. Une vache éventrée par un roomboo. Erloor fasciné par une horloge. Les saules des marais. Colon menant un troupeau de Martiens fraîchement désailés.

Les clichés, baignés dans une sempiternelle lueur rougeâtre, étaient de piètre qualité. Des fermiers en sabots chevauchaient des tracteurs dans les plaines d'Ophir ou le lac Solis. Ils auraient tout aussi bien pu être pris au fin fond du Massif central dans un crépuscule d'automne, réfléchit Renée. Devant la façade de l'hôtel de ville de Sainte-Marie-de-Gallie, des femmes et des enfants se forçaient à sourire à l'objectif. Quant aux erloors, ils cachaient leurs crocs, à moins qu'on ne les leur ait retirés.

À en croire les prospectus jetés de voitures volantes ou les slogans des camelots, les bals populaires pullulaient, non seulement à Ménilmontant, mais aussi dans les faubourgs. Madeleine en rapportait ses meilleures histoires. Une fois, deux bandes avaient surgi au Cyrano, avait-elle raconté, et s'étaient affrontées au couteau. Quatre gangsters étaient passés dans l'autre monde. La panique avait éclaté, provoquant une fuite éperdue, mais certains clients avaient cru à une mise en scène. Madeleine les avait vus danser sur le sang répandu, riant pour ne pas glisser.

Si elle ramenait un homme chez elle, la concierge ne trouverait rien à redire. Cependant, Renée n'éprouvait aucune envie d'avoir le corps d'un inconnu pressé toute la nuit contre le sien. Quant aux étreintes furtives, un accident était vite arrivé, qui pouvait compromettre son départ.

Restait le cinéma. Ce genre d'amusement manquerait certainement sur Mars.

Le Gaumont-Palace et le Louxor avaient survécu à la vague de fermetures qui avait touché un tiers de la douzaine de salles des boulevards, l'an passé. Le premier projetait *Tarass Boulba*. Dans le second, on passait des Buster Keaton, avant un film tiré d'un mélodrame théâtral intitulé *Sorurook*. Pourquoi pas celui-là, qui fleurait les sonorités martiennes ? Renée emprunta la ligne Rouge pour s'y rendre.

À son arrivée, une ouvreuse l'avertit que la pellicule nitrate du film comique avait brûlé. On l'avait remplacé par des bandes d'actualité Pathé sonorisées. Renée haussa les épaules. Cela lui convenait.

Elle choisit un fauteuil dans une rangée inoccupée, afin de ne pas être importunée par l'un de ces raseurs de salle obscure, et regarda sans y prêter attention les nouvelles en cours. Un coureur du Tour de France était soupçonné d'avoir allégé son vélo en dissimulant une tige de cavorite à l'intérieur du cadre, et l'affaire était portée devant les tribunaux. Le film enchaînait sur un concours du plus beau bébé. Un nouveau jeûne du Mahatma Gandhi, récemment libéré par les Anglais. Puis les conflits nationalistes des Balkans qui menaçaient de franchir les frontières de la Russie, dans un macabre jeu de dominos que l'Autorité des Nations désespérait de stopper. « *Un échange de balles a eu lieu entre la France et l'Allemagne. Qu'on se rassure, la guerre n'est pas déclarée! ou du moins, pas en dehors du court de tennis.* »

Soudain, Renée dressa l'oreille : « … *Retardé pour quelques jours par un accident de transbordement de fret, l'*Avenir *est encore à quai à Marseille.* »

L'image, en couleurs, montrait une vaste rade. Le navire qui l'ombrageait rappelait moins les paquebots traditionnels que les ballons zeppelins développés par la Prusse afin de contrecarrer la suprématie de l'Entente cordiale dans le ciel. Deux tours à l'allure d'échafaudages raccordaient le navire au quai en contrebas. Des filins pendaient jusqu'à l'eau, ou plutôt jusqu'à des remorqueurs assez fins pour franchir les passes étroites du port sans prise au vent. On distinguait des étais rompus, fichés dans la structure. Tout autour, jouant les funambules, de minuscules silhouettes humaines semblaient les abeilles d'un nid dérangé. La jeune femme n'avait d'yeux que pour le paquebot, en quête de stigmates, sur la coque, du voyage interplanétaire ou des précédentes approches martiennes. Hélas, pour pouvoir saisir le paquebot dans son ensemble, le cameraman avait dû s'éloigner, de sorte que beaucoup de détails se fondaient en une masse uniforme.

La nouvelle remontait à plusieurs jours, et personne n'avait informé Renée. S'il y avait un quelconque retard, il avait dû être comblé. Néanmoins, le doute gâcha le film, et elle partit avant la fin.

Un estaminet lui tendait les bras. La porte s'entrouvrit sur des flonflons d'accordéon. Elle recula. En cet instant, les sons de la rue lui paraissaient plus accueillants. Elle se dirigea vers une voiture à bras pourvue d'une énorme bonbonne. Un vendeur attifé en livrée chic servait un café bouillant dans des timbales. Pour quelques sous de plus, Renée avait droit à un sac de chouquettes. Un peu rassises, mais mangeables une fois trempées dans le café. Elle se surprit à soupirer d'aise.

« Mademoiselle Manadier ? »

Elle se retourna, pour se retrouver nez à nez avec un homme fourré dans un imperméable mastic. Le vêtement semblait si creux qu'on l'aurait dit habité par une mante religieuse.

Elle ouvrit la bouche pour lui intimer de déguerpir. Ne pouvait-elle profiter tranquillement d'une de ses dernières soirées sur Terre ? Puis elle se rendit compte que l'inconnu avait employé son nom. Son étonnement s'accrut. Elle n'était ni au travail ni chez elle. Comment s'y était-il pris pour la trouver ? Et pourquoi l'interpeller un soir ?

« Vous êtes policier, vous voulez me parler d'Ogloor ? »

Elle avait causé avec plusieurs d'entre eux, cet individu ne leur ressemblait pas. Ses yeux, surtout, ne recélaient pas une once de bienveillance. Il sortit une carte à cocarde, qu'elle eut à peine le temps de déchiffrer avant qu'il la renfourne.

« J'appartiens aux Renseignements généraux, de la Sûreté.

— Cela vous donne le droit de m'aborder dans la rue ?

— Je vous aborderais dans votre bain que vous n'auriez rien à dire. »

Renée demeura stupéfaite. Puis la colère lui décloua le bec.

« Vous avez raison, monsieur. Je n'ai rien à vous dire.

— Mais si, mais si. » Le sourire qui fendit ses lèvres n'altéra en rien la dureté de son expression. « Croyez-moi, mieux vaut que vous coopériez. Si vous voulez toujours partir, bien sûr.

— J'ai déjà parlé au responsable d'académie, et…

— Vos histoires d'académie et de Martien ne m'intéressent pas.

— Que voulez-vous savoir, dans ce cas ? »

Il lui fit signe d'attendre et se prit une timbale au cafetier, payant un supplément pour les deux consignes. Puis il l'entraîna dans une rue adjacente. Durant une parenthèse de vacarme, un tramway passa au-dessus d'eux, entre les deux rangées d'immeubles, ses longues barres de cavorite peintes en jaune tels les patins d'un traîneau. Puis ce fut tout. Plus un chat. L'espace d'un instant, une crainte d'un tout autre ordre effleura Renée.

« Nous avons besoin de quelques renseignements. Récemment, quelqu'un a-t-il essayé de vous approcher ? Un homme à l'accent étranger. Disons, à votre travail, dans un troquet ou dans la rue ? »

Renée réfléchit. La plupart des clients du grand magasin appartenaient à son sexe, ce qui n'empêchait pas leurs accompagnateurs masculins de la lorgner sans vergogne, parfois de la tripoter. Elle en avait pris son parti. Il en allait de même dans la rue, mais là, la jeune femme n'hésitait pas à asséner une taloche aux importuns trop hardis.

« Non.

— Vous en êtes certaine ? Combien avez-vous eu d'amoureux depuis votre arrivée ?

— Aucun. »

Elle s'était forcée à répondre. Elle songea au mensonge qu'elle avait servi à Madeleine pour avoir la paix. Si cet homme l'avait interrogée et qu'elle avait rapporté son histoire…

« Comment était le film ? »

Il l'avait donc suivie.

« Vous savez que je ne suis pas allée au bout.

— C'était si mauvais que ça ?

— Je n'étais pas concentrée.

— Donnez-moi au moins l'explication du titre.

— Ah, Sorurook. C'est le nom de scène de la courtisane. On le lui a donné d'après un papillon martien, dont les ailes ont l'air découpées dans un arc-en-ciel. »

Elle se rappela en avoir aperçu quelques-uns dans la serre du Jardin des Plantes. Ils formaient comme une parure à l'arbre dont ils tapissaient le tronc. Des larmes faillirent lui venir aux yeux. Elle avait oublié ce détail.

« Elle est bien ?

— Qui ?

— Marguerite Jamois, l'actrice.

— Oui… Enfin, je ne sais pas.

— Vous n'avez pas d'avis ? Comme Parisienne, vous avez des progrès à faire, soupira l'homme. Autre chose : quelqu'un vous a-t-il abordée pour embarquer un colis dans vos bagages, en vous promettant de l'argent à l'arrivée, ou une faveur du consul colonial ?

— Un colis ? Pourquoi ?

— Répondez.

— C'est non. Et je ne comprends rien à vos questions. »

L'homme paraissait néanmoins satisfait. Ils remontèrent la rue côte à côte.

« En quoi mes supposées liaisons intéressent-elles vos services ?

— Le Reich cherche à nous nuire partout, mais en particulier dans nos colonies depuis que Bismarck a renoncé à la conquête spatiale. Ses agents financent les rébellions locales, sabotent nos installations. Ils sont assez habiles pour recruter des têtes de linotte sans même qu'elles s'en aperçoivent. Mars est vitale. Là se trouve le véritable front. Nous devons assurer notre sécurité.

— Dans ce cas, tranquillisez-vous. Aucun Allemand n'a essayé de me séduire. Suis-je libre de partir, maintenant ? »

Un hochement de tête lui répondit. Renée lui abandonna sa timbale, et ils se séparèrent sans un mot. Elle ne devait jamais le revoir.

38

Georges Moinel

La voiture abandonnée dans une ruelle non loin de République, c'est à pied que les deux hommes retournèrent à l'appartement d'Octave. Les deux sacoches battaient ses flancs, retenues par leur courroie passée en bandoulière. En route, il marmonnait : « Bientôt, je me tiendrai devant lui. Il me dira qui était ma mère, et pourquoi ils m'ont abandonné. Il s'excusera, oui, il s'excusera surtout… » Tiraillé par sa vessie, Georges avait fini par ne plus tenir compte de son soliloque. Il était illusoire d'utiliser les pissotières circulaires, d'une pestilence absolue. Il renonça à aller uriner derrière une colonne Morris, sur laquelle s'affichait un film romantique en projection au Louxor. Il n'avait qu'une envie : arriver.

Ils tournaient au coin de la rue quand Octave cessa soudain son monologue. Son compagnon faillit buter contre lui. D'un geste naturel, le voleur traversa la chaussée et entreprit de remonter le trottoir dans l'autre sens.

« Pourquoi rebrousse-t-on chemin ? Que se passe-t-il ?

— Deux types en planque, répondit Octave entre

ses dents. Le premier en face de l'immeuble, le second à l'entrée de la vespasienne au coin de la rue. J'ai suffisamment côtoyé de voyous pour les reconnaître au premier coup d'œil. On serait arrivés par l'autre bout, la nasse se serait refermée sur nous.

— Tu es sûr qu'il ne s'agissait pas de flics ?

— Je sais faire la différence.

— S'ils nous attendaient, c'est qu'ils connaissaient l'opération avant qu'on l'entreprenne. Or, je n'ai parlé à personne.

— Moi non plus.

— Si : à la voyante avec qui tu couches.

— Ça n'a rien à voir ! Berthe m'a conseillé de poursuivre la mission pour que je retrouve mon père. Elle l'a vu dans les astres. Elle n'est même pas au courant de ma part de contrat avec les anarchistes. »

Tant de naïveté ne surprenait guère Georges. L'amante d'Octave n'avait pas dû creuser profond pour dénicher toutes les informations dont elle avait besoin, sans même qu'il s'en aperçoive. Elle avait certainement implanté dans son esprit l'idée stupide qu'il était le fils illégitime d'un ambassadeur. Qu'elle ait ourdi seule cette machination était en revanche peu probable. Au moins trois hommes les attendaient : deux sur le trottoir, un autre à l'intérieur de l'immeuble. Difficile de croire qu'une simple prostituée puisse avoir autant d'hommes de main sous ses ordres.

« Une conversation s'impose avec ton amante. Nous devons savoir à qui elle a parlé de ta mission. Au moins, nous saurons qui nous fuyons. »

Octave darda sur lui un œil noir.

« Allons nous poser quelque part, et partageons-nous le butin. Ensuite, nous nous séparerons et nous ne chercherons pas à nous revoir. Ce qui s'est passé avec Berthe ne te regarde pas. »

Georges était d'accord, au moins pour la première suggestion. Il aviserait après.

Ils n'avaient plus de domicile à présent, et Georges préférait éviter les endroits connus de Berthe. Cela ne leur laissait plus de voie de repli. Il envisagea une cantine populaire où il lui était arrivé d'aller manger durant sa déchéance, mais on racontait qu'elles grouillaient d'agents des renseignements. L'Idée Libre pourrait peut-être leur fournir un abri. Georges n'avait toutefois pas envie d'attirer l'attention de sbires sur la librairie anarchiste, déjà plusieurs fois dévastée.

Ils s'assurèrent qu'ils n'étaient pas suivis. Les thés dansants d'Alfort étaient trop loin, mais n'importe quelle gargote conviendrait, indiqua Octave. Ils s'installèrent au fond d'un boui-boui malodorant, qui avait au moins l'intérêt de disposer de coins discrets. Georges se souvenait de ce cabaret où Flavien et lui, et toute une bande, étaient descendus un soir. Flavien avait ricané en voyant un piano dont les pieds avaient été vissés au plafond, ce qui n'empêchait pas le pianiste de jouer, fixé par un harnais : « Un piano au plafond. En plus de flanquer le torticolis, c'est d'un banal ! » Ces repaires artistiques appartenaient à un passé lointain et dérisoire.

N'y tenant plus, il fila aux toilettes. Tout en se soulageant, il se fit la réflexion que le cambrioleur pouvait avoir profité de son absence pour décamper ; mais étrangement, il n'y accorda aucun crédit.

Lorsqu'il ressortit, Octave avait posé les sacoches sur la table éraflée et graisseuse. Il écarta les poignées de la première et rabattit le pan de cuir. Un coup d'œil à l'intérieur, puis il la poussa devant Georges.

« Ta part. »

Des documents officiels formaient une liasse inégale. Il y en avait une bonne centaine. Peut-être plus, car une partie d'entre eux étaient imprimés sur du papier pelure extrafin. Georges piocha une feuille au hasard. Un tampon *Secret* défigurait l'en-tête du ministère de la Guerre. Un coup d'œil rapide : il y était question du Traité de la Cavorite. Un autre document, encore plus confidentiel que le premier au vu du fragment de sceau en cire, évoquait le même traité. Et un troisième à l'avenant. Les médiocres connaissances de Georges en politique internationale ne lui permettaient pas de juger du contenu, mais il n'avait aucune peine à deviner leur caractère explosif. Il devrait les compulser avant de s'en défaire. Ce n'était pas un choix : les ayant eus en sa possession, il serait de toute façon suspect de les avoir lus aux yeux des conspirateurs. Autant savoir de quoi il retournait, avant de les livrer à la presse.

Lorsqu'il releva les yeux, il sut qu'il avait eu raison au sujet de la situation d'Octave. La sacoche bâillait sur des enveloppes anonymes. Octave avait déchiré l'une d'elles. Elle contenait des liasses de papier, trop petites pour être des documents notariés ou autres. Il s'agissait de billets de banque. Une fortune apparemment, soit propriété de l'ambassadeur, soit laissée à sa discrétion par son département.

« Berthe m'a trompé, dit-il d'une voix éteinte. Comment ai-je pu être aussi bête ? À moins que les documents ne soient rangés ailleurs, de crainte justement d'un cambriolage ?

— Si tu comptes retourner à la résidence de ton foutu ambassadeur, tu es en plein délire, mon pauvre ami. »

Octave finit par secouer la tête.

« Tu as raison. Je ne suis pas son fils. Je ne l'ai jamais été.

— J'aurais pu te le dire dès le départ. Mais tu ne m'aurais pas écouté. »

Il s'apprêtait à enfoncer le clou, avant de se rendre compte qu'il assistait en direct à la destruction d'un homme. Lui-même était motivé par la vengeance, et ce ressort le maintenait debout. Octave, lui, était à terre. Il lui faudrait du temps pour se reconstruire.

Ce dernier ouvrit la sacoche, et extirpa l'une des enveloppes.

« Voilà pour toi, l'Artiste. La récompense pour ton aide. »

Georges leva la main dans un geste de refus.

« C'est beaucoup trop.

— Mais non, tu l'as mérité. »

Georges déchira l'enveloppe, empocha une liasse de billets de cent francs, et une seconde de cinq cents francs. Il rendit le reste.

« J'ai de quoi assurer mes arrières le temps que l'affaire éclate. Avec tout cet argent, tu peux t'acheter un titre. Tu auras au moins ça, à défaut d'une filiation. »

Gloussant d'un air sinistre, Octave sortit une pièce de cinquante centimes de son gilet.

« Si je le jouais à pile ou face ? Pile, j'achète un titre de baron, de duc ou de je ne sais quoi. Face, je claquerai ce fric qui n'appartient même pas à mon père. Ensuite, je retournerai à ce que j'ai toujours fait : cambrioler les villas des cochons de bourgeois.

— Tu veux jouer ton avenir, là, sur un coup de tête ?

— Pourquoi pas ? Ce serait digne d'un de tes fameux théoriciens anarchistes : laisser le hasard décider.

— Je n'ai jamais bien compris la théorie, soupira Georges. Flavien, lui, saurait… mais tu ne le connais pas.

— Je me passerai de son avis, alors. Quant au tien…

— Fais ce que tu veux, camarade.

— Voilà qui est parlé ! »

Il lança la pièce, la rattrapa avec adresse et plaqua une main dessus. Il prit une longue inspiration, jeta un coup d'œil rapide dessus. Avant que Georges ait pu regarder à son tour, la pièce disparut.

« Bonne chance, dit Octave.

— Bonne chance à toi aussi, quel que soit le sort que t'a réservé le hasard. »

Alors que l'autre repoussait sa chaise, Georges le retint par le bras.

« Attends. Il me faut l'adresse de ta cocotte. Son nom, aussi.

— Je ne veux plus jamais la revoir.

— Toi, non. Moi, je dois savoir avec qui elle trafique.

— Je te dois bien ça. Je n'ai jamais su son véritable nom. Elle s'est fait connaître sous le nom de Berthe Lagile. »

L'adresse correspondait à sa profession : un logis

dans le Marais. De même que la description de la dame, qui ne se séparait jamais de son écharpe de plumes roses coincée sous ses bras.

Les trottoirs roulants ne desservaient pas le quartier, et les récentes inondations avaient conduit la moitié des stations de métro à la fermeture, malgré les pompages. Il devrait emprunter une ligne d'aérotram, ou aller à pied.

Octave lui adressa un adieu de la main, comme le grelot de la porte tintait. Puis il disparut. Georges s'attarda le temps de boire un verre de sang-erloor – il avait fini par prendre goût à l'infect breuvage. Il régla l'addition et sortit, la sacoche sous son bras, avant de se diriger vers la rue du Temple. Les deux épaisses liasses de billets rembourraient sa taille.

39

Marthe Antin

Sur le parvis du commissariat, à la guérite du planton de service, un visage fermé l'accueillit. Marthe fouilla dans son sac, à la recherche de sa carte d'identité.

« Inutile, madame, je vous reconnais. Le commissaire Peretti n'est pas là.

— Pas là ?

— On ne vous a pas mise au courant ? Hier, trois hommes sont tombés dans une opération spéciale. Le commissaire aussi. »

Ses paroles s'enfoncèrent à coups de marteau dans la poitrine de Marthe.

« Où est-il ? coassa-t-elle.

— À Tenon.

— Tenon…

— L'hôpital. Pas la peine de vous y rendre. Le commissaire est sur le billard en ce moment, probable qu'on doive l'amputer des deux jambes. L'inspecteur Couzinié n'a pas eu sa chance. »

Il n'avait donc pas été tué. La jeune femme éprouvait ce que ces femmes de soldats avaient dû éprouver, à la fin de la guerre contre la Prusse, en voyant revenir leur mari ou leur frère. *Peretti n'est ni l'un ni l'autre*, se dit-elle, la gêne remplaçant le soulagement. Ses propres sentiments l'étonnèrent. Le métier de Peretti ne lui inspirait aucune sympathie. Elle ne connaissait rien à la politique, mais doutait qu'il se trouve du bon côté de la barrière, si tant est qu'il y en ait un. Cependant, il lui avait offert un mystère à résoudre, un mystère pour lequel elle se sentait taillée.

À son retour, une autre surprise l'attendait. Constant lui ouvrit tout de suite. Il ignora le visage bouleversé de sa femme. Le sien exprimait une colère qu'elle ne lui avait jamais connue. Le billet de paquebot spatial se nichait, froissé, dans sa paume. En un geste réflexe, elle le lui arracha. Il ne l'avait pas abîmé.

Surpris, Constant recula d'un pas.

« Alors c'est vrai, tu veux partir de la maison. Je n'ai pas été assez bon pour toi ? Je ne t'ai jamais frappée, je t'ai autorisée à ouvrir ton propre compte à la banque. Je t'ai pardonné tes lubies, et voilà comment tu me remercies. »

Marthe déglutit. Sur le chemin du retour, une boule de culpabilité n'avait cessé de grossir dans son estomac. Elle avait élaboré toutes sortes d'explications plus ou moins fantaisistes pour justifier sa décision. La dernière phrase de son mari venait de les balayer.

« Mes lubies rapportent ma part de l'argent du ménage.

— Je n'en ai jamais eu besoin pour subvenir à nos besoins ! »

Il y avait des années qu'ils ne s'étaient disputés. Parce qu'ils ne se parlaient pas, réalisa Marthe. La possibilité du voyage l'avait forcée à reconsidérer leur vie ensemble. Ses années passées avec Constant ne lui causaient aucun regret. Mais elles avaient déposé une gangue autour d'elle, et Peretti l'avait brisée. La jeune femme ne pouvait dénier à son mari l'accomplissement de ses devoirs. Même si elle avait l'impression de le payer aujourd'hui, il avait raison.

« Je ne pars pas à cause de toi. Je pars parce que c'est une chance qui ne se reproduira jamais pour la physicienne que je suis. Aller sur Mars, te rends-tu compte ?

— Tu m'as quitté le jour où tu as accepté cette stupide affaire. Avoue ! En tout cas, voilà ce que moi, je vois. »

L'espace d'un instant, elle souhaita qu'il lève la main sur elle, pour lui insuffler la force de partir sur-le-champ. Elle avait vu tant de ses amies noircies d'ecchymoses, giflées pour un plat trop cuit ou un regard trop appuyé, ou juste comme ça. Elle savait que Constant valait mieux que ces tyranneaux. Rien que pour cela, il ne méritait pas ce qui lui arrivait.

« Mon pauvre chéri. »

Il secoua la tête et l'aida à se préparer.

Il restait un mois avant le départ pour Mars, juste assez de temps pour se mettre en règle. Une amie accepta de l'héberger.

À *La Science Populaire*, Marthe se fit annoncer chez le directeur. Elle lui montra le billet, sans lui révéler la véritable raison.

« Je vous offre de devenir une correspondante du journal le temps de mon séjour, avec un article sensationnel à la clé.

— Sur quel sujet ?

— Je trouverai. Ce dont j'ai besoin, c'est d'argent, et d'une lettre qui m'établira formellement dans ma fonction. »

Peretti lui avait remis un ordre de mission, en lui recommandant de ne s'en servir auprès des autorités locales qu'en cas d'urgence, ou le plus tard possible en tout cas. Mieux valait que leurs ennemis ignorent qu'elle enquêtait sur place. Par ailleurs, la police était peut-être compromise dans le trafic. Les sujets d'article ne manquaient pas. Travailler à l'un d'eux lui fournirait une excellente couverture.

Le rédacteur la scruta avec un intérêt nouveau.

« On dirait que votre collaboration avec ce monsieur de la police vous a profité, madame Antin. Vous avez gagné en confiance. »

Marthe faillit sursauter.

« Vous savez ?

— L'autre matin, un confrère à lui est venu me trouver. Il voulait connaître la nature de votre collaboration. Je n'ai rien pu lui dire. »

Il se leva à demi, et lui tendit la main.

« Quoi qu'il en soit, nous sommes d'accord sur le principe. En ce qui concerne la somme à vous allouer, le montant mérite une mise au point. »

Un fonctionnaire lui remit une convocation à l'Institut martien afin de vérifier qu'elle supporterait l'atmosphère martienne, moins dense que celle de la Terre. Le taux d'oxygène, en revanche, était identique. L'Institut jouxtait le ministère des Colonies. On la fit entrer dans un caisson en métal, où elle dut patienter deux heures, assise sur un banc. Un appareil de ventilation artificielle Pulmotor était disposé à côté d'elle, au cas où elle se sentirait mal. Elle s'en tira sans autre incommodité qu'un éphémère bourdonnement d'oreilles. Une visite médicale suivit. Un médecin la regarda avec sévérité lorsqu'il lut, dans le questionnaire qu'elle avait rempli au secrétariat, qu'elle était stérile.

« J'espère pour vous que vous n'avez pas menti », dit-il en lui désignant le mur du doigt.

Une affiche montrait une crèche sinistrement vide, avec l'inscription : *Cent mille bébés périssent chaque année, quand naître est le premier devoir patriotique. En métropole, en Afrique ou sur Mars, la France a besoin de tous ses bras.*

Une ritournelle lui traversa l'esprit. Chaque femme devait trois fils : le premier pour faire tourner les usines, un autre pour les champs, le dernier pour nous venger de l'Allemagne. Depuis une loi qui avait rendu l'avortement criminel, plusieurs femmes croupissaient en prison. Marthe serra les mâchoires.

« Je me rends sur Mars pour faire un reportage, pas pour la peupler.

— Livrées à elles-mêmes, les femmes ont tôt fait de se trouver un nouveau mari. Elles sont pardonnables, puisque gouvernées par leurs émotions. C'est pourquoi la fécondité n'est pas un facteur à négliger. »

Marthe ne trouva rien à répondre, mais soudain, elle eut hâte de quitter le cabinet. Le médecin prit néanmoins son temps pour terminer l'examen. Afin d'oublier les mains qui s'affairaient sur elle, elle s'abîma dans la contemplation d'une autre affiche murale, *Préservation contre la tuberculose martienne et sa contagion*, répertoriant les précautions et les mesures d'hygiène. Enfin, comme à contrecœur, l'homme tamponna son carnet de santé.

Dehors, le printemps naissant était aussi gris qu'un automne, mais Marthe le trouva délicieux.

Entre deux formalités, tout aussi pénibles que la visite médicale, elle trouva le temps d'aller voir Peretti.

Deux autres accidentés graves partageaient sa chambre. Une chrysalide de bandages les recouvrait, et ils ne réagirent pas à l'entrée de Marthe. Une odeur de camphre couvrit la jeune femme de chair de poule. Des plaintes s'élevaient dans les couloirs, des portes claquaient. Elle ignorait s'il était normal que l'hôpital déborde de blessés, ou si ces derniers résultaient des troubles de rue.

Peretti, lui, avait le visage intact. La broussaille des sourcils et les cernes sous ses yeux se fondaient dans sa pâleur mortuaire. Un drap blanc avait été tiré jusqu'au cou. À l'endroit de la jambe gauche, le lit était plat. En revanche, la jambe droite, enveloppée dans un plâtre, avait doublé de volume.

Ses paupières s'entrouvrirent.

« Marthe ? On me surveille. Fichez le camp d'ici…

— Mais non. Tout le monde sait que nous travaillons ensemble.

— J'ai été piégé. Ce pourrait être votre tour.

— J'ai l'habitude que personne ne fasse attention à moi, commissaire. Le mépris est une protection dont on n'imagine pas l'efficacité quand on n'y est pas exposé. »

Il grimaça, et elle lui prit la main.

« Vous avez mal ?

— À ma jambe valide, oui. Au moins, l'autre ne posera plus de problème.

— J'ai lu que des blessés de guerre pouvaient sentir leur membre disparu.

— S'il faut avoir fait la guerre, alors je devrais y échapper.

— Ne prenez pas cela à la légère. Le destin a l'oreille fine. »

Il eut un faible sourire.

« Vous trouvez toujours à argumenter, pas vrai ?

— C'est la raison pour laquelle vous m'avez engagée.

— Vous n'avez donc pas renoncé. Comment a réagi votre mari ? Je ne me rappelle plus son nom…

— Vous vous le rappelez parfaitement. Constant a été très gentil.

— Vous lui avez donc dit.

— Je ne l'avais pas préparé à cela. Il aurait pu m'empêcher de partir, se plaindre à la police pour abandon du foyer. Il ne s'est pas opposé. »

Peretti eut un sourire mi-figue mi-raisin.

« À vrai dire, j'espérais qu'il le ferait, c'est pourquoi je ne vous ai pas parlé de ce risque. »

Elle lui demanda s'il avait un chat ou un chien à confier à son entourage, ou s'il avait besoin d'effets personnels. Il lui désigna une petite valise, rangée sous la table de chevet : un de ses inspecteurs était passé chez lui.

« Ne vous occupez plus de moi, madame Antin,

mais de vous-même. Et ne faites confiance à personne. Mon rôle s'achève, le vôtre ne fait que commencer. »

Longtemps, elle hésita à revenir chez elle. Elle n'osait affronter Constant dans ce domicile qu'elle avait déserté. Les convenances réclamaient sa repentance, et elle ne pouvait s'y plier. Par ailleurs, Constant savait où et quand avait lieu le départ.

Tous ses essais de lettre finirent à la corbeille.

Le matin du départ, Marthe prit la ligne d'aéropolitain jusqu'à la tour Eiffel-Toussaint Sud. Debout, une main crochant une barre d'appui, elle regardait par la fenêtre, mais c'est à peine si elle remarqua le survol de la Seine, puis la traversée d'Ivry. Des voyageurs lestés de bagages évoquaient le retard pris par l'*Avenir* en rade de Marseille, qui avait finalement été comblé. Mais la plupart s'extasiaient à voix forte, comme ils approchaient de l'édifice géant.

C'était l'une des trois filles de la Dame de fer du Champ-de-Mars. On l'avait ceinte d'une jupe de métal et de verre qui montait jusqu'au premier étage, où se trouvait le port d'attache des paquebots cavoriés. L'*Avenir* flottait, frôlant les parements. Cette fois, Marthe colla le nez à la vitre. Son regard remonta la courbe des poutres maîtresses de la tour, qui bousculaient le gribouillis d'entretoises pour filer vers le ciel – non, vers l'espace. La physicienne ne savait lequel, du paquebot spatial ou de l'édifice, était le plus digne de se pâmer d'admiration.

Un carrosse cavorié, ornementé à l'excès, abordait un aéroquai situé au deuxième étage de l'Eiffel Sud. Le véhicule transportait quelque ambassadeur, vedette de cinéma ou prince libéral qui rejoindrait bientôt l'entrée de première classe. « À croire que même les aérocabs de luxe ne sont pas assez bien pour eux », maugréa une passagère à côté de Marthe.

Elle ne put en voir davantage : le tram s'insérait dans le quai du terminus, à l'intérieur du pied ouest de la tour. Autour du pied nord, une ribambelle de camions roulants se hâtaient sur un dock maçonné, pour transporter le fret déchargé dans la nuit vers les halles ou des entrepôts de banlieue.

Des employés réceptionnèrent les passagers, pour les enfourner dans une cage d'ascenseur qui les régurgita d'un pilier au rez-de-chaussée. On leur distribua un numéro d'appel, puis on les dirigea vers un troupeau déjà constitué, qui attendait devant un immense panneau d'affichage électromécanique. Toutes les têtes étaient levées, comme pour attendre quelque révélation cosmique.

À huit ans, Marthe avait visité le Palais de l'électricité de l'Exposition. À l'instant où elle avait franchi le seuil, un élan mystique s'était emparé d'elle, la sensation d'être minuscule et puissante à la fois, détentrice de toute la puissance industrielle humaine. Aujourd'hui, une émotion semblable l'étreignait, en levant les yeux vers la verrière venant clore le premier étage de la tour Eiffel-Toussaint, à soixante mètres de hauteur. Dieu sait combien les déesses de fer avaient du mal à trouver des adorateurs. Les critiques ne tarissaient pas, au contraire : écrasantes, alors qu'elles se laissaient traverser par le vent ; monumentales mais sans noblesse, alors qu'elles portaient les hommes et les ondes jusqu'à l'espace. Mais pour Marthe, en cet instant, celle-là représentait une pure merveille.

Son regard se porta au-delà, sur l'*Avenir*, à l'attache tel un léviathan dompté. Elle s'arrêta, saisie par sa beauté. Elle avait beau tendre l'oreille, aucun clapotement, aucune friction ne lui parvenait. Les carreaux de la verrière morcelaient sa coque jusqu'à lui conférer l'aspect d'une panse crocodilienne. Des esquifs cavoriés sillonnaient ses flancs, tels des alevins le long d'une berge au pied d'une falaise. Mais une falaise mobile, frissonnant contre la poussée du vent. Un frémissement parcourut Marthe, le même peut-être que celui de ces hommes préhistoriques, tout imprégnés de superstitions, quand ils croyaient contempler un dragon dans la forme d'un nuage. Mais le paquebot spatial était réel. Oh oui, il l'était.

L'esplanade contenue sous la jupe de la tour servait à la fois de zone d'embarquement et d'espace d'attente. Sa vastitude permettait aux pavillons marchands de s'élever sur plusieurs étages. Le public avait accès aux boutiques, si bien que des soldats patrouillaient en permanence. Il restait trois heures avant l'appareillage : le temps nécessaire à l'écoulement de la foule vers les deux ascenseurs d'entrée. Marthe pénétra dans un pavillon dévolu aux partants. Elle s'était déjà pourvue du matériel indispensable à l'arrivée sur la colonie. Cela avait d'ailleurs grevé le maigre budget alloué par son éditeur. Dans les rayons s'alignaient des sacoches et des guêtres en cuir traité contre les moisissures locales, d'épaisses chemises importées du Canada, des couteaux Laguiole à la lame étudiée pour trancher les plantes martiennes, des applicateurs de latex sous pression ;

mais aussi des souvenirs de la Terre : paquebots et tours Eiffel-Toussaint miniatures, sachets de terre provenant des différentes régions, billes de verre en forme de globe terrestre…

Des informations défilaient sur le panneau électromécanique. L'appareil cliquetant était surmonté d'une horloge astronomique dont les deux cadrans donnaient l'heure de Paris et l'heure de la colonie française sur Mars.

L'AVENIR – C. G. C. E.
DÉPART 12 H 00 MÉRIDIEN DE PARIS
DESTINATION MARS
EMBARQUEMENT EN COURS

Tandis qu'elle errait entre les pavillons, Marthe ne put s'empêcher de scruter alentour. Une femme arrachait une petite fille des bras de son mari en partance. Au vu de sa tenue, il s'agissait probablement d'un des ingénieurs recrutés dans le but de développer les infrastructures de la colonie. Mars possédait moins de cent mille kilomètres de voies ferrées, et un programme d'expansion prévoyait de le tripler en cinq ans. En dépit des remontrances de sa mère, la fillette pleurait toutes les larmes de son corps. L'homme reviendrait au terme de son contrat, mais ce n'était pas le cas de la plupart des voyageurs. Ceux-là vivaient leurs dernières heures sur Terre, avant le grand saut à travers l'éther.

Marthe s'éloigna, continuant d'observer malgré elle la foule venue assister au départ des proches. Arriverait-elle à voir Constant, s'il se trouvait quelque part dans cette cohue ? La jeune femme savait que la pointe de la tour était en platine, afin de maximiser ses capacités de radiodiffusion. Qu'au sommet, où se nichait un Café du Système solaire réservé au gratin, la vue portait à quatre-vingts kilomètres. Elle avait appris la composition chimique de la peinture qui donnait à la tour sa couleur jaune ocre particulière, et savait que les ascenseurs à cavorite avaient remplacé, après le premier étage, le système hydraulique Edoux. Elle connaissait également le poids exact de la structure, piliers et vitres de la verrière non inclus : onze mille deux cent trente-trois tonnes. Son cerveau savait tout cela. Mais elle ignorait ce qui importait vraiment – si Constant était là.

Son numéro d'appel approchait. Marthe rejoignit la zone d'embarquement. La ligne de démarcation franchie, elle se sentit neuve, comme si elle avait déjà quitté la Terre. Constant… Eh bien, elle laissait cela pour le retour.

Son tour arriva devant le poste de contrôle. Pendant qu'un agent fouillait ses bagages, elle suivit des yeux un groupe se bousculant sans vergogne devant l'ascenseur d'embarquement. Une femme à la mise stricte était abordée par un homme d'équipage. Accompagnant ce dernier, elle grimpa sur la plateforme d'un pas décidé. Grande, les yeux noisette sur un teint hâlé, un chignon contenait les ondulations de sa chevelure claire. Elle disparut sans un regard en arrière.

Marthe lui envia ce courage.

40

Aknood

Sitôt que la bâche du camion se releva, Aknood s'ébroua avec les autres. Elle sortit aussi vite que la chaîne qui lestait ses jambes le lui permettait : les omoos n'aimaient pas que l'on s'attarde.

L'assaut revenait sans cesse dans son esprit. L'attaque avait tout changé, pour elle-même et pour le clan. Les dieux de l'étoile du Désastre étaient tombés du ciel, et Grah-ju-Mangal, le monde erloor, avait été bouleversé. Non, plus que cela : Aknood avait la sensation que Grah-ju-Mangal était entré dans un brouillard crépusculaire. Avant, le Temps était rond. Il tournait sur lui-même et revenait, semblable en tout point, telle une baie de guul dans la bouche. Et puis, les omoos étaient arrivés. Plus rien ne serait comme avant, jamais. Elle le savait depuis sa jeunesse, lorsque les premiers omoos avaient posé le pied sur le monde.

Les erloors anciens, eux, n'avaient pu s'y accoutumer. Ils pensaient qu'il suffisait de battre des ailes et de lâcher des invocations devant les omoos pour qu'ils s'enfuient et que le Temps redevienne rond. Mais le Temps ne serait plus jamais rond. Les omoos ne repartiraient pas. Les omoos avaient capturé le Temps et l'avaient taillé en une chose droite et coupante. C'est pourquoi les anciens avaient péri. Ils croyaient qu'une fois sa révolution accomplie, le Temps engloutirait les omoos. Mais les omoos avaient dompté le Temps.

Aknood clopina jusqu'au bord de la plateforme du camion. Elle sauta sur le sol, manquant de faire chuter l'erloor devant elle. Plus que la chaîne, les pieds griffus l'empêchaient de marcher sur le sol avec l'aisance des omoos. Ceux-ci avaient les pieds et le corps couverts de peaux qui n'étaient pas les leurs. Parfois la tête, aussi. Aknood devait réfréner sa curiosité à leur endroit. Une fois, peu après sa capture, elle avait vu un jeune erloor céder et attraper le couvre-chef d'un de leurs ravisseurs. L'omoo le lui avait repris, et son geste brusque avait arraché deux griffes au jeune erloor.

Ils avaient atterri à l'intérieur d'un espace dégagé, dénué de fougères et de brins d'herbe. Aucun chant d'insecte n'insufflait d'âme au vent. Une palissade lisse entourait le vaste terre-plein, avec des sortes de troncs creux qui s'enfonçaient à intervalles réguliers. Des grottes avaient été construites à l'intérieur du terre-plein. Ce n'étaient pas des grottes naturelles, les omoos les avaient fabriquées. Les omoos fabriquaient leurs grottes, leurs peaux qui n'étaient pas les leurs, et tout un tas de choses incompréhensibles à l'esprit d'Aknood.

Elle allaitait ses petits dans la grotte commune lorsque les omoos avaient fondu sur le clan. Tout de suite, des erloors étaient tombés. Une multitude de coups de tonnerre avaient éclaté, meurtrissant ses oreilles, et une odeur de brûlé avait retroussé ses lèvres sur ses crocs. La guerre était là, et elle n'était pas prête. Quant à Ogloor, il était dehors.

À l'entrée, elle avait vu des chasseurs suspendus au plafond se détacher, chuter et s'écraser. Le tonnerre des omoos les avait foudroyés avant qu'ils aient eu le temps de se réveiller.

Ses petits, dérangés, avaient geint. Un vent-terreur avait soufflé en eux et ils s'étaient décollés d'elle. Aknood savait l'instinct qui les poussait : ils libéraient son torse pour qu'elle puisse étendre ses ailes.

Elle savait aussi qu'elle n'avait aucune chance de franchir le seuil de la grotte, ses rejetons accrochés aux flancs. Les omoos abattaient tous ceux qui tentaient de s'échapper.

Bientôt, la nuée d'erloors se tarirait et elle deviendrait une cible plus évidente. Elle attrapa sa progéniture avec douceur, les accrocha au plafond et hulula une intimation au silence.

Puis, ses ailes se déployèrent. Des balles ricochaient sur les stalactites. Elle rasa le plafond, suivant la pente jusqu'à l'embouchure. Des corps jonchaient le sol en contrebas. Certains bougeaient, les membres brisés. À l'extérieur, des omoos attendaient, leurs bâtons à tonnerre brandis. Aknood inclina son vol. Au moment où elle franchissait l'ouverture, un omoo la mit en joue. Un son mat claqua, et un petit trou apparut sur son aile droite. Aucune douleur ou presque – elle ne modifia pas son vol. Tout près, un erloor la dépassa. Aknood le connaissait. Il avait été son tout premier partenaire, et seule une portée avortée avait mis fin à leur relation. Un instant plus tard, ses ailes se replièrent brutalement et il tomba en torche. Dans la tête d'Aknood, le fil des pensées se rompit. Une seule surnageait :

Ogloor, je dois retrouver Ogloor.

Cet impératif occultait la sensation qui nouait son abdomen.

D'un puissant effort, elle s'éleva. Une plainte filtra d'entre ses dents lorsqu'elle aperçut Ogloor à terre, au milieu d'autres congénères. Un filet aux bords lestés de poids les emprisonnait. Ils remuaient faiblement. Des omoos les entouraient, des bâtons à tonnerre pointés sur eux.

Ce ne fut qu'une vision fugitive. Un vent ascendant s'empara d'elle, la propulsant plus haut qu'une cime de hêtre rouge. L'air glacé suçait sa force vitale, mais tout son corps était insensible. Elle n'était qu'un fétu.

Les deux lunes se couraient après sous la voûte nocturne lorsque Aknood décrocha. Elle se laissa porter, telle une feuille morte, jusqu'à l'entrée de la grotte. Ses pieds touchèrent le sol. Les omoos avaient embarqué plusieurs cadavres, et en avaient laissé d'autres. Elle huma l'air, mais rien de vivant ne parvint à ses narines. Elle ne trouva pas le courage de pénétrer dans la grotte pour chercher ses enfants. Elle siffla l'appel maternel jusqu'à ce que la salive mousse sur ses crocs. La grotte ne lui renvoya que l'écho.

Elle aborda un autre clan nichant à mi-hauteur d'un escarpement. Celui-ci accepta de l'adopter en échange de son lait. Elle dut repousser les avances de partenaires potentiels. Parfois, Ogloor lui apparaissait en rêve, leur progéniture également. Mais leur visage à eux se brouillait, et leurs cris, qu'elle avait su autrefois reconnaître au sein du brouhaha de la caverne, se faisaient indistincts.

La survie était dure. Le clan avait déjà eu maille à partir avec les omoos, et les évitait. Les animaux s'étaient raréfiés, de sorte qu'ils se voyaient souvent réduits à se nourrir de racines et de fades champignons des cavernes. Aknood devait reconstituer ses forces. Elle attrapait volatiles et rongeurs, dont elle ponctionnait un peu de sang avant de les relâcher. Ceux qui étaient trop faibles, elle les mangeait.

Les saisons passèrent. Un jour, un guetteur vint avertir le clan qu'un troupeau avait échappé à la surveillance des omoos et s'ébattait dans une clairière. Il s'agissait de sortes de yacks, mais plus petits et à la fourrure rase. Les omoos les avaient apportés de leur monde. Ils poussaient des meuglements bizarres. L'aubaine de boire du sang sans trop d'effort était trop belle pour la laisser passer.

Trente erloors du clan prirent leur envol. Les animaux paissaient en effet dans une clairière. Ils n'avaient pas bougé, ce qui mit la puce à l'oreille d'Aknood. Mais le groupe entamait déjà la descente. C'est une fois qu'ils eurent touché terre et replié leurs ailes que les omoos surgirent des fourrés où ils s'étaient embusqués.

Aknood compta parmi les premières victimes du piège. Un filet jeté à la volée la plaqua au sol. Une fois capturée, on l'entassa avec d'autres dans un camion ; puis dans une caverne si petite qu'il était impossible de s'asseoir. À l'entrée, un omoo armé d'un couteau trancha la membrane de leurs ailes. Ils durent patienter des jours sans eau ni nourriture. Certains erloors moururent debout, d'autres tombèrent malades et vomirent de la bile. D'autres encore, rendus fous par l'amassement, mordaient leurs voisins et il fallait les assommer pour se protéger. Enfin, les portes de la caverne s'ouvrirent. On les abreuva, puis on leur passa une chaîne à la cheville, avant de les tasser dans un autre véhicule. Aucun erloor ne tenta de s'enfuir. Leurs ailes lacérées étaient inutilisables, par ailleurs le ciel se hachait de filins barbelés. Mais surtout, les erloors n'auraient pas eu la force de s'envoler.

Au terme d'un trajet éprouvant, ils parvinrent au camp. Aknood sauta à terre, toujours entravée. On la mena devant un omoo autour duquel se tenaient d'autres omoos. Pendant une seconde, cet omoo posa les yeux sur elle. Il ne la remarqua pas, se contentant d'indiquer aux omoos armés de bâtons à tonnerre de guider son groupe vers l'une des cavernes de repos. Celle-ci était plus confortable que celle où on les avait parqués jusqu'à présent. Elle se rendit compte toutefois qu'une lumière crue l'inondait en permanence, franchissant sa fragile paupière, si bien qu'elle avait du mal à dormir.

Pour une raison connue d'eux seuls, les omoos séparaient les mâles des femelles, mais la différence ne leur sautait pas toujours aux yeux, et les deux sexes partageaient souvent les mêmes bâtiments. Néanmoins, les erloors n'étaient pas d'humeur à s'apparier. En quelques jours, ils saisirent la vocation du camp. Tous allaient mourir, et ils n'y pouvaient rien. Aknood ne comprenait pas la raison de tout cela. On tuait pour se nourrir, pour défendre son clan, éventuellement au terme d'une lutte entre deux mâles concurrents. C'était nécessaire. Les dieux omoos ne souffraient d'aucun de ces problèmes. Alors, pourquoi ?

Elle logeait avec Sood, une erloore dont personne ne voulait. Elle aussi avait perdu ses petits, mais en plus, des omoos l'avaient maltraitée. L'un d'eux l'avait frappée au crâne avec la crosse de son bâton à tonnerre, ce qui l'avait rendue sourde. Sood ne supportait pas le silence, et griffait dès qu'on l'approchait. Aknood feignait l'indifférence. Cela fonctionnait, mais parfois, la nuit, sa compagne de chambre rêvait. Elle émettait alors des sifflements de peine, auxquels Aknood ne pouvait s'empêcher de répondre. L'autre se réveillait en sursaut et essayait de la mordre. Fichu caractère.

Un soir, une erloore efflanquée l'approcha.

« On peut parler », dit-elle à voix basse.

Aknood scruta les alentours. Discuter trop longtemps faisait courir le risque de se faire battre, et d'abréger ainsi sa vie. Il y avait des gardes, mais ils ne s'occupaient pas d'elles. Ils portaient à leurs lèvres des tiges au bout rougeoyant, qui transformaient leur haleine en fumée nauséabonde. Chaque fois qu'ils le faisaient, on disposait d'un répit de quelques minutes.

« Tu es avec Sood, reprit l'erloore.

— Je suis Aknood.

— Moi, je n'ai plus de nom. »

Aknood grogna. Beaucoup d'erloors jetaient leur nom au vent dans l'espoir d'échapper au Temps.

Ainsi, ils reviendraient dans le cycle. Aknood ne partageait pas sa croyance, mais au vu des circonstances, elle la comprenait.

« Toi aussi, tu as perdu tes enfants.

— Ils ont dû mourir dans la grotte.

— C'est préférable. »

Ces paroles rassérénèrent Aknood. Elle parla du vide en elle, aussi profond que le Temps, causé par la perte non seulement de sa progéniture, mais aussi d'Ogloor. Il avait été capturé longtemps avant elle, c'est pourquoi il avait certainement péri. Elle avait cru que son corps se laisserait aller et qu'elle glisserait rapidement vers l'oubli. Elle était presque surprise de se voir aussi décidée à survivre, alors que plus rien ne la rattachait à Grah-ju-Mangal.

Les gardes avaient fini de fumer. L'erloore lui donna une bourrade, afin de faire croire aux omoos qu'elles venaient de se disputer.

Chaque semaine, on changeait le groupe d'Aknood de bâtiment, ce qui les rapprochait de là où sortaient les effluves de viande cuite. Elle n'ignorait pas qu'il s'agissait d'erloors arrivés avant elle, et que d'autres erloors habitaient les bâtisses qu'elle avait quittées. Les erloors plus anciens, entrevus par les fenêtres, présentaient des plaies gangreneuses, des plaques brunâtres annonciatrices de purulence. Leurs membres tressautaient et leur ventre enflait sous l'effet d'une faim constante. On les plaçait devant des tas de kotarras et on les obligeait à en vider les coquilles, parfois du matin au soir. Mais ils n'avaient pas le droit de les manger, et quand on le leur permettait, ils étaient souvent à moitié pourris.

Un jour, elle finirait elle aussi en odeur de viande cuite. Cela l'emplissait de rage : l'appétit de vivre qui avait déserté tant de ses congénères ne s'était pas éteint en elle.

Son groupe avait droit à un tour quotidien dans la cour. Pendant ce temps, des omoos inspectaient et nettoyaient le bâtiment. Pour cela, ils dépensaient beaucoup d'eau. Un jour, alors qu'ils sortaient, elle remarqua que l'un des fils barbelés déroulés en travers de la cour s'était détendu. Au cours de la semaine, deux tentatives d'évasion avaient échoué. Lors de la seconde, les omoos avaient récupéré le fugitif empêtré dans la toile en se contentant de le tirer jusqu'à terre. Il en résultait une brèche. Les omoos ne s'en étaient pas rendu compte, mais cet oubli ne durerait pas. La nuit suivante, Aknood effila le drap de son grabat, et perça des trous dans la membrane avec ses crocs. Elle recousit l'aile bord à bord. Le sang coula au cours de l'opération, et sa compagne de chambre grogna dans son sommeil. Mais les gardes ne vinrent pas. La veille au soir, elle avait rassemblé de la poussière, afin de teinter les fils de drap. Il ne fallait pas attirer l'attention.

Elle attendit avec une angoisse croissante la sortie prévue. Celle-ci arriva sur le tard, et pendant un moment, Aknood pensa que les omoos avaient découvert et réparé la trouée dans la toile.

« Tout le monde dehors ! » cria l'un des gardes en tapant la porte de la crosse de son bâton à tonnerre.

Les prisonniers se mirent en branle, apathiques. À l'instant où elle franchissait le seuil, la clarté soudaine contracta ses pupilles. Elle se força à garder les yeux ouverts, afin qu'ils s'accommodent au plus vite.

Elle leva les yeux. La brèche était là, juste assez large pour passer, les ailes à demi repliées. Aknood prit une longue inspiration, puis s'élança.

Contre toute attente, son corps ne la trahit pas. Les muscles de ses épaules s'appuyèrent sur l'air, la soulevant du sol, et elle s'éleva presque à la verticale. Des sifflements stridents jaillirent des gardes postés sur les tours. Elle approcha de la brèche. Un coup de feu éclata, puis un autre – et un juron en dessous :

« Arrêtez de tirer, imbéciles, vous m'avez touché ! Arrêtez donc ! »

Les claquements cessèrent, et Aknood parvint au niveau de la toile barbelée. Un coup d'aile sur la gauche lui fit traverser la brèche. Une pointe effilée laboura son ventre lorsqu'elle pivota pour prendre un nouvel essor. Le fil se tendit – mais retomba sans l'avoir hameçonnée.

Un instant plus tard, et pour la seconde fois de sa vie, elle s'était échappée.

41

Cavorite

UN HÉROS EN TROISIÈME CLASSE

Faut-il encore présenter Octave Lapize, notre cycliste professionnel plusieurs fois champion du Tour de France ? « Tatave », comme chacun le surnomme avec affection, n'a jamais quitté le cœur de nos compatriotes, tant pour ses qualités de sprinter que d'homme moral. Personne n'oublie qu'en 1912, réformé pour surdité d'une oreille, il aurait pu échapper à l'enrôlement. Eh bien, il ne l'entendait pas de cette oreille, justement. Engagé volontaire, il s'est distingué aux commandes d'un bombardier cavorié, allant pilonner avec succès des positions ennemies. Sitôt la paix signée, ce héros est remonté sur son vélo. Il a gagné deux Tours et ajouté quelques records à son palmarès déjà bien rempli avant de se consacrer aux affaires.

Invité par la Compagnie Générale Aéromaritime pour une tournée sur l'Abd el-Kader, *« Tatave » ne pouvait se résoudre à rester sur le somptueux pont de première classe du paquebot. N'aurait-il pu se contenter de s'amuser en compagnie d'Ève Francis ou de Gaston Ouvrard, du voyage eux aussi ! Au lieu de cela, notre phénomène a quitté le pont supérieur pour s'aventurer – « par des passages en pente raide », a précisé l'ancien coureur – jusqu'au pont de troisième classe. Il a improvisé un discours dans la salle à manger, bondée pour l'occasion. À la suite de quoi ses plus fervents admirateurs lui ont fait les honneurs de leurs quartiers. Quelle n'a pas été sa joie de découvrir une série de vélocipèdes fixés au sol et reliés à des dynamos. Les engins étaient là pour produire l'électricité nécessaire à certaines commodités payantes, à charge pour les mollets des passagers les plus courageux de fournir la force humaine. Ni une ni deux, notre héros a enfourché un vélo après avoir réglé la selle et le guidon, et s'est mis à pédaler avec ardeur. Deux heures plus tard, il a fallu l'insistance du capitaine pour décoller notre champion de sa selle. « Tatave » a juré de revenir tous les jours apporter un peu de lumière aux passagers de troisième classe. Un peu de lumière, et beaucoup de chaleur humaine.*

Louis P. Delblat – *Le Sport illustré*,
23 mars 1920

42

Renée Manadier

Le grand matin était arrivé. Quelques heures plus tôt, elle s'était tant retournée sur sa couche qu'elle avait l'impression de ne pas avoir fermé l'œil. Pourtant, des fantômes de rêves fuligineux s'accrochaient à sa conscience, scènes décousues mélangeant Mars et sa région natale, le paquebot spatial et la monstrueuse plante de fer effilée à l'infini qu'était la tour Eiffel-Toussaint.

Au matin, son esprit avait recouvré sa limpidité. Elle se rendit à la Tour Sud, à laquelle s'ancrait l'*Avenir*. Par sa compacité, le vaisseau occultait le majestueux mais délicat édifice. La splendeur de la vision masqua un moment son anxiété. L'embarquement commença. La file d'attente s'étendait sous la verrière du premier étage de la tour. Son malaise s'accrut jusqu'à son paroxysme lorsqu'elle entendit son nom, prononcé par un officier de coupée alors qu'elle venait de franchir le poste de contrôle.

« Mademoiselle Manadier ?

— C'est moi.

— Vous êtes l'institutrice, avec l'erloor ?

— Oui.

— On nous a demandé que l'erloor loge dans une cabine à côté de la vôtre. Cela vous convient ? »

Renée n'osait y croire. Elle marmonna un « Oui » étranglé et suivit son accompagnateur sur l'ascenseur d'embarquement. Alors qu'ils remontaient le long de la coque, elle imagina Ogloor qui l'attendait de l'autre côté des plaques d'acier rivetées. Il revenait dans sa patrie.

Elle dut lever haut la jambe pour passer dans un sas métallique, sur le modèle des engins submersibles. Derrière, une salle aussi étroite qu'un corridor, bardée de grosses conduites. Une nouvelle porte – et un tout autre monde se dévoila à elle : celui d'un grand hôtel, avec son hall de réception aux lambris rutilants. Une pyramide de valises, de malles-cabines, de cartons à chapeau et autres étuis à éventail s'élevait à mi-hauteur de la salle, maintenue par un cordon de bagagistes. Une malle avait sur son couvercle un fouillis d'étiquettes superposées, timbrées ou assorties de tampons bavant sur les informations au point de les rendre illisibles.

L'officier de coupée lui fit franchir un ultime barrage, avant de la guider à travers un entrelacs de coursives. Celles qui longeaient la coque accusaient une courbure, mais celles situées au centre étaient rectilignes. Une porte de sas à volant s'ouvrait tous les dix mètres – même en première classe, précisa son accompagnateur d'un air impassible.

« L'erloor a été embarqué cette nuit. On l'a placé dans une pièce à part, car le décollage pourrait le paniquer.

— Je ne peux pas le rejoindre tout de suite ?

— Juste après le décollage. L'Administration a payé une cabine, nous la lui préparons.

— Il va bien ?

— On ne m'a rien dit à son sujet. Vous le verrez bientôt, à votre retour en cabine.

— Je ne vais pas dans ma cabine immédiatement ?

— Le temps de déposer votre sac à main. Mais en deuxième classe, vous pouvez assister au décollage dans la baie d'observation, avant que les hublots du pont ne soient obturés. »

Elle fut tentée de répondre : *Je vais attendre Ogloor dans ma cabine.* Mais se morfondre n'accélérerait pas la venue de son ami. Voir le décollage détournerait au contraire son attention.

La chambre, presque carrée, abritait un vrai lit. Deux chaises coulissaient sur des rails : dures, et sans aucune trace d'usure. Tous les vêtements de la jeune femme tenaient dans la penderie. Une grosse conduite courait au plafond, mais deux caricatures agrémentaient les murs, intitulées : *Jupiter en 1950* et *Le Monde ultramoderne : deux femmes se battent en duel.* La salle de bain attenante comportait des toilettes et un lavabo pourvus tous deux d'un couvercle en métal vissé sur l'embouchure. Quant aux douches, elles étaient communes, indiqua l'officier de coupée. Renée manifesta sa satisfaction. Elle n'avait pas imaginé voyager dans un tel luxe.

L'officier de coupée s'impatientait, aussi Renée ne s'attarda pas. À peine le temps d'apercevoir une boîte de biscuits posée sur l'oreiller, offerte en guise de bienvenue. Elle abandonna son sac sur une chaise et le suivit au sein des boyaux d'acier du monstre. Quelque part, un coup de trompe retentit.

Elle s'efforça de retenir le chemin – elle était plutôt douée pour cela.

À mesure qu'ils approchaient de la baie d'observation, une rumeur s'intensifiait. Les coursives se remplissaient d'un vacarme énervé. Sur le moment, la décision d'isoler Ogloor l'avait choquée. Lorsqu'elle aperçut un couple de passagers qui s'accrochaient l'un à l'autre comme à une bouée de sauvetage, le visage blême, elle se demanda si l'équipage n'avait pas pris la bonne décision, finalement. Elle-même ne ressentait que de l'émerveillement. Lequel s'accentua, lorsqu'un bourdonnement monta du tréfonds. D'abord à bas bruit, issu des propulseurs situés loin en dessous, il monta peu à peu en intensité. Devant elle, le couple discutait pour tromper l'angoisse du départ. La femme agitait ses mains, blanches et lisses comme les mannequins de plastique que Renée avait si souvent déplacés dans la Samaritaine.

« Savez-vous que c'est l'été dans l'hémisphère Sud ?

— Est-ce possible, ma chère ?

— N'est-ce pas merveilleux ! Avec le progrès, on ne connaîtra bientôt plus l'hiver. Il suffira de prendre un de ces navires de haute altitude tous les six mois, pour vivre au soleil chaque jour de sa vie.

— Au fait, en quelle saison serons-nous, à l'atterrissage sur Mars ? »

Sitôt qu'elle le put, Renée quitta le sillage du couple pour se précipiter vers la large baie vitrée inclinée qui s'étendait sur un mur de la salle à manger. Les tables avaient été déménagées dans la portion de salle opposée à la coque, et une foule s'amassait pour admirer le paysage. Instantanément, la jeune femme oublia son accompagnateur.

Elle ne s'était pas rendu compte qu'ils faisaient déjà mouvement. Un esquif flottant passa en contrebas, aussitôt emporté. La ville se déroulait, comme montée sur tapis roulant. Certains se penchaient en avant pour apercevoir l'ombre du navire sur les toits, mais celui-ci avait déjà pris trop d'altitude. Le bourdon des moteurs remplaçait les mille rumeurs de la rue. Un jeune passager rigola : « Le capitaine fait donner les orgues ! », mais elle ne l'écouta pas. Le ciel lui-même descendait, d'un bleu de plus en plus cru. À cette mouvante vision, ses jambes vacillèrent. Du formidable remous d'air consécutif au déplacement vertical du mastodonte, elle ne ressentait qu'un clapotis. Des exclamations ravies retentissaient ici et là. Renée n'était pas certaine que l'effet ne soit pas purement psychologique. Néanmoins, un malaise indéfini s'installa au creux de ses reins. Une annonce par haut-parleur se chargea de le dissiper :

« *Ici le capitaine Coli, votre commandant de bord. Bienvenue sur l'*Avenir, *au nom de l'équipage et de moi-même. Des dames, et même certains messieurs, pourront éprouver un désagrément physique. Il s'agit d'une peur irraisonnée, celle de voir le champ antigravitatif cesser de fonctionner. Cette crainte est parfaitement infondée : nous sommes en sécurité, autant que si nous naviguions sur une mer sans vagues. Relaxez-vous, et cela passera.* »

Une jeune femme au visage de souriceau se fraya un chemin jusqu'à elle.

« Vous ne trouvez pas cette ascension formidable ? On peut presque ressentir l'air qui ruisselle contre la coque. Mais les molécules se raréfient à mesure que les couches gazeuses se font moins denses. Regardez ! Nous avons atteint une altitude interdite aux nuages. Au-dessus de cent cinquante kilomètres, on pourra se considérer dans l'éther. Moi, je trouve ça fantastique. Pas vous ? » Loin de déplaire à Renée, sa volubilité la fit sourire, et elle acquiesça. « Nous avons déjà atteint cinq kilomètres. Six, maintenant. Bientôt, nous ne pourrons plus sortir sans être congelées en quelques instants.

— À quelle vitesse voyage-t-on ?

— Nous filons à plus de mille nœuds, mais nous accélérons.

— Des nœuds…

— On m'a dit que, même dans l'espace, les équipages n'ont jamais pu se résoudre à parler en kilomètres-heure. »

Renée plongea son regard vers la Terre, dont l'horizon s'ovalisait.

« Le dessin de l'Europe commence à se distinguer. Tout paraît si calme vu d'en haut ! Les mouvements de la vie s'estompent à quelques encablures d'altitude ; d'où l'on est, ils sont devenus imperceptibles.

— Et pourtant le continent fulmine. La Terre tout entière est une mer démontée qui gronde.

— Que voilà de sombres pensées.

— Sombres ? Sûrement parce que je suis passée par le salon. Deux raseuses discutaient de cet interminable roman qui se passe en Irlande et que personne n'a lu. Alors qu'il y a beaucoup plus intéressant à discuter.

— Comme… ?

— Comme le tableau de réglage des fréquences superhétérodynes, ou les propulseurs Tsiolkovski.

— Les propulseurs…

— Loin de la Terre, les plaques de cavorite sur la coque s'opposent à l'attraction du soleil, et de tout corps astronomique d'assez grande importance contre lequel rebondir. Le champ antigravitatif s'appuie aussi sur une propriété de l'éther qui assure une vitesse de croisière minimale. Tout cela ne suffit pas à manœuvrer, c'est pourquoi le navire a besoin de propulseurs. Des sortes de fusées s'en chargent : les propulseurs Tsiolkovski. Un mélange de carburant et de comburant permet de… euh, je veux dire…

— Oui ?

— Désolée. Je crains de t'avoir perdue.

— Tu ne m'as pas perdue. Il était question de mondaines qui parlaient d'un livre ennuyeux. »

Elles échangèrent un regard, avant de pouffer en même temps. Renée lui tendit la main, à la garçonne.

« Renée Manadier. Je suis institutrice.

— Marthe Antin, reporter scientifique.

— J'avais deviné. Mais une scientifique, en route pour Mars ?

— À vrai dire, on m'a confié une mission.

— Moi aussi, j'ai une mission. »

À nouveau, elles se regardèrent. Renée cligna des yeux en un signe involontaire de connivence.

« Nous serons amenées à nous revoir, ici ou sur Mars.

— Oui, ces deux mondes ne sont pas si vastes. »

Son chaperon se révéla nécessaire pour revenir à sa cabine sans se perdre. Elle n'eut aucun scrupule à se débarrasser de lui : ses retrouvailles avec Ogloor n'avaient pas besoin de témoin.

Sa cabine donnait sur celle de l'erloor. Lorsqu'elle poussa la porte, une silhouette remua dans la pénombre. Aussitôt, les larmes affluèrent. Elle n'osa se précipiter sur lui : elle connaissait sa fragilité. Mais en l'apercevant, il eut un léger mouvement de recul. Puis il la reconnut, et ce fut un déluge de couacs et de criailleries.

Une brève pensée ternit sa joie en voyant l'exiguïté de sa cabine. Du Jardin des Plantes au paquebot en passant par son appartement, l'erloor avait passé l'essentiel de son temps en captivité. Elle devait lui faire comprendre qu'il ne devait pas perdre l'espoir de la liberté. Quant à elle, son chemin de croix pour le retrouver s'achevait. Ogloor ne se douterait sans doute jamais des obstacles qu'elle avait dû surmonter pour l'amener jusqu'ici. En même temps, sans lui, elle n'aurait pas découvert toutes les ressources tapies en elle. Il les avait extraites de son esprit comme du minerai de cavorite d'un gisement profond.

Elle lui fit goûter les biscuits de bienvenue. Personne n'en avait placé sur son lit à lui. Pendant qu'il engouffrait le paquet, en semant des miettes tout autour de lui, elle l'ausculta. Tout de suite, son flanc boursouflé l'alarma. Elle en conçut une bouffée de honte qui se mua en une colère blanche, moins à cause de la blessure que du fait que la violence endurée semblait si *normale* à Ogloor qu'il ne la lui avait pas signalée.

« Tu as été blessé. Je t'emmène te faire soigner. »

Ils durent néanmoins patienter, le temps que le

navire soit sorti de l'atmosphère et ait entrepris de quitter l'orbite terrestre. Un haut-parleur avertit de l'inconfort dû à des fluctuations de pesanteur. Si Renée ne les ressentit pas, Ogloor, lui, frémit à plusieurs reprises. Les erloors semblaient plus sensibles.

Il leur fallut traverser la moitié de la longueur du vaisseau pour rejoindre l'hôpital de bord. Au cours du trajet, les passagers s'écartaient devant eux, non sans darder des regards curieux vers Ogloor. Au passage d'une famille, un petit garçon tendit la main jusqu'à frôler son aile repliée. Sa mère lui donna une tape.

« Laisse donc cet erloor tranquille. Tu pourras en toucher autant que tu veux sur Mars. »

La colère qui habitait Renée s'estompait peu à peu. Elle fit raconter à Ogloor son existence depuis leur séparation. Il lui assura ne pas avoir reçu de mauvais traitements : le choc datait de son transfert, quand un nid-de-poule avait renversé le fourgon chargé de le transporter jusqu'au navire. Le bond qu'il avait fait, dans sa peur de se briser une aile, l'avait projeté contre le bord du banc.

L'hôpital se situait derrière la salle de sport. Aux abords, elle fut surprise de fouler des cotillons abandonnés et des confettis. Des passagers encombraient déjà le corridor, et Renée comprit qu'Ogloor et elle allaient devoir prendre leur mal en patience. Les hommes portaient un smoking londonien et avaient les cheveux collés à la moelle de bœuf, les femmes des robes décolletées et des chapeaux posés sur l'oreille. Ils riaient et parlaient fort, certains semblaient éméchés.

Une infirmière à l'air excédé surgit. Apercevant Renée et l'erloor, elle demanda :

« Vous étiez au baptême de la ligne ?

— Le baptême de la ligne ? Qu'est-ce que c'est ?

— … Alors, vous n'êtes pas prioritaires. Attendez là, ou revenez plutôt dans deux heures. »

La blessure d'Ogloor ne leur laissait pas trop le choix. Refoulant son indignation, elle lui indiqua de se plaquer contre une paroi. Ce dernier se recroquevilla sur lui-même afin de tenir moins de place. À la teneur des conversations alentour, Renée comprit que des voyageurs de première classe n'avaient pas attendu la sortie de l'atmosphère pour festoyer dans la salle de bal. Ils avaient réquisitionné le jazz-band du bord. Dans la bousculade, des couples avaient carambolé, des verres et des bouteilles de champagne avaient éclaté, des chairs avaient été éraflées et des bijoux arrachés. À présent, les convives venaient se faire soigner.

Les bribes de discussions permirent à Renée d'apprendre que le baptême de la ligne consistait à fêter le franchissement de la frontière toujours en mouvement qui séparait la nuit du jour. Une jeune femme filiforme, affligée d'un énorme coquard, faisait mine de tirer sur une cigarette inexistante.

« L'*America*, ce paquebot anglais – tu te souviens, Charlotte, il y a deux ans – leur dansodrome était bien plus rigolo. Ils avaient demandé à un architecte catalan de s'occuper du décor, et on finissait par ne plus savoir si l'on dansait sur le plancher ou au plafond d'une grotte d'erloor.

— Le problème des Anglais, c'est qu'ils arrivent à jouer au cricket jusque dans les coursives.

— Ah, non ! Le problème des Anglais, c'est qu'ils ne savent pas cuisiner.

— Au moins, ils savent boire. »

Par chance, l'infirmière vint les chercher, épargnant à Renée le reste de la conversation.

Ils durent laisser passer le service de table pour être enfin admis à l'infirmerie. Là, un médecin appliqua un baume sur le torse d'Ogloor. Il procéda lui-même, et Renée comprit qu'il voulait éviter la rudesse de l'infirmière. Pendant l'opération, celle-ci garda les lèvres pincées et le regard ailleurs.

Une semaine plus tard, l'état d'Ogloor s'était amélioré au point que l'ecchymose avait disparu. Renée régla le chauffage au minimum dans sa cabine : les erloors préféraient une température plus froide que les hommes ; et elle baissa le sien, par penchant économe. Lorsque l'officier de coupée vint frapper à sa porte, elle avait recouvré sa bonne humeur. Les événements de la veille n'étaient qu'un mauvais souvenir. L'officier l'avait prévenue qu'il passerait la prendre au cours du voyage, se rappela-t-elle : il devait la mener en cale pour qu'elle vérifie le matériel scolaire alloué par l'administration pour quatre ans.

La veille, tous les passagers du pont s'étaient pliés à un exercice d'urgence, et elle avait mesuré la précarité de la vie sur le paquebot. Des sirènes avaient retenti, des mousses avaient guidé les passagers vers des sections étanches, où on les avait entassés pendant deux heures. Renée se doutait que cela ne servirait pas à grand-chose, et que si un bolide percutait le navire, il y aurait peu de chances qu'ils en réchappent. Elle aurait aimé avoir l'avis de

Marthe Antin là-dessus, la femme rencontrée au décollage. Du reste, la plupart des passagers ne jouaient pas le jeu ; une partie manquait à l'appel, et beaucoup fumaient malgré l'interdiction.

En dépit de l'hostilité d'une partie des voisins de coursive à son égard, elle appréciait le voyage. Même en deuxième classe, elle retrouvait l'atmosphère cosmopolite du grand magasin où elle avait travaillé. Il suffisait de déambuler pour surprendre mille mots étrangers.

« Monsieur l'officier, je ne vous attendais pas si tôt. Mais je peux vous accompagner, bien sûr. »

Elle s'effaça devant lui. Il resta cependant sur le seuil.

« Je viens vous informer d'une pétition au sujet de votre erloor. Sa présence indispose plusieurs passagers. Ils réclament qu'il loge en troisième classe, ou à la cale, avec le bétail.

— Quoi ! Il ne fait aucun bruit, ou si peu.

— Il lui suffit d'être là. L'un des plaignants ne supporte pas le froissement de ses ailes. »

Déployer ses ailes de temps à autre était un véritable besoin physiologique. Mais Ogloor ne le faisait que dans sa cabine, et l'officier de coupée le savait.

« Je m'opposerai à un changement de cabine. Je déposerai plainte, si nécessaire. »

L'homme se fendit d'un mince sourire.

« On ne vous demandera rien de tel. D'abord, l'Administration nous a enjoint d'éviter ce genre de scandale. D'autre part, la décision me revient. »

Ce qui signifiait qu'il la soutenait.

« Que comptez-vous faire ?

— Lcur proposer d'échanger leur cabine avec qui

voudra. Votre erloor suscite l'intérêt. Je ne doute pas une seconde que les volontaires se bousculeront au portillon. De votre côté, vous devez faire un effort. »

C'est alors qu'elle remarqua l'objet qu'il tenait à la main. Elle avait cru à un quelconque instrument lié à son emploi. Il s'agissait d'une laisse. Soudain, sa bouche s'assécha et elle dut déglutir pour ne pas coasser.

« Vous croyez que je vais sortir avec Ogloor attaché comme un chien ?

— Non en signe d'obéissance, mais de conciliation. En attendant que cela se tasse, mademoiselle.

— Le temps de déménager, ils auront l'impression d'avoir gagné.

— Je pense que vous êtes plus raisonnable que ces gens… Mais je vous propose un marché, si vous le permettez.

— Allez-y.

— Pour votre peine, je vous offre une invitation à la table du capitaine – vous et une personne de votre choix, en plus de votre erloor. »

Peu de personnes y avaient accès, y compris parmi les première classe. Elle avait jeté un coup d'œil à la gazette du bord : Ogloor figurerait dans la page des photographies, à la table du capitaine. Un camouflet pour ceux qui s'étaient plaints et qui, eux, ne pourraient jamais y prétendre.

D'un geste imperceptible, Renée acquiesça, mais il lui sembla que la laisse brûlait sa main à l'instant où elle la saisit.

43

Louis d'Azay

Comme à son habitude, Louis passa en coup de vent à *L'Aurore* prendre son courrier. Si ce n'était pas son premier employeur, c'était au journal de la rue Montmartre que son nom avait acquis une certaine notoriété – du moins dans la République du Croissant, ce quartier où se regroupaient les grands journaux.

Il avait commencé comme échotier au *Petit Parisien*. Il n'avait pas de nom de plume, se contentant du Gaston Dazet inscrit sur son acte de naissance. Ce n'était pas grave, car il n'était pas de coutume de signer les faits divers. Des années, il avait couru les loges de concierge, les maisons closes et les agences de chauffeurs, les préférant aux postes de police et aux casernes, à la recherche d'affaires croustillantes. Un rédacteur du *Siècle* avait senti chez lui le goût maladif du scoop, ce sport avec ses risques et ses gloires qui faisait la marque des reporters. Il évoluait avec l'aisance d'un squale dans la zone grise où la passion de la vérité se confondait avec la quête des gros tirages. Une vérité sans lecteurs était moins qu'une vérité, et pour qu'elle s'impose, la morale devait parfois plier.

La chance lui avait jeté Ernestine Becker dans les bras. Il venait rendre un papier lorsqu'elle avait déboulé au journal. La police n'avait pas voulu l'entendre. C'était une ancienne ouvrière, ainsi que le prouvaient deux doigts coupés, qui survivait dans le milieu des artistes. Il lui avait trouvé bonne figure, aussi s'était-il enfermé avec elle dans un bureau. Adossé à un mur, il avait écouté son histoire. D'abord, il avait eu peine à la croire : un médecin universellement respecté tel que Marcel Chery, sauveur des malades de la vérole arésienne, pratiquerait des stérilisations sans l'accord des patientes ? On aurait dit un de ces complots à la Léon Daudet. Mais il avait enquêté, et les témoignages récoltés avaient confirmé les accusations d'Ernestine. Ce qui s'annonçait comme un fait divers se transformait en un scandale d'État. La femme avait demandé, en échange de son histoire, que son nom n'apparaisse pas, et il avait tenu parole. Par la suite, elle avait disparu et il n'avait pas cherché à la retrouver. Il ne pouvait passer à côté d'un coup comme on en voyait deux ou trois se présenter dans une vie.

Le Siècle avait reculé, mais *L'Aurore* avait misé sur lui. Le journal, alors moribond, n'avait rien à perdre. Il ne l'avait pas regretté. Ses ventes avaient décuplé, et ses concurrents s'étaient alignés sur ses unes. C'était lui qui, pour quelque temps, menait la danse de l'actualité. Quant à Louis, l'affaire avait sonné le coup d'envoi de sa carrière. Il avait pu s'éloigner des disparitions, rapts et autres meurtres crapuleux qui faisaient l'ordinaire des rubricards. Il avait eu le droit de monter dans les étages du quotidien, et même d'avoir un mot de félicitations du patron – le vestibule de la gloire. On lui avait octroyé un salaire, régulier à défaut d'être décent. Si la police ne lui avait pas su gré de sa contribution à la manifestation de la vérité, qu'importait : au journal, son fait d'armes avait été claironné pendant des semaines.

Machinalement, il éplucha son courrier sur les marches de l'entrée, comme il en avait l'habitude. La liasse comportait son lot de dénonciations extravagantes, d'insultes et de menaces. Lorsque des rumeurs avaient circulé sur l'implication d'un ministre dans la stérilisation des femmes, les menaces de mort avaient commencé à pleuvoir. Par précaution, il avait suivi le conseil de se procurer une arme. Il avait opté pour un petit pistolet plat à quatre coups. Il le tenait propre et le graissait une fois par mois, si bien que l'arme brillait comme un louis d'or, quand bien même elle ne quittait jamais sa poche.

« Tu épluches le courrier de tes admiratrices ? »

Louis leva les yeux. C'était Léonard, publiciste au *Quotidien*.

« Je pensais à toi, justement : dans cette lettre, on me traite de larbin du Bloc des Gauches.

— Si on te provoque en duel pour ce motif, je t'en prie, laisse-moi être ton témoin. Je ne raterai ça pour rien au monde… Mais ça y est, tu as quitté la presse d'abattoir ?

— Ah, les faits divers. Oui, à l'exception de Marcel Chery. Je garde un œil sur mon zigomar.

— Chery ? C'est de la viande froide, ça. »

Le ton de son confrère reflétait de l'amusement. Ils se saluèrent. Louis, quant à lui, ne prenait pas cela à la légère. Il avait perçu, non seulement au cours de son enquête, mais aussi pendant le procès, quelque chose de glaçant qui affleurait sous la surface lisse que donnait à voir le médecin. De la matière pour une série d'articles... ou pour quelque chose de plus nouveau... Pourquoi pas un livre... A priori, cela paraissait stupide de publier un livre entier sur un fait divers. Mais l'histoire n'était pas finie, le reporter le sentait dans toutes ses fibres.

Sauf que cela faisait trois bonnes années que Marcel Chery avait disparu. Le petit pavillon était à l'abandon. Quelqu'un payait les charges, mais impossible de savoir qui. Louis avait essayé de remonter sa piste. Mais rien, rien du tout. Un moment, il avait supposé qu'une ancienne victime avait opté pour la vengeance privée. Mais le procès l'avait obligé à constater qu'en dépit des dommages irréversibles subis, aucune des femmes abusées n'avait réclamé sa tête. Sans compter celles qui avaient peur de lui, même après sa condamnation. Et puis, sitôt que le reporter avait commencé à fouiner, tant de portes s'étaient refermées qu'il avait la conviction que Chery bénéficiait toujours de protecteurs. Et donc, qu'il ne pourrissait pas six pieds sous terre.

Des enquêtes précédentes l'avaient amené à discuter avec des repris de justice. L'un d'eux avait purgé une peine pour cambriolages. Louis savait où il logeait. Il se rendit à son domicile, ou plus exactement celui de sa mère.

L'immeuble s'encastrait entre un aéroquai et un

bâtiment d'usine plein de vibrations. Sur l'aéroquai, il n'y avait pas une minute sans qu'une péniche volante soit chargée ou déchargée. Une matrone ouvrit au troisième coup de sonnette. Tous les deux se reconnurent : la mère était dans la salle lors du procès du fils. Si Louis avait contribué à son inculpation, son récit à la barre avait attiré l'indulgence des magistrats. C'est pourquoi elle tourna la tête, et qu'elle beugla qu'il y avait de la visite pour lui.

Le malfrat apparut. Il était en maillot de corps, les bretelles tombant sur ses hanches. En quelques mots, Louis le mit au courant.

« Pour la somme que tu proposes, pas de problème pour forcer la serrure, Louis. Mais je veux pouvoir me servir à l'intérieur.

— Surtout pas. Personne ne devra se rendre compte que la maison a été visitée.

— Mais s'il y a de l'or…

— Il n'y a aucun trésor caché.

— Doublez la somme, et il est à vous », coupa la matrone.

Louis hocha la tête. Le soir même, ils se donnaient rendez-vous devant le pavillon de Marcel Chery. Ils avaient emprunté l'un des rares tramways de la ligne desservant la ville : on racontait que la plupart avaient été convertis en aérotrams parisiens, et Louis n'avait aucun mal à le croire, tant ils avaient attendu à la station.

Mais ils y étaient.

Tous deux s'étaient faits silencieux. Louis devina avec un demi-sourire la déception du malfrat au vu du petit pavillon, à la façade étroite de pierres rugueuses et de béton. Tandis que Léonard vérifiait qu'aucune paire d'yeux ne les guettait derrière les rideaux des voisins, Louis fut pris d'un doute. Et s'ils tombaient sur Marcel Chery, reclus tel un ermite ? Léonard lui avait vivement conseillé de ne pas emporter d'arme à feu, au cas où la police les alpaguerait. À présent, il n'était plus certain d'avoir pris la bonne décision. Lorsqu'elle s'était confiée, Ernestine avait décrit sa brève mais marquante rencontre avec le docteur. Au procès, un sentiment analogue avait frappé Louis. Il avait discerné, sous son calme raisonné, une perversité bien plus profonde que chez tous les malfrats qu'il avait croisés au long de ses enquêtes.

Le déclic de la serrure mit fin à ses craintes. Il se pressa à la suite de Léonard, si vite qu'il faillit le faire trébucher. Il étouffa une excuse – « pas de mots inutiles », avait prévenu le malfrat. Celui-ci se précipita aux fenêtres pour les occulter. Les volets étaient fermés, mais il tira tout de même les rideaux. Puis il partit en quête d'une bougie. Sitôt qu'il l'eut trouvée, il la tendit à Louis qui se dirigea vers le bureau du docteur. Le reporter connaissait les lieux par le rapport de police, mais c'était la première fois qu'il pénétrait dans l'antre d'un de ses sujets d'articles. Le décor cadrait mal avec sa conception d'un supercriminel. Plutôt celui d'un vieux garçon, à vrai dire.

Dans la lueur vacillante, il fouilla dans le bureau. Les tiroirs avaient été vidés, il n'y avait plus rien. Des volumes manquaient dans la bibliothèque, sans que l'on puisse en déduire quoi que ce soit. Ses recherches le menèrent dans la chambre. Le linge et les affaires de toilette manquants prouvaient que le docteur était parti pour un long voyage. Louis grommela un juron. Il avait la sensation de faire chou blanc.

« Monsieur d'Azay ? »

Il passa la tête par l'ouverture. L'air satisfait, Léonard tenait une corbeille à papier entre ses mains.

« On néglige toujours la poubelle. Essentiel, la poubelle. Un reporter sait ça, non ? »

À l'intérieur, des photos de filles découpées dans des catalogues, des lettres et de vieux papiers froissés. Un journal attira tout de suite son attention : un article entouré en rouge, avec certaines phrases soulignées. Louis le parcourut. Il présentait l'*Éthéré*, un paquebot spatial affrété pour Mars trois ans plus tôt. Sur une annotation, Louis reconnut sans peine l'écriture manuscrite du docteur – *une écriture couchée comme pour mourir*, avait-il écrit dans le style d'échotier qu'il avait alors.

L'annotation contenait des renseignements pratiques, qu'on lui avait sans doute dictés : des tenues et des accessoires adaptés au climat martien. Louis sourit à s'en meurtrir les mâchoires. Plus de doute, c'était là qu'il s'était rendu. D'autres notes faisaient référence à la cavorite. Cela semblait si hors de propos qu'il se contenta de classer cette information dans sa mémoire.

Le soulagement l'envahit : il n'avait pas à affronter Chery sur son terrain. Aussitôt, une foule de questions se pressa. Que pouvait bien fabriquer un médecin déchu sur Mars ? Et de façon secrète : il pariait que son nom n'apparaîtrait pas sur le registre des passagers. Il devait s'agir d'une mission couverte par quelqu'un d'influent.

« On plie bagage », dit-il en empochant l'article.

Relevant la tête, il s'aperçut que Léonard s'était éclipsé. Il le retrouva à la cave, en train de sonder les murs au moyen d'un petit marteau.

Comme il l'avait pressenti, le nom de Chery n'apparaissait nulle part dans le registre des passagers, non plus que dans celui du personnel. Louis connaissait les règles d'embarquement. Pour que le docteur puisse passer la douane, il lui avait fallu de faux papiers convaincants, ainsi que le moyen de rester incognito tout au long du voyage. Cela nécessitait une logistique.

À *L'Aurore*, ses arguments n'impressionnèrent guère. D'abord, le rédacteur en chef refusa sa demande d'un billet sur le prochain paquebot spatial. Louis le travailla au corps des semaines, jusqu'à ce qu'il cède.

« Quel est le prochain navire à appareiller pour Mars ? dit enfin ce dernier.

— L'*Avenir*, il me semble.

— L'*Avenir*. Soit, soit. Vous en profiterez pour nous pondre un bel article là-dessus. Mais n'espérez pas voyager en première classe aux frais de la princesse. »

Son penchant pour le voyage ne l'avait jamais amené plus loin que Melun, et il avait toujours préféré le plancher des vaches au balancement lascif des véhicules cavoriés. Un jour, un voyou l'avait transporté dans un coffre de voiture jusqu'à un rendez-vous qu'il avait obtenu auprès d'un chef de la pègre des faubourgs. Il se demanda, alors que le majestueux navire quittait l'atmosphère pour s'enfoncer dans l'espace, s'il ne préférait pas, tout compte fait, les coffres de voiture.

Un vade-mecum sur la table de chevet de sa cabine affirmait qu'une personne sur dix souffrait de ce que l'on appelait pudiquement « l'hystérie de l'éther », et indiquait les gestes à suivre pour atténuer ses effets. Il les utilisa tous sans réel soulagement. Sous la dernière instruction, il était conseillé de prendre son mal en patience. Louis eut un soupir qui s'acheva en nausée. C'était le prix à payer pour retrouver la piste de Chery, il devait faire contre mauvaise fortune bon cœur… et surtout, il était trop tard pour débarquer. Il garda la chambre trois jours. Un tableau de gymnastique matinale était placardé sur la porte de chaque salle de bain ; son objectif était de réacclimater ceux qui revenaient de Mars à la pesanteur terrienne. Louis s'astreignit à effectuer les mouvements afin d'accélérer son rétablissement. Il ne sut si cela joua un rôle, mais après une semaine, il avait recouvré sa forme.

Même en deuxième classe, les espaces communs étaient ornés de moulures et agrémentés de chandeliers à ampoules vissés aux murs et d'un mobilier confortable. De fausses cheminées abritaient des équipements de survie. Louis avait pris ses marques. Il pouvait profiter du voyage.

Ses notes sur Marcel Chery étaient consignées sur une demi-douzaine de carnets. Le reporter les avait déposés dans le petit coffre-fort situé dans la penderie de sa cabine. Le cube de métal ne tiendrait pas deux minutes face à un expert, mais cela lui convenait. Il les relut l'un après l'autre. Puis il entreprit de coucher par écrit ce qui l'avait mené jusqu'ici. Ce carnet-là, il le fourrait dans la doublure de sa veste.

Un matin, il remarqua que sa penderie avait été dérangée. Ce pouvait être la femme de chambre, même si elle n'y avait en principe pas accès. Il ouvrit le coffre avec précaution. Les carnets s'empilaient à la même place… à peu près : l'un d'eux dépassait, alors que Louis avait la manie de les tasser pour en faire un bloc. Quelqu'un les avait déplacés. S'il s'était agi d'un simple voleur, il n'aurait pas pris autant de précautions pour tout remettre en ordre. Il avait été découvert.

Ce qui signifiait qu'il n'était plus en sécurité ici. Il n'avait pas osé prendre son pistolet sur lui, les armes étant formellement interdites dans les espaces passagers. La sienne se trouvait dans sa malle, en soute : impossible d'y accéder sans demande officielle. En revanche, il avait pu conserver son couteau. Des tas de scénarios sinistres lui traversèrent le cerveau, et il dut prendre sur lui pour ne pas y céder. Certains éditorialistes conjecturaient des complots à longueur de colonne. Il connaissait assez leurs méthodes pour savoir que la paranoïa y tenait une part prédominante.

Mais même si cette fois, il sentait un danger réel, le voyage durerait encore plusieurs mois. Il ne pouvait vivre retranché dans sa cabine.

Chaque fois qu'il partait, il posait de petits repères – un bout de papier coincé sous une porte, un bouchon en équilibre derrière un tiroir… À deux reprises, l'un des repères avait bougé.

Cela ne l'empêchait pas néanmoins d'apprécier le voyage. La salle à manger, avec ses piliers en stuc, ses lustres et ses miroirs, était somptueuse. Si l'on ne pouvait commander ce champagne qui, quand on le sabrait, soulevait de ses bulles les paillettes d'or à l'intérieur, les assiettes étaient en porcelaine de Limoges et la nourriture à l'avenant. Le matin, il avait le choix entre un petit déjeuner à la brioche, et un breakfast anglais.

Il en allait de même des passagers. On avait peu de chances de croiser nabab, diplomate ou grande bourgeoise en duvet de louveteau ; cependant, les passagers provenaient de tous horizons. Des spectacles étaient offerts. Au bar, après un concours de chansons canailles, Louis se lia d'amitié avec l'agent d'une prostituée célèbre, qui souhaitait faire un film de charme sur Mars. Un autre soir, il assista à une séance d'hypnose où un enfant, persuadé qu'il était un erloor, battait des bras avec conviction. Il offrit un verre à un aventurier pressé de sillonner le bled martien :

« Vous êtes journaliste, si j'ai bien compris. J'ai croisé un écrivain pas plus tard que ce matin. De nos jours, on ne voyage plus que pour raconter. L'exploration est devenue accessoire.

— C'est possible, concéda Louis.

— C'est certain ! La beauté de Mars, tout le monde s'en fiche : les colons ou les idéalistes, tous veulent façonner la planète à leur image. Moi, je veux juste remplir mes poumons de son air, et malaxer sa terre avec mes doigts.

— Les paroles d'un sage.

— Ou d'un idiot, qui dilapide son argent. »

Le lendemain matin, Louis découvrit, sur un guéridon de coursive, un exemplaire de la gazette du bord. C'était un imprimé médiocre, qui servait à reproduire le discours du capitaine, les attractions, et les menus de Magrin, le chef de cuisine des première classe. On y trouvait aussi charades et énigmes, quelques potins mondains glanés auprès des célébrités posant en double page intérieure.

Plutôt qu'un journal, Louis trouva une imprimerie munie d'une table de composition. Le tout s'insérait au chausse-pied dans un réduit derrière la timonerie. Celui qui s'en occupait était un géant bavard et impulsif. Il avait gagné sa vie, sur Terre, à fabriquer des réclames. Il s'acquittait de sa tâche avec zèle. Il se réclamait d'un dramaturge qui avait juré de ne plus jamais poser un pied sur les terres fermes, et passait de *space liner* en paquebot transcontinental, à monter des pièces pour les spectacles de bord. Sa lubie d'apatride s'était muée en doctrine en usage chez certains membres d'équipage.

« Mon univers, c'est l'espace. La crise de la cavorite a dévalué la mobilité universelle ; malgré tout, je tiens que cette idée assurera l'avenir de l'homme. La Terre n'est qu'un vulgaire atome. On ne passe pas sa vie à ramper sur un atome. »

Il s'excusa, comme une visiteuse toquait à la porte entrouverte. Elle était si menue qu'elle aurait pu se faufiler entre deux pages d'un journal. L'intelligence et la curiosité faisaient pétiller ses yeux. Louis l'avait aperçue en train de musarder dans les coursives, à lorgner les machines. Il l'avait d'abord prise pour un mécano, mais elle ne portait pas la salopette ni la ceinture à outils réglementaire ; de plus, il doutait qu'il existe des machinistes femmes dans les équipages. Certainement une folle de science, et il envisageait de l'aborder un jour prochain, pour l'article sur le navire réclamé par son patron. Mais pas maintenant.

Il marmonna un salut, puis s'apprêta à s'esquiver lorsqu'il surprit une phrase :

« … Vous n'avez jamais entendu parler d'une rumeur de cavorite qui proviendrait de Mars ? »

Dans l'esprit de Louis, une connexion s'établit. Il avait cru que les renseignements sur la cavorite inscrits sur l'article prélevé chez Marcel Chery n'étaient qu'un hasard. Il était loin d'avoir l'intégralité du puzzle, mais des éléments s'emboîtaient enfin.

Le local du journal était trop petit pour tenir à trois. De plus, il ne voulait pas d'oreilles indiscrètes. Il patienta dans le couloir. La femme cherchait quelque chose, de son côté. Ils devaient absolument se parler.

Un frôlement, derrière lui.

« Excusez-moi, je… »

La douleur n'arriva qu'une fois que l'homme l'eut dépassé. Il ne vit pas son visage. S'il l'avait fait, il n'y aurait sans doute pas prêté attention.

Il essaya de sortir le couteau de sa poche. Avec stupéfaction, il se rendit compte que ses membres ne lui obéissaient plus. Il n'était qu'un pantin désarticulé qui glissait vers le plancher. Son flanc se poissait d'un liquide chaud. La mort ne l'avait jamais effrayé. Il n'avait jamais pris le temps d'y réfléchir, et son trépas ressemblait tant à la survenue du sommeil qu'il dut se forcer pour penser :

Je ne peux pas mourir avant d'avoir compris… avant d'avoir raconté toute l'histoire. Ce n'est pas juste. Quelqu'un qui raconte les histoires ne peut pas mourir comme ça, avant la fin.

Dans le crépuscule déclinant de sa raison et de ses sens, une ombre humaine le surplomba.

Et l'ombre lui parla.

44

Georges Moinel

Avant de se rendre dans le Marais, Georges prit une chambre : un meublé en soupente situé sous les combles, aux poutres brutes. On y accédait par un petit escalier tarabiscoté. Sur un côté de la façade, une vieille affiche jamais retirée témoignait de la décrépitude de l'immeuble. Elle montrait une tour Eiffel-Toussaint flanquée de deux paquebots spatiaux amarrés, qui faisaient comme les manches de bras grands ouverts. Le titre : *VIe Olympiade – Paris, Capitale du Système solaire 1916* rognait le blason de la ville.

Un aérotram passait devant la fenêtre tous les quarts d'heure, lui indiqua la logeuse, mais sinon, l'endroit était calme. Il y avait l'électricité, et la salle de bain comportait une baignoire sabot en zinc toute neuve, alimentée en eau chaude. Georges paya trois mois d'avance, et cacha la moitié de son pactole à l'intérieur du pied creux de l'armoire, en tâchant de faire le moins de bruit possible. Il divisa également le contenu de la sacoche en deux, dissimulant une partie dans un rouleau qu'il fourra à l'intérieur de son matelas, l'autre dans sa table de chevet.

Dans un magasin, il acheta une ceinture-portefeuille de voyageur. On l'avait volé une fois, il ne voulait pas se retrouver à nouveau sur la paille. Il hésita à prendre un couteau. Inutile de songer à se procurer une arme à feu, ce genre d'accessoire n'était de toute façon pas pour lui. Qu'il soit ou non armé ne changerait pas grand-chose face à deux hommes de main décidés à le trucider. Sa survie dépendrait de sa capacité à *ne pas* se trouver face à eux.

À un carrefour, un agent de circulation, juché dans une guérite cavoriée, agitait son bâton lumineux branché à un générateur électrique situé sous le plancher. Un crieur de journaux scandait les gros titres du jour : « Levez les yeux pour le départ du glorieux paquebot spatial l'*Avenir* ! Le Louvre enfin électrifié, découvrez les photographies et admirez la rivière d'argent ! »

Dans la rue du Temple, il scruta chaque passant à la dérobée, afin de repérer Berthe Lagile ou ses sbires. Les seuls individus à ne pas avoir l'air louche marchaient à toute allure, raides, les mains dans les poches.

Au bout d'à peine dix pas, il tomba nez à nez avec elle. Sous un chapeau hérissé d'aigrettes, ses traits un peu gras étaient soulignés par trop de fard. Ses cheveux frisottés tiraient sur le roux. Il n'eut que le temps de se détourner vers la première vitrine à sa portée : une échoppe de mécanicien-dentiste. La femme le dépassa sans lui prêter attention. Octave affirmait ne jamais avoir décrit son compagnon, mais celui-ci en doutait fort. Berthe ne l'aurait sans doute pas reconnu, néanmoins mieux valait ne prendre aucun risque.

Il lui emboîta le pas à bonne distance. Berthe ne semblait pas avoir de garde du corps. Au coin de la rue, elle s'arrêta soudain, et Georges craignit d'avoir été découvert. Au lieu de cela, elle agita son écharpe de plumes en criant d'une petite voix aiguë :

« Jeanne ! Jeanne ! »

Une jeune femme traversait la rue à sa rencontre. Le souvenir surgit en un éclair : Georges l'avait vue à l'hôtel particulier de l'ambassadeur, allongée face au chevalet d'un peintre. Elle avait un nez menu, pincé entre des pommettes hautes. Sans sa coiffe à voilette, des cheveux très noirs et très courts lui conféraient l'allure d'un garçon. Un sourire désinvolte traînait sur ses lèvres, entre lesquelles se fichait son fume-cigarette en jade.

Elle ouvrit grands les bras et étreignit son amie.

« Tu as mis le chapeau que je t'ai offert ! Il te va à ravir, ma chérie. »

À l'instant où elles se séparèrent, Georges mesura le monde existant entre elles. D'un côté une cocotte traînant sur le trottoir sa chair plantureuse et parfumée, bientôt usée ; de l'autre une jolie chose ornée, ambivalente et biscornue, chargée de maléfices… mais qui n'avait que l'apparence d'une chose. Si elle n'était pas à l'origine du vol de documents, elle s'était chargée d'en assurer l'exécution en manipulant Berthe, Octave Leblanc et les casquettes rouges. Il ne restait plus qu'à apprendre qui étaient ses employeurs à elle, l'ultime poupée russe de la machination.

Je pourrais jouer la sécurité : filer d'ici, et envoyer le paquet de documents à l'éditorialiste des Temps futurs *ou du* Rappel, *comme Arsène l'avait prévu.*

Mais il me faut le nom de tous les responsables de l'histoire. Sinon, on ne me trouvera pas crédible.

Et surtout, s'il n'exposait pas les commanditaires au grand jour, tôt ou tard il deviendrait leur proie.

Gardant ses distances, il les vit entrer dans un square. Elles s'assirent sur un banc près d'un vendeur de confiseries, après lui avoir acheté un cornet de cacahuètes caramélisées. Georges se posta derrière un bosquet.

« Cet idiot d'Octave a gobé ton histoire de fils caché », disait celle qui se prénommait Jeanne. Comme pour son physique, sa voix, moins aiguë, semblait hésiter entre mâle et femelle. « Ce jeune gars qu'Arsène surnommait l'Artiste nous a rendu un fier service en persuadant ton cambrioleur de poursuivre la mission. Ils ont bel et bien forcé le coffre et subtilisé les documents. Le problème, c'est qu'ils se sont évanouis tous les deux dans la nature. Ils ne se sont jamais montrés au domicile d'Octave, où on devait les cueillir. »

Georges se figea. Il n'avait pas envisagé d'apparaître aussi rapidement dans la discussion.

« Tes amis ne peuvent pas les retrouver ? questionna Berthe.

— En voleur aguerri, Octave a le chic pour disparaître. On ne le dénichera jamais, à moins d'un coup de bol. Quant à l'Artiste, il a emménagé chez Octave, mais avant, sa trace se perd dans les limbes. Or, je dois livrer le paquet à mes amis au plus vite – ou amis, ils ne le resteront pas longtemps.

— Tu es en danger, ma chère Jeanne ?

— Ne t'inquiète pas pour ça. J'ai du répondant. »

Un poudrier surgit de son sac. Sur le bord, elle

enfonça un bouton, et un déclic métallique se fit entendre. Un instant plus tard, elle avait rangé l'objet.

« L'artisan qui m'a fabriqué ce bijou selon mes plans a aussi créé une ombrelle à percussion. Les balles sont bien réelles, crois-moi. »

Berthe saisit les mains de l'espionne.

« Comme tu es intelligente.

— Ce sont les hommes qui sont des imbéciles. Pas les êtres humains au sens général : les hommes.

— Ne m'as-tu pas confié qu'un prince t'avait prise sous son aile, et qu'il t'avait initiée à tirer profit de la moindre connaissance, des hommes comme des femmes ? Tu m'as avoué que les gouvernements polonais, turcs, français t'avaient recrutée à tour de rôle. »

L'autre retira ses mains abruptement.

« Pas d'effusions ici. Nous ne sommes pas dans un de tes bordels.

— Je suis désolée. Ne m'en veux pas, je t'en prie. »

L'espace d'un instant, Georges se demanda si l'amante de Berthe n'était pas en même temps sa souteneuse. Une femme dans ce rôle, cela ne se voyait pas tous les jours, mais les chances demeuraient très faibles : jamais la pègre ne l'aurait permis. Il était plus probable que Jeanne l'ait séduite dans le but de l'intégrer à sa machination.

Il recula afin de se fondre complètement dans le bosquet. Ce faisant, il croisa le regard suspicieux d'une dame d'un certain âge, un petit singe à face noire en laisse. Il s'efforça de l'ignorer, mais ne revint à son observation qu'après l'avoir vue tourner le coin du chemin.

Lorsqu'il trouva un nouvel angle de vue, l'espionne s'était radoucie.

« Mon prince n'est pour rien dans mes talents. Mes parents étaient dans le music-hall. Ils m'ont enseigné l'art de tomber – jamais sur la nuque, la colonne vertébrale ou les articulations. Ils m'ont aussi appris à jouer la comédie. Sur les planches ou dans la vie, mon père affirmait que je n'ai jamais su faire la différence.

— Tu m'as dit que ton père t'appelait Zofia…

— J'ai toujours détesté ce prénom. Il fait trop turc. Mon nom est Jeanne Bazarova. Ou Jane, tout dépend de mon humeur du moment. Pour toi, cela restera Jeanne. »

Georges perçut le mouvement refoulé de Berthe, et cela le troubla. La prostituée aimait Jeanne Bazarova, vraiment, et il se surprit à ressentir de la peine à la fois pour elle-même et pour Octave. Deux dindons d'une même farce. Peut-être Bazarova était-elle elle-même manipulée. Il semblait qu'aucun d'eux ne pourrait trouver le bonheur sur cette terre. Aussi inconvenant que cela paraisse à ses propres yeux, il se sentait proche d'elles.

Et si j'apparaissais devant elles et que je leur offrais les documents compromettants ? Bazarova semble travailler pour une puissance étrangère. Les Anglais, les Allemands ou les Balkans, il n'y a que l'embarras du choix. Que le scandale éclate par leur volonté ou par la mienne, quelle différence ? Cela éclatera, et Ernestine sera vengée.

Mais était-ce ce qu'elle aurait voulu ? Georges n'en savait rien. S'il n'était question que de vengeance, il lui aurait suffi de débouler dans un commissariat armé de pistolets et de faire un carton jusqu'à être lui-même abattu. Il s'était imaginé passer à l'acte, mais le dégoût l'avait toujours emporté. Il avait beau essayer, il ne serait jamais un assassin. Il s'agissait moins pour lui de venger Ernestine que de s'absoudre de lui avoir survécu.

Ces deux femmes l'avaient mis dans de sales draps, mais il ne pouvait s'empêcher d'éprouver à leur endroit une certaine pitié. À son arrivée à Paris, le fait de voir deux individus du même sexe s'embrasser l'aurait rempli de malaise. Avoir côtoyé un temps le milieu des artistes avait changé sa mentalité vis-à-vis des déviances, quelle que soit leur nature. Il s'y était habitué. Cependant, leur affection saphique les mettait en ligne de mire non seulement des ligues de moralité, mais des milices qui quadrillaient certains quartiers, en plus de la police qui faisait la chasse aux invertis. Étrangement, la crise économique avait diminué la tolérance vis-à-vis des licences libertaires.

Les deux femmes s'étaient levées, tout en continuant à parler. Très vite, le début de sympathie qu'il avait éprouvée à leur égard s'estompa lorsque le sujet revint sur lui.

« Laissons Octave de côté, dit Bazarova. Lui n'est intéressé que par ses documents de filiation. Je parierais que c'est l'autre, l'Artiste, qui possède ce qui me revient. Il doit occuper toutes nos recherches.

— Vous finirez par le débusquer, rétorqua Berthe. Paris n'est pas si grand quand on est recherché par des gens compétents.

— Arsène comptait livrer les documents à une de ces feuilles anarchistes.

— Alors, il suffit de les mettre sous surveillance. »

L'espionne étouffa un rire.

« Les sièges des journaux anarchistes sont sous surveillance policière, sans compter les agents fascistes et communistes. Ils doivent se marcher sur les pieds. Mais j'ai un certain ami à la préfecture. Il pourrait m'avertir si notre client pointe son nez là-bas.

— Que ferez-vous de lui ?

— J'ignore si mes amis le laisseront vivre. S'il crache le morceau assez vite, peut-être. Ou en tout cas, ils ne le feront pas souffrir. Ce qui importe au bout du compte, c'est d'obtenir les documents. »

Georges se laissa peu à peu distancer. À présent, il savait à quoi s'en tenir vis-à-vis de l'espionne. Il n'y avait rien à attendre d'elle. Du reste, il n'aurait aucune certitude que ce qu'il avait volé finirait dans les journaux. Si une puissance s'en servait juste comme levier dans une transaction avec le gouvernement, le scandale ne sortirait même jamais.

Il regarda les deux femmes, au loin, s'engager dans un ascenseur montant vers une station d'aérotram. Puis il rebroussa chemin.

Ses perspectives d'agir s'étaient réduites. Avant de concocter un nouveau plan d'action, il devait compulser les documents à son appartement.

45

Marthe Antin

Une ombre se fondit au coin du corridor comme Marthe apercevait le jeune homme croisé à l'entrée de la gazette de l'*Avenir*. Il avait glissé à terre. Elle se précipita sur lui. Il était d'une pâleur de spectre.

« Vous allez bien ?... Monsieur ? »

Une tache rouge se dilatait sur le plancher, sans qu'elle parvienne à en voir la source. L'homme leva des yeux égarés. Il essaya de parler, comme si un objet obstruait ses poumons. Marthe passa une main sous sa tête – aussi lourde qu'une pierre.

Elle s'apprêtait à crier à l'aide, mais il serra son coude avec l'énergie du désespoir.

« Vous... J'ai quelque chose pour vous.

— Vous me connaissez ?

— Pas le temps.

— Qui vous a fait ça ?

— Écoutez-moi ! Dans la doublure de ma veste : prenez le carnet, maintenant. Il reviendra fouiller mon cadavre, j'en suis sûr. Les preuves ne doivent pas disparaître.

— Vous avez besoin d'aide.

— Promettez... Mon carnet, tout de suite. »

Il ne lui laissa pas le temps de répondre. Ses yeux se révulsèrent, et sa main retomba. Comme une somnambule, Marthe palpa son vêtement. Elle n'eut qu'à craquer deux fils pour que le carnet lui tombe entre les doigts.

Elle le glissa sous sa chemise. Puis, elle commença à appeler au secours.

Louis d'Azay : tel était le nom de la victime. Il avait bel et bien été assassiné d'un coup de pic qui lui avait perforé plusieurs organes, et une artère. Pas l'œuvre d'un amateur, car il avait fallu une précision hors du commun. Marthe se rendit à l'hôpital, où le corps avait été entreposé. L'endroit n'offrait aucune réelle sécurité, se rendit-elle compte. Elle n'osa pousser plus loin ses investigations : inutile de se faire repérer, si l'assassin rôdait.

Le règlement exigeait la présence d'un officier de police à bord. Marthe fut surprise de ne pas être convoquée, puisqu'elle avait découvert le corps. Elle finit par le trouver : un homme gras aux tempes tachées de cire, qui s'efforçait en vain de ressembler à ceux dont on l'avait chargé de protéger les bijoux. Le meurtre de Louis semblait le cadet de ses soucis. Son unique rôle avait consisté à escamoter le cadavre le plus rapidement possible, afin de ne pas causer de désagrément. À présent, il n'avait qu'une hâte : que l'affaire se tasse.

« Un assassin court toujours sur ce vaisseau, et vous restez sur votre chaise, à ne rien faire ?

— Du calme, ma jeune dame. Bien sûr qu'il y a un assassin. C'est inévitable, avec des milliers de personnes à bord. »

Elle se retint de lui demander s'il avait déjà lu des histoires de meurtres en chambre close. Il l'aurait sans doute mal pris.

« Que comptez-vous faire ?

— Si la victime était la cible du meurtrier depuis le début, il n'y a rien à craindre : il a accompli sa mission et nous laissera tous tranquilles. S'il s'agit d'un fou furieux, j'aviserai. Mais je penche pour la première solution. Les déments s'en prennent plus volontiers aux dames. Vous voyez qu'il n'y a pas lieu de vous tracasser. »

Elle avait pratiqué les collègues de Peretti, et savait qu'elle n'obtiendrait aucune aide. Ce policier occupait son poste comme un vieux chien sa niche. Si elle le poussait à sortir, elle risquait juste de se faire mordre.

Comme pour Peretti, le professionnalisme du crime la frappait. Louis d'Azay avait voulu que ce soit elle, et personne d'autre, qui récupère son carnet. Elle en était certaine. Sitôt qu'elle eut regagné sa cabine, elle entreprit d'éplucher le carnet. D'abord, la déception l'envahit : son contenu semblait n'avoir aucun rapport avec ce pour quoi elle venait sur Mars.

L'auteur était un journaliste qui avait exercé dans la presse quotidienne avant de débusquer un médecin ayant pratiqué des stérilisations forcées. Marthe avait toujours méprisé les faits divers. Pour elle, ils flattaient les goûts les plus vils du public au lieu de contribuer à élever l'Homme. Elle n'avait pas suivi l'affaire, qui de surcroît datait de plusieurs années. D'Azay avait remarqué la disparition du médecin et remonté sa trace jusqu'ici. Il était question de cavorite, à l'instar de ce qui l'amenait, elle, sur Mars. Si les deux affaires étaient liées, une organisation s'efforçait de supprimer les fouineurs. Avec une efficacité certaine : l'image de Maurice Peretti cloué sur son lit d'hôpital la poursuivait encore. Un commissaire de police et un journaliste, tous les deux aguerris, avaient été mis hors d'état de nuire, qui plus est sur la voie publique. Cela signifiait qu'elle n'était pas à l'abri.

Elle prit l'habitude de verrouiller sa porte et d'inspecter sa cabine. Une fois, du remue-ménage dans la coursive l'alarma. Ce n'était qu'un couple, furieux d'avoir été changé de cabine par la faute d'un erloor. Un événement étrange, auquel Marthe ne prêta rapidement plus attention. Le soir, elle continuait à déchiffrer les notes du journaliste. Elle ne parvint pas à trouver de connexion évidente avec la piste de la cavorite, mais un nom revenait sans cesse : Marcel Chery. Arrivée sur Mars, elle essaierait de le retrouver.

Elle retourna à la gazette afin de vérifier si le docteur avait voyagé sur l'*Avenir*, mais ce n'était pas le cas. Le rédacteur – un colosse exubérant – fouilla avec elle dans un carton contenant des exemplaires de la gazette de l'*Éthéré*, un autre paquebot spatial ; le docteur l'avait certainement emprunté, trois ans auparavant, même s'il n'était fait mention de lui nulle part. Ainsi que l'avait subodoré Louis d'Azay, il avait dû effectuer le voyage incognito.

« On vous cherche, vous savez ? dit le géant en refermant le carton.

— Moi ?

— En tout cas, un monsieur bien mis est venu

converser avec moi. Non pas à propos de Louis d'Azay, mais sur toute personne qui viendrait poser des questions à son sujet. Il ne m'a pas dit son nom, et je dois avouer que quelque chose en lui m'a mis mal à l'aise. Mais il m'a promis cinquante francs si je l'avertissais.

— Comment devez-vous l'avertir ?

— Un mot glissé entre deux conduites, sur le pont E.

— Le pont E. À quoi ressemblait ce monsieur ?

— Figurez-vous qu'après notre conversation, je me suis trouvé incapable de me remémorer son visage. »

L'image de Constant émergea à la conscience de Marthe. Cela la surprit : elle n'avait plus pensé à son mari depuis son embarquement. Elle se sentait seule, tout à coup. Cette fois, elle aurait bien besoin de son aide. Mais qu'aurait-il pu faire ? Se mettrait-il en danger pour elle, d'ailleurs ? Elle l'ignorait, même si elle avait la conviction qu'elle-même aurait tout tenté pour le protéger, du moins à l'époque où elle se sentait liée à lui. À son retour, il était probable qu'elle se séparerait de lui… du moins, si elle survivait à cette histoire.

Elle attrapa une feuille d'essai d'impression. Elle griffonna un mot dessus, le plia en deux et le lui tendit.

« Pourriez-vous mettre ce papier dans la cache qu'il vous a indiquée ?

— D'accord, si vous me promettez une chose.

— Demandez.

— Si vous découvrez un truc louche, sur ce navire

ou sur Mars, prévenez-moi. Voilà des années que je n'ai pas rédigé un article digne de ce nom. »

Participer aux activités de l'*Avenir* permit à Marthe de tromper son angoisse jusqu'au rendez-vous. Tout l'y incitait : des mousses distribuaient costumes et accessoires à chaque coin de coursive. Il était de notoriété publique que les fêtes émaillant le voyage avaient pour fonction première de distraire de la terreur des gouffres spatiaux. Ce jour-là, la Chine était à l'honneur, même si le premier couple que croisa Marthe évoquait plutôt l'Inde : la femme avait les cheveux entortillés de perles sans grand rapport avec l'empire du Milieu, et son époux rajustait sans cesse une barbe postiche dont les pointes rebiquaient. Des enfants d'école élémentaire avaient été réquisitionnés pour fixer aux murs des fleurs de lotus découpées dans du papier gaufré. On lui agrafa une fausse natte dans le dos et elle enfila un vêtement brodé sentant la naphtaline. Dans les corridors et les salles de récréation, on se souhaitait bonne chance à tout propos.

Cette fête tombait à point nommé : le désordre lui faciliterait la tâche, et le costume lui assurait l'anonymat. Toute à ses réflexions, c'est à peine si elle remarqua qu'un garçon du service hôtelier venait de l'embaucher pour participer à un jeu de petits chevaux grandeur nature. Il lui fourra dans les mains un manche à balai prolongé d'une tête de cheval en liège, avant de la propulser sur un tapis de jeu géant. Quatre équipes enfantines s'affrontaient. Noyée au milieu des garçons de service, elle passa une heure à sauter d'une case à l'autre. La partie une fois achevée, elle se sauva.

Il restait une heure avant le rendez-vous, mais elle doutait que l'assassin de Louis d'Azay respecte l'heure fixée. Elle remonta la coursive principale jusqu'au court de tennis, prit l'une des nombreuses coursives latérales bâbord. Elle descendit deux ponts inférieurs, juste au-dessus des troisième classe. Peu à peu, les ornements disparaissaient des corridors, tandis que les escaliers de service se multipliaient. Cela donnait l'impression de passer dans l'envers d'un décor. Elle commençait à bien connaître le vaisseau. La fête mobilisait le gros de l'équipage, de sorte qu'il n'y avait personne pour surveiller les éléments techniques : la jeune femme ne croisa qu'un membre d'équipage, qui ne prêta pas attention à elle. Elle ignora un panneau d'interdiction aux passagers, décrocha une chaîne, souleva le loquet d'une porte au moyen d'une cuiller. D'énormes rivets indiquaient que l'on avait atteint la coque.

Derrière se trouvait ce qui évoquait une salle des machines, avec des pistons et des compresseurs. Six scaphandres pendaient à des râteliers ; un harnais dorsal permettait d'y placer une bouteille métallique pour l'oxygène. Une porte à volant s'insérait dans la paroi du fond, une rondelle d'acier telle qu'il en existait dans les sous-marins, ouvrant sur le sas de sortie spatiale. Une vitre tout aussi épaisse offrait une vue de l'intérieur : un endroit dénudé, muni de boîtes à outils, d'un banc boulonné au sol, et d'appareils de ventilation fixés aux cloisons. À côté de la porte donnant sur l'extérieur, un treuil électrique assurait le retour des scaphandriers. Le paquebot comptait deux sas de sortie spatiale, se rappela Marthe. Le second perçait le flanc tribord.

Sans hésiter, elle s'introduisit dans un scaphandre. Les tenues avaient peu à voir avec leur ancêtre sous-marin. Outre le harnais dorsal, l'empilement de couches les constituant leur conférait une rigidité qui les faisait littéralement tenir debout. Des prothèses se rangeaient dans une armoire vitrée : des pinces de formes variées, des lampes électriques, des tournevis à crémaillère, à visser au bout des bras articulés. Beaucoup trop grand, son scaphandre obligeait Marthe à se hisser sur la pointe des pieds pour voir ce qui se passait. C'était parfait. Elle rabattit le heaume, mais sans le boucler afin d'empêcher son souffle de couvrir la visière de buée. Puis elle adopta la même pose à moitié avachie des autres scaphandres.

Quelques minutes plus tard, une silhouette se coula dans la pièce. Les chaussures de l'homme devaient être gainées de feutre, pour ne produire aucun bruit. Il avait des traits quelconques sous des cheveux clairs ; bref, aucun signe distinctif hormis des épaules tombantes. Un pistolet automatique dardait de son poing serré. Il passa devant elle, ses yeux décolorés fouillant les lieux. Un instant, elle craignit qu'il la repère – elle serait alors totalement à sa merci. Mais son regard ne s'attarda pas. Le rendez-vous avait lieu dans le sas de sortie.

Il déverrouilla la porte et disparut à l'intérieur.

Marthe savait qu'elle ne disposait que de quelques secondes. Abandonnant son immobilité, elle se précipita et poussa la porte de toutes ses forces. L'huilage parfait des gonds lui permit de procéder en silence : le battant avait parcouru la moitié de la distance lorsque l'inconnu se retourna. Sa réaction fut fulgurante, mais l'inertie était trop grande pour inverser ni même stopper le mouvement. La porte claqua dans un bruit sourd. Le déclic de verrouillage retentit. Aussitôt, une lumière rouge s'alluma dans le sas. L'inconnu s'acharna en vain : Marthe avait bloqué le volant au moyen de sa natte chinoise.

Elle se planta devant la vitre de séparation et se racla la gorge – il lui faudrait crier pour se faire entendre par-delà l'épaisse barrière.

« Je tiens la seule issue. Il n'y a que l'espace derrière l'autre porte, et vous n'avez pas de scaphandre : vous êtes piégé. Dites-moi qui vous êtes, et pourquoi vous avez tué ce malheureux d'Azay. »

Pendant qu'elle s'égosillait, l'inconnu inspecta chaque recoin du sas. Un moment, il s'acharna sur la porte donnant sur le râtelier, au point que la jeune femme vérifia la solidité de sa natte. Au bout de cinq minutes de raclements, il abandonna. Il se campa devant elle, et la scruta dans ses moindres détails. Marthe se fit violence pour ne pas reculer au fond du râtelier.

« Vous ne vous échapperez pas, c'est impossible, répéta-t-elle. Parlez-moi. Qui sont vos employeurs ? En quoi le docteur Chery est-il lié au trafic de cavorite entre la Terre et Mars ? »

L'inconnu n'avait pas cillé jusqu'à sa dernière question. Il broncha, confirmant ce dont Marthe se doutait déjà. Elle essaya de pousser son avantage, mais l'homme ne desserra pas les lèvres. Enfin, il se dirigea vers la porte extérieure. Marthe plaqua sa main contre la vitre.

« Que faites-vous ? Arrêtez, vous êtes fou ! »

Il s'arc-boutait contre le volant d'ouverture. Il le déverrouillait avec lenteur, quart de tour par quart de tour. Marthe imaginait sans peine ce qu'il adviendrait après la fuite d'air par la brèche ainsi créée. Le vide agissait à l'inverse des grandes profondeurs : plongé dedans sans protection, le corps, au lieu d'être écrasé, se voyait comme aspiré de tous côtés, au point de se déchirer tandis que les fluides qu'il contenait bouillaient aussitôt. C'est pourquoi toute sortie sur la coque extérieure du paquebot exigeait de porter un épais scaphandre, pour contrer non pas la pression extérieure, mais intérieure.

L'inconnu avait bien vu l'absence de scaphandre. Son intention était claire : la forcer à déverrouiller la porte avant que le vide ne le tue. Marthe n'ignorait pas le danger qui la guettait, mais ce fut plus fort qu'elle. Se maudissant, elle empoigna le volant. Dans son trouble, il lui fallut une tentative pour s'apercevoir que sa fausse natte avait entravé le mécanisme. Trente nouvelles secondes furent perdues à le dénouer. Enfin, le volant commença à tourner.

À mi-chemin, le mécanisme se bloqua. Un élancement dans l'épaule lui fit comprendre qu'elle venait de se froisser un muscle. Malgré la douleur, elle tambourina contre la vitre.

« Arrêtez de tourner ! La porte s'est enrayée, je ne peux pas ouvrir ! »

Elle comprit avec horreur ce qui se passait en voyant les vêtements de l'homme faseyer sous l'effet d'une bourrasque. L'air s'échappait par l'embrasure dans la coque. Aussitôt, un mécanisme de sécurité avait bloqué sa porte afin d'éviter à l'air de fuir le paquebot. Il était trop tard. Un panneau de commandes se trouvait sur la cloison, d'où il était possible de refermer la porte électriquement. En manœuvrant lui-même, l'inconnu l'avait court-circuité.

D'un seul coup, il comprit le sort auquel il s'était lui-même condamné. Ses muscles saillirent dans ses efforts de refermer la porte, en vain. Il se tourna vers la vitre et brandit son arme. Avant que Marthe ait pu réagir, un petit nuage de fumée jaillit du canon. L'éclatement d'un sac en papier aurait fait plus de bruit. Le verre blindé ne se fêla même pas.

L'assassin lâcha son arme et porta une main à sa gorge, comme l'air lui manquait. Ses forces l'abandonnaient. S'il restait accroché au volant de la porte, c'était juste pour ne pas être expulsé au-dehors.

Malgré son dégoût, Marthe s'obligea à regarder son agonie jusqu'au bout. Dans cet affrontement absurde, rien n'avait tourné comme elle l'avait escompté. Elle avait provoqué ce drame, et il lui était impossible de l'aider. Elle contempla le cadavre de l'assassin de d'Azay, peut-être aussi celui qui avait commandité la tentative contre Peretti. Elle n'aurait pas de réponses de sa bouche. Sans doute n'y avait-il rien à regretter : même au seuil de la mort, il n'avait pas parlé.

La porte dans la coque bâillait sur l'espace piqueté d'étoiles brillantes. On avait mesuré la température de l'éther loin de la Terre : –268 °C, à quelques degrés près. La jeune femme fit tourner ce chiffre sans importance dans sa tête, afin de ne pas penser à cette existence humaine qui venait de s'éteindre. Un *ding* provenant du tableau de commande indiqua la fin de la minuterie : il était de nouveau possible de la manœuvrer. Marthe abaissa la manette de verrouillage. Elle devait se dépêcher, il était probable que l'ouverture intempestive ait déclenché une alarme quelque part.

La porte une fois débloquée et l'air renouvelé, elle se précipita. Des bourdonnements d'abeille emplirent ses oreilles, couvrant sa respiration. L'inconnu reposait assis contre la paroi. Du sang s'était échappé de tous les orifices de son visage pour se vaporiser instantanément. Il formait un effrayant masque écarlate. Même après les affres de la mort, la victime conservait une étrange impassibilité.

Marthe ne toucha pas au pistolet à terre. Une partie d'elle-même n'en revenait pas d'être en vie. Surmontant sa répulsion, elle effectua une fouille sommaire. Bien entendu, l'homme n'avait aucun document sur lui, mais la clé de sa cabine se trouvait dans sa poche.

Elle se redressa et s'enfuit.

46

Cavorite

LE SCANDALE DU C.I.C.

Que faut-il retenir du scandale du C.I.C. ?

Le Comité international de la cavorite n'est que la tête d'une créature complexe, largement sous-marine, composée de commissions, d'instituts et d'officines jouant le rôle de relais dans toutes les sphères d'activité, en France métropolitaine comme dans les colonies et à l'étranger. Le cœur de cet organisme tentaculaire est le Crédit national industriel. Officiellement, le C.N.I. est un organisme financier d'intérêt général, à constitution majoritairement française. Il a pour objectif de faciliter les demandes de crédit et les transactions liées à la cavorisation du transport et des moyens de production. Ses interlocuteurs sont les banques, les pouvoirs publics et les industriels. Tel un cœur, il joue le rôle de pompe qui apporte l'argent (sous forme, d'ailleurs, largement liquide) aux différents organes du C.I.C. Ce dernier, via le C.N.I., a répandu sa manne sur des hommes politiques, des publicistes, des financiers et des gens du monde, afin qu'ils chantent les louanges de l'essor cavorurgique.

Une pratique on ne peut plus banale, mais irrecevable dans le climat d'après krach, car c'est de millions de francs qu'il s'agit, puisés dans la bourse du contribuable. La liste, révélée par nos confrères du Figaro, *éclabousse toute la Chambre.*

Notre correspondant au Parlement nous téléphone : les députés ont été interpellés par l'opposition du Bloc des Gauches. Une demande de saisie de l'instance judiciaire a été déposée pour enquêter sur le fort opaque C.N.I. On espère que le ministère donnera suite, mais une chose est sûre, le désastre est consommé. Hors de nos frontières, l'influence du C.I.C. est réduite à néant. Outre-Rhin, la presse s'est déchaînée. On aurait pu croire que la vague retombe ; elle enfle, elle enfle, et enfle encore. Si nous ne voulons voir nos ennemis en profiter pour mettre à mal nos intérêts, nous devons sans tarder combler la brèche. La création d'un nouveau comité s'impose. De quelle tutelle relèvera-t-il ? Celle de l'Autorité des Nations, vous répondra d'une seule voix le corps diplomatique. Mais aujourd'hui, cette dernière n'en a plus guère, d'autorité ! L'homme de la rue la considère juste comme un pantin que l'on agite devant les peuples.

Quoi qu'il en soit, la régulation du marché de la cavorite est une obligation non seulement économique, mais politique. N'hésitons pas à le clamer haut et fort : c'est elle qui conditionnera l'avenir de la paix.

Émile-Adrien Hébrard – *Le Temps*,
jeudi 14 février 1924

47

Renée Manadier et Marthe Antin

Comme Renée entrait dans le café-véranda, la musique douce diffusée par le gramophone électrique fit broncher Ogloor qui marchait à côté d'elle. Les griffes de ses pieds raclaient le plancher de façon syncopée. L'institutrice laissait pendre la bride, en prenant soin de ne jamais la tendre. Elle ne voulait pas donner l'impression de le tenir prisonnier, quand bien même elle s'était conformée à l'injonction de l'officier de coupée. Ogloor avait été si souvent captif qu'il ne songeait pas à se plaindre. La simple notion de liberté n'avait guère plus de consistance qu'un nuage pour lui qui n'avait connu que l'adversité, se répétait-elle. Par ailleurs, il dépendait totalement d'elle dans cet environnement étranger. Mais que d'autres le voient ainsi entravé et puissent en tirer jouissance ou soulagement la mortifiait, *elle*.

Le service proposait des petits déjeuners anglais composés d'œufs brouillés aqueux, d'un thé insipide au lait et de saucisses. Ils étaient servis sur des tables en forme de petit-beurre Lu. C'était un peu cher, mais le tintamarre de réfectoire lui rappelait son école d'antan et, pour quelque obscure raison, cela la réconfortait.

Elle jeta un coup d'œil circulaire. Difficile de s'imaginer en train de naviguer entre la Terre et Mars. On se serait plutôt cru au premier étage d'un salon de thé sur les Champs-Élysées. Ogloor émit un piaillement à son oreille, juste une façon de lui dire qu'il avait senti la nourriture.

Plusieurs paires d'yeux les suivirent tandis qu'ils s'avançaient. La plupart étaient empreints de curiosité, mais une partie d'entre eux transpiraient le mépris, parfois le dégoût. Depuis qu'elle utilisait une laisse, le centre d'intérêt s'était déporté sur elle. Au moins cet instrument ignominieux avait-il eu pour heureuse conséquence qu'Ogloor éprouvait moins de stress.

Elle s'apprêtait à choisir une table vide, comme à l'habitude. Une silhouette arrêta son regard.

« La femme de science. Marthe, c'est cela ? »

L'interpellée leva la tête. Tout de suite, Renée décela une différence dans son expression, comme une tension.

« Bonjour, euh…

— Renée.

— Désolée. Oui. Je ne voulais pas…

— S'il te plaît, ne t'excuse pas. Pouvons-nous nous joindre à toi ? »

La jeune femme tira une chaise en guise de réponse.

« Renée Manadier, bien sûr. Et voici…

— Ogloor. Mon ami. »

L'erloor restait debout. Il y avait longtemps que Renée avait renoncé à le faire asseoir. Les erloors supportaient mal les sièges, à cause de leurs ailes et de la conformation de leurs jambes.

« Ton ami est-il la mission dont toi et moi avons parlé tantôt ? »

Renée hocha la tête.

« Je le ramène chez lui.

— Pourquoi ?

— C'est mon élève. Il apprendra mieux dans son milieu. »

Ogloor se dandinait d'un pied sur l'autre : une manie quand il se trouvait en public et qu'il ne pouvait se laisser aller à pousser des cris ou battre des ailes. Marthe prit soudain conscience de l'existence de la laisse. Interceptant son regard, Renée rougit comme une pivoine.

« Je suis désolée. On ne m'a pas laissé le choix. »

En un geste spontané, Marthe prit le collier du Martien et déboucla le mousqueton de la laisse. Surpris, ce dernier recula d'un pas. Renée le rassura.

Voilà, c'était fait, et personne dans la salle n'avait paru le remarquer.

Un serveur vint prendre la commande. Il évitait de fixer Ogloor avec une obstination presque comique. À peine s'était-il éclipsé que les commandes arrivèrent, comme si les serveurs avaient hâte qu'elles achèvent leur petit déjeuner et fichent le camp. Si tel était le cas, Renée ne leur laisserait pas ce plaisir.

Marthe se rendit compte qu'elle parvenait à apprécier son *breakfast*. Elle était à l'origine de la mort d'un homme. Certes, un assassin, et sans intention de le tuer. Mais c'était tout de même advenu. Or, elle continuait de respirer sans encombre, elle ne manquait pas d'appétit. Comment Peretti éclaircirait-il ce mystère ?

Peretti est un policier. Les policiers apprennent à vivre avec, cela ne signifie pas qu'ils sont capables de l'expliquer.

Peut-être inventerait-on un jour un moyen de se débarrasser de sa culpabilité, en solution injectable. D'ici là, elle devrait vivre avec.

Elle s'ébroua, comme Renée lui adressait la parole.

« Pardon, tu disais ?

— Que l'hostilité des passagers vis-à-vis d'Ogloor se comprend. Ce sont des colons. Ils vont s'approprier des terres censées être vierges. Or, je montre un erloor en presque humain, et non en singe ailé. Je leur dis qu'ils vont peut-être accaparer la terre d'une personne en s'installant dans la colonie.

— Pour Constant… mon mari… un erloor est comme un pauvre bougre égaré à la ville. Il dégoûte un peu, mais son sort attendrit tout de même. Même si on le découvrait assassin de rentiers, il n'égalerait jamais dans le rejet un usurier véreux ou un baron allemand.

— À condition qu'il reste à sa place, compléta Renée. Dès que l'on a quitté la Terre, l'erloor redevient une créature dangereuse. Les réactions à l'égard d'Ogloor le prouvent. » Soudain, elle s'étonna : « Tu as parlé de ton mari. Il n'est pas avec toi. Que lui est-il arrivé ?

— Rien. Je suis partie sans lui.

— Ce n'est pas courant.

— Moins courant qu'une institutrice partie sur Mars enseigner aux erloors ? »

Elle leva sa tasse de thé. Celle de Renée et la sienne s'entrechoquèrent.

« Toi, tu ne t'es jamais mariée ? Pas d'enfants non plus ?

— Pas d'enfant. Quel exemple nous donnons. »

Marthe avala son thé. Elle plissa les lèvres, puis lui résuma le motif de son voyage.

« J'aurais besoin de quelque chose de plus fort, pour te raconter en détail.

— On m'a proposé de dîner à la table du capitaine, ce soir. » Le regard de Renée s'éclaira. « J'ai le droit d'amener quelqu'un, mais je ne me suis fait aucun ami. Pourquoi ne m'accompagnerais-tu pas ?

— Moi ? Et Ogloor ?

— Il sera avec moi de toute manière.

— Alors, c'est d'accord. »

Renée lui donna rendez-vous à dix-neuf heures devant l'entrée de la salle à manger des première classe. Elle se leva et, d'instinct, enroula la laisse autour de son poignet, avant de réaliser qu'Ogloor était libre.

Tout au bout du quatrième pont, la cabine se nichait derrière un local technique gargouillant de liquides. S'il s'agissait d'un choix délibéré, l'inconnu avait réussi son coup : personne ne se risquerait jusque dans cette impasse éclairée par une loupiote clignotante.

La porte à peine franchie, une douleur au doigt lui tira une exclamation. Elle l'étouffa aussitôt. Une fine estafilade zébrait de rouge le bout de son majeur. Une lame de rasoir était fixée au chambranle. L'assassin l'avait placée là dans le but de confondre la personne qui forcerait sa chambre. Un piège aujourd'hui sans motif, sinon celui de vengeance posthume. Marthe pinça la lame pour la détacher. Puis, se suçant le doigt, elle s'enferma.

La cabine ne recelait pas d'autre piège. Les affaires présentes auraient pu appartenir à n'importe quel passager. Tout avait l'air trop bien rangé, comme dans un décor. Les deux cadres n'étaient pas des caricatures, comme dans sa cabine, mais des reproductions de toiles à la mode : *Le Portefaix cavorieux au marché des Quatre-Saisons*, et *Le Repas des soutiers (à bord d'un space liner)* ; les artistes, Bonnard et Picasso, ne lui disaient rien. Aucune arme – celle avec laquelle l'inconnu avait fait feu dans le sas de sortie semblait la seule qu'il ait apportée sur le navire. Dans un tiroir, une carte d'identité suscita un peu d'espoir, vite déçu au vu du nom à l'authenticité douteuse. Du reste, sa fouille l'amena à feuilleter un roman posé sur la table de nuit : *La Guerre des lunes rouges*, de Paul d'Ivoi. Au milieu, un signet mentionnait une date de rendu de prêt, et un autre patronyme : *L. Jaume*.

L'objet de ses recherches se trouvait très classiquement sous le matelas : un épais dossier barré au feutre noir d'un « *Pour Max* » en capitales. Elle l'empocha avant de filer. De retour dans sa chambre, elle se mit à l'éplucher.

C'était un amas hétéroclite. Un rapport d'exploitation cavorique annoté attira son attention. Il datait de deux ans, et concernait manifestement une mine d'extraction martienne. Les frais de transport indiquaient qu'elle se situait loin des villes existantes. Il y avait même le kilométrage parcouru par les véhicules. En revanche, aucune mention de matériel de forage. Le rendement semblait médiocre, ce qui n'empêchait pas les commentaires d'accumuler les éloges. Des noms émergeaient : « le Docteur », Maximilien et Hubert étaient ceux qui revenaient le plus. Le Docteur devait être ce Marcel Chery truffant les notes transmises par Louis d'Azay à l'agonie. Un personnage sinistre, bien éloigné de l'industrie. Pourtant, c'étaient ses qualifications qui l'avaient désigné pour la direction de la mine. Celle-ci portait le sigle de *C1*. La jeune femme devrait vérifier, mais elle pariait que ce lieu ne figurerait sur aucune carte.

Suivaient des fiches de recrutement de main-d'œuvre : des rapports de police sur des individus ayant travaillé en usine cavorurgique. Qu'il s'agisse de criminels confortait non seulement l'hypothèse d'une installation secrète, mais impliquait également des moyens douteux. Sur l'une des fiches, un commentaire indiquait : *Ancien délégué du personnel. Pourrait contester certains ordres liés au matériel cavorique.*

Aucun tableau d'ensemble ne se dégageait des bribes d'informations qu'elle possédait. Mais une sensation se lovait autour de son cœur, froide comme un serpent. Quoi qu'il se déroule dans cette mine, il fallait qu'elle le découvre et qu'elle y mette un terme.

Si le café-véranda avait impressionné Marthe par son apparat, la salle de réception le surpassait de loin. Elle occupait la partie avant du pont supérieur, au bout d'un corridor qui s'étendait, interminable, depuis la sortie d'un ascenseur réservé. Deux baies vitrées allongées couraient au plafond, séparées par une ligne de lustres centrale. Ici, les piliers n'étaient pas en stuc, mais en marbre. Le navigateur avait orienté le paquebot de sorte qu'il présente le flanc au soleil. La vision de l'espace ainsi offerte était époustouflante. De grandes tables dressées composaient des îlots, entourées de fauteuils aux accoudoirs alanguis. Des serveurs avaient déjà commencé à pousser devant eux des dessertes à roulettes.

Tout ce luxe et cette ambiance policée sidéraient Marthe, même si elle leur préférait les beuglements des sirènes à vapeur et le sifflement des pistons. Bien entendu, elle n'avait pas eu les honneurs de la passerelle, mais peut-être le dîner lui fournirait l'occasion de demander.

En tout cas, elle n'avait jamais songé avoir un jour le privilège de dîner à la table du capitaine. Son cas n'était pas unique, c'est pourquoi la conciergerie du bord louait robes et costumes pour ceux qui n'avaient rien à se mettre. Lorsqu'elle s'y présenta munie d'un bon, sur le deuxième pont, les seules chaussures à talons restantes excédaient sa pointure de deux tailles. Leur couleur n'avait pas grand-chose à voir avec celle de la robe. Cependant, ses connaissances en mode proches du zéro absolu ne lui laissaient d'autre choix que de faire confiance au commissaire qui les lui remit. Quant aux messieurs, précisa le garçon en livrée, le port du smoking était obligatoire, sauf les trois derniers jours, quand les malles étaient bouclées.

« Vous devriez échanger vos chaussures avec l'une de ces dames persuadées que leurs pieds font deux tailles de moins, dit-il sur le ton de la confidence. Elles souffriraient moins que vous en ce moment. »

Incapable de deviner s'il plaisantait ou non, Marthe renonça à aborder les femmes à la démarche crispée aperçues dans le corridor d'accès. Il y avait là des filles de colonels, de la noblesse d'Empire, des épouses d'ingénieurs en quête de financement, des éphèbes payés à la soirée au bras d'héritiers lymphatiques.

La table du capitaine se situait au centre de ce dispositif, sur une estrade qui exposait les convives à l'envie générale. Marthe dut traverser un parterre de tables, et contourner une piste circulaire. Des couples virevoltaient au son non d'un quelconque disque craquant et grésillant, mais d'un véritable orchestre soutenu par une plateforme cavoriée, à trois mètres au-dessus de la piste. Le thème de la soirée était l'Alliance franco-russe, si bien que les musiques de ballet alternaient sonorités orientales et rythmes dissonants. Les danseurs avaient le plus grand mal à suivre. Marthe imagina avec horreur quelqu'un l'invitant à danser après le dîner, et une liste d'excuses défila aussitôt dans son esprit.

La première personne qu'elle remarqua fut Ogloor, debout à côté de Renée. L'institutrice lui adressa un léger signe de main, et l'erloor remua le bout de son aile. Par automatisme, Marthe leur répondit – manquant de rater la marche de l'estrade.

Affreusement gênée, elle se dirigea vers une place libre, le plus près possible de son amie. Le capitaine trônait trop loin pour lui permettre de demander une visite de la passerelle. Tant pis. Sous sa casquette à visière en celluloïd, sa tête arborait des traits aussi ronds et bonhommes que sa silhouette. Le pli sur son front pouvait indiquer un souci de commandement, ou plus simplement l'ennui de devoir dîner chaque soir avec des convives imposés.

Un commissaire au col bleu liseré d'argent annonça Marthe, et lui nomma ses voisins immédiats : un haut fonctionnaire portant col et jaquette, dont les yeux noirs et perçants la scrutaient sous des sourcils en touffe ; et un chambellan d'Empire bardé de décorations. Des taches de vieillesse piquetaient son crâne chauve. Il semblait assez âgé pour être son grand-père, se dit la jeune femme. Le reste se partageait entre dignitaires et riches hommes d'affaires, flanqués de leurs épouses.

48

Renée Manadier et Marthe Antin

De l'autre côté de la table, dans le carré d'honneur de l'*Avenir*, se tenait un ambassadeur aux joues rondes, ancien représentant français à Saint-Pétersbourg. Marthe arriva au beau milieu d'un récit dont les trémolos captivaient l'assemblée. L'ambassadeur avait assisté à l'une des ultimes chasses impériales dans la forêt domaniale de Pussca, juste avant la Révolution.

Nicolas II détestait la modernité, et en particulier les plateformes antigravitatives équipant les grandes chasses européennes. S'il avait cédé à l'air du temps, c'était en restreignant les barges flottantes aux rabatteurs, auxquels il avait donné l'ordre qu'elles ne paraissent jamais à sa vue. Le cornet du commandant de chasse – en l'occurrence le prince Galitzine – avait percé la forêt, suivi d'un bruissement de cris, de brames et de mille craquements. Boyards et gentilshommes se tenaient prêts. Des gardes, disposés au pied de drapeaux, marquaient les emplacements. L'ambassadeur avait vu les bêtes cernées s'élancer vers la ligne de feu. L'empereur lui-même se trouvait en arrière, sur une petite éminence d'où il avait assisté, tel un général, au splendide massacre. Les cerfs d'abord, leurs majestueux bois éraflant les troncs et couchant la futaie, les aurochs solitaires, les sangliers arrivant en file indienne, le groin au ras du sol, la queue relevée ; les lapins et le petit gibier en dernier, comme à la parade. La fusillade avait soulevé d'aigres nuages de poudre brûlée. Nicolas avait donné l'ordre d'épargner les sangliers, affaiblis par une épidémie inédite. Il avait tué sept cerfs, dédaignant le reste.

Enfin, la surprise était apparue, concoctée par sa maîtresse : un élan, réintroduit en secret pour l'événement. L'émotion, se rappelait le diplomate, avait failli faire manquer son coup à Nicolas. Le soir, de retour au palais, on avait disposé les cornes sur un lit de verdure, on avait allumé des urnes remplies de poix, et la fanfare des lanciers de la Garde avait joué un morceau de musique en l'honneur de chaque race de gibier abattue ; pour l'élan, elle avait choisi l'ouverture de *La Fille mal gardée*, dans la version de Gorski applaudie tantôt par l'empereur. Tout le monde était survolté, et lorsque la fanfare avait entamé *Dieu protège le tsar*, invités et hussards avaient poussé des hourras à faire crouler les murs. Qui aurait pu prévoir que quelques années plus tard, une partie de l'armée se révolterait ? Nicolas se méfiait des juifs, des Polonais, de l'intelligentsia, des moujiks fanatisés, de tout le monde sauf de son armée.

« Et les mencheviks, donc, glissa le capitaine.

— Il les méprisait, mais ne craignait pas qu'ils suivent les traces de leur modèle français en allant le décapiter. Pour une fois dans sa vie, il ne s'est pas trompé puisqu'ils ont choisi d'épargner la famille impériale. Pourtant, ils avaient tous tâté du knout, le fouet réservé aux délinquants politiques. Ils auraient pu saccager la cathédrale de l'Archange-Saint-Michel, voire le Kremlin tout entier. Ils ont même permis à Nicolas d'aller prier une fois l'an devant l'icône miraculeuse de la Vierge de Kazan.

— Comment était le tsar ? ne put s'empêcher de demander un banquier, à sa gauche.

— Comme tout tsar : très pieux, et débauché à la fois.

— Je veux dire, par rapport à la Révolution ?

— Il ne s'est jamais intéressé aux affaires de l'État. S'il avait été plus attentif aux attentes de son peuple, il aurait fêté le tricentenaire de sa dynastie. Au lieu de cela, il n'a été que le dernier des Romanov.

— On dirait que vous le regrettez.

— Quel diplomate n'aime pas le faste ?

— Nous avons pu nous en rendre compte, marmonna le banquier.

— Rassurez-vous, les mencheviks y reprennent goût, eux aussi. »

Des rires retentirent ici et là. Le banquier faisait allusion au cambriolage de sa résidence, la veille de l'appareillage de l'*Avenir*. On racontait qu'une fortune avait disparu, mais il en aurait fallu plus à l'ambassadeur pour remettre son voyage. Il fit le geste qu'il ne s'en souciait guère, et poursuivit son récit.

Nicolas II et ses proches avaient eu la vie sauve à condition de renoncer non seulement à la vie politique, mais aussi à la vie civile. Le gouvernement les avait confinés à Tsarskoïe Selo. Il était inévitable que le souverain rompe sa promesse et tente de recouvrer le trône : n'avait-il pas prêté serment de fidélité à l'autocratie, ne répondant de ses actes que devant Dieu ? La tentative de putsch ourdie par un groupe de nobles responsables de maints pogromes et contre-manifestations avait été sa perte. Après le massacre de civils venus l'en empêcher, Nicolas II avait été tué par les partisans républicains.

La suite, Marthe la connaissait, car la cavorite y avait tenu un rôle central. Les industriels, têtes de Turc habituelles de la noblesse, avaient soutenu la Révolution en sous-main depuis le début. Sans les mines de cavorite, massivement achetées par l'Occident ou indexées aux différentes alliances, le développement économique de la Russie n'aurait eu lieu que vingt ans plus tard, retardant la Révolution d'autant.

Renée se souvenait quant à elle d'un ouvrage lu à la bibliothèque. Un très jeune homme avait participé au triomphe du peuple, au prix d'une blessure qui l'avait laissé défiguré. Il avait témoigné à travers un long poème écrit sur le chemin du retour, une rêverie épique mélangeant alchimiquement alcool et cavorite. L'écrivain y décrivait néanmoins avec précision le Dimanche rouge, commencé par une simple grève d'usine. Un défilé bon enfant s'était ensuivi. Une partie de l'armée avait perpétré un massacre, et le religieux menant la marche avait été piétiné sous les chevaux des cosaques. Quand Nicolas II avait accusé les victimes d'être des traîtres à la patrie, les manifestations s'étaient succédé tout au long de 1905 avec une ampleur croissante, chacune se déclenchant par solidarité avec la précédente réprimée dans le sang.

Les premières requêtes avaient été scandées sur l'air impérial; les suivantes l'avaient été au son de *La Marseillaise*. Les insurgés avaient utilisé des carrioles antigravitatives mises à disposition par les quelques raffineries de cavorite non bradées aux Occidentaux, qui leur avaient assuré la victoire.

« L'Union pour la Russie a eu beau démissionner, une assemblée constituante a rédigé une Constitution dès le lendemain. Tous nos accords avec la Russie ont été reconduits et consolidés. Muromcev a présidé la première Douma, avant Trotski revenu d'exil. Les mencheviks ont résisté à toutes les tentatives de coups d'État, des slavophiles comme des partisans de Lénine.

— On dit qu'ils ont trahi leurs idéaux et que les libertés sont en sursis, argua un jeune homme en uniforme.

— Un peu comme partout, n'est-ce pas? Quoi qu'on en dise, les lois sont débattues et votées, il n'y a plus d'exécutions sans jugement ni de fusillades de foules. Si on critique aussi vertement la Douma, c'est qu'elle n'a été longtemps qu'une machine de guerre contre le tsarisme, et qu'on ne l'imaginait pas régner de plein droit.

— Le droit de vote n'a jamais été accordé aux femmes, celui des juifs leur a été retiré.

— Il faut comprendre que la Révolution a été stoppée à son stade bourgeois, et les soviets ont été sabordés. Vingt ans ont passé. L'effervescence retombée, le népotisme et l'affairisme ont ressurgi. » Le diplomate haussa les épaules. « La Russie a été façonnée par l'arbitraire et l'oppression. Pouvait-elle réellement transposer le modèle des Lumières ? »

L'intelligentsia au pouvoir demeurait néanmoins un pôle anti-autocratique. Avec un certain succès, précisa-t-il : les bombes des nihilistes s'étaient clairsemées, les assemblées s'étaient ouvertes. Carthage abattue, la représentation interne naissait enfin, et avec elle une génération parlementaire. L'épreuve des faits avait donné raison aux libéraux, et la mort de Nicolas II avait démoralisé les radicaux. Une fois le joug nobiliaire levé, les émeutes agraires s'étaient éteintes : la paysannerie n'avait que faire de la Révolution.

Tout le monde étant placé, les entrées défilaient. En se penchant un peu, Renée remarqua que Marthe battait nerveusement du talon sous sa chaise ; comme si son regard l'avait brûlée, la jeune scientifique se força à arrêter d'un mouvement conscient. Renée avait déjà goûté les petits champignons crus à la crème, un délice. Elle examina avec plus de circonspection trois petits tas noirs luisants disposés dans une assiette : du « caviar », ainsi que son voisin le lui susurra à l'oreille. Ce n'était pas mauvais, juste bizarre. Elle aperçut Marthe qui essayait de ne pas grimacer face au goût très salé.

« Le coup de génie des mencheviks, continuait l'ambassadeur, a été de substituer à l'autorité du tsar une figure symbolique, le Tsar-nation, comme nos révolutionnaires avaient tenté d'instituer, eux sans succès, l'Être suprême dans l'espoir de remplacer le dieu des catholiques. La Douma s'est installée dans la salle Saint-Georges. Un lieu étrange en vérité, que j'ai eu le privilège de visiter.

— Étrange ? Pour quelle raison ? interrogea le capitaine, pris au jeu.

— On a conservé en l'état le trône brisé de l'empereur. L'ombre déchue plane sur ses débris enclos derrière une grille. Cela dit, ni les représentants provinciaux en blouse ou en tenue régionale ni les ministres en redingote n'en font grand cas. Chacun de leurs regards le piétine, même les nationalistes de l'Union. Le triste sort des icônes déchues. »

Il évoqua la splendeur du paquebot transcontinental russe qui l'avait convoyé jusqu'à Moscou. Il avait embarqué sur l'*Aelita* ancré au pont Alexandre-III, sur la Seine. La comparaison avec l'*Avenir* était en faveur de ce dernier, mais, se dit Renée, l'ambassadeur flattait certainement le capitaine qui avait eu la bonne grâce d'intervenir dans la discussion.

Celle-ci s'engagea sur le Traité de la Cavorite, qui avait rendu caduc l'accord passé entre la France et les mencheviks au lendemain de la Constitution. Tous les deux avaient été dénoncés de l'intérieur comme « complot antirusse ». La première fois, la dissolution de l'Union pour la Russie n'avait pas découragé les nationalistes partisans d'un retour au tsarisme. La seconde fois, le pouvoir avait déporté ses chefs.

« Vous avez négocié certaines clauses du Traité de la Cavorite, n'est-ce pas ? » demanda soudain Marthe.

L'ambassadeur haussa les sourcils, presque aussi surpris que Renée que ce bout de femme ose prendre la parole sur un sujet aussi sérieux. Peut-être les petits verres de vodka servis entre les plats y étaient-ils pour quelque chose. C'était bien possible, au vu des joues rosées de la jeune femme.

« Il est exact que j'ai conseillé messieurs Herriot et Briand, se rengorgea l'ambassadeur.

— Il y a beaucoup été question de cavorite.

— Encore exact. Mais la cavorite n'intéresse que nous. Nous en avons acquis des wagons entiers auprès du tsar, avec quelquefois la propriété des gisements, à des prix imbattables, pour remboursement des milliards de roubles-or que nous détenions auprès du Trésor russe. Le nouveau pouvoir nous a renouvelé sa confiance. Le premier traité n'avait pour objectif que d'empêcher une nouvelle guerre contre l'Allemagne, puisque chacun rêvait de revanche. Une fois l'Alsace-Lorraine récupérée, il s'était délité. Les promesses de cavorite ont permis de forger une nouvelle alliance, plus étendue de surcroît. Elle a remplacé avantageusement la Triple Entente.

— Sauf qu'aujourd'hui, les mines sont épuisées, et on sait que la cavorite n'a qu'une durée radioactive limitée.

— La Russie est immense. On trouvera d'autres gisements.

— En êtes-vous sûr ?

— Absolument.

— On ne cherche donc pas ailleurs ?

— Tout le monde cherche partout, ma jeune dame ! L'Allemagne racle les boyaux de vieilles concessions, l'Angleterre mène des campagnes de fouilles intenses dans ses colonies.

— Et nous, nous avons Mars.

— Pour la cavorite, hélas, elle ne compte pas. Il n'y a pas de mines là-bas.

— En êtes-vous sûr ? » répéta Marthe.

L'ambassadeur se tamponna les lèvres d'un air déconcerté, tandis qu'une armée de serveurs apportaient des plats chargés de saucisses au vin et de petits concombres salés. Renée doutait qu'il sache quoi que ce soit au sujet d'une filière clandestine. Il semblait ne pas avoir la moindre idée de la piste suivie par son amie.

« On a surnommé Mars l'Afrique froide, dit-il enfin, mais personne ne méconnaît ce que cette réclame a d'abusif, comme toutes les réclames d'ailleurs. Mars reste un avant-poste de la plus grande France. D'ici une génération ou deux, elle sera peut-être la plus belle de nos colonies. C'est à cela que servent avant tout des voyages tels que le nôtre, n'est-ce pas ? »

Renée lut le scepticisme dans certains regards. Chacun savait que la mise en culture de Mars était globalement un échec. Des journaux avaient dressé un bilan : la rentabilité de la planète rouge restait faible, et sans les subsides de l'État, la moitié des fermes martiennes seraient déjà sous séquestre. Face à ceux qui défendaient un soutien sans faille aux colons, une poignée de politiciens soutenaient que la métropole, à l'instar de toutes les puissances, était affligée d'un prurit colonial : elle voulait occuper toujours plus de territoires, aujourd'hui Mars, demain Vénus, alors que ses enfants ne mangeaient pas à leur faim dans les campagnes. Mais un paquebot spatial ne convenait pas pour exprimer ce genre de doutes.

Quelqu'un proposa de lever son verre de vodka en l'honneur des colons appelés à faire flotter le drapeau civilisateur sur les contrées de l'univers. Le capitaine se racla la gorge.

« La patrie peut tout attendre de l'avenir, en effet. Elle est tranquille et forte. À la santé de l'avenir.

— Et de l'*Avenir* ! » clama le vieux chambellan en cognant ses phalanges contre la table.

Pendant que l'on servait une soupe au chou fumante, la femme du banquier se pencha vers le capitaine.

« À propos de notre empire, il y a une théorie amusante… Vous savez ce qu'est une psychanalyste, n'est-ce pas ?

— Notre commissaire aux festivités adore en inviter en conférence. Elles sont beaucoup moins drôles que les fakirs et les magiciens.

— Celle-là, madame Klein, postule que Mars est aux empires ce que la mère est à l'enfant : un sein à téter, à la fois effrayant et objet de plaisir.

— Alors, il est probable que Mars finisse abîmée, comme un sein après de trop nombreux allaitements, glissa l'épouse de l'ambassadeur.

— Mars, un sein ! Comme vous y allez, railla son voisin de table. Mars est un nom beaucoup trop viril pour être associé aux femmes.

— Les erloors gagneraient peut-être à être psychanalysés : ce sont des mammifères intelligents, ils vivent en société et sont doués de parole. On n'a plus à prouver que les erloors ont une âme, un inconscient suffit. Ce serait d'un pratique !

— Et quelles aspirations pourraient-ils bien avouer, sinon trouver à manger et à boire ?

— À vrai dire, personne n'est pressé de le leur demander. »

D'un geste, le capitaine engloba Marthe et Renée.

« À propos de féminité, que vont faire sur Mars deux aussi jolies dames ?

— Exercer mon métier d'institutrice, répondit Renée du tac au tac. Et ramener cet erloor, qui est devenu à la fois mon élève et mon ami. »

Avant que des réactions ne s'élèvent, Marthe enchaîna, improvisant :

« Quant à moi, je vais faire un reportage au sujet de l'apport de la science et des techniques dans les colonies.

— Enseigner et faire de la science, quel programme sinistre pour une femme », grommela le chambellan.

Ignorant le commentaire, le capitaine se tourna vers Marthe.

« Avez-vous un domaine de prédilection, mademoiselle ?

— La cavorite.

— Je m'en doutais, d'après votre question à notre cher ambassadeur. Puisque nous avons affaire à une savante, éclairez-nous : que pensez-vous que la République devrait faire, au sujet de la cavorite ?

— Nous trouverons peut-être de nouvelles mines, mais le problème subsistera : le cavorium est un élément radioactif, une fois tous ses atomes désintégrés, la cavoradiance a disparu à jamais. L'homme devra peut-être explorer d'autres voies.

— Comme les engins plus lourds que l'air ?

— Pourquoi pas ?

— Vous n'êtes pas sérieuse, j'espère. »

Le chambellan ne fut pas le seul à s'esclaffer. Beaucoup avaient vu ces vieux films montrant les plus lourds que l'air cahoter sur la piste en prenant péniblement de la vitesse, puis s'arracher enfin du sol pour voler quelques minutes. L'ère des avions s'était éteinte sitôt née.

« Et que pensez-vous de la France en particulier ? insista le capitaine.

— Les Curie se sont aperçus avec effroi de la brièveté du rayonnement du cavorium. J'espère qu'il n'en ira pas de même du rayonnement de notre beau pays.

— Vous ne pensez pas que nous aurons toujours la justice et le droit de notre côté ?

— La leçon du cavorium, s'il y en a une, est que rien ne dure à jamais.

— Naturellement que notre règne perdurera, autant en métropole que dans les colonies », affirma l'ambassadeur.

Ses paroles, aussi machinales fussent-elles, furent saluées par des applaudissements. Cependant, le chambellan n'entendait pas en rester là.

« Notre jeune dame a raison : il faut se passer de cavorite ! N'est-ce pas notre maître, Claudel, qui disait que la cavorite consume notre passé à la vitesse d'une locomotive en surchauffe…

— La cavorite assure pourtant une bonne partie de notre puissance, donc de notre grandeur.

— Claudel ? N'écoutez pas les coassements de ce crapaud de bénitier. Son dieu est celui des milices. Sa pitié s'arrête à la porte de l'asile d'aliénés où il a fait interner sa sœur.

— Calomnie du Bloc des Gauches ! »

Une série de tintements clairs retentit, interrompant la joute verbale. Le capitaine reposa son verre, puis le couteau avec lequel il l'avait heurté, avec une délicatesse affectée.

« Mesdames, messieurs, dois-je vous rappeler que nous sommes dans l'espace interplanétaire, territoire neutre par excellence ? À bord de mon navire, personne n'élève la voix, sinon pour rire aux plaisanteries. La semaine dernière, on a cru bon de s'écharper autour de la création d'un "franc solaire", une monnaie valable dans les colonies d'outre-Terre. Malgré mes menaces, les convives ne se sont pas calmés. En conséquence, je les ai isolés à l'intérieur d'un cercle de paravents. Et depuis lors, aucun d'eux ne peut prétendre dîner à cette table. »

Grand silence. Satisfait de son effet, il frappa dans ses mains, et les fromages arrivèrent – non pas russes, mais des terroirs. En apercevant un chèvre cendré, Renée sentit les larmes lui venir aux yeux. Sans doute n'aurait-elle plus jamais l'occasion de goûter son fromage favori. Le chef s'était même permis le luxe d'adjoindre un fromage de Tharsis. Chacun eut droit à un dé, y compris Ogloor. Le fromage avait un goût rappelant certaines épices du rayon martien de la Samaritaine. L'erloor mastiqua longtemps avant d'avaler, provoquant l'hilarité. Renée faillit déclarer que son ami ne possédait pas de molaires capables de broyer les aliments et qu'il mastiquait comme il pouvait. La perspective d'un scandale, après la remontrance du capitaine, l'en dissuada.

« Il s'appelle Ogloor », dit-elle simplement.

Les rires tarirent, et l'ambassadeur inclina légèrement le buste.

« Enchanté. Parles-tu, Ogloor ?

— Il parle notre langage, en plus du sien, répondit Renée à sa place.

— Mon anglais à moi est épouvantable…, s'éleva une voix féminine.

— Je suis *erloor* », prononça Ogloor. Ses ailes claquèrent au dernier mot, comme pour le propulser dans les airs.

« Sais-tu qui nous sommes et où nous allons ? fit l'ambassadeur.

— Vous êtes omoos, les dieux d'Imtu-ju-Onuu. Nous volons vers Grah-ju-Mangal.

— Vers Mars, traduisit Renée.

— Es-tu reconnaissant à ta maîtresse de te ramener ? »

Ogloor tenta de se remémorer ce que signifiait « reconnaissant », mais cela ne lui disait rien. Renée avait fini par apprendre quelques termes. Elle lui souffla le mot « iggu », et il acquiesça à la manière omoo, d'un hochement du crâne : oui, il était repu.

« Apprécies-tu la musique, Ogloor ?

— La musique toujours trop forte.

— Avez-vous des instruments ? »

À la pension, sur Terre, Renée lui avait posé la question. Il lui avait répondu qu'à sa connaissance, aucun nid n'en avait jamais fabriqué. Leurs outils restaient par ailleurs rudimentaires. Toutefois, certains erloors des montagnes trouaient les bords de leurs ailes avec leurs dents ; pas assez pour gêner le vol, mais assez pour que le vent joue dedans. Une fois, Ogloor et Aknood avaient suivi le vol d'un erloor aux ailes trouées, qui voyageait de clan en clan avec son essaim de musiques. Aknood lui avait demandé s'il pouvait lui trouer les ailes, mais Ogloor ne l'aurait voulu pour rien au monde.

Déjà, l'assemblée commençait à se lasser. Quelqu'un déclara avoir lu qu'il ne pourrait s'adonner à la savate sur Mars, parce qu'en pesanteur réduite, ce sport prenait trop des allures de danse. Heureusement, un assortiment de desserts arrivait : de la guimauve aux pommes, des crêpes épaisses et des *sotchniks*, dont l'ambassadeur se fit un devoir de décrire les ingrédients. Un présentateur – était-ce le chansonnier Dranem ? – monta sur la piste pour annoncer une fantaisie de Natalia Gontcharova, *Le Pierrot jupitérien*, dans la salle de spectacle voisine. Pendant que Ton réglait son micro, on apporta des *papirossy* jaunes à fumer avec le café. En principe, le capitaine y aurait mis un veto formel, mais son sermon l'avait radouci, si bien qu'il autorisa à chacun une cigarette. Ogloor eut droit à la sienne, mais Renée la lui confisqua aussitôt.

« Laissez fumer votre ami, qu'y a-t-il de mal à ça ? »

Renée avait remarqué combien Ogloor supportait mal les exhalaisons de la circulation automobile. Elle haussa les épaules sous le regard amusé du capitaine.

« En compensation, que diriez-vous si j'amenais votre ami sur la passerelle de commandement, avant l'atterrissage ? dit-il soudain.

— Êtes-vous sûr…

— Des passagers de première classe ont réclamé à cor et à cri que l'on effectue un passage près de Déimos, la lune extérieure. J'ai accédé à leur demande, mais je serais curieux de voir la tête d'un erloor en train de contempler l'un des satellites d'assez près pour le toucher. Il pourra s'en vanter auprès de ses congénères, une fois sur Mars.

— Il vous en sera reconnaissant. N'est-ce pas, Ogloor ? »

L'erloor eut un acquiescement vague.

« Dans ce cas, rendez-vous sur la passerelle de navigation à la fin du voyage. »

49

Marthe Antin

Marthe n'eut pas besoin de guide pour trouver la passerelle. Ogloor l'accompagnait, à moins que ce ne soit l'inverse : Renée avait offert sa place à Marthe pour la visite. La scientifique s'était confondue en remerciements, mais Renée l'avait coupée : « La fin du voyage approche, et l'air est devenu si fétide qu'il me donne la migraine. Au moins, cela ne dérange pas Ogloor. J'ai même l'impression que cela ne lui déplaît pas. »

La nervosité de Marthe s'était communiquée à Ogloor sous forme de petits signes d'agitation. Elle n'avait pas pris de laisse ; Renée l'avait remisée à la suite du dîner.

Le capitaine faisait entendre une clameur courroucée, répercutée par une large coupole transparente au plafond. D'épais vitrages ouvraient la passerelle sur l'espace au-delà de la proue. Deux rambardes séparaient le compartiment en trois segments. La travée centrale était occupée par un planisphère martien au-dessus duquel la pointe d'un bras articulé se déplaçait lentement : la position du paquebot, analysa Marthe. Dans le segment de gauche se tenaient les navigateurs ; ils avaient rangé les trente volumes des Tables de navigation interplanétaire dans un logement sous le tableau de bord.

Marthe et Ogloor rejoignirent un petit groupe de privilégiés, cantonnés sur un balcon. Habillés en tenue de sortie, les mollets gainés de guêtres, une quinzaine d'élus s'extasiaient bruyamment sur Mars. La jeune femme avait opté pour un tailleur à double couture en toile indéchirable et des chaussures plates.

L'orbite elliptique les faisait survoler mers et continents à la vitesse d'un bolide. Au début de son observation à l'œil nu, des semaines plus tôt, cela avait été un disque ocre, mal façonné. À présent, mille variétés de rouges défilaient à sa surface, de la rouille des déserts aux steppes rosées mourant au pied de la calotte polaire, en passant par le carmin des forêts de hêtres. L'hémisphère tourné vers eux vivait son plein été. Mentalement, Marthe plaqua sur le panorama déroulant la carte martienne sur laquelle elle avait naguère usé ses yeux, en se gardant de scruter le planisphère afin de ne pas manquer une once du spectacle. Le navire avait dépassé le relief reconnaissable d'Elysium, sur une trajectoire qui l'amenait vers l'équateur. Quelques minutes encore, et il survolerait Syrtis Major pour pénétrer dans la zone française. Mars n'était pas un astre mort, se dit-elle avec émotion : sylves et lagunes rivalisaient pour occuper le terrain, des montagnes s'attelaient à déchirer les nuages qui s'y accrochaient.

Un éclat de voix l'arracha à son émerveillement. Le capitaine, son cou de taureau enflé par la colère, était penché sur le timonier.

« … Les passagers t'ont applaudi au décollage,

mais ils n'y comprennent rien. Ta manœuvre était mauvaise. Ne me refais plus jamais ce coup-là. L'approche de Déimos nécessite un doigté exceptionnel, pas les grosses pattes du premier jean-foutre venu. »

Le jeune homme, les traits chafouins et le crâne rasé comme celui d'un bagnard, retira les mains des poignées crantées qu'il étreignait un instant auparavant.

« Si vous me laissez piloter tranquillement, j'y arriverai.

— Notre trajectoire continue de s'incliner sur la bonne hyperboloïde tangente, intervint le chef navigation. D'après le calculateur, Déimos sera en vue dans vingt secondes. »

Le capitaine continua de râler le temps qu'il fallut à la deuxième lune pour apparaître – vingt-quatre secondes exactement. Une salve d'acclamations salua l'exploit du timonier. Marthe n'était pas crédule au point de songer que cet échange relevait d'un conflit plutôt que d'un spectacle destiné à tenir les invités en haleine.

Ogloor gardait une immobilité de statue, mais ses grands yeux rouges sautaient d'un instrument du tableau de commande à l'autre. Marthe reconnut des horloges à fonctionnement électrocavorique, une machine arithmétique qui devait probablement occuper toute la salle du pont inférieur, et sur la gauche, un anneau astronomique à géométrie variable, pourvu de cercles en cuivre crantés… et là, à droite, un altigraphe dont elle avait aperçu une version géante plaquée sur la tour Eiffel, à leur départ. Elle se retint d'expliquer le fonctionnement de ces instruments à Ogloor.

Le capitaine fit mine de se souvenir de la présence d'un public. Il tourna un regard amusé vers Marthe.

« Vous admirez la décoration, mademoiselle ?

— Vos instruments ont été judicieusement placés. Sauf peut-être l'altigraphe.

— Je… Ah ! Mesdames et messieurs, voici Déimos. »

Une bille venait de surgir au-dessus de l'horizon, comme projetée depuis le sol martien. Elle grossit jusqu'à évoquer un iceberg, minuscule et irrégulier. Au moins le satellite orbitait-il assez lentement pour que l'on puisse rester un assez long moment à portée de vue. Mieux, poursuivit le capitaine : ils approchaient en ce moment même du rocher, afin de l'offrir à l'admiration des passagers.

Des secousses se répercutèrent à travers les ponts jusque sur la passerelle. Déimos ralentit. Elle s'était presque arrêtée lorsque le paquebot entama l'approche finale.

« Où est Phobos en ce moment ? » s'enquit l'un des invités.

L'équipage était sur le branle-bas, et personne ne perdit son temps à lui répondre. Le satellite pivotait sur lui-même avec majesté, même si certains astéroïdes à la dérive entre Mars et Jupiter étaient plus gros que lui. Il n'y avait la place que pour quelques cratères d'impacts, visibles au milieu d'une plaine aride.

« Une patate, quoi ! » lança un gamin dans les jambes de sa mère. Quelques têtes indignées se détournèrent, mais Marthe ne put s'empêcher de sourire. Oui, c'était vrai : une merveilleuse patate.

« Quoi qu'il en soit, n'ayez aucune inquiétude : notre trajectoire est réglée comme du papier à musique », affirma le capitaine, avant de se tourner vers Ogloor : « Pensais-tu qu'une lune de ta planète aurait cette forme et cette taille ? »

Les larges prunelles rouges d'Ogloor clignotèrent.

« Ça, pas Taar-neh-Gal.

— Quoi, tu parles de l'autre lune ?

— Taar-neh-Gal prend l'esprit des erloors. La montagne qui vole devant nous est un caillou.

— Un caillou, bien vu. Mais on dirait que Taar-neh-Gal est tout de même Déimos. J'ai du mal à saisir.

— Le caillou est là, mais Taar-neh-Gal est ailleurs aussi. »

Le capitaine frappa dans son poing. Il fixa Marthe, des rides d'amusement au coin des yeux.

« La lune existe sur un autre plan, j'ai compris ! On dirait que vos erloors ont une métaphysique, mademoiselle. »

Les ailes d'Ogloor frémirent. Soudain, il tendit un doigt griffu vers la coupole, entièrement dominée par le globe martien.

« Là est Grah-ju-Mangal. Là sont les erloors.

— Oui, bravo.

— Grah-ju-Mangal est petit.

— Bah ! Pas si petit que ça.

— Le monde des dieux est plus grand, plus chaud. Le monde des erloors est petit et froid. Pourquoi les dieux sont venus ? »

Le capitaine se gratta le bord du menton d'un geste embarrassé.

« Ce n'est pas à moi de répondre. Tu aurais dû demander à notre ami l'ambassadeur, ou au banquier. »

Les pieds d'Ogloor crissèrent contre le sol.

« Un erloor sait pourquoi il vole. Vous volez comme un erloor, et vous ne savez pas pourquoi ? »

Le capitaine cessa de fourrager dans sa barbe.

« Que je sois damné… »

Un mousse entra en coup de vent, un billet à la main, interrompant l'échange. Le capitaine s'empressa de le lire. Son visage s'éclaira de nouveau.

« Mesdames et messieurs, je vous prie de regagner vos quartiers. L'*Avenir* doit préparer son entrée dans l'atmosphère. »

Le message provenait de la salle radio. Rédigé en morse, il signalait que Port-Darvel était prêt à les recevoir. Après des remerciements écourtés, un officier de coupée orienta le petit groupe vers la sortie, à la grande frustration de Marthe. Elle aurait voulu assister à la descente. En acceptant de poursuivre l'enquête pour le compte de Peretti, elle avait obéi à un authentique désir de découvrir la vérité. Elle réalisait maintenant qu'il y avait eu davantage : l'attirance pour la planète rouge, qu'avait tirée de son inconscient le dialogue entre Ogloor et le capitaine.

Elle eut le temps de déposer l'erloor à la cabine de Renée. L'institutrice avait terminé de faire ses bagages la veille ; comme son amie, elle attendait l'atterrissage avec une impatience dévorante.

Elles avaient eu le temps de se connaître. Elles déjeunaient souvent ensemble, et se retrouvaient à la bibliothèque du bord. Elles s'embrassèrent avec effusion, après s'être donné rendez-vous à Aurore-ville. Renée lui fit promettre de la tenir au courant au sujet de son enquête, et elle-même, du sort d'Ogloor.

Les passagers furent évacués en premier : le déchargement s'effectuerait à son rythme, car l'*Avenir* était prévu pour rester à l'amarrage deux semaines, avant d'entamer une longue croisière à travers toute la zone française. Sa première escale serait Sables-de-Gigas, sur la route d'Olympus Mons.

L'aube pointait à peine. À la sortie du sas, en haut de l'escalier, Marthe inspira à grandes goulées, laissant le flot de passagers s'écouler autour d'elle. Des mois de remugles se dissipaient. Un instant, elle abaissa les paupières afin que ses autres sens s'emplissent de sensations martiennes. Puis elle rouvrit les yeux, lentement. L'allégresse faisait pétiller son cerveau. Elle était sur Mars !

Le drapeau tricolore flottait sur le bâtiment principal de l'astroport. L'horizon qui s'étendait au-delà était si rapproché que l'on en discernait aisément la courbure.

On l'avait prévenue, Mars présentait un aspect sans rapport avec la délicate orfèvrerie des paysages terriens. Marthe ne s'était toutefois pas attendue à un visage si rude. On était loin des timides vallonnements imaginés autrefois : c'était une planète brutale, sans nuances. Le soleil parut, lavant brusquement le ciel de sa lumière, comme de l'eau que l'on jette sur les dalles.

Ses mois d'immobilité forcée avaient fait fondre ses muscles, mais la pesanteur moindre compensait largement cet inconvénient. Des employés en tenue d'astroport leur distribuèrent une sorte de jus de réglisse locale et des poignées de noisettes en guise de bienvenue. Puis, passé les formalités administratives, on les lâcha dans un grand hangar. Une partie des passagers s'engouffra dans de petites échoppes proposant de l'équipement « typiquement martien ». Marthe, elle, grimpa directement dans l'un des autobus pour deuxième classe stationnés sur le parking, devant le bâtiment central. Elle s'installa au coin d'une banquette occupée par une famille nombreuse. Les odeurs de graisse, de pétrole et de vieux cuir occultèrent les parfums martiens. En route, quelqu'un demanda la radio.

« La radio ? On n'a pas ça ici, grogna le conducteur. Vous vous croyez sur Terre ou quoi ? »

La distance entre Port-Darvel et Auroreville, la capitale, était assez grande pour que l'autobus fasse escale dans une auberge. Là, Marthe put boire et se restaurer. Elle chercha Renée et Ogloor des yeux, mais ils n'étaient pas là. Peut-être les erloors n'étaient-ils pas admis dans les bus. Une fenêtre dépourvue de rideaux donnait sur l'arrière de la grande maison en meulière. À travers, elle aperçut un enclos sur une lande de caillasses, imprégnée d'humidité. Elle s'éclipsa discrètement. À côté de l'enclos, adossés à un cabanon, un frère et une sœur d'une douzaine d'années travaillaient à bourrer des sacs de plumes. Un duvet poussiéreux voletait tout autour d'eux, formant comme un halo. Ils ne levèrent pas la tête lorsque la visiteuse se haussa sur la pointe des pieds afin de jeter un coup d'œil de l'autre côté de la palissade. De grands paons au plumage d'un rose délicat tournaient comme des hamsters dans une cage. Dans leur course sans fin, ils avaient creusé un sillon d'une bonne dizaine de centimètres. Marthe fronça les narines. Une odeur sournoise s'infiltrait dans ses narines.

« Que sont ces volatiles ? »

Le frère leva des yeux chassieux.

« C'est des doorms, m'dame.

— Des doorms, ces paons ?

— Je sais pas ce que c'est qu'un paon. Ça, ce sont des doorms. On les élève pour leurs plumes, parce qu'il n'y en a presque plus en liberté. À cause des chats…

— Des chats ?

— Les chats mangent leurs œufs.

— Et cette odeur bizarre…

— Les carcasses, m'dame ! On les entasse là-dedans, en attendant de les livrer à Auroreville », ajouta-t-il en désignant le cabanon.

Les remugles semblèrent décupler, et Marthe se retint de ne pas reculer. Le gamin lui expliqua que l'on devait abattre les doorms, car une fois arraché, leur plumage ne repoussait jamais et les bêtes devenaient inutiles.

Elle se replia à l'intérieur de l'auberge. Il était temps : les passagers remontaient dans les bus. Les moteurs ronflèrent. La route reprit, plus cahoteuse que jamais. Peu à peu, les champs apparurent. Un tracteur labourait une parcelle délimitée par un muret bas ; son conducteur tressautait chaque fois que le soc rencontrait une pierre ; juchés sur les imposants garde-boue, deux enfants se tenaient en équilibre, s'amusant à ne pas chuter.

Après avoir traversé la mince couronne agricole, le bus aborda les faubourgs. Le centre-ville se limitait quant à lui à une dizaine de pâtés de maisons, où s'aggloméraient commerces et institutions.

Elle avait passé les dernières semaines du voyage spatial à se demander par où commencer son enquête, une fois sur place. Cette fois, elle y était.

Les carnets de Louis d'Azay et les rapports dénichés chez son assassin lui avaient révélé l'existence d'un camp à plusieurs centaines de kilomètres d'Auroreville, plus quelques noms : Maximilien, Hubert. Du matériel militaire était également mentionné. Autant de pistes à creuser, car celle du docteur Chery ne la mènerait certainement nulle part. La plus prometteuse demeurait à son esprit celle des armes et des véhicules. Il y avait trafic, donc corruption, et peut-être des gens prêts à parler. Elle espérait glaner des renseignements sans avoir à délier sa bourse : ses ressources n'étaient pas inépuisables. Et cependant la vérité était à portée de main, elle le sentait.

Quant à sa sécurité, elle était la première surprise de ne pas s'en préoccuper davantage. Une sorte de fatalisme la portait. Elle avait échappé à la mort une fois. Surtout par chance, c'est pourquoi elle avait fini par s'en remettre à elle.

Le bus enfila l'artère principale. Un banquet les attendait devant l'hôtel de ville. L'adjoint au maire délivra un bref discours griffonné sur un bout de papier, avant de disparaître. Personne ne sembla le regretter : chacun avait hâte d'aller s'installer.

Marthe récupéra son bagage et remonta l'avenue François-Arago jusqu'au Canal Éosphore, un grand immeuble dévolu aux nouveaux arrivants.

La caserne d'Auroreville se situait à la sortie ouest de la ville, lui apprit le réceptionnaire.

« Vous êtes venue retrouver votre amoureux, c'est ça ? » s'enquit-il.

Son clin d'œil appuyé rappela à Marthe cet ancien officier qui se baladait dans les coursives du navire spatial, un gousset à la main : pour ne pas perdre le nord, affirmait-il à qui voulait l'entendre, alors que ses patrouilles n'avaient pour but que de lorgner les mollets des dames. Elle faillit répondre qu'elle effectuait un reportage pour *La Science Populaire*, mais Peretti lui avait conseillé d'en révéler le moins possible, tant que personne ne lui demandait de renseignement spécifique. Son marmonnement pouvait passer pour une confirmation, ou l'inverse.

« Il y a un service d'autobus ?

— Nous avons deux lignes régulières, s'offusqua l'homme.

— Mais aucun autobus cavorié », lança Marthe du tac au tac.

Piqué au vif, l'homme se pencha par-dessus le comptoir.

« Vous ne croyez pas si bien dire ! Mon beau-frère est au fourniment communal. Un jour, un ancien camarade à lui est venu lui proposer des lingots de cavorite, pour les autobus, les tracteurs, ce genre de truc.

— Vraiment ?

— Le camarade en question n'était pas du genre recommandable, bien qu'il ait été soldat. Mon beau-frère l'a pris à la blague, surtout quand l'autre lui a juré que les lingots étaient fabriqués ici.

— C'est possible ?

— Bien sûr que non ! De toute façon, le gars a disparu du jour au lendemain. Le lingot avait l'air vrai, mais il paraît que des escrocs arrivent à faire des contrefaçons phénoménales. »

Malgré l'adrénaline de la jubilation qui courait dans ses veines, Marthe se garda de hocher la tête. Elle n'aurait jamais pensé obtenir d'emblée un renseignement aussi précis. Dès qu'elle se fut installée, elle fila à la mairie. Le bâtiment offrait un fronton classique, et les imposantes pierres du bas devaient être le fameux marbre de Tharsis. Un large escalier, en marbre lui aussi, menait à la réception. L'employée poussa un épais soupir avant de héler le responsable du service du fourniment.

« Léonce ! Une dame te demande.

— Une dame, pour moi ? »

Un homme en fauteuil roulant s'arrêta sur le pas de la porte. Une couverture écossaise était rabattue sur le bas du siège, mais à en juger par le manque d'épaisseur, son propriétaire avait perdu ses jambes ; sûrement ici, sur Mars, car on n'aurait jamais autorisé un invalide à migrer. Le haut de son corps, en revanche, aurait pu appartenir à un bûcheron, visage hirsute compris.

« Léonce Lachassagne, c'est bien moi. En quoi puis-je vous être utile ? »

Marthe lui demanda de lui raconter sa rencontre avec son ancien camarade. L'homme ne se fit pas prier. Oui, un ancien soldat était venu lui proposer des lingots de cavoriage. Léonce s'était méfié, mais pas des lingots : celui qu'il avait examiné lui avait au contraire paru authentique. L'ancien soldat avait été renvoyé sans solde après un épisode sordide concernant de jeunes recrues. Avec un tel énergumène, il fallait s'attendre à des ennuis, surtout avec un matériau censé ne pas exister sur Mars. Léonce avait donc décliné l'offre. Contrairement à ses craintes, l'autre ne l'avait pas harcelé par la suite. À vrai dire, il n'était jamais réapparu.

« Il m'a affirmé avoir gardé des contacts avec l'armée. Rapport au plomb : elle en utilise beaucoup, pour les balles des fusils évidemment, mais aussi pour les gouttières et les conduites d'évacuation. Concernant mon camarade, du diable si je sais pourquoi. Son commanditaire lui en demandait sans arrêt. Un certain Max. Il conduisait toujours un semi-chenillé. »

Marthe ouvrit la bouche pour lui expliquer, avant de la couvrir de sa main. Le plomb était indispensable au conditionnement du composé-cavorite. Sans gainage, le lingot s'envolerait à peine refroidi.

« La caserne a donc fourni du plomb ? »

Léonce tapota machinalement les roues de son fauteuil.

« Il m'a dit qu'il a dû graisser pas mal de pattes. Ça ne m'a pas étonné, venant de lui.

— L'armée ne sait donc rien ?

— Ni de façon officielle ni de façon officieuse, à mon avis. Si le commandant Pélisson l'apprenait, il mettrait aussitôt fin au trafic. C'est un officier sans tache. »

Sa sincérité convainquit Marthe.

« Il mettrait fin au trafic, avez-vous dit. Ce trafic existe toujours ?

— J'en mettrais ma main au feu… mais juste la main : pour les jambes, c'est un peu tard. »

Marthe était si absorbée qu'elle se contenta de sourire. Voilà, elle tenait un bout du fil qui la ferait remonter jusqu'au mystérieux C1. Son enquête prenait enfin un tour concret.

50

Georges Moinel

Les documents volés à l'ambassadeur s'étalaient sur le lit de sa chambrette. Tous remontaient à six ans ou davantage, avant la conclusion du Traité de la Cavorite. Un tampon prouvait que la plupart d'entre eux avaient transité par le Centre français d'information sur la cavorite, un organe de propagande. D'autres émanaient du ministère de l'Industrie, d'autres encore de celui de la Guerre. Ils impliquaient des protocoles de diplomatie parallèle, des alliances militaires, une feuille de route pour afficher des positions concordantes. Dans un document, la Roumanie s'engageait à ne pas protester à l'Autorité des Nations si un pays tiers accusait la France d'accaparer telle mine de cavorite, ou telle installation cavorurgique. Les pactes secrets de ce genre se comptaient par dizaines. L'un d'eux impliquait l'Italie, contredisant son alliance officielle avec l'Allemagne. Ils sous-tendaient le Traité, mais ne semblaient pas destinés à apparaître publiquement.

Éplucher le dossier donnait à Georges l'impression de patauger dans des marécages. Il se rappelait les discussions politiques chez le Rabussier. Les anarchistes rejetaient le traité d'Herriot, comme instrument de l'impérialisme. Les Chemises bleues clamaient de leur côté que l'Empire ne se partageait pas, et qu'en conséquence la France devait révoquer tous ses traités et faire cavalier seul. Ce qui n'empêchait pas leurs hérauts d'accepter en sous-main l'argent de puissances écartées par le sort : malgré des fortunes investies dans la prospection, les États-Unis n'avaient découvert aucun gisement de cavorite sur leur sol, si bien que les aventuriers avaient quitté le continent pour tenter leur chance en Orient ou en Afrique. La puissance financière de l'Amérique lui permettait de tirer quelques ficelles, mais les vrais débouchés étaient ailleurs.

Ernestine avait constitué le socle de certitudes sur lequel se reposait Georges, et cela incluait la politique. Sitôt qu'elle avait disparu, ses propres convictions s'étaient effritées. Cependant, son désir de vengeance les palliait amplement. Il conservait de leurs discussions des informations relatives au Traité de la Cavorite, comme le nombre de nations signataires. Quatre, en plus de la France : l'Autriche, l'Angleterre, la Russie et la Roumanie. Leurs noms revenaient sans cesse dans les documents. Ces pays n'avaient toutefois pas de motif d'ourdir une machination contre un pacte qui les protégeait, bien au contraire. Quoique… la Russie lorgnait la Roumanie, et l'Allemagne faisait assaut d'amabilités diplomatiques auprès de l'Autriche… Georges passa une main lasse dans ses cheveux. Impossible d'être sûr de quoi que ce soit.

Au fur et à mesure de sa lecture, un schéma se dessinait néanmoins. Les documents démontraient l'implication de grands commis de l'État dans la corruption de dirigeants russes et roumains afin qu'ils facilitent la signature du traité. Des domaines et des châteaux avaient été offerts, des titres de sociétés cédés pour rien. Les montants figuraient, de même que les noms des bénéficiaires. L'ambassadeur avait joué le rôle de passe-plat à l'époque où il était sénateur. Georges comprenait pourquoi il conservait ces papiers dans un coffre-fort : il était mouillé jusqu'au cou. Que cela se sache, et ce serait comme un projecteur électrique braqué sur un nid de cloportes. Une fois la bombe lancée, le Traité de la Cavorite volerait en éclats, le gouvernement sauterait peut-être.

Cette idée ne réchauffait pas son cœur. Au final, ce scandale n'avait rien à voir avec la mort d'Ernestine. En éclatant, des innocents auraient peut-être leur vie brisée. Georges se prit la tête entre les mains et gémit.

Penser de la sorte, ce n'est pas déjà la trahir ? Flavien saurait quoi faire.

Tout de suite, il rejeta ce mantra, qu'il invoquait jadis à l'envi. Pour Arsène, Flavien avait la cervelle trop imbibée d'art pour faire un combattant de la Révolution. Mais les jours suivants, l'idée revint le hanter.

Ses recherches le menèrent dans des cabarets naguère fréquentés par le jeune peintre. Avant d'entrer, il attendait une demi-heure et scrutait l'intérieur avec minutie, de peur d'y trouver des sbires de Bazarova. Ces précautions n'entravaient qu'imparfaitement le sentiment de vulnérabilité qui le taraudait. Dans les journaux, des reportages avaient déploré l'essor, en Italie et en Allemagne, d'une police spéciale chargée de persécuter les intellectuels. Il imaginait sans peine ce que ces derniers ressentaient.

Les cafés étaient le corps vivant de la ville, répétait Flavien. Georges trouva ce corps maladif, au pouls laborieux. La crise avait fermé beaucoup d'entre eux, et sur certaines vitrines étaient à présent placardés des interdits imposés par des milices de quartier : francs-maçons, juifs et orchestres noirs indésirables. Les clients gardaient le plus souvent les yeux baissés sur leur menu bière-croque-monsieur.

Il lisait également la presse, à l'affût d'une relation du vol des documents. Le crime n'eut droit qu'à un entrefilet dans *Le Petit Parisien*. Encore n'était-il qu'évoqué, et le garde assommé passé sous silence. Le texte se focalisait sur la maquette de globe martien qui avait dérivé jusqu'à Neuilly-sur-Seine avant d'être rattrapée par d'héroïques convives. L'échotier se félicitait que l'ambassadeur ait pu embarquer sur l'*Avenir* à destination de Mars, n'ayant été prévenu qu'après son décollage.

Georges dénicha son ancien compagnon au Cyrano. Sa chair empâtée débordait d'un gilet brodé. Sous ses lunettes cerclées, des cernes violacés lui donnaient l'allure d'un cocaïnomane. Sa barbiche était négligée, et il empestait l'alcool – plus qu'autrefois en tout cas. Surtout, il était seul. Georges s'assit en face de lui et attendit que l'autre lève les yeux.

« Salut, l'ami. J'attendais ta visite, figure-toi. Quoi de neuf ?

— J'ai beaucoup à te raconter. Mais d'abord, je n'imaginais pas te trouver ici, dans un repaire alterréaliste.

— Quoi, le Cyrano ? Les alterréalistes ne viennent plus se saouler ici depuis des lustres. Et puis, même les merveilleux et les immobilistes ont leurs bistrots attitrés, aujourd'hui. Ce n'est plus comme avant.

— Tu le disais déjà il y a… avant, quoi. Mais toi, comment vas-tu ? Je ne vois pas ton carton à dessins.

— Ma T.S.F. intérieure ne capte plus rien depuis un moment. »

Voilà qui expliquait son état pitoyable. Georges se pencha en avant.

« Je te connais, ça reviendra. »

Flavien remua son verre.

« Comme tu as changé. Je te trouve plus grave. Moins timide, aussi.

— Je suis plus assuré, en effet.

— Je ne sais pas si on y gagne tant, mon ami.

— Tu as dit que tu m'attendais. Pourquoi ? »

Flavien balaya le vide, en un geste dont il était coutumier.

« Voilà plusieurs jours qu'une fille se balade de bistrot en bistrot. Pas laide du tout, au contraire. Mais bizarre. Elle m'a fait du gringue en se disant intéressée par les artistes, pour écrire un article ou devenir muse, c'est selon. Mine de rien, ton surnom revenait dans chacune de ses questions.

— Tu lui as dit que tu me connaissais ?

— J'ai évité. D'ailleurs, voilà un bail que j'ignore où tu crèches. Mais elle est maligne. Elle reviendra. »

Au moment où elle avait mentionné l'Artiste, Flavien avait tout de suite compris dans quel guêpier son ami s'était fourré en s'acoquinant avec les anarchistes. Lorsqu'il avait appris la liquidation des casquettes rouges par la police, pendant les manifestations, il avait craint le pire. La mort de Doudou avait fait le tour des bistrots artistiques. Même les mouvements adverses avaient manifesté leur solidarité. Flavien avait cherché dans la liste des victimes le nom de Georges. Il avait été surpris de ne le trouver cité dans aucun article. On évoquait d'audacieux fuyards.

« C'était moi, et un camarade. Nous avons accompli ensemble la mission prévue par le groupe. »

Un sourire incurvait peu à peu les lèvres du peintre, à mesure qu'il écoutait l'histoire.

« Arsène voulait fournir les documents à l'un des journaux de la cause, conclut Georges. Dorénavant, ils sont sous surveillance. Je suis à court d'idées.

— Et tu es venu me demander conseil, à moi ?

— Tu as toujours été le meilleur, en peinture comme en raisonnements.

— Mais toi, tu as des tripes. »

Lui, des tripes ? C'était stupide. La vengeance le gouvernait, un sentiment parmi les plus archaïques, donc les moins nobles qui soient.

« Trêve de louanges, trancha Flavien. Je sais parfaitement ce qu'on pense de moi : trop politique pour être bon artiste, trop artiste pour être bon militant. À dire vrai, je n'ai jamais su où était ma place.

— Que ferais-tu à la mienne ?

— À ta place, je ne me serais jamais retrouvé avec ces papiers.

— Je les ai à présent. Est-ce que je dois essayer tout de même de les transmettre à l'un de nos journaux ? »

Flavien haussa les épaules.

« Il serait plus sûr de t'en débarrasser au plus vite.

Mais nos imprimeries alliées brûleraient certainement avant. Rien à faire de ce côté-là, à mon avis. La solution serait de refourguer les documents à un journal à diffusion nationale, de préférence un de ces torchons putassiers comme le *Petit Journal.* Mais ils voudront connaître la provenance, et ils remonteront jusqu'au vol. Tu iras en prison.

— Que suggères-tu ?

— À part les brûler en place publique, pas grand-chose. Le plus simple serait de négocier avec cette prostituée…

— Cette espionne.

— Toute espionne est un peu prostituée, et vice versa, en temps de guerre.

— Nous ne sommes pas en guerre.

— Bien sûr que si : pour le contrôle de la cavorite. C'est juste que ce genre de guerre se passe de mobilisation générale et d'hymnes patriotiques. Les morts, eux, sont bien réels. Je ne t'apprends rien.

— Justement. Ernestine et les autres sont morts pour que la presse révèle la décadence de nos gouvernants. Je refuse qu'ils pourrissent dans les archives de services secrets étrangers. »

Flavien prit un air pensif. Tout en réfléchissant, il fouilla dans une poche de son gilet, sortit des pièces, puis les étala sur la table pour commander à boire pour deux. Une bouffée de honte remonta dans la gorge de Georges. Il disposait d'une petite fortune, de quoi voir venir pour trois ou quatre ans. Le moins qu'il puisse faire était d'aider son ami. Il se promit d'y penser.

« Il n'y a pas de mystère, seul un journal à grand tirage fera éclater le scandale. En tout cas, pas un papier anarchiste. On dit qu'un erloor écrasé avenue de l'Opéra intéressera toujours plus qu'une inondation catastrophique à Limoges. Ce vol survenu à Paris, mais qui concerne l'Empire tout entier, séduira n'importe quelle feuille de chou. » Il s'arrêta le temps de lamper son verre. « Tu n'arriveras pas à tes fins tant que tu seras traqué. Le mieux à faire est de te mettre au vert quelques mois. Entre-temps, garde-toi de tout contact, avec les journalistes comme avec les artistes. »

Ce qui l'incluait, lui. Une boule se noua dans la gorge de Georges. Son ami lui donna une bourrade dans le dos.

« Où est passé le bonheur de vivre que peignait Matisse ? dit-il d'un ton doux-amer. Nous célébrons la guerre. Et quand nous ne la faisons pas, nous voletons comme des poulets sans tête. N'as-tu pas la sensation que nous avons brûlé en vingt-cinq ans le carburant d'un siècle entier ? Pourtant, tout continue de s'accélérer, comme un rêve de futuriste, et demain se déchiffre moins que jamais, même par nous, les artistes. »

Le chagrin dans son regard indiqua à Georges que son discours constituait l'épitaphe de leurs adieux. Mieux valait que tous les deux coupent les ponts. Chacun représentait une menace pour l'autre.

Un accès de pudeur les empêcha de s'étreindre. Georges le salua d'un hochement de tête, et sortit un peu groggy.

Malgré les manifestations et la répression, la vie continuait. Des placards de réclames indiquaient un spectacle de Gaston Ouvrard, et le passage des

Dolly Sisters en tournée en Europe. Georges avait de l'argent. Il opta finalement pour *Les Plages de Tharsis*, une fantaisie martienne de Cocteau qui se jouait au Mercure, avec des costumes de Coco Chanel.

À son retour, son regard tomba sur les papiers. L'espace d'un instant, la certitude de ne pas les avoir disposés ainsi, sur son lit, s'imposa à lui. Une pulsion irraisonnée de tout planter là et de fuir le saisit. Aussitôt, il se morigéna : un agent ne se serait pas contenté de déplacer les documents, il s'en serait emparé. Il vérifia qu'aucun ne manquait. Cela l'amena néanmoins à réfléchir. Il avait été d'une imprudence folle. Il répartit les documents dans six enveloppes de papier kraft, qu'il alla déposer dans des consignes. Ce fut comme s'il avait enfilé une ceinture de cavorite tant il se sentit léger, après.

La peur que les sbires de Bazarova parviennent à remonter sa piste demeurait vivace, aussi limita-t-il ses sorties. Il se nourrissait de conserves, lisait les journaux sur son lit, en particulier l'actualité. L'embargo autour de l'Allemagne sur la cavorite avait empêché les usines Rathenau détruites par les bombardements français de se reconstruire. Depuis la fin de la guerre, les Prussiens allaient de crise en crise. Même s'ils conservaient leur supériorité en matière de chimie, ils ne parvenaient plus à construire de moteurs. Georges assistait aux soubresauts qui en découlaient, un sourire au coin des lèvres : celui qui procédait du sentiment grisant de détenir des clés de compréhension secrètes, et lui donnait l'illusion de déchiffrer un message caché derrière chaque déclaration gouvernementale.

Le 1er Mai, Georges descendit dans la rue déjà noire de monde pour le meeting des syndicats unifiés. La fête du Travail lui offrait l'occasion de rompre son confinement volontaire, même s'il savait que l'annonce de l'arrivée imminente d'un demi-million de travailleurs immigrés à bas coût recrutés en Tunisie, afin de racler les mines de cavorite, promettait de nombreux incidents. *L'Action française* hurlait à la trahison, les grèves qui avaient ensanglanté le début de l'année flambaient à nouveau. Elles étaient si fréquentes que le préfet n'avait pas stoppé la totalité du trafic d'aérotrams, se contentant de fermer quelques stations près des cortèges. Tandis que la presse concentrait ses gros titres sur l'explosion du prix du muguet et sur un attentat contre le vicomte Ishii, l'ambassadeur japonais, Georges assista à une bataille rangée entre Chemises bleues et marxistes, puis, à deux rues de là, entre le « cartel des croyants » descendu de Rennes et les gardes républicains.

Lorsqu'il revint, la tête pleine de bruit, la concierge l'interpella au pied de l'escalier. Georges la soupçonnait de tuyauter la police, mais il se fiait à sa vénalité. Moyennant un généreux billet renouvelé chaque semaine, elle lui rapportait toute visite impromptue. Il la tenait par ce biais.

« Une cousine à vous est montée tout à l'heure, grasseya-t-elle.

— Une femme avec un fume-cigarette ?

— Si, votre cousine. Elle m'a dit qu'elle avait votre clé, et qu'il était inutile de vous prévenir.

— Elle est arrivée il y a combien de temps ?

— Deux heures au moins. Elle a de la patience. »

Georges poussa un soupir. Son appartement avait été fouillé de fond en comble, ce n'était plus qu'un piège à présent.

« Elle attendra encore un peu. Je vais acheter du muguet, et je reviens. »

Ses livres, ses habits et ses affaires de toilette étaient là-haut, mais tant pis. Heureusement, il avait retiré l'argent du pied de l'armoire pour le dissimuler à l'intérieur du mur d'un ancien entrepôt, derrière une brique.

Il s'éloigna, le col de sa veste relevé. Il ne se faisait aucune illusion : Bazarova, en guet derrière la fenêtre, avait dû avertir l'un de ses sbires resté en bas afin de le prendre en filature. D'abord à la faveur du reflet dans une vitrine, puis d'un miroir de kiosque à journaux, Georges entrevit un gaillard au chapeau melon enfoncé à ras des sourcils, pressant ses pas dans les siens. De trottoirs roulants en rame d'aérotram dans laquelle il sauta au dernier moment, Georges parvint à le semer. Il l'aperçut, en train de courir jusqu'à l'extrême bord de l'aéroquai, puis freiner juste avant de basculer par-dessus la rambarde.

Au moment où l'homme se redressait, Georges lui lança un salut ironique. Quelques mois plus tôt, ce simple geste de défiance aurait été au-dessus de ses forces.

51

Cavorite

LA VIERGE DU MONT OLYMPE

L'événement a eu un grand retentissement, jusqu'à faire tinter les oreilles de M. le consul français sur Mars.

On aurait pu croire que seuls les Martiens et les Italiens seraient assez crédules pour accréditer le témoignage de Zélie, une petite fille de colons qui jure avoir vu la Vierge Marie dans un village au pied des contreforts du mont Olympe.

Le miracle a eu lieu sur la lisière du champ de blé de ses parents. Zélie, neuf ans, est la cadette d'une famille d'agriculteurs. Les parents étaient venus s'installer à Pouilly-sur-Sirénius. La bourgade, située au sud-est de Tharsis, est un fragment de village bourguignon qui a bouturé sur Mars. Zélie rapporta avoir vu la figure en pied de la Sainte Vierge, « suspendue dans les airs au-dessus des hêtres rouges, enveloppée dans un drap blanc comme les erloors le font parfois de leurs ailes ». La mère de Jésus prit la parole. Elle lui ordonna de prier pour les colons délaissés par la Terre, mais aussi en pénitence de tous les incroyants. À quatre reprises, l'apparition se manifesta, avant de s'arrêter tout aussi brusquement. D'abord, on ne la crut pas, mais un nombre croissant de curieux affluaient, déversés des plaines d'Arcadia et de Tharsis.

Les mauvaises langues prétendent que ces élucubrations moyenâgeuses coïncident avec les demandes réitérées de certains colons pour construire une cathédrale pressurisée dans la capitale.

Il n'en fallait pas plus pour que l'Archevêché s'empare de l'affaire. Une souscription pour la construction d'une « église Notre-Dame de la Fin d'éther » a vu le jour : par voie d'affichage d'abord, puis par voie de presse, dans les pages du Pèlerin. *Elle a rencontré un succès inattendu, remarquable en ces temps de crise. Un succès financier d'abord, puisque c'est en centaines de milliers de francs que se monte aujourd'hui l'escarcelle. Un succès architectural ensuite, car de nombreux plans de construction ont été proposés. L'un d'eux a pour ambition de concurrencer la basilique Saint-Pierre de Rome. Un autre, plus raisonnable, compte utiliser l'« adobe martien », un matériau extrait des marais glacés des bassins martiens, aussi léger que le béton cavorié des buildings new-yorkais.*

Qu'elle soit en pierre de taille ou en ciment, il reste à savoir si l'église parviendra à mieux convaincre les erloors que le consul, lequel n'a pas l'intention, pour l'heure, de donner suite.

Émile Dausset – *La Gazette de l'Avenir*,
samedi 21 mars 1925

52

Renée Manadier

Traverser le terminal de débarquement permit à Renée de mesurer le gouffre séparant Mars de la mère patrie. La seule boutique de luxe s'appelait Au chic de Paris, et n'aurait su rivaliser avec le rayon le plus mal fichu des Galeries Lafayette.

Une semaine après leur installation, Ogloor et elle, dans un lotissement pour fonctionnaires, elle reçut son assignation. Elle avait craint d'être envoyée aux confins de Chryse ou des plaines d'Amazonis, mais le lieu d'affectation portait le tampon de l'académie d'Auroreville. Tant mieux : l'enquête menée par Marthe recelait des périls, et elle n'avait aucun allié dans la place. C'est pourquoi elles étaient convenues de se revoir. Rester à Auroreville faciliterait les choses.

Il s'agissait d'un quartier en lisière de forêt, à vingt minutes du centre-ville en voiture, si bien qu'elle n'avait même pas besoin d'emménager sur place. Dès que possible, elle essaierait de se procurer une bicyclette. Des maisons en briques violettes coiffées d'ardoises s'égrenaient le long de trottoirs pavés. Par la suite, Renée décela des remugles saumâtres, émis par les briques façonnées à partir de glaise de vieilles tourbières ; certaines servaient de nid à des colonies d'insectes multicolores.

La première fois, elle chemina dans un camion qui transportait son matériel scolaire : tout un stock de plumes Sergent-Major, de cahiers de calligraphie, de craies et de blouses, en plus des livres et des affiches. Les caisses n'avaient pas souffert, contrairement à sa grosse valise, malmenée durant le débarquement, et qu'elle avait récupérée fendue sur toute sa longueur.

La rentrée était pour le lendemain. Le trac nouait son estomac lorsqu'elle rencontra les employés ainsi que Simone et Odette, les deux autres institutrices de l'école. La première avait une colonne vertébrale tordue qui la faisait claudiquer, la seconde portait une perruque à la suite d'une maladie attrapée dans les marais, qui lui avait fait tomber toute sa pilosité en l'espace d'une nuit. Elles lui posèrent des questions sur les dernières nouvelles de Paris. Elles venaient surtout lorgner son stock, et à la fin de la journée, Renée constata que deux cartons manquaient. Elle émit un soupir d'exaspération. Impossible d'accuser ses collègues dès son premier jour… Elle venait de passer une heure à diluer la poudre d'encre violette dans de l'eau, et à verser le résultat dans de petits pots en verre insérés en haut des pupitres. La première chose qu'elle ferait, à l'ouverture de sa classe, serait d'apprendre aux enfants à réaliser eux-mêmes le mélange.

Elle prit l'habitude d'utiliser un taxi, l'un des rares que comptait la capitale. Le chauffeur, particulièrement accommodant, acceptait d'effectuer un aller-retour quotidien. La présence d'Ogloor ne le gênait pas, même si, au bout de quelques jours, celui-ci préféra suivre le véhicule du haut des airs. L'aube se levait à peine, mais certains habitants se mirent à observer leur manège le long des rues. Certains les encourageaient de la voix.

Comme elle faisait entrer sa classe, ses élèves poussèrent des exclamations en voyant Ogloor debout à côté du tableau. Un garçon avec une tête triangulaire passa devant lui – et lui décocha un coup de poing dans la cuisse. De saisissement, Ogloor piaula en montrant les crocs. L'enfant recula avec crainte.

« Voyons, qu'est-ce qui t'a pris ? l'admonesta Renée. Présente-lui tes excuses tout de suite !

— Je tape pas les gens. Lui, c'est pas un gens !

— Mais si. Et un camarade à toi. La différence entre lui et toi, c'est qu'Ogloor n'ira pas au piquet pour une heure. Excuse-toi. Ensuite, vous ferez la paix. »

Il s'exécuta, les sourcils froncés d'indignation. Renée gardait confiance : les enfants oubliaient vite, et possédaient une étonnante faculté d'adaptation. Dès qu'elle eut assez de temps pour se balader dans Auroreville, elle comprit mieux l'acte dont Ogloor avait été victime. Le garçon n'avait fait qu'imiter son père. Quelques erloors circulaient dans les rues. Beaucoup, sinon tous, arboraient des cicatrices de flagellation, des muselières ou des membres amputés. Elle se rendait compte combien ceux amenés sur Terre avaient été préservés : on voulait des spécimens en bon état pour décorer les photos d'empire.

À part cela, ses élèves ne se distinguaient pas de ceux qu'elle avait eus jusqu'à présent. À la fin de la semaine, la présence d'Ogloor passait déjà inaperçue. Sauf peut-être auprès d'Odette : elle le fuyait, et dès que l'erloor passait près d'elle, Renée la voyait sursauter. Ogloor avait développé un instinct vis-à-vis de ce genre de réaction, c'est pourquoi il l'évitait. Cependant, elle ne tarda pas à se plaindre dans la salle des professeurs. Un matin, Renée prit la jeune femme à part et lui demanda franchement la raison. Celle-ci lui raconta que son père n'était jamais revenu d'une expédition dans les montagnes au-delà d'Ophir. Le rapport remis à sa mère indiquait qu'une attaque d'erloors lui avait été fatale. Renée n'osa rétorquer que les pertes dues à la conquête concernaient surtout le côté erloor : le ressenti d'Odette était trop fort pour être infléchi par la raison, et elle ne se sentait pas le droit de relativiser son deuil de cette façon.

Elle mesurait également le fossé entre l'image des colons martiens sur Terre et leur vie réelle, beaucoup plus dure et laborieuse que ce qu'on leur avait fait miroiter. Elle les voyait aussi tenter de se forger une identité propre. Ils évoquaient la métropole avec un mélange de nostalgie et de ressentiment. Ils en dépendaient pour tout, et celle-ci constituait leur unique débouché. Or un colon, lisaient-ils dans les journaux importés par paquebot spatial, était un gueux que l'on avait envoyé défricher une planète lointaine et inhospitalière ; pas mieux, en somme, qu'un demi-sauvage. D'abord, Renée avait partagé ce jugement sans nuances qui faisait d'eux des êtres enclins à la violence brute. La réalité l'en avait quelque peu détachée. Tous ne molestaient pas les erloors pour un oui ou pour un non, et beaucoup avaient noué des liens d'affection, tout comme elle avec Ogloor. Elle apprit que, dix ans plus tôt, le maire de Sainte-Marie-de-Gallie avait accordé des droits aux indigènes. Si l'édile avait été traîné dans la boue et destitué après une émeute, l'idée faisait depuis lors son chemin dans divers conseils municipaux, à Ophir, à Nouvelle-Massalia, à Auroreville même. Les colons évoluaient à leur rythme. Inexorablement, ils devenaient des Martiens à part entière. Un jour, s'ils parvenaient à conquérir leur autonomie, peut-être suivraient-ils l'exemple américain.

Un matin, elle emmena toute la classe au bas de la colline. Un ruisseau coulait à l'ombre de saules à feuilles mauves, bordé par un lit de coquilles de kotarras. L'histoire naturelle faisait partie de l'instruction, mais ici, sur Mars, la plupart de ses connaissances ne valaient rien ; quant à Odette et Simone, elles avaient purement et simplement jeté la matière aux oubliettes. Elle devait donc improviser. Le piétinement des brindilles par les élèves causa la fuite d'une colonie de coléoptères dorés – « des hunurs », les nomma Ogloor lorsqu'elle lui demanda – à travers un tapis de champignons spongieux. Un lucane rouge escortait chaque hunur : peut-être le mâle, ou la femelle, ou un insecte ayant un quelconque intérêt à le faire, à la manière d'un poisson-pilote. La raison véritable était mystérieuse, mais avec assez de persévérance dans l'observation, ils parviendraient sûrement à le découvrir, enseigna-t-elle. Les insectes martiens présentaient une infinie diversité. Une variété émettait des coassements de grenouille. Beaucoup volaient, au point de rendre certains sous-bois difficiles à traverser, d'autres se laissaient porter par des filaments charriés par le vent. D'autres enfin restaient agglutinés à des branches d'arbres, à moins qu'il ne s'agisse de fruits ou de bourgeons singeant leur forme.

Dans la vase du ruisseau, la vermine proliférait. Ogloor se montra incapable d'identifier tous les animalcules. Les erloors ne prenaient pas toujours la peine de nommer les éléments de leur environnement ; ou plutôt, avait-elle appris de la bouche d'Ogloor, ils choisissaient parfois d'oublier les noms, comme on laisse un oiseau s'échapper de sa cage.

Ogloor se pencha et, d'un geste rapide, empala une larve écarlate sur une de ses griffes. Il la brandit, gigotante, avant de la gober, au milieu de cris d'admiration des enfants.

« Rurook, éructa-t-il, du jus verdâtre au coin des lèvres.

— Rurook ? Qu'est-ce que c'est ? »

Il battit lentement des ailes et désigna un point dans les hauteurs, où s'ébattait un papillon arc-en-ciel. Les enfants entreprirent de l'imiter, et Renée n'eut que le temps d'empêcher les plus téméraires d'avaler eux aussi des chenilles. Par chance, le passage de rongeurs détourna leur attention. Ils transportaient ce que Renée prit d'abord pour leur progéniture, accrochée à leur fourrure ; en réalité, des poulpes miniatures grouillant de tentacules pareils à des lombrics, solidement arrimés à leurs flancs.

D'autres espèces bien plus dangereuses logeaient dans les marécages. Les pires étaient d'horribles pieuvres dont les tentacules blanchâtres formaient une chevelure de Méduse autour de leur corps gélatineux. À l'image de ces araignées de mer du Japon à la carapace comme gravée en forme de visage, le corps tout entier des pieuvres avait l'aspect d'une face humaine à l'expression de férocité mélancolique. Des pionniers avaient péri dans leur étreinte mortelle, incapables de détacher leur regard de celui, à la pupille rigide et sans vie, de ces monstres. C'était un enfant qui, sans calcul, avait trouvé la solution. Il avait récupéré, au bord d'un marigot infesté, une enveloppe de peau translucide dans le but d'en faire un ballon. Une pieuvre l'avait attaqué. Épouvanté, le garçon avait levé les mains… et l'attaque avait brutalement cessé. Non à cause de son geste dérisoire, mais parce que l'enveloppe avait recouvert des œufs de pieuvre, et qu'en la manipulant l'enfant s'était enduit d'un suc protecteur. Depuis cette découverte, aucune victime n'avait été à déplorer. Chaque citoyen se promenait toujours avec une petite fiole de liquide en poche.

Renée avait pensé que le retour dans sa patrie améliorerait l'humeur d'Ogloor, mais il n'en était rien. Pourtant, certains de ses petits camarades capturaient des souris pour les lui offrir. La nuit, il restait de longues heures debout derrière la fenêtre de sa chambre. Parfois, quand il croyait ne pas être entendu, il geignait à bas bruit. On leur avait dit à demi-mot qu'il valait mieux pour lui ne pas circuler seul, en particulier la nuit. Beaucoup d'erloors en liberté s'évanouissaient sitôt passées les limites de la ville, et nul ne les revoyait jamais. D'ordinaire, les fuyards tentaient de revenir à leur nid, mais les recherches de propriétaires en ce sens n'avaient rien donné. Face à cette hémorragie, la raréfaction du gibier était invoquée, et chacun semblait trouver son compte dans cette explication.

Le nid d'Ogloor avait quant à lui été décimé. Renée ne savait comment adoucir sa peine. Peut-être l'avait-elle avivée en le ramenant sur Mars. Pour elle, cela coulait de source, mais tout bien réfléchi, elle ne lui avait jamais posé la question de savoir s'il *voulait* revenir.

Quant à elle, son devenir martien ne se posait plus. Au début, des rêves l'avaient poursuivie sur ce qu'elle avait laissé sur Terre. Un matin, elle se réveilla avec une sensation étrange. Elle avait rêvé de la Terre, mais comme d'*une autre planète*.

Un mois s'écoula avant qu'elle ne se mette en quête de jeunes erloors à qui faire la classe. La salle manquait de tables et de bancs, mais ils pourraient sans peine se suspendre aux poutres. Bien sûr, ils ne suivraient pas les exercices d'écriture, mais de toute façon, plumes et cahiers avaient été conçus pour des mains humaines. Sitôt qu'elle aurait des résultats à montrer à l'académie, on lui laisserait fabriquer les outils adéquats.

Un soir, elle attendit sa voiture devant l'école. Les cours étaient terminés depuis une heure, et les élèves sélectionnés pour nettoyer la classe ou le poêle avaient achevé leur corvée. Odette et Simone étaient rentrées chez elles. Elles habitaient non loin de là. Simone avait épousé un gars du coin : le quartier avait été édifié pour héberger les employés du chemin de fer et leurs familles. Pour le moment, la planète ne comptait que quelques dizaines de milliers de kilomètres de voies, et la livraison de locomotives se faisait attendre, mais tous montraient un optimisme sans faille.

Elle envoya Ogloor rejoindre leur logis. Puis, après une autre demi-heure à piétiner devant l'entrée, elle prit la décision de faire la route à pied. Il était probable que le moteur de la voiture ait encore fait des siennes, à moins qu'elle n'ait simplement crevé.

D'un bon pas, elle en avait pour une heure et demie. Avec un soupir de résignation, elle se mit en route. À mi-parcours, un taillis dominé par les noisetiers et les saules broussaillait la vallée. Elle s'y engagea, comme le soleil passait sous les cimes. La plupart des insectes qui encombraient le couvert forestier s'étaient déjà enfouis pour la nuit. À l'ouest, Phobos se leva, avant de rouler à travers le ciel. Contrairement à sa sœur plus lointaine, elle possédait une sphéricité quasi lunaire. Au début, la boule striée, minuscule mais si proche, avait perturbé Renée. Puis, très vite, elle s'était accoutumée à cette face défigurée par un énorme cratère.

Elle n'était plus très loin des habitations à présent. Un sentier sableux bordé de halliers entremêlés s'ouvrait sur sa gauche. Si elle ne se trompait pas, il lui ferait gagner dix bonnes minutes. La luminosité baissa d'un seul coup, et un mugissement s'éleva du cœur de la forêt, s'achevant en crécelle, puis dix, puis vingt qui se répondaient : les roomboos qui saluaient les ténèbres.

Un instant plus tard, une bête surgit dans un écrasement de branchages. D'une taille avoisinant celle d'un homme allongé, elle tenait à la fois du reptile et de la taupe. Elle avançait sur trois paires de pattes ; celle du milieu avait l'air atrophiée, mais toutes se terminaient par des griffes recourbées. On aurait dit son pelage fariné de brique réduite en poudre. Renée la vit tourner vers elle une face aveugle, ou plutôt sans aucune trace d'yeux. Son nez s'allongeait en une espèce d'ongle dur. Les dents débordaient de sa gueule à la manière de défenses, c'est pourquoi la jeune femme ne paniqua pas. Jusqu'à cet instant, les roomboos n'avaient été pour elle que des monstres abstraits. Mais par sa taille et ses défenses, le spécimen évoquait un de ces sangliers qui traversaient si souvent les routes de la Creuse.

Elle leva les bras et balaya l'espace devant elle : contre les attaques d'erloors, il suffisait de faire tournoyer sa hachette ou son couteau au-dessus de sa tête, comme un Iroquois, pour provoquer leur fuite… sauf que les roomboos n'y voyaient rien, se dit-elle avec un sentiment de ridicule face au prédateur impavide.

Elle avait vu les cicatrices laissées par des attaques de roomboos. L'un de ses élèves avait été surnommé « Augustin les-trois-doigts » par ses copains parce que, en bas âge, un fauve lui avait happé une main. Les nouvelles locales mentionnaient parfois l'éviscération d'un randonneur. Le danger n'avait rien d'imaginaire.

Mû par un quelconque instinct, le roomboo pivota dans sa direction. Renée perçut quelque chose, entre le son et la vibration, qui lui provoqua une vive douleur dans la mandibule.

Un instant plus tard, le roomboo rétracta ses pattes intermédiaires et chargea. Renée fit un pas de côté à la manière d'un torero. Ce fut comme si de la fourrure de loutre de mer lui frôlait la jambe. Elle fonça en avant, poursuivie par un fracas de branches brisées. Quelle était la vitesse de pointe du fauve? Les branches de noisetiers lui fouettaient les bras et les épaules. Il faisait si sombre qu'un moment elle ne sut si elle avait perdu l'une de ses chaussures. Pourtant, malgré la précipitation et le sang à ses oreilles, son cerveau continuait de fonctionner. Les roomboos avaient la capacité de creuser des galeries, avec lesquelles ils minaient des terrains entiers pour y ensevelir des troupeaux de yacks et les dévorer. Si celui-là la rabattait vers une tranchée qui s'effondrerait sous elle en lui brisant les jambes…

Sa poitrine abritait une forge grondant à ses oreilles. Dans l'obscurité presque totale, elle perçut néanmoins d'autres beuglements. Tout autour, des roomboos répondaient à l'appel. Cette fois, la peur s'empara de Renée. Une harde l'avait prise en chasse. Un bruissement sur sa gauche faillit la faire obliquer, mais elle se força à ne pas dévier : ce serait le meilleur moyen de se perdre.

Il lui semblait courir – non, fuir – depuis une éternité quand le taillis s'éclaircit devant elle. Elle était parvenue à conserver un écart avec son poursuivant, mais pas à le semer. Or, elle était déjà épuisée.

Soudain, les branches s'effacèrent, laissant un ciel intensément étoilé, léopardé de masses nuageuses. La route se déroulait devant elle jusqu'aux lucioles immobiles des maisons faubouriennes.

Le petit fossé une fois sauté, Renée ralentit. Lorsqu'elle osa regarder en arrière, le mufle de la bête pointait hors du taillis ; elle écumait, mais ne semblait pas disposée à abandonner. Un instant plus tard, elle grimpait à son tour sur la route. Maugréant un juron contre le chauffeur qui l'avait laissée tomber, elle se remit en marche. Tout de suite, elle s'immobilisa : à une quinzaine de mètres, un autre roomboo lui barrait la route. Celui-là mesurait plus de deux mètres de long, avec des défenses à l'avenant. Le reste de la harde ne tarderait pas à apparaître. La jeune femme hésita à sauter par-dessus. Elle doutait d'y arriver. Et quand bien même, combien de temps tiendrait-elle, après ? La poursuite avait brûlé toute son énergie.

Un cri du roomboo opéra comme un déclencheur, et ses jambes agirent pour elle. L'animal se dressait entre elle et le reste de l'univers. Il ouvrit une gueule démesurée. Plusieurs rangées de dents spiralaient jusqu'au fond de sa gorge.

Renée prit son élan sur sa jambe d'appui, et décolla. À l'apogée de sa parabole, une force la saisit et elle se sentit propulsée en avant, sans retomber.

Deux serres la tenaient aux épaules. Ses tympans sifflaient. Elle eut la brève sensation de voler. Puis le sol se rapprocha, et ses chaussures touchèrent terre. Un instant plus tard, l'erloor se posa à côté d'elle dans un froissement d'ailes. Sa langue pointait hors de sa gueule.

« Ogloor ! Tu m'as sauvée. »

En revenant vers leur logis, il avait aperçu leur voiture sur le bas-côté, capot ouvert, le chauffeur penché sur le moteur. Il avait compris qu'il ne pourrait venir la chercher, c'est pourquoi il avait décidé d'aller au-devant d'elle.

Les roomboos avaient renoncé à la poursuite. Ils retournaient en trottinant dans le sous-bois. Renée rajusta son vêtement. Les griffes d'Ogloor ne l'avaient même pas entaillé.

Porter la jeune femme l'avait éprouvé, au vu des tressaillements dans ses jambes.

« Demain, tu ne viendras pas à l'école, si tu préfères te reposer. »

Un piaillement d'approbation lui répondit.

« Aimes-tu l'école ? lui demanda-t-elle soudain.

— Je sais compter jusqu'à cent.

— D'accord, mais je vois bien que tu n'es pas heureux. »

Elle se rappelait la discussion à la table du capitaine, sur l'*Avenir*. Quelqu'un avait suggéré de psychanalyser les erloors. Elle aussi avait trouvé cela ridicule, mais pas pour les mêmes raisons que la plupart des convives. L'esprit erloor était trop différent. Elle réalisait qu'elle n'avait jamais sérieusement pris en compte les aspirations de son protégé. Naguère, sur Terre, elle l'avait sauvé, et il venait de lui rendre la pareille sur son monde à lui. Un voile s'était déchiré, elle ne pouvait plus feindre de croire au bon droit de gouverner son destin.

Un long moment, ils marchèrent côte à côte.

« Je t'ai attaché à moi. Mais tu n'es pas obligé d'aller à l'école si ce n'est pas ce que tu veux. En fait, tu peux partir à ton gré. »

Les yeux d'Ogloor battirent plusieurs fois, et à chaque clignement, ils paraissaient plus rouges.

« Je peux partir ?

— Tout de suite, même. »

Il s'ébroua. Ses ailes s'étirèrent, interminables, comme pour couvrir toute la terre. Puis, d'un coup puissant, il s'éleva. La seconde lune fendait le firmament. L'espace d'un instant, il l'occulta. Puis, la nuit l'avala.

Renée baissa les yeux vers le damier de lumières. Elle frissonna à l'idée de ne plus jamais le revoir. Des pensées contradictoires s'affrontaient. Une part d'elle-même regrettait d'avoir entrouvert la porte de sa cage, lui donnant la possibilité de la quitter et de la laisser seule. *Il a accumulé plein de babioles, elles lui manqueront. Quel dommage qu'il ne revienne pas les chercher*. Ces remarques dissimulaient juste la déception de ne pas avoir eu les adieux qu'elle croyait mériter. Néanmoins, sa contrariété était submergée par un plus grand bonheur. Ogloor ne reviendrait plus parce que sa libération était accomplie.

Elle rabattit les pans de sa veste sur sa poitrine et fit claquer ses souliers. Il lui restait une demi-heure de marche avant d'arriver chez elle.

53

Marthe Antin

Voilà six semaines que Marthe planquait devant la caserne d'Auroreville quand un véhicule attira son attention.

Elle déjeunait à l'Ardavène, une gargote où elle s'était établie. Là, dans un renfoncement face à la devanture, elle pouvait lire et mettre ses notes en ordre sans être importunée. Des dizaines de journaux s'entassaient sur un coffre à côté de l'entrée, en un équilibre tenant du miracle. Aucun ne datait de moins de trois ans. Quelques numéros du *Daily Telegraph* traînaient, aussi écornés que les autres.

Des soldats de la caserne passaient à l'occasion, jamais plus de deux à la fois afin d'éviter d'attirer l'attention des gradés. Marthe restait discrète : la devanture offrait une vue imprenable sur le portail d'entrée, pas question de perdre son poste d'observation.

Elle avait rédigé deux articles pour *La Science Populaire*, transmis par éclairogramme à Paris. L'appareil électrique, installé en haute altitude, envoyait des séries de flashs perceptibles depuis les observatoires terriens. Codés en morse, les messages permettaient une communication quasi permanente, sauf quand Mars s'écartait trop de l'orbite terrestre, ou à la saison des tempêtes qui occultaient tout le ciel.

Son premier article répertoriait des insectes en milieu humide. Lors de leur dernier rendez-vous, Renée lui en avait fourni le sujet, ainsi qu'une bonne partie de la matière. Pour le second, la journaliste était allée interviewer un botaniste qui se promenait dans la campagne, sa boîte à herboriser en bandoulière. En retour, elle avait reçu du journal de quoi continuer à se payer le gîte et le couvert.

La literie de l'Ardavène s'était révélée infestée de punaises. Marthe en avait placé une sous une ampoule : des punaises bien terriennes, mais de la poudre insecticide achetée à l'épicerie en était venue à bout. Elle en avait été quitte pour arborer pendant quelques jours des plaques aussi rouges que les yeux d'un erloor. Ses recherches sur l'existence d'une usine de traitement de cavorite, dissimulée quelque part à Auroreville, n'avaient pas abouti jusque-là. Au cours de ses déambulations, aucune Citroën semi-chenillée n'avait croisé son regard. Le modèle était rare.

Et voilà qu'elle venait d'apparaître. Des jerricans reposaient sur les garde-boue prolongés en marchepieds. Le conducteur était un colosse coiffé, comme son acolyte, d'un chapeau mou. Ils sautèrent à terre, au visible déplaisir du soldat de faction. Le passager avait l'air d'être le chef. Probablement ce fameux Maximilien mentionné dans divers documents récupérés dans la cabine de l'assassin, sur l'*Avenir*. Dans l'un d'eux, il était question de pièces de rechange pour cet engin.

Marthe sortit un appareil photographique de son sac et prit plusieurs clichés.

Le factionnaire alla chercher un officier, et une discussion s'engagea entre les deux hommes. À un moment, le visiteur extirpa une grosse enveloppe d'une sacoche, et la remit à son interlocuteur. Celui-ci la fit prestement disparaître sous son uniforme. Marthe ne connaissait pas grand-chose au monde militaire, mais elle devinait qu'il était peu probable que le commandant en chef, Pélisson, loge ici. L'officier devait juste commander la caserne. Si tel était le cas, inutile de l'avertir de ce qui se tramait : il semblait mouillé jusqu'au cou.

Marthe termina sa pellicule, l'extirpa du logement avant de la glisser dans une enveloppe. Elle griffonna une explication à l'intérieur du rabat, puis sa tête pivota vers le fond de la salle.

« Gaétan, j'ai besoin de votre voiture, tout de suite. »

Elle avait déjà prévenu le tenancier de l'éventualité de la lui louer en catastrophe. Derrière le bar, il saisit le torchon posé en travers de son épaule et le secoua, faisant cliqueter son collier de griffes de roomboo.

« Vous avez de la chance, le plein est fait.

— Cela ne suffira sûrement pas. J'aurai besoin d'une réserve supplémentaire. En fait, tout le carburant que vous avez.

— Je peux remplir un bidon. Pour le reste…

— Dans des bouteilles, ça m'ira. »

Le tenancier grogna un assentiment. Dès son entrée, trois semaines plus tôt, Marthe avait attiré son attention en ne commandant que des cafés.

« Vous savez, ce n'est pas du vrai café, plutôt de la chicorée avec des épices du coin. »

Marthe avait goûté.

« Ah ? Je ne vois pas la différence. »

Le tenancier avait éclaté de rire. Elle était adoptée. Il avait suivi son père, ancien communard déporté qui ne supportait plus la Terre ; au bout d'un an, un fauve lui avait arraché un bras et il s'était vidé de son sang, laissant son fils orphelin. Adulte, celui-ci avait traqué le roomboo, l'outarde et ce qu'on appelait les « croquegueules », de vicieuses créatures à gueule de crocodile montées sur des pattes d'échassiers, qui hantaient les marais profonds. Les baies de joncs coupants comme des rasoirs, l'eau transformée en sirop par les plantes visqueuses où il s'était maintes fois embourbé exerçaient sur lui une étrange attirance. Il avait renoncé à la chasse au bout de dix ans, même si avoir purgé les marais de leurs croquegueules ne lui soutirait aucun remords.

« J'ai Mars dans la peau, s'était-il épanché un jour. Je ne sais pas pourquoi. Je dois faire partie de ces gars qui ont besoin de ne pas être seuls dans leur peau. Les poètes sont comme ça, à ce qu'on m'a dit.

— Vous vous prenez pour un poète ?

— Et pourquoi pas ? »

Marthe s'était fendue d'un sourire espiègle.

« Vous êtes trop bien campé sur vos jambes. Vous ne vacillez pas. Quand ils voient un précipice, les poètes ne peuvent pas s'empêcher de sauter.

— Alors, Mars est faite pour eux. Les falaises et les précipices, c'est pas ce qui manque. »

Pendant qu'il préparait la voiture, Marthe inséra une nouvelle pellicule dans le coffre de l'appareil.

Puis elle tendit l'enveloppe au tenancier, qui revenait en s'essuyant les mains.

« Voulez-vous poster cela à une amie ? Je n'ai pas le temps de faire la lettre. Elle s'appelle Renée Manadier, institutrice à Auroreville. Écrivez-lui que je serai absente pas mal de temps, peut-être un mois.

— Renée Manadier, d'accord.

— Je dois y aller. Merci, Gaétan. »

Dehors, un vacarme indiquait que le semi-chenillé se remettait en route. Au moment où elle démarrait, la voix du tenancier lui parvint, de l'intérieur :

« Et attention…

— N'ayez pas peur ! cria Marthe.

— … à ma voiture !

— Ah.

— Si j'avais peur pour vous, je ne vous la confierais pas. Mais s'il y a quelqu'un de solidement campé sur ses jambes, c'est bien vous. »

La Citroën avait pris de l'avance. Marthe avait la certitude qu'elle roulait vers la sortie est. D'après ses calculs extrapolés des documents, le C1 se trouvait quelque part en Icarie ou en Memnonie. La seule voie d'accès portait le nom d'Araxe, une large route que l'on atteignait après une dizaine de jours de voiture. Des provisions et des outils s'entassaient dans un sac : la jeune femme était préparée à lever le camp à tout instant, et pouvait se lancer dans une poursuite. Elle disposait également d'une carte couvrant la zone française, achetée dès son arrivée, qu'elle ne tarda pas à déployer, moitié sur ses cuisses, moitié sur la banquette. Et des pellicules pour son Leica : il lui fallait des preuves irréfutables à apporter aux autorités afin de les forcer à agir, si elle devait révéler un scandale. Depuis son départ de la Terre, elle s'interrogeait sur la nature du minerai, et surtout sur le moyen d'en extraire le cavorium sans matériel de raffinage. Quoi que ce soit, il impliquait trop de criminels pour qu'il s'agisse d'une entreprise honorable.

Des sangles en cuir maintenaient un fusil fixé sous le toit du véhicule, et le manche d'un long couteau de brousse émergeait de la boîte à gants. Marthe évitait de poser les yeux sur ces armes.

Elle n'aurait jamais cru mettre un jour en pratique ce que Peretti lui avait appris sur l'art de la filature. La voiture devant elle soulevait un nuage de poussière qui lui donnait sa position, et quand ce n'était pas le cas, le maigre soleil décochait parfois un éclat de lumière dans un reflet. C'est pourquoi Marthe avait couvert les phares et rabattu les vitres dès le premier soir, malgré le froid ambiant. Les grosses cannelures antidérapantes la rassuraient sur la résistance de ses pneus. Une crevaison n'était pas à craindre.

Le danger l'empêchait d'éprouver l'excitation de la chasse qui avait animé Peretti, mais l'approche de la vérité procurait une sorte d'ivresse mentale qui n'y était pas totalement étrangère.

Les auberges se raréfièrent avant de disparaître. Elles faisaient également fonction de postes de distribution d'essence et d'épiceries. Marthe avait pris l'habitude d'arriver quelques minutes après le semi-chenillé, de faire le plein à une borne et d'acheter des réserves. Elle vérifiait elle-même les niveaux d'eau et d'huile avant de repartir. Ce faisant, elle ne passait pas inaperçue, mais de toute manière, elle ne comptait pas réitérer ce voyage. Ou du moins, pas toute seule.

Tous les soirs, elle reportait la distance parcourue en traçant une croix sur sa carte.

Ils avaient rattrapé l'Araxe depuis une semaine lorsqu'un incident faillit tout compromettre. La Citroën s'était enfoncée dans un lacis de déviations à la suite de fractures et de glissements de terrain, si bien que Marthe avait l'habitude de la perdre de vue.

Alors qu'elle achevait de gravir une côte, le semi-chenillé surgit, immobilisé au milieu de la voie. Elle appuya des deux pieds sur la pédale de frein. À peine quatre cents mètres la séparaient du véhicule. Moteur éteint, ce qui signifiait forcément que ses occupants l'avaient entendue ! Et il y avait belle lurette que le trafic s'était réduit à néant.

Elle coupa le contact. Devant, aucun mouvement perceptible. Elle desserra le frein avec précaution, comme si l'on pouvait entendre le cliquetis de là-bas. Elle se trouvait sur les derniers mètres d'une montée, ou plutôt d'un faux plat. Pendant plusieurs secondes, sa voiture ne bougea pas, puis elle commença à redescendre, très doucement. Quelques secondes plus tard, la Citroën avait disparu de son champ de vision.

Elle stoppa, puis sauta à terre et, courbée en deux, remonta jusqu'au sommet. Deux paires de jambes dépassaient de sous la Citroën, et des éclats de voix courroucés en émanaient. L'une des bandes de roulement avait cédé. Les passagers étaient si occupés à en installer une nouvelle qu'aucun des deux ne l'avait entendue.

Marthe patienta jusqu'à ce qu'ils aient regrimpé en voiture. Elle eut un nouveau coup au cœur en les voyant manœuvrer comme pour rebrousser chemin, mais ils se remirent d'aplomb.

Au fil des jours, des nuages se bousculaient, blancs d'abord, puis d'un gris plombé comme des lingots de cavorite. Le ciel creva, et bientôt, les fossés de chaque côté de la route charrièrent une eau trouble. La jeune femme avait de plus en plus de mal à rester à bonne distance. Parfois, ses roues chassaient dans de grandes éclaboussures. Elle se contraignait à rouler à vitesse réduite tant qu'elle n'était pas sûre de la route. La peur d'éclater un pneu dans un nid-de-poule rempli d'eau la maintenait constamment sur ses gardes. La moindre anicroche serait une catastrophe. La pluie avait également fait sortir des crabes géants. Ils traversaient la route. Par chance, ils ignoraient superbement les véhicules de passage.

La pluie persista une semaine entière avant de laisser place à un ciel mitigé.

Marthe était au bord du découragement quand la Citroën obliqua sur une piste qui s'écartait en direction d'un col tout proche. Impossible de se tromper : des centaines de passages de véhicules lourds avaient creusé la piste. La jeune femme ralentit et s'engagea au pas, le torse courbé par-dessus le volant. Au sommet, une tour pointa au-dessus de l'horizon. Son cœur, engourdi par des jours de conduite, se mit à battre sous ses côtes. Le C1 – la fin du voyage.

Cacher la voiture fut un jeu d'enfant. Le C1 avait été érigé sur une plaine dégagée, en pente légère, mais en amont, le relief se tourmentait de bosses et de ravins offrant mille recoins. Marthe trouva une dépression pleine de ronciers aux racines vermeilles. Ses vêtements s'y lacérèrent, mais elle était à peu près sûre qu'on ne viendrait pas fouiller là-dedans.

Sitôt la voiture à l'abri, elle refit le plein du réservoir. Dans la foulée, elle vérifia les niveaux : si jamais on la repérait, elle n'aurait pas le temps de préparer la voiture. Elle bourra ses poches de pellicules photo. Son regard s'attarda sur le fusil de Gaétan. Une seconde à peine, avant de hausser les épaules. Elle n'en glissa pas moins le couteau à sa ceinture.

Une muraille rectangulaire de trois cents mètres de côté, ponctuée à chaque angle par un mirador, barricadait le C1. Si les tours avaient été orientées vers l'extérieur, elle aurait été immanquablement repérée. Mais les silhouettes armées qui faisaient le pied de grue surveillaient l'intérieur… ce qui n'avait pas de sens, tout comme les fils barbelés déroulés au-dessus de la cour. De longues bâtisses alternaient avec des édifices carrés.

Ces installations n'avaient rien à voir avec une mine d'extraction, et tout à voir avec une prison. On internait des erloors ici, réalisa-t-elle en songeant aux barbelés, mais pourquoi ? Les colons se plaignaient assez que les erloors ne constituaient pas une main-d'œuvre de qualité. Alors…

Petit à petit, l'idée, monstrueuse, se frayait un chemin dans son esprit, mais elle se refusait à y croire.

L'après-midi était bien entamé. Marthe rampa jusqu'à un surplomb rocheux, d'où elle pourrait prendre des clichés sans être vue… du moins, si l'on ne scrutait pas les environs à la jumelle. Elle utilisa deux pellicules. Malgré le grossissement maximum de l'objectif, les bâtiments ne lui apprenaient pas grand-chose. Certains avaient l'air de dortoirs, et une petite caserne logeait un contingent armé. Elle devait approcher.

Tapie dans son observatoire, elle attendit le soir. À un moment, une trentaine de Martiens sortirent d'un des dortoirs. Deux gardes les encadraient, mais ils n'eurent pas à sévir : les erloors marchaient d'un pas somnambulique. Ils étaient blêmes, et leurs ailes pendaient en loques. Ils réintégrèrent leur logement, puis une autre fournée vint prendre leur place.

La Citroën avait disparu sitôt franchi le portail d'entrée, encadré par deux gardes armés de fusils-mitrailleurs. L'absence d'uniforme indiquait qu'il ne s'agissait pas de soldats. Ils prenaient leurs aises, fumant cigarette sur cigarette, discutant sans se soucier d'être entendus.

Le bourdonnement d'une génératrice électrique parvenait faiblement aux oreilles de Marthe. Les ténèbres s'étendirent sur la plaine. Des projecteurs s'allumèrent, braqués sur les voies de circulation entre les bâtisses et la cour centrale.

Le C1 n'avait pas été conçu pour la défense. Les zones d'ombre truffant les abords permirent à la jeune femme de parvenir au pied de l'enceinte. Des planches de pin martien s'alignaient jusqu'à des piliers en béton, surmontés d'une tignasse de barbelés. L'ensemble suffisait à se prémunir des bêtes sauvages. Cela ne faisait pas l'affaire de Marthe : il n'y avait même pas assez de place pour y introduire l'objectif d'un appareil photo.

Ses sinus se mirent à la démanger. Ce n'avait été qu'un relent infime et accidentel. À présent, *cela* s'infiltrait, provenant du sol, de l'enceinte, de partout. Une odeur étrange, mais qui ne lui était pas inconnue.

Soudain, Marthe s'immobilisa, comme des voix retentissaient de l'autre côté de l'enceinte.

« ... Les cendres sont une vraie calamité. Ça s'incruste partout. Le docteur aurait pu y penser...

— Faudrait déjà qu'il descende de sa tour d'ivoire.

— T'as raison. Le docteur, Maximilien ou le commandant, eux ne se trimballent pas des macchabées à longueur de journée.

— Je crache noir chaque soir, et je ne suis pas le seul. Et avec la presse en panne trois jours par semaine, l'équipe de nuit doit se farcir le broyage à la masse. Les gars se remplissent les poumons de poudre d'os.

— Un de ces jours, ils finiront par s'envoler.

— Rigole. N'empêche, on devrait réclamer de meilleures conditions de boulot.

— Là-bas, sur Terre, j'aidais à casser les grèves. C'est pas ici que je vais en causer une. »

Afin de suivre la conversation, Marthe s'était mise en marche. Soudain, un caillou roula sous sa chaussure. La discussion cessa, et la jeune femme se pétrifia. Un instant plus tard, un coup sourd retentit.

« Fous le camp, saloperie ! »

L'un des deux hommes avait flanqué un coup de botte contre la palissade. Marthe faillit pousser un soupir de soulagement. Elle s'accroupit, attrapa un autre caillou, et le lança au loin.

« Là, t'as entendu ? Il a détalé...

— Encore un truc à réclamer : organiser une chasse pour nettoyer les environs.

— Personne ne s'est fait mordre, ou quoi que ce soit. Mais ça détendrait peut-être les gars… »

Les voix s'éloignaient. Elles devenaient indistinctes lorsqu'elle entendit :

« … De toute façon, aucune bête ne pourrait trouver la trappe. Elles sont juste trop stupides. »

La jeune femme se retint de claquer des doigts. Il existait donc une ouverture en dehors du portail. Elle pariait que les deux hommes en revenaient. Elle remonta le long de l'enceinte. À présent qu'elle savait quoi chercher, elle ne mit que quelques minutes pour déceler une sorte de guichet pratiqué dans l'épaisseur de la palissade. Tout en laissant courir sa main autour de la rainure, elle fit défiler les paroles dans sa tête. Une hypothèse terrifiante émergeait. Voilà des semaines qu'elle germait en silence, dans un recoin de son esprit. À présent, la lumière l'inondait.

Ici, depuis plusieurs années, on planifiait dans le plus grand secret le massacre d'erloors. Son résultat était la production de lingots de composé-cavorite. La mauvaise qualité du composé s'expliquait par la nature clandestine de la filière. Le « matériel cavorique » était les ossements. Elle ignorait les tenants exacts. Quant aux aboutissants, ils ne laissaient aucun doute. Le C1 était bel et bien une mine.

Elle ne pouvait se laisser aller à l'émotion. Elle inspira longuement, puis sortit le couteau. La lame lui servit de pied-de-biche pour faire basculer le panneau. Ses doigts agrippèrent les bords enduits de graisse. Sa petitesse lui permit de s'introduire à l'intérieur. Elle aboutit derrière une des bâtisses, probablement un dortoir. Elle resta à l'abri un long moment, notant les trajets à travers le camp. En dehors des patrouilles régulières, les espaces étaient déserts, et un silence sinistre régnait. Marthe prit des photos en augmentant la durée d'exposition : les installations, mais aussi les tours de surveillance et le matériel. Puis elle remonta, toujours à couvert des bâtiments. Le semi-chenillé était garé derrière le portail, à côté de deux camions. Une odeur de chair bouillie planait au-dessus des lieux. Les dortoirs à erloors se trouvaient au milieu du camp. Aucun son n'en émanait, mais des éclairages électriques indiquaient qu'ils étaient occupés. Cette fois, des guérites interdisaient toute approche.

Mais ce n'était pas nécessaire. Marthe disposait de quoi attester l'existence d'un camp clandestin. Elle revint vers la trappe en s'efforçant de ne pas se presser : une négligence maintenant, et des mois d'enquête seraient réduits à néant. Du reste, après ce qu'elle avait entrevu, elle ne se faisait aucune illusion sur ses chances de survie en cas de capture. Ensuite, il lui restait à rentrer sans se faire intercepter. La voiture de Gaétan était rapide, mais elle ignorait la puissance des véhicules garés à l'entrée.

Malgré cela, elle faillit rater la trappe : une fois rabattue, celle-ci était invisible de ce côté-ci de l'enceinte. Il lui fallut une demi-heure pour la retrouver.

Elle se coula au-dehors et recala la trappe. Puis, après avoir essuyé la graisse sur le sol, elle regagna la voiture. À tout instant, une sirène pouvait se mettre à beugler, et les projecteurs balayer les abords. Une fois qu'elle eut refermé la portière et posé les mains sur le volant, ses muscles consentirent à se détendre. Elle se sentait en sécurité, enfin. Le chronomètre lui indiqua qu'il restait deux heures avant l'aube. Malgré son épuisement, le sommeil ne vint pas. Dans son cerveau revenaient en boucle les problèmes qui pouvaient survenir : une crevaison, une fuite d'essence… Elle ressortit et remonta jusqu'à la piste, mémorisant le trajet afin de pouvoir manœuvrer dans l'obscurité sans avoir à allumer les phares.

Le ciel rosissant la tira de son demi-sommeil. Le camp n'avait pas sonné le réveil, mais ce n'était sans doute qu'une question de minutes. Avec un juron adressé à elle-même, Marthe démarra. Rejoindre l'Araxe lui arracha un soupir d'aise. Là, elle put mettre les gaz sans alerter le camp.

Toute la journée, elle roula. Seule la crainte de surchauffer le moteur l'empêchait de garder le pied au plancher. Elle s'arrêtait toutes les deux heures, remplissait le réservoir et vérifiait les niveaux. L'un des pneus avait perdu une partie de son air. Elle n'attendit pas qu'il ait crevé pour le changer.

De temps à autre, elle se frottait le nez, comme pour en chasser une senteur incommodante. Mais cette odeur devenait de plus en plus forte à mesure que grandissait la perspective de croiser un convoi chargé d'amener des erloors à l'abattage. Que devrait-elle faire ? Prendre le fusil et tirer sur les conducteurs ? Ce serait stupide : seule, elle n'aurait pas une chance. On la tuerait, et l'existence du C1 ne serait jamais révélée. Tout continuerait comme avant. Mais l'angoisse la tenailla jusqu'à la jonction à la route d'Auroreville.

De la fumée commença à s'échapper et à embuer le pare-brise. Marthe eut beau arroser régulièrement le moteur et rouler au ralenti, rien n'y fit. La machine toussait et donnait de moins en moins de puissance. C'est avec soulagement qu'elle distingua un poste à essence le long de la route, sur sa gauche. Deux pompes en forme de sablier se dressaient sous une enseigne lumineuse *Jupiter*. Auroreville se trouvait à une journée. Dans ce genre d'endroit, il y avait toujours de quoi effectuer des réparations mineures.

Un coup d'œil sous le capot la fit déchanter. Cette fois, il faudrait plus qu'un serrage de joint ou quelques onces de graisse pour remettre la voiture en état de marche. La chance était avec elle : une ligne téléphonique reliait le poste à la ville. Marthe passa un coup de fil à l'école de Renée.

Le lendemain matin, son amie débarqua, flanquée d'un chauffeur. Ils avaient roulé toute la nuit. Marthe aurait préféré la voir arriver seule, mais l'institutrice ne savait pas conduire. Par ailleurs, expliqua-t-elle, le chauffeur lui était redevable à la suite d'un manquement, où elle avait été attaquée par des roomboos. Elle avait confiance en lui, et il semblait plein de bonne volonté. Il répara la voiture en un tournemain. Puis Renée le congédia de façon cavalière, avant d'embarquer dans la voiture de Marthe.

« Raconte-moi », dit-elle, comme la scientifique refoulait un sourire. Celle-ci prit son temps pour lui relater ses aventures depuis la dernière fois qu'elles s'étaient vues.

« Un camp où les erloors sont massacrés et leurs

squelettes récupérés, résuma Renée d'un ton incrédule. On dirait un cauchemar. Tu es sûre de toi ?

— J'ai des preuves.

— Que vas-tu faire ?

— D'abord, porter mes photographies à développer. Ensuite, j'irai voir le gouverneur, ou le commandement militaire d'Auroreville. Je leur montrerai mon dossier. »

54

Renée Manadier

Sept petits erloors se tenaient au fond de la classe, enveloppés dans leurs ailes comme des jambons dans un torchon – en tout cas, c'est ainsi que les élèves les avaient qualifiés. Cette fois, l'acceptation avait été immédiate. Ils écoutaient, les yeux mi-clos, silencieux au point que Renée se demandait s'ils ne dormaient pas la plupart du temps. C'était bien possible.

La disparition d'Ogloor avait plongé la classe dans l'inquiétude. Deux ou trois filles avaient versé des larmes. La rumeur de la disparition inexpliquée d'erloors atteignait donc jusqu'aux enfants. L'institutrice les rassura : Ogloor s'en était allé de son plein gré. À une question perfide du cancre de la classe, elle répondit que non, lui n'avait pas l'autorisation de quitter la classe selon son bon vouloir.

Un mot lui parvint de Marthe : elle était partie d'Auroreville pour un long voyage, sur la piste de la mine de cavorite fantôme. Cela remontait à une semaine. Une folie, sans aucun doute. Depuis lors, elle peinait à trouver le sommeil : la savante était sa seule amie en ce monde depuis le départ d'Ogloor. Les deux autres institutrices de l'école gardaient leurs distances. Quant au directeur, il la fuyait, subodorant que son arrivée résultait d'une disgrâce due à quelque infamie. Le mot était accompagné d'une pellicule utilisée. Renée l'avait aussitôt donnée à développer dans l'unique échoppe de photographie de la ville. Le résultat la laissait perplexe. On y voyait un civil, à l'entrée d'une caserne, en discussion avec un officier ; une drôle de voiture était garée à côté ; une grosse enveloppe changeait de mains, puis le civil rembarquait dans le véhicule bizarre. Elle rangea le paquet de clichés dans la table de chevet de sa chambre.

Les jours n'apportèrent aucune nouvelle de Marthe. Renée ignorait quand signaler sa disparition à la gendarmerie. Elle devait avoir suivi l'homme de la photo dans la voiture semi-chenillée pour découvrir son fameux camp. Sur le paquebot spatial, elle avait suggéré que celui-ci se trouvait dans un lieu secret, loin des agglomérations humaines.

Le jour où elle se décidait à se rendre à la gendarmerie, le directeur la convoqua. Les enfants venaient de partir, et elle avait raccompagné ses erloors jusqu'à la route. Comme à son habitude, elle les avait regardés prendre leur envol vers le centre-ville.

Des éclats de voix retentissaient derrière la porte du bureau. Perplexe, Renée saisit la poignée.

Les hommes et les femmes agglutinés autour du directeur tournèrent la tête à son entrée. Aussitôt, des sourcils se froncèrent et des bouches se tordirent. Sur la demi-douzaine présents, tous lui étaient inconnus à l'exception d'une femme en fichu noir : la mère du garçon qui avait frappé Ogloor, au début de ses cours.

« Voici mademoiselle Manadier, notre nouvelle maîtresse d'école.

— Monsieur le directeur ?... »

L'un des parents brandit l'index. Une cicatrice coupait sa mâchoire en biais, de la commissure jusqu'au menton, ouvrant sur une luisance d'ivoire. Un coup de griffe de roomboo, peut-être.

« Justement, on est venus pour avoir une explication. On n'est pas contents de votre façon de mener la classe ! »

Sans réagir à la provocation, Renée lança un regard interrogatif au directeur. Mal à l'aise, il humecta ses lèvres.

« Mademoiselle, cette délégation de parents d'élèves a tenu à exprimer ses préoccupations...

— Ce ne sont pas des préoccupations, mais de la colère ! reprit l'homme à la cicatrice. Nous ne tolérerons pas que nos enfants soient mélangés à des erloors du matin au soir.

— Vos enfants se sont plaints ? s'étonna Renée.

— Ils n'arrêtent pas de parler de vos erloors comme de simples camarades de classe. C'est inadmissible ! »

Renée feignit de ne pas comprendre.

« Pourquoi n'êtes-vous pas venus me voir au début ? Cela n'a semblé gêner personne.

— Vous avez raison, nous avons été trop magnanimes, intervint un autre parent. Vous arriviez de la métropole, on pouvait passer l'éponge pour une mascotte. Votre erloor familier était évolué, mais ce n'est pas le cas des autres. Eux, ce sont des animaux.

— Mon but est précisément de les élever, comme tout enfant qui m'est confié.

— Moi, je ne veux pas que le mien se fasse mordre.

— Personne ne se fera mordre dans ma classe.

— Que vous dites !

— Là n'est pas la question, reprit le parent à la cicatrice. La place des enfants est à l'école, celle des erloors dehors. Chacun la sienne, la hiérarchie doit être respectée. »

Face au silence persistant du directeur, Renée comprit qu'elle devait assurer elle-même sa défense.

« Enseigner aux erloors est la gloire de la nation. C'est le sens du progrès. Par ailleurs, je vous assure que l'enseignement de vos enfants n'en souffrira pas.

— Le progrès, nous y voilà ! clama la femme en fichu d'un ton triomphant. Vous venez chez nous, et vous voulez saborder l'Empire en donnant de mauvaises idées aux erloors.

— Si des erloors fréquentent l'école, qu'ils prennent garde à ne pas s'y brûler les ailes », renchérit l'homme à la cicatrice.

Le directeur se racla la gorge.

« Mesdames et messieurs, gardons-nous de paroles un peu lestes…

— Vous nous avez entendus. Que comptez-vous faire ? »

Renée avait conscience de ne pouvoir mener ce combat seule contre tous. Le directeur ne la couvrirait pas si une lettre au rectorat était envoyée. Elle n'en craignait pas les conséquences pour elle-même : ce qui arrivait à cent cinquante millions de kilomètres de Paris n'émouvrait guère le ministère. Mais pas question de mettre ses élèves erloors en danger. Ceux-ci étaient les rejetons de couples de domestiques erloors dont les familles avaient accepté qu'elle leur prodigue son enseignement. Qu'un seul soit fouetté ou battu après l'un de ses cours, et c'en serait fini de son expérience.

Malgré son mécontentement, elle s'efforça de garder un ton conciliant.

« Il est trop tôt pour faire une classe mixte. Puisque mes erloors vous posent problème, je propose d'enseigner hors des horaires.

— Et hors de la classe, renchérit la mère de la petite brute.

— Ce qui se passe en dehors des cours ne regarde que moi », rétorqua Renée, après avoir attendu une seconde une réaction du directeur.

Les doléances prises en compte, la réunion n'avait plus lieu d'être. La délégation prit congé. Renée ferma la porte derrière eux.

« Avez-vous quelque chose à me dire, monsieur le directeur ? »

L'homme tentait de dissimuler sa gêne.

« Je transmettrai votre requête au rectorat, pour faire classe aux erloors, bien sûr…

— Inutile.

— Pardon ?

— Je ne demande rien. Je ferai classe quoi qu'il arrive, ou vous entendrez parler de moi.

— Je ne vous permets pas…

— Vous devriez décrocher. »

Il la regarda, avant de se rendre compte que le téléphone sonnait. Il saisit le combiné.

« Mademoiselle Manadier ? dit-il, comme Renée s'apprêtait à sortir. C'est pour vous. »

Elle n'eut pas à convaincre le chauffeur de la conduire hors d'Auroreville, au lieu de la raccompagner chez elle. Depuis l'attaque des roomboos, le jour de la panne d'automobile, il se donnait beaucoup de mal pour se faire pardonner. Renée s'était aperçue à cette occasion qu'il était amoureux d'elle. Tout d'abord, elle ne s'était pas sentie flattée. Plutôt agacée : elle n'avait rien demandé, et avait des tas de choses en tête. Petit à petit, cependant, elle s'était mise à le regarder. Elle devait lui reconnaître un certain charme, du moins après avoir gratté son épaisse couche de gaucherie. Il adorait la mécanique et rêvait de devenir pilote. Il expérimentait diverses améliorations de son invention sur son taxi. Cela expliquait la fréquence des pannes.

Elle retrouva son amie à la station d'essence. Son menton reposait sur ses bras, croisés sur le volant d'une voiture. Elle parut étonnée de la voir. Le chauffeur se plongea dans le moteur avec enthousiasme, armé d'une panoplie d'outils qu'il gardait dans son coffre.

Une heure plus tard, les deux voitures roulaient vers Auroreville. Renée était montée dans celle de Marthe, laissant le pauvre chauffeur rentrer seul. Elle lui dit à peine au revoir, mais se surprit à éprouver du réconfort à l'idée de le revoir, le lendemain.

Le récit de son amie la sidéra. Le reste du voyage s'effectua dans un morne silence. La voiture s'arrêta devant chez Renée. La jeune femme lui remit les photos.

« Je vais m'occuper de ce camp, déclara Marthe.

— Comment ?

— Je me débrouillerai. Et toi, vas-tu chercher Ogloor ?

— J'ai rendu Ogloor à Mars, ce n'est pas pour l'enchaîner à moi. Une fois que tu auras démantelé ce fichu camp, il aura la paix.

— Moi pas. Dès cette affaire réglée ici, je rentrerai sur Terre et j'essaierai d'alerter les gens sur ce qui se passe. Je dois veiller à ce qu'une telle horreur ne se reproduise jamais. L'*Avenir* a fait escale dans les grandes colonies martiennes, il revient bientôt à Auroreville et repart dans un mois vers la Terre. Tu m'accompagnes ?

— Mars est chez moi, maintenant. Non, je reste ici. »

55

Ogloor et Aknood

À chaque coup d'ailes, la ville s'enfuyait. Le paysage déchiqueté l'engloutissait tel un yack dix-cors s'abîmant dans un marécage. Ses lignes droites, ses lucioles figées se fondaient dans l'obscurité. Un air froid et vif rugissait. Les odeurs omoos s'étaient évaporées, à cette hauteur il n'en restait rien. Leur monde ordonné n'existait plus. À la place, la nature s'étendait en tous sens.

Renée avait prononcé des mots qui l'avaient libéré. *Tu n'es pas obligé d'aller à l'école si ce n'est pas ce que tu veux. En fait, tu peux partir à ton gré.* Il avait été cloué au sol tant d'années… Ses muscles ne possédaient plus leur force d'autrefois, mais il lui semblait qu'il pourrait passer le reste de sa vie en l'air, sans jamais atterrir. Ses ailes brassaient la nuit. Les vents sifflaient leur berceuse, et il continuait, ensorcelé, changeant de courant de façon réflexe. Des nuages dissimulaient Imtu-ju-Onuu à sa vue. Cela le convainquit qu'il avait eu raison de partir.

L'étoile du Désastre a accepté sa défaite.

Au blêmissement de l'aube, il descendit boire au creux d'une petite vallée. Bien que recru de fatigue, il reprit l'air. Son regard s'attarda sur un troupeau d'alookoos, encerclé par des pieuvres voraces. Ils s'étaient aventurés dans la lande humide pour brouter des fleurs de joncs cramoisis.

Ogloor se contenta de décrire des cercles depuis les hauteurs, dans l'attente que la chasse s'achève. L'altitude lui permit d'admirer la manœuvre des pieuvres, qui laissaient le troupeau s'écouler. Cinq alookoos, attrapés au passage, se retrouvèrent ligotés par leurs longs bras, et implacablement étranglés. L'un d'eux n'était assailli que par trois pieuvres. L'erloor piqua sur lui. Il claqua des crocs pour effrayer les prédatrices. Là, il put se régaler au cou de la bête. Le sang violet coula dans sa gorge. Ses narines frémissaient d'un parfum de rouille. Il sentait le cœur de la proie écumante battre encore.

C'est à peine s'il se rappela avoir repris l'air. Il volait avec nonchalance, avec une prédilection pour les vents de grande portance. Les omoos devenaient tristes et craintifs à l'approche du soir. Il l'avait aussi remarqué chez Renée. Ils ne se donnaient pas la peine de s'ouvrir au monde. À quoi bon écouter les mille chants des insectes, quand on pouvait les anéantir d'un claquement de doigts ? À quoi bon écouter les confidences des vents, quand on pouvait fendre les airs sans même posséder d'ailes ? Ce ne pouvait être mauvais, sinon les dieux n'auraient pas envoyé les omoos sur Grah-ju-Mangal. Était-ce bon pour autant ? Il ne parvenait pas à le savoir. La réalité des omoos lui échappait. Ils criaient à longueur de journée ; ils se voulaient bons, et causaient souvent du mal ; ils mangeaient des animaux qu'ils ne tuaient pas eux-mêmes. Ils n'entendaient même pas le clappement des coquilles de kotarras. Tout cela les rendait semblables à des enfants. Mais des enfants pourvus d'une puissance redoutable.

Une montagne en forme de crâne de roomboo bosselait l'horizon. Ogloor l'entendit lui souffler :

N'entends-tu pas s'achever le règne erloor sur Grahju-Mangal ? Il y a longtemps, vous possédiez de larges ailes. Puis vos ailes ont rétréci, en punition d'une faute que vos pauvres crânes à vous, erloors, ont oubliée. Faoom ! Le règne omoo est arrivé. Voilà les nouveaux souverains des airs. Faoom ! Ils ont écrasé le Temps, et tous les erloors périront. Et les demi-dieux se repaîtront de leurs ossements. Faoom !

De telles pensées le tourmentaient souvent. Cette fois-ci, elles coulèrent sur lui comme la pluie sur le cuir de ses ailes. Tout cela était sans doute vrai. Lui, en cet instant, se riait du sort. La plus belle des erloores avait été sa partenaire. Un monstre de fer l'avait transporté jusqu'à l'étoile du Désastre ; il avait marché à sa surface, et il en était revenu. Il s'était fait d'une déesse une amie. Comment pouvait-on ne pas déborder de reconnaissance ?

Des villes au lointain brisaient la solitude. Il changeait alors de direction. Le levant charriait des senteurs de sève : une vaste forêt de hêtres rouges s'étendait par là. Plusieurs jours durant, il rôda au pied d'un barrage de montagnes basses. Lorsqu'il se décida à les franchir, la forêt parut soudain, occultant tout le versant opposé. Les arbres immenses tendaient leurs bras tordus vers le ciel, avec leurs frondaisons violet et pourpre, chaque feuille aussi vaste que dix peaux de yack cousues ensemble. Ogloor ne chercha pas à s'y arrêter. La végétation grouillait d'espèces aussi dangereuses que celles des marais, connues des seuls indigènes. Or, il n'avait pas envie d'incorporer un clan. D'ailleurs, les erloors sylvestres ne l'adopteraient jamais. Leur langage et leurs coutumes différaient trop.

Une nuée de coléoptères s'éleva d'un grand arbre, dans une spectaculaire explosion de couleurs. Ogloor repéra les diaprures de leurs élytres. Il prit le large : s'il se faisait prendre, les insectes le décharneraient vif.

Le jour mourut au-dessus des nuages. Une lueur rougeâtre traîna, mélancolique, accompagnée d'appels de roomboos. Au firmament, les deux lunes le regardaient.

Il plana jusqu'à une colline. Là, une cavité l'accueillit. Ogloor griffa le tapis de mousse afin de vérifier l'absence de piège. Il se blottit pour la nuit, balançant entre torpeur et sommeil. L'aube le trouva néanmoins rasséréné. Le soleil, par sa clarté, précisa le relief : de grands escarpements contenaient la forêt et ses brumes. La roche, au couchant, était gris-rouge et sentait le fer, tandis que devant lui la terre jaune exhalait des parfums de bitume.

Les omoos n'avaient qu'à tourner une tige de métal pour que l'eau coule tout de suite, pure et claire. Ici, l'eau se gagnait. Ogloor ne prenait pas le risque de s'abreuver aux ruisseaux, qui obligeaient à s'enfoncer dans les bois. Les étendues étales avaient sa préférence. Il déployait la membrane de son aile à la surface, puis ramenait à lui le liquide le plus décanté.

Un instinct le poussait vers le sud. Il n'aurait su l'expliquer. Succédant aux vallées humides, les marais réapparurent. L'un d'eux, bouché de roseaux, laissa échapper deux erloors qui prirent l'intrus en chasse. Ogloor s'étonnait : les erloors les plus acharnés à défendre leur territoire s'étaient révélés les premières victimes des omoos. Aujourd'hui, il n'y en avait presque plus. Ceux-là en faisaient pourtant partie, à en juger par les rauquements menaçants qui s'élevaient jusqu'à lui. Ogloor ne chercha pas à éclaircir la situation. Il fila à tire-d'aile.

Il capturait des rongeurs dans les herbes dures, qu'il dévorait ou dont il suçait le sang, et se repaissait de champignons, peu nourrissants mais qui lui bourraient l'estomac. Sans cesse, son instinct le remettait sur la piste de son nid. Tel col, telle forêt, telle langue marécageuse lui indiquait le chemin à prendre. Trois montagnes surgirent, qui constituaient selon un certain alignement l'échine d'un yack. Elles avaient formé une limite au-delà de laquelle les erloors de son clan ne s'aventuraient jamais, de crainte de déclencher une guerre.

L'accablement le força à se poser. Il se restaura d'insectes et de petits crabes de souche : il ne pouvait se montrer difficile. Cela fait, il se remit en route. Le gibier abondait, signe qu'aucun clan n'avait pris possession du territoire laissé vacant par la disparition du sien.

Un bosquet de noisetiers servant de repaire à des araignées des marais marquait l'entrée de la grotte du clan. Ogloor poussa un long cri et atterrit. La terre lui sembla plus sèche sous la plante de ses pieds. Aucun sifflement ne l'accueillit. L'air était immobile, les vents eux-mêmes avaient déserté le nid.

Quelques reliques jonchaient le sol : des débris de

glaise séchée, dans laquelle on enfermait la viande de pieuvre pour la préserver plusieurs jours ; des bribes de lianes griffues entortillées, que des erloors se fixaient à la cheville pour adresser tel message à un partenaire. Mais aucune dépouille. Il se souvenait que les omoos qui l'avaient fait prisonnier ne les avaient pas emportées, mais les charognards avaient accompli leur besogne.

Il pénétra dans la grotte d'un pas harassé, puis leva la tête. La pénombre était presque totale. Le sang afflua à ses prunelles. Il reconnaissait chaque stalactite, chaque anfractuosité où l'on s'agrippait avant de s'envelopper dans ses ailes et de s'endormir, dans la chaleur réconfortante du clan. La voûte était inoccupée. Il subsistait des traces de sang ancien répandu. Elles l'obligèrent à rabattre les petits clapets qu'il possédait sur les narines.

Soudain, il les rouvrit. Parmi les odeurs, une se distinguait. Un instant, il crut avoir capté Aknood parmi les senteurs fantômes. Celle-là venait d'être émise. Or, le clan avait disparu, la grotte était vide. Comment se faisait-il…

Il gonfla les poumons et modula un son intime, connu seulement d'Aknood.

Un son identique lui répondit.

Un instant plus tard, une forme fondue jusqu'alors dans le décor se décrocha, pour planer jusqu'à lui.

« Aknood ! »

Ogloor voulut continuer à parler, mais ses mâchoires grincèrent à vide. Dans son esprit, les mots omoos avaient fini par se mélanger aux mots erloors. C'étaient comme des larves qui grouillaient. Des pensées qu'il n'aurait jamais eues avant s'étaient formées en lui. Il ne le regrettait pas : les omoos savaient projeter leurs pensées comme des cailloux, loin au-devant. Des pensées agréables, d'autres moins agréables. Renée lui avait affirmé qu'il ne fallait jamais regretter de penser, et il la croyait. Mais face à Aknood, là, tout de suite, les mots omoos ne lui servaient à rien. Sa compagne les rendait inutiles. Il n'en existait pas pour qualifier la texture particulière de ses ailes, ni le *gaatan-ilh*, le souffle carné vivifiant qui s'exhalait d'entre ses crocs.

Aknood eut un sifflement ravi. Ses ailes le recouvrirent en un geste d'affection, puis elle se plaqua contre lui. Longtemps, ils demeurèrent agrippés l'un à l'autre.

Ogloor se décolla et lui demanda si leurs enfants avaient survécu. La réponse le fit gémir. Aknood le consola. Elle avait eu le temps d'accepter leur perte, et à présent elle songeait à l'avenir avec lui.

Plusieurs jours, ils restèrent dans la grotte. Ils n'en sortaient que pour se nourrir. Il constata qu'Aknood avait beaucoup changé. Elle portait de multiples marques. Des cicatrices de coups de fouet et de trique, nombre de bosses et de coupures. Pas tellement plus que ce que les proies et les erloors de clans adverses pouvaient infliger ; cependant, elle ne prodiguait plus ces menus gestes d'affection insouciante de jadis. Une grande peine saisit Ogloor à l'idée que quelque chose s'était desséché en elle. Le contact des demi-dieux avait cet effet-là, impossible d'y échapper.

Aknood raconta ce qu'elle avait vécu dans le camp erloor. Après son évasion, une force inconnue l'avait conduite jusqu'à la grotte, la même qui avait mené son compagnon vers elle. Elle maîtrisait moins le langage omoo qu'Ogloor, au point qu'il se demanda s'il comprenait réellement ses paroles. À moins que son esprit n'ait été atteint par des années de mauvais traitements ? Cela arrivait souvent. Sur Imtu-ju-Onuu et à Auroreville, il avait vu des erloors incapables de voler alors que leurs ailes étaient intactes, parce que le vent avait volé leur esprit. Toutefois, les informations qu'elle lui fournit possédaient la force de la vérité. Aknood n'aurait su inventer une telle histoire.

Son récit eut une conséquence inattendue sur elle. Les souvenirs qu'elle avait ravivés la mirent en grande agitation. Soudain, un grand calme l'envahit. C'est comme si les mots prononcés avaient emporté avec eux le poison des souvenirs eux-mêmes.

Il lui narra son propre périple sur le monde des omoos. Même s'il avait moins souffert en comparaison, cela lui procura le même sentiment de libération. Son cœur était content. Avec Aknood, il était redevenu entier.

« Nous voici réunis, déclara-t-elle. Je peux de nouveau porter nos enfants. Ensemble, nous rejoindrons un clan. Mais nous devrons beaucoup voyager, car je n'en ai trouvé aucun dans les parages.

— Je n'en ai pas trouvé non plus.

— Je veux voyager avec toi.

— Moi aussi. »

Ils ne connaissaient pas Grah-ju-Mangal en dehors des abords du nid, ainsi que des lieux où les omoos les avaient emmenés. Ogloor avait envie de s'enfoncer dans l'inconnu, au-delà des Grands Marais qui constituaient, d'après les clans d'ici, tout ce qu'un erloor devait connaître du monde. Ils quitteraient la région à jamais, loin du camp où les erloors étaient transformés en fumée. Si aucun ne leur convenait, ils créeraient leur propre clan, là où le ressac des vents les rejetterait. Une nouvelle odyssée débutait, dans laquelle les omoos ne prendraient aucune part.

« Tu ne reverras plus Renée, fit remarquer Aknood.

— Je sais. Sans elle, je ne t'aurais jamais retrouvée. » Il s'approcha, et son aile membraneuse caressa l'aile de sa compagne, le geste le plus délicat qu'un erloor puisse procurer à un autre. « Je garderai son nom, tout au fond, là où le Temps reste rond comme une baie de guul. »

56

Cavorite

UNE NOUVELLE PATHOLOGIE MENTALE

Chacun connaît ce trouble nerveux qui consiste, chez certains sujets à l'imagination exaltée, à ingérer de la cavorite. Il procède d'une confusion entre l'élévation physique et l'élévation spirituelle. À l'évidence, ces personnes auraient été mieux inspirées de remettre les pieds dans une église. Une nouvelle pathologie mentale, comme disent les médecins experts en psychiatrie, a créé la sensation au tribunal de Paris, lors de la dernière séance. On y jugeait M. Anselme Robid, un individu de trente-neuf ans.

Jusqu'à ce jour, la justice n'avait jamais entendu parler de lui. Le développement à outrance des lignes de communication, l'ouverture des voies aériennes aux voitures et aux paquebots, les réseaux de câbles électriques ont produit sur l'esprit impressionnable de M. Robid un effet prodigieux. Un matin, il n'a plus supporté d'être immobile. Il lui fallait absolument se déplacer, de façon permanente, afin de « participer au mouvement du monde ». Il a pris sa voiture et a roulé jusqu'à Lyon. Là, le réservoir et le porte-monnaie à sec, il a volé de l'essence dans un garage, se rendant coupable de son premier délit. Poussé par son démon, il a roulé pendant des jours, sans but précis. Enfin, il a tenté d'embarquer clandestinement sur le S.S. Alcantara, *un paquebot aérien britannique en escale au port de La Rochelle. Il a été découvert, accroché à l'une des chaînes d'amarrage, épuisé, entre ciel et quai. Pour son plus grand bonheur, son voyage s'est poursuivi à l'intérieur d'un fourgon de police, puis dans une ambulance à destination d'une institution psychiatrique. À la barre, M. Robid a déclaré accepter sa condamnation à des soins intensifs, « à la condition que l'asile soit monté sur roues ou sur un dispositif à lévitescence ».*

Léon Périgaud – *L'Écho de Paris*,
28 septembre 1915

57

Marthe Antin, Marcel Chery

Tout de suite, elle se rendit compte que ses chances de s'entretenir avec le gouverneur avoisinaient zéro. À l'Hôtel général, une armée de secrétaires et de commis avait édifié un véritable barrage autour de lui. Le fonctionnaire qu'on lui indiqua à l'accueil exigea qu'elle lui remette le dossier afin de l'examiner. Tandis qu'il parlait, Marthe remarqua que son regard la fuyait. Non seulement elle n'obtiendrait rien de lui, mais le risque que son dossier s'égare malencontreusement lui apparaissait flagrant. Certains documents n'existaient qu'en un exemplaire, elle ne pouvait se permettre de les perdre.

Le fonctionnaire tendait la main :

« Laissez-moi votre dossier, je verrai ce que je peux faire.

— Je le remettrai en main propre à monsieur le gouverneur.

— Cela passe obligatoirement par moi. Donnez-le-moi maintenant, ou vous ne verrez jamais Son Excellence. »

Elle ne se laissa pas impressionner.

« Tant pis.

— Une minute. Écoutez, j'étudierai votre dossier ce soir.

— Non, merci. Adieu.

— Quel est votre nom, au moins ? »

Elle reculait vers la sortie de l'Hôtel général. Ignorant les appels de plus en plus pressants, elle dévala les marches. Elle manqua de bousculer une vieille dame chargée d'un yorkshire. La dame lui décocha un regard noir, qui se mua en une bordée de reproches quand Marthe fit mine de l'ignorer.

Elle se retourna plusieurs fois, afin de vérifier qu'on ne la suivait pas. Ce n'était pas le cas, mais la suite l'inquiétait. Il lui restait un recours : le commandant militaire de la colonie. Il possédait un bureau officiel à Auroreville. Peut-être était-il impliqué dans l'existence du camp, auquel cas autant se jeter dans la gueule du loup. Mais quel espoir lui restait-il d'arrêter les activités criminelles ? Rentrer sur Terre et tenter d'alerter les journaux réclamerait des mois, plus probablement un an ou deux. Le devoir lui imposait d'agir sur-le-champ.

Elle n'eut pas à remonter longtemps l'avenue Arago : le bâtiment administratif de l'armée surgit devant elle – ou plutôt derrière d'épaisses grilles.

Elle s'attendait à devoir justifier dix fois de son identité comme de ses intentions, mais cela se révéla plus rapide qu'à l'Hôtel général. Elle comparut devant un Marocain de petite stature, à l'uniforme impeccable. Il l'interrogea de façon un peu théâtrale, mais sembla prendre son histoire au sérieux. Pendant qu'il parcourait le dossier, le regard de Marthe s'attarda sur un portrait en pied d'un général. Finalement, l'officier referma le dossier.

« Mon commandant a été compagnon de combat du général Mangin, expliqua-t-il. Il lui est resté fidèle. Le général Pétain le lui a fait payer en l'envoyant ici, sur Mars. Mais mon commandant ne se plaint pas. Mars est un joyau. »

Marthe s'efforça de contenir sa fébrilité.

« Et vous l'avez suivi jusqu'ici ?

— La réputation du commandant Pélisson n'est pas usurpée. Il sait juger les hommes. »

Il n'avait pas ajouté « Et les femmes », mais Marthe comprit à sa réponse qu'il acceptait qu'elle rencontre son commandant. L'allégresse l'envahit, et elle dut la refouler pour ne pas la laisser percer. Elle suivit l'officier d'ordonnance jusqu'à une antichambre. Deux sabres s'entrecroisaient sur un mur. Il lui indiqua l'un des sièges tapissés, disposés autour d'une table à plateau. Puis il s'absenta. Une fenêtre haute semblait donner sur une ruelle, ce n'était pas sûr. La jeune femme songea à se lever pour aller lorgner au-dehors. Au bout de deux minutes à peine, un officier entra dans la pièce.

Le commandant évoquait son modèle tel qu'elle l'avait observé sur le tableau : un homme épais au nez proéminent, dont les cheveux drus et noirs contrastaient avec un teint cireux. Sous son regard, elle se sentit devenir toute petite, et dut se cabrer intérieurement.

Il tenait le dossier à la main, sans l'avoir ouvert. Le doute s'empara de Marthe, et elle se leva. Il lui fit signe de se rasseoir.

« Mon ordonnance m'a informé que vous désiriez

me parler d'une situation critique pour la sécurité de la nation. »

Marthe déglutit. Elle entreprit de raconter, résumant les épisodes qui n'étaient pas susceptibles d'intéresser le soldat. Néanmoins, sous l'impassibilité, elle percevait son manque d'intérêt.

Une servante arriva, chargée d'un plateau. Elle devait avoir le triple de l'âge de Marthe et marchait à pas menus, engoncée dans une jupe et une camisole brun-rouge, la chevelure ramenée sous un bonnet. Un service à thé cliquetait sur le plateau gravé de fils d'argent et de cuivre. Marthe dut résister à son impulsion d'aider la femme. Le commandant eut un sourire incongru.

« Ne vous inquiétez pas. Ma brave Soazig serait capable de vous porter sur un champ de bataille. Pour servir le thé arabe, rien ne vaut une bonne Bretonne. Veuillez poursuivre, je vous prie. »

Pendant son récit, la servante fit couler le liquide ambré dans les tasses, en levant très haut la théière, comme pour respecter un mystérieux cérémonial. Puis, elle brisa un pain de sucre au moyen d'un minuscule marteau en bronze. Le thé parfumé à la menthe rendait la boisson agréable malgré l'abondance de sucre.

Le commandant écoutait l'histoire de Marthe, lampant ses gorgées en silence. Soudain, il se raidit.

« Pouvez-vous répéter ce que vous venez de dire ?

— Le centre est protégé par des tours armées de mitrailleuses. Il abrite une petite caserne…

— Avez-vous pu dénombrer leurs effectifs ?

— Je suis désolée, c'était la nuit. D'après la taille de la caserne, ils doivent se compter par dizaines.

— C'est intolérable ! »

Il se leva d'un coup, fulminant, puis s'aperçut qu'il tenait toujours sa tasse. Il la reposa avec une délicatesse qui trahissait sa fureur contenue.

« Vous comptez donc intervenir ? s'enquit Marthe en se levant à son tour.

— Intervenir ? Bien sûr que oui, et tout de suite ! Sans ma permission expresse, il ne peut y avoir d'individus armés de mitrailleuses sur mon territoire. Encore moins un camp non répertorié.

— Et les erloors ?

— Ceux que nous trouverons seront libérés sur-le-champ. »

Il paraissait peu intéressé par la nature des activités du centre : que l'on y extermine des erloors ou que l'on y cultive du pavot était secondaire. Mais l'objectif de Marthe était atteint.

L'opération fut fixée pour dans trois jours, le temps de préparer l'expédition. Pélisson accepta la présence de Marthe du bout des lèvres, sans lui fournir toutefois de détails. Le jour dit, elle arriva devant la caserne avant l'aurore. Le convoi de camions militaires était prêt à partir. Le commandant grimaça sitôt qu'il l'aperçut. Marthe comprit qu'il aurait préféré qu'elle ne vienne pas, mais il laissa son ordonnance la guider jusqu'à un véhicule. Celui-ci l'aida à grimper dans la voiture radio.

« Là, nous sommes certains que vous saurez montrer votre utilité. »

Elle n'eut pas à le faire : tout le temps du trajet, l'officier radio ne la laissa pas approcher de l'appareil, sinon pour confirmer l'itinéraire à la voiture de tête. La jeune femme en fut réduite à observer le paysage. Elle se remit à prendre des photos lorsque les forêts de hêtres rouges apparurent au loin.

Alors qu'ils approchaient de la destination, Pélisson lui permit de le rejoindre dans le véhicule de tête. Ils n'étaient plus qu'à quelques kilomètres de la voie de traverse menant au C1.

Au volant, l'ordonnance poussa une exclamation.

« Qu'est-ce que… ?

— Quoi donc ?

— Ces nuages bizarres. »

Le convoi ralentit, avant de s'arrêter complètement. Un pressentiment funeste étreignit Marthe. Sur la gauche de l'Araxe, un épais pilier de fumée noire s'élevait derrière un col. Des traces sombres dans le ciel indiquaient que le phénomène durait depuis des heures. Quelque chose d'énorme et d'étendu brûlait.

Une volée d'imprécations jaillit des lèvres de Pélisson : il avait à son tour saisi la situation. Durant le quart d'heure nécessaire pour arriver sur les lieux, le commandant ne cessa de houspiller son ordonnance, puis, une fois qu'il eut sauté de voiture, tous les soldats qui passaient à portée.

La palissade tenait toujours debout, du moins sa plus grande partie. Le portail avait été abattu, et les miradors incendiés. Les soldats se déployèrent à travers les ruines. Des sifflets retentirent, indiquant qu'il n'y avait plus âme qui vive. Marthe s'avança. Il ne restait plus rien des édifices en bois. En revanche, les bâtisses en dur avaient moins souffert. Les soldats de Pélisson entraient et sortaient, criaient leur rapport à leur officier supérieur. Il avait plu le matin, car l'air était imprégné d'une odeur de cendres mouillées. À l'arrière-plan, le remugle qu'elle avait senti la première fois perdurait, mais beaucoup plus atténué. D'ici quelques semaines, il aurait totalement disparu. Et le reste du camp ne tarderait pas à suivre. C'est pourquoi elle recommença à prendre des photographies. Elle devait constituer des archives.

Son esprit analytique, celui dont Peretti avait été le plus fier à son égard, lui disait que la guerre était gagnée. Le camp avait été détruit, les coupables mis hors d'état de nuire. Cependant, elle ne parvenait pas à se détacher d'un sentiment d'échec. Celui-ci s'accrut lorsqu'elle courut jusqu'à la bâtisse où les erloors étaient massacrés. On avait versé de l'essence sur les machines du local de préparation des dépouilles, il n'en restait qu'un agglomérat de ferraille noircie. Quant au local lui-même, elle n'osa d'abord y pénétrer. Elle arma son appareil photo, inspira une longue goulée d'air, et prit quelques clichés sans regarder. Plus tard, au développement, elle verrait.

Le pavillon administratif se trouvait à l'entrée du camp. Du moins ce qui en restait : il avait été soufflé par une explosion qui avait abattu le premier étage sur le rez-de-chaussée. Une main crochue, comme désarticulée, dépassait des gravats, entre des poutres calcinées dont certaines fumaient encore. Marthe s'approcha en tâchant de ne pas se tordre une cheville sur un bloc. Une fois accroupie, elle retira quelques débris jusqu'à ce que le visage de la victime émerge. Elle n'eut aucune peine à le reconnaître.

Elle saisit son appareil, effectua la mise au point, et appuya sur le déclencheur.

Il restait une heure avant la nuit. Marcel mettait ses papiers en ordre dans son bureau. Il avait pris le café avec Cazal, devisant avec lui des possibilités d'extension du camp. Le commandant de la garnison souhaitait également faire un grand nettoyage à l'acide chlorhydrique : la salle d'ébouillantement sentait si mauvais que les erloors, même dans leur état diminué, paniquaient sitôt qu'ils entraient dans le camp, et qu'ils étaient difficiles à canaliser par la suite. Cela ralentissait la production, et mettait ses hommes mal à l'aise. Marcel avait répondu que la nuit lui porterait conseil, et Cazal l'avait mal pris. En réalité, Marcel ne mentait pas. Il n'aspirait qu'au repos.

Le bruit familier de la voiture de Maximilien lui fit à peine lever la tête. Une heure peu ordinaire pour revenir d'Auroreville ou de l'usine de conditionnement de cavorite, mais cela ne l'alarma pas. Ce n'était pas la première fois qu'ils devaient gérer une crise et, en pareil cas, ce ne serait pas la dernière. Derrière la fenêtre, le jeune homme fonçait vers la caserne sans avoir pris le temps d'ôter ses gants de conduite.

Marcel fronça les sourcils. Hubert apparaissait en compagnie d'Ignace, le frère de Maximilien. Celui-ci était de retour, flanqué du commandant Cazal. Ils se rejoignirent dans la cour centrale, et leurs éclats de voix parvinrent à Marcel. Cette fois, il y avait du nouveau : l'inimitié entre son assistant personnel et l'administrateur du C1 n'avait cessé d'augmenter ces derniers temps, au point qu'ils évitaient de communiquer. L'urgence devait être vitale, pour qu'ils acceptent de se parler ainsi.

Il ne tarderait pas à être fixé : les trois responsables se dirigeaient vers son bureau, tandis qu'Ignace repartait en courant vers la voiture.

Il leur ouvrit la porte.

« Maximilien, vous voilà déjà. Des nouvelles d'Auroreville ?… Mauvaises, à ce que je devine.

— L'un de mes agents m'a télégraphié, docteur. Il ne m'a rien dit, de peur que son message soit intercepté. Nous nous sommes rencontrés à mi-chemin.

— Eh bien ? » s'impatienta Marcel.

Maximilien croisa les bras sur sa poitrine.

« Le centre a été découvert. Pire : notre système de production a été mis au jour. Une femme est venue chez le gouverneur avec un dossier qui contient des photographies, des documents confidentiels, tout !

— C'est une plaisanterie, j'espère.

— Mon contact a essayé de l'intercepter, sans succès. Le lendemain, quelqu'un d'autre m'a informé que Pélisson a eu le dossier entre les mains. »

Cazal sursauta.

« Pélisson ? Dans ce cas, c'est foutu.

— Pourquoi ? questionna Marcel.

— Pélisson est une rosse, mais il est inflexible. Aujourd'hui, il doit déjà être en route, à la tête de ses troupes. Je vous rappelle que nos activités n'ont aucune existence légale. Elles vont à l'encontre de tous les accords passés avec la métropole.

— Nous négocierons…

— Négocier reviendrait à reconnaître que nous exterminons des erloors. Ça n'arrivera pas. Nos têtes à tous sont en jeu. »

Marcel contempla Hubert, éberlué qu'il garde le silence. Pourquoi ne défendait-il pas son centre ?

« Alors, il faut évacuer, décida Maximilien. Si nous en avons encore le temps.

— Envoyons quelques hommes en amont, pour qu'ils retardent le convoi de Pélisson. Nous prendrons ce que nous pourrons, et nous emménagerons ailleurs.

— Il faudrait cinquante camions, et un bon mois pour tout préparer, rétorqua Maximilien. Pélisson sera là dans quelques jours. C'est fini. »

Les deux derniers mots résonnèrent dans l'esprit de Marcel à la manière d'un gong. À peine entendit-il Cazal évaluer le temps dont ils disposaient pour disperser ses hommes dans diverses implantations éparpillées à travers Tharsis. Ils avaient juste assez de véhicules et de remorques sur place pour cela. Ils devraient abandonner tout le reste, c'est-à-dire le détruire. Il ne devait pas subsister de traces utilisables contre eux.

« Combien reste-t-il d'erloors sur pied ? demandait Maximilien.

— Soixante d'après les registres, répondit Hubert sans une seconde d'hésitation.

— Libérez les plus valides, en les effrayant assez pour qu'ils ne reviennent jamais. Cela ne devrait pas poser de problème. Liquidez les autres d'une balle dans la nuque, et entassez-les dans la salle de préparation des ossements. Nous incendierons l'endroit. »

Le monde s'écroulait autour de Marcel.

« Vous ne pensez pas que vous réagissez avec excès, tous ? Certes, le centre est compromis. Mais l'organisation peut être reconstituée dans le futur. Si nous...

— Excusez-moi, docteur, le coupa sans ménagement Maximilien. Nous discuterons de projets d'avenir plus tard. Maintenant, nous devons parer au plus pressé et raser cet endroit. »

Hubert faillit intervenir, mais l'autre le fit taire d'un geste. Curieusement, l'assistant obéit. Marcel fronça les sourcils, mais les événements le touchaient trop pour qu'il s'attarde à ce détail.

L'administrateur donna des ordres à Cazal. L'officier salua, avant de sortir au trot.

« Le C1 a vécu, docteur, reprit Maximilien d'un ton plus doux. Travailler sous votre direction a été intéressant. Mais comme je l'ai dit, c'est terminé.

— J'ai compris. Mais ma tâche est essentielle, vous en avez conscience. Quand pourrai-je la reprendre ?

— Pas avant des années, je le crains.

— Que ferai-je, pendant ce temps ?

— Nous nous occuperons de vous.

— Alors, je vais devoir vivre à nouveau caché ? Un paria, comme sur Terre, mais ici, sur cette foutue planète ?

— Vous devrez prendre votre mal en patience, docteur. »

Une colère sans bornes enflait en Marcel. Il avait tout quitté pour venir ici. Il avait donné sa vie et son immense talent pour une cause qui l'indifférait, et voilà comment on le remerciait : en l'obligeant à vivre une existence de cafard. C'était trop. Il pivota sur lui-même.

« Non, non. Il y a une autre solution. Bombons le torse, et proclamons nos ambitions. Notre méthode est excellente, et les résultats sont merveilleux !

L'opinion publique nous suivra. Pourquoi devrions-nous avoir honte ?

— Pourquoi, en effet. C'est une idée. »

Tout à sa pensée, Marcel ne vit pas Maximilien indiquer à Hubert de quitter la pièce. Son assistant le fixa longuement, avant de cligner des paupières en signe d'assentiment.

« Au revoir, docteur. J'espère que nous aurons bientôt l'occasion de reparler de tout cela. »

Marcel faillit lui demander pourquoi sa phrase ressemblait autant à un adieu, mais l'agent franchissait déjà la porte. Par la fenêtre, il le vit dévaler la cour en direction des casemates.

« Parfois, je ne vous comprends pas, Hubert et toi. Quand nous serons à nouveau réunis… »

Un petit rond glacé se fit ressentir au niveau de son occiput, accompagné d'un déclic. Le bruit de la détonation n'atteignit jamais son cerveau, pulvérisé par la balle tirée à bout touchant.

L'*Avenir* décolla devant un parterre de notables d'Auroreville. Marthe se trouvait à son bord. Elle ne craignait pas la présence d'un tueur à la solde des créateurs du C1 : le centre avait été détruit trop peu de temps avant, et ses fondateurs devaient se terrer ici et là. Pélisson avait conservé une copie de son dossier, mais elle rapportait l'original avec elle.

L'ascension du grand paquebot spatial fut rapide. En revanche, le voyage s'annonçait d'un mois plus long qu'à l'aller : Mars était passée au périgée de la Terre l'année précédente, et ne cessait de s'éloigner. La propulsion cavorique permettait de s'abstraire de la majorité des contraintes de la gravitation universelle, non de la simple distance physique.

La destruction du C1 n'était qu'une étape : sans l'appui de la presse, les organisateurs de cette monstruosité tenteraient de récidiver, d'une manière ou d'une autre. Elle essaya d'obtenir un rendez-vous avec le capitaine Coli. Celui-ci était assiégé par les passagers au point que, même si elle avait déjà été invitée à sa table, il lui fut opposé une fin de non-recevoir. Pendant des semaines, elle rumina des plans, seule dans sa cabine dont elle bloquait la porte au moyen d'une chaise. Elle se doutait que les commanditaires de Marcel Chery prenaient en ce moment même des mesures destinées à éviter que le scandale ne sorte. Le temps jouait contre elle.

Cela ne l'empêchait pas de flâner dans les coursives, et de contempler tout son saoul le spectacle de la planète rouge, qui s'amenuisait chaque jour jusqu'à devenir un simple point plus lumineux. Si l'on trouvait un jour de nouveaux filons de cavorite ou si l'on mettait au point un substitut, elle pourrait peut-être se rendre du côté de Jupiter, sur l'une des innombrables lunes que l'on venait de découvrir ; ou, au contraire, sur Vénus, délaissée avant d'avoir été explorée. Le futur lui paraissait à présent de plus en plus opaque, que ce soit sur Terre ou dans les cieux.

L'idée se frayait un chemin peu à peu. Elle retourna à la *Gazette de l'Avenir*. Le rédacteur semblait occuper la quasi-totalité de son local, dans un recoin bruyant du navire.

« Vous vous souvenez de moi ? »

Le visage du colosse s'éclaira.

« Bien sûr ! La dame de l'assassinat mystérieux. »

Il ne demandait qu'à entendre son histoire. Marthe, cependant, ne la lui livra pas toute. Ses ramifications comme ses implications étaient telles qu'un article dans une gazette de paquebot spatial ne lui serait d'aucune utilité, même si le rédacteur décidait de le publier. Mais il pouvait apporter sa pierre à l'édifice. Elle lui relata par le menu l'intervention du commandant Pélisson ainsi que la description du C1, mais en demeurant évasive sur sa véritable fonction.

Ces révélations, publiées dans le numéro de la gazette précédant d'un mois l'arrivée à destination, excitèrent les passagers au point que le rédacteur dut fermer son local pour échapper aux questions. Frustrés, ils envoyèrent des messages radio à la Terre pour obtenir des précisions – qui n'existaient pas. Si quelqu'un comptait étouffer l'affaire, il était déjà trop tard. Peu à peu, une rumeur enfla au sujet d'un témoin direct de l'opération militaire, qui se trouverait à bord. Des dépêches affluaient de Paris : des journaux étaient intéressés par l'histoire et enjoignaient à ce témoin, quel qu'il soit, de se manifester auprès d'eux. Des propositions de contrat, assorties de sommes exorbitantes, accompagnaient les messages. Marthe n'en attendait pas tant.

À la salle radio, les négociations commencèrent. *Le Petit Parisien* l'emporta sur ses concurrents. Marthe lui communiqua un résumé succinct de l'affaire. Quant aux preuves, la plupart ne pourraient être délivrées qu'à l'atterrissage. Cependant, les limiers du quotidien pouvaient d'ores et déjà vérifier un certain nombre de ses assertions.

À l'atterrissage à Paris, des journalistes s'étaient rassemblés dans la zone d'attente, au bas de la tour Eiffel-Toussaint. Leurs appareils photo crépitèrent dès qu'elle émergea du sas. La police était là, elle aussi. De façon irrationnelle, Marthe se demanda si Peretti n'avait pas envoyé des collègues pour la soustraire à cette meute. Bien sûr, cela n'avait rien à voir, et elle n'osa leur demander de ses nouvelles : ils ne devaient même pas connaître l'existence du commissaire à la retraite. Ils la fourrèrent dans une voiture au milieu d'une escorte. Au Quai des Orfèvres, ils l'enfermèrent dans une petite pièce. Un inspecteur lui notifia de raconter tout ce qu'elle savait. Marthe n'avait plus rien à cacher. Au bout de vingt-quatre heures, le policier la libéra, avec pour conseil de se tenir à l'écart de la presse. À son air désabusé, il savait déjà qu'elle n'en avait nulle intention.

Un représentant du *Petit Parisien* avait eu le temps de lui fourrer un chèque dans la poche, juste avant que les policiers ne l'embarquent. Elle avait de quoi voir venir en attendant.

Elle s'aperçut qu'elle n'avait pas songé à scruter la foule, dans la zone d'attente, pour voir si Constant était venu l'accueillir.

58

Georges Moinel

Georges s'était reclus dans une pension louée pour six mois, à l'orée du bois de Vincennes, à l'ombre des décors d'une exposition annulée après le krach de la cavorite. Bazarova ne le retrouverait jamais ici, au-delà des fortifications, où personne ne le connaissait.

Le temps avait peu à peu coagulé autour de lui.

Au début, l'« affaire serbe » avait retenu son attention. Un décret avait proclamé la clôture de l'espace aérien hongrois, assimilant tout véhicule cavorié étranger à un envahisseur. Les conséquences du décret, inspiré du Parlement mussolinien, n'avaient pas tardé : une péniche remplie de travailleurs serbes avait été abattue au-dessus de la Hongrie, le gouvernement soutenait qu'il s'agissait de soldats camouflés. Les pays limitrophes et leurs alliés semblaient décidés à s'en mêler. Des tanks cavoriés avaient pilonné des bunkers sur la frontière est. Les rumeurs de guerre poussaient, tel du chiendent, sur le terrain vague qu'était devenue l'Autorité des Nations.

Puis, éclipsant le péril de guerre, la presse s'était enflammée pour les funérailles de Camille Flammarion. L'auguste savant avait émis le souhait d'être inhumé sur la Lune. Un vaisseau spécialement affrété avait rendu possibles ses dernières volontés, mais certains reprochaient le gouffre qu'une telle dépense représentait pour les finances publiques. Il aurait été plus judicieux de le panthéoniser, avait affirmé un député dans un entretien radiophonique.

La révolte druze et l'annexion de Chypre n'avaient pas réussi à empêcher Georges de se détacher de l'actualité. Il vivait dans un présent nébuleux. Ernestine lui apparaissait parfois en rêve, comme un phare lumineux au milieu d'une mer opaque et noire.

L'automne s'annonçait sec et chaud. Ce fut presque par hasard qu'il tomba sur l'information, lui qui ne lisait presque plus les journaux. Un articulet indiquait le retour prochain d'un ambassadeur parti l'année précédente sur Mars.

Le temps était venu. Il rassembla les papiers éparpillés dans les diverses consignes, puis s'achemina vers les locaux du *Matin*. La guerre franco-prussienne avait rendu le journal conservateur. Même si ses accointances avec la Ligue des Droites n'étaient plus à démontrer, il avait provoqué la chute de ministères de tous bords, et en ce temps de crise, il ne cracherait pas sur un scoop de cette ampleur.

Il n'avait pas dormi de la nuit. La ligne d'aérotramway transversale le mena jusqu'à un trottoir roulant. Il serrait si fort la sacoche aux papiers contre sa poitrine que des regards suspicieux pointèrent dans sa direction. Il se força à décrisper ses mains. Un escalier mécanique le déposa sur un autre aéroquai. L'immeuble du *Matin* se trouvait en face de la troisième station. Le trajet lui parut durer des heures, et il devait se contraindre à ne pas se retourner toutes les trente secondes pour vérifier si on ne le suivait pas. Livrer ses révélations représenterait un nouveau calvaire, mais le fardeau ne pèserait plus sur ses seules épaules.

Il avait passé la nuit à préparer son échange avec le journaliste. Au moment où il se présentait à la réception, tout son discours s'était évaporé. Il parvint néanmoins à faire comprendre qu'il avait une affaire d'intérêt national à confier au journal. Lorsque le portier lui suggéra de prendre rendez-vous, il exhiba sa sacoche.

« J'ai apporté les documents officiels à l'appui de mes dires. J'ai prévu de me rendre au *Gaulois* si je repars bredouille. En tout cas, je ne reviendrai pas.

— D'accord, d'accord. Prenez l'entrée des fournisseurs, là-bas, et demandez monsieur Sauerwein. C'est l'un des responsables éditoriaux. »

Un bourdonnement faisait vibrer toute la réception. Un métro passait peut-être en dessous, à moins que ce ne soit les rotatives. Le temps de monter à l'étage, Georges s'était ressaisi. Sans prêter attention à la bousculade du personnel, il se fit indiquer le bureau. Après avoir refermé la porte, le brouhaha s'atténua d'un coup. Le physique épais, les cheveux et la moustache grisonnants de l'éditeur auraient dû impressionner Georges, mais il s'étonna presque de constater qu'il n'en était rien.

L'homme le fit asseoir et l'invita à raconter. Il gribouillait des notes sur le dos de feuilles imprimées. De temps à autre, il sonnait une secrétaire. Sitôt qu'elle arrivait, son carnet de dactylographie à la main, il lui demandait des cafés. Puis, Georges reprenait son récit. Il ne dit rien de l'identité de ses comparses, mais ne cacha pas son propre rôle ni celui d'Ernestine.

« Ni Dieu ni maître, mais une maîtresse tout de même », commenta Sauerwein, une fois l'histoire terminée. Georges ne pouvait lui donner tort.

« Je n'ai jamais bien saisi toutes ces théories, avoua-t-il. Si j'avais fréquenté d'autres personnes, avec la même passion, mais du bord opposé, je serais peut-être devenu Chemise bleue.

— Croyez-vous ?

— À la vérité, je n'ai plus la certitude de rien. »

L'éditeur lissa sa moustache au moyen de deux doigts.

« Vous êtes honnête et cela joue en votre faveur, monsieur Moinel. Du moins dans ce bureau, car on vous attrapera et vous finirez au tribunal. Là-bas, on vous écharpera, car vous n'aurez même pas l'excuse du fanatisme. Vous en avez conscience ? »

Georges grimaça un assentiment silencieux. Sauerwein frappa des mains à plat sur le bureau.

« Rassurez-vous, nous n'en sommes pas là. L'ambassadeur dont vous m'avez parlé arrive d'ici peu, par le retour de l'*Avenir*. C'est ce qui vous a poussé à agir, m'avez-vous dit. Un de mes confrères du *Petit Parisien* m'a confié par téléphone qu'ils avaient l'exclusivité sur un sujet phénoménal, une révélation susceptible d'ébranler les nations civilisées. Ils n'attendent plus que le débarquement d'une passagère pour entendre son récit de vive voix et recevoir les preuves qu'elle a amassées là-haut.

— Cela veut dire que vous prenez mon affaire ? »

Sauerwein se leva et lui tendit la main.

« Cela veut dire que nous avons une bonne chance de les coiffer au poteau. »

Sauerwein ne voulait pas qu'il lui arrive malheur : il lui proposa un logement discret. Georges refusa. On lui donna un numéro de téléphone à appeler quotidiennement. Cela lui permettrait de préciser certains éléments dont les rédacteurs pourraient avoir besoin, et cela les rassurerait. Au début, Georges s'exécuta. Puis, lorsque *Le Matin* commença sa série de publications, il jeta le bout de papier où figurait le numéro, rendit la clé de sa chambre, et acheta un billet de train pour Limoges.

Par la fenêtre, une péniche cavoriée, tractée par une voiture, s'acheminait le long de la voie ferrée. Georges la contempla d'un œil distrait, presque surpris qu'il en existe encore. Un commis voyageur lisait un journal : le « scandale du Traité de la Cavorite » n'en finissait pas de s'amplifier, avec la mise en demeure de l'Allemagne et de ses alliés, et la chute inéluctable du gouvernement menchevik. Là-bas, des manifestations slavophiles avaient provoqué des centaines de morts. Les Italiens déclaraient se retirer de toute alliance avec la France. La Bourse, à nouveau, s'effondrait, et l'affaire s'annonçait comme la plus désastreuse depuis le Vendredi noir en termes économiques. Une fois le Traité de la Cavorite mis à bas, ce que le gouvernement comptait comme ennemis aurait toutes les raisons de se réjouir. Ce scandale laissait peu de place aux autres sujets, même si l'un d'eux accaparait quelques pages : une enquête sur un trafic de barres de cavorite de contrebande avait mis au jour un sinistre camp d'abattage d'erloors sur Mars. Le cadavre d'un médecin exilé avait été retrouvé, et le ministère comptait envoyer des investigateurs par le prochain paquebot spatial.

Georges n'avait lu aucun des articles. Il songeait à Paris qui s'éloignait. Il avait effectué le voyage inverse des siècles plus tôt. L'individu qu'il était alors lui apparaissait aujourd'hui comme un freluquet sans substance. À une passagère auprès de laquelle il se faisait mousser, il avait juré que Paris apprendrait à le connaître. Paris le connaissait à présent, mais au prix de la mort de sa bien-aimée.

Quant à son propre sort… il ignorait combien de temps il pourrait se soustraire à la justice. Un jour ou l'autre, les agents d'un quelconque ministère l'attraperaient au collet et lui demanderaient des comptes. Il finirait ses jours au fond d'un cachot ou, plus simplement, on le ferait disparaître. Des réponses toutes faites se bousculaient dans son esprit, les arguments à sa décharge ne manquaient pas, et il sentait combien il serait confortable pour lui de s'y complaire. Peut-être son esprit commençait-il à le faire, afin qu'il puisse se supporter lui-même.

Peut-être.

59

Marthe Antin

Nantie de la notification récupérée dans sa boîte aux lettres, Marthe se présenta devant un guichet de la Poste à grille ouvragée, au-dessus duquel était inscrit : *Télégraphie aérienne & spatiale*. Distributeurs de timbres, panneau indicateur des levées et balances de pesée électromécaniques peuplaient le grand espace d'un vacarme de central téléphonique. Une employée lui remit une feuille dactylographiée, pliée en trois et oblitérée : l'éclairogramme envoyé par Renée quelques jours plus tôt. Elle n'osa demander combien cela avait coûté à son amie, un bon mois de salaire d'institutrice au minimum : un luxe inouï, quand celle-ci aurait pu passer par la voie postale ordinaire, via l'un des paquebots spatiaux. Un précieux témoignage d'amitié, de la part de Renée. Le message avait été capté par l'observatoire de Meudon, transféré par tube pneumatique au bureau central, où il avait été déchiffré. Marthe s'acquitta d'une somme de cinq francs, puis signa dans un registre.

Elle n'avait pas la patience d'attendre d'être revenue au petit appartement qu'elle habitait depuis dix-huit mois. Elle trottina jusqu'à la salle d'attente toute carrelée de motifs géométriques, et déplia la feuille qu'elle posa à plat sur l'une des écritoires.

Afin d'économiser les mots, le texte évoquait un télégramme classique. Son mariage imminent était annoncé. Renée la remerciait pour le scandale du C1. Elle pensait que son retentissement n'était pas étranger à l'officialisation de sa classe erloore par le rectorat d'Auroreville.

La sécheresse des phrases, réduites à leur plus simple expression, parvenait pourtant à retranscrire son bonheur. L'émotion congestionna la gorge de Marthe. L'union de Renée ne l'étonnait pas. La missive négligeait de mentionner le nom de l'élu, mais il ne faisait aucun doute qu'il s'agissait du chauffeur entrevu sur Mars. Le lien que Marthe avait perçu entre eux lui avait crevé les yeux, à l'époque.

En tant que femme de science, la pensée que ce mariage, pour quelque raison irrationnelle, puisse compenser un déséquilibre cosmique causé par l'échec du sien aurait dû lui arracher un sourire d'autodérision. Au lieu de cela, elle ne chercha pas à refouler ses larmes de joie. Elle était heureuse pour elle. Elle-même n'avait jamais regagné le foyer conjugal, et avait entamé une procédure de divorce. Son avocat lui avait fait écrire des lettres d'insultes ; à partir de modèles, car elle s'était montrée incapable de trouver les mots contre Constant. Pour immense que soit son sentiment de culpabilité, il n'égalerait jamais celui d'agir comme elle le devait. Elle ne comptait pas se remettre avec qui que ce soit, malgré les pressions plus ou moins discrètes de son entourage. Elle envisageait avec sérénité ce futur de solitude. Elle pouvait se le permettre.

Les révélations du *Petit Parisien* avaient provoqué les rumeurs les plus chimériques : le docteur Chery serait toujours en vie et aurait monté un second centre en zone allemande, pourtant inexistante sur Mars. Un bruit plus courant contestait l'existence même du centre. Des journaux de la frange extrême affirmaient qu'il s'agissait d'une affaire montée de toutes pièces, par un agent déstabilisateur à la solde de telle ou telle puissance, pour détourner les braves gens du scandale du Traité de la Cavorite ou de la lutte des peuples.

À la parution des articles, la rédaction de *La Science Populaire* avait reçu un abondant courrier d'insultes et de menaces de mort. Une lettre d'encouragement de Marie Curie avait dissuadé le journal scientifique de se séparer de Marthe, mais elle écrivait désormais sous pseudonyme. La jeune femme avait accueilli ce retour à l'anonymat avec délectation. Le déferlement de haine à son encontre, de la part de parfaits inconnus, paraissait plus bizarre à son entendement qu'aucune créature martienne ne le serait jamais. C'était dans l'ombre que la science s'exerçait au mieux. Sa brève notoriété lui avait néanmoins permis de devenir ingénieur-conseil auprès d'une entreprise de matériel cavorique. Cela lui donnait de quoi payer le loyer exorbitant de son appartement, lequel croulait déjà sous les livres et les piles de journaux.

Malgré ces inconvénients, elle ne regrettait pas sa décision. Le scandale avait soulevé un raz-de-marée d'indignation populaire. Des erloors avaient été libérés de lieux de spectacle ; des politiciens exigeaient du gouverneur martien qu'il recense et mette en place un programme de protection des erloors. Leur statut juridique était enfin débattu à l'Assemblée, après des années de report. Les débats au sujet de la colonisation de Mars flambaient à nouveau. Tous ceux qui considéraient la planète rouge comme un boulet, ou au mieux comme une mauvaise affaire, s'en donnaient à cœur joie. Sur la scène internationale, le scandale avait également exacerbé des tensions, créées par celui des dessous du Traité de la Cavorite. On racontait que le ministère de la Guerre avait fait imprimer un million d'affiches de mobilisation. Un attentat à Londres venait d'être déjoué : un erloor, que des terroristes avaient bardé de cartouches de dynamite et lancé contre la Chambre des lords. L'erloor avait zigzagué entre les gardes de protection cavoriés, mais la mèche, trop courte, l'avait fait exploser en vol. Pour cette fois, le monde ne s'était pas embrasé, mais chacun attendait le suivant, qui scellerait à coup sûr le sort de l'Europe.

Au marché, Marthe acheta des pommes de terre, des poireaux et de quoi se faire un ragoût pour le reste de la semaine. Le cabas rempli pesant à son bras, elle revint à son logis. Elle regrettait, en cet instant, l'interdiction des pastilles cavoriées qui, il n'y avait pas si longtemps, allégeaient les objets du quotidien. Pour la première fois peut-être depuis son apparition, la civilisation était à la veille d'une régression massive. Une fois toute la cavorite épuisée, l'humanité irait moins haut, moins vite, moins loin.

Elle passa devant sa boîte aux lettres : presque vide, l'hystérie collective à son encontre s'étant éteinte. Le dernier *Science Populaire* s'y trouvait. Il n'y avait aucun article d'elle dans ce numéro. Elle le fourra dans son cabas. Son linge l'attendait dans la loge de la concierge, mais elle alla déposer le cabas avant de redescendre. Pour quelques sous, elle faisait repasser et repriser ses vêtements par une indigente au bas de la rue.

Elle rinça et éplucha les légumes, les découpa dans un faitout et mit le tout sur la gazinière. Derrière les murs, une radio se mit à beugler : le voisin l'allumait à midi, avec une précision d'horloger. Elle déjeuna, la tête ailleurs, poussant les légumes bouillis du bout de sa fourchette. Le sujet de son prochain article l'accaparait, en particulier les jours précédant la rédaction. Elle se plongea dans la lecture du magazine, une plume à la main pour commenter dans les marges, comme elle en avait l'habitude. Elle relut ses notes de la semaine, qu'elle répartit dans ses cahiers. Sous une pile d'archives reposaient un gros dossier relié par une sangle ainsi que des chemises cartonnées : les articles écrits sur Mars, ainsi que les documents rassemblés pour prouver l'existence du C1. Elle ne les avait jamais rouverts, et il était peu probable que l'occasion se représente un jour. Tout ce qu'elle possédait avait été publié dans les journaux, et voilà longtemps qu'elle estimait qu'il valait mieux passer à autre chose.

De toutes ses lumières, Paris résistait à la nuit tombante. La silhouette élancée de la tour Eiffel-Toussaint Nord pointait dans l'encadrement de la fenêtre. Certains clamaient qu'avec la disparition de la cavorite, on démantèlerait bientôt les quatre tours. Marthe, elle, en doutait. Les Parisiens avaient fini par s'y attacher, et chacune des pointes avait été pourvue d'un puissant émetteur radio. En quelques années, une bonne dizaine de stations s'étaient créées. Les tours Eiffel avaient su se rendre indispensables, d'autant que l'on parlait maintenant de transmettre dans les foyers non plus seulement des sons, mais des images.

Marthe verrouilla la porte de son appartement, puis grimpa l'escalier jusqu'au dernier étage. Au fond d'un corridor lépreux, des marches presque verticales menaient aux combles. La plupart des locataires n'en connaissaient pas l'existence, et la jeune femme s'y rendait en toute discrétion. Elle poussa une trappe, se hissa à l'intérieur, puis se mit à plat ventre et retira la dernière marche : ainsi, personne ne la dérangerait. Elle avait apporté quelques outils, dans le but d'adapter des filtres et des instruments et d'effectuer de menues réparations. Ses bricolages avaient lieu dans une caisse garnie de coton, afin d'éviter de faire trop de bruit.

Elle ouvrit le vasistas avec précaution. Des nuages traînaient dans le crépuscule, mais le ciel était assez clair pour permettre l'observation. Elle déploya le trépied, monta dessus le tube fixe de la lunette, nettoya les deux extrémités au moyen d'une peau de chamois. Le faible angle de vue et les conditions météorologiques ne lui avaient jamais permis d'apercevoir Mars. Ce qui ne l'empêchait pas de continuer, semaine après semaine, mois après mois.

Les réglages préliminaires terminés, elle colla son œil à l'objectif et scruta la voûte étoilée.

Les pensées négatives de la journée s'évacuaient d'elles-mêmes. Ce point blanc… il y avait de bonnes chances qu'il s'agisse de Mars. C'était l'été, les fruits achevaient de mûrir sur les branches des hêtres rouges. Des araignées d'eau semblables à leurs homologues terriennes virevoltaient à la surface des étangs, luttant pour survivre et se perpétuer. Là-bas comme ici, plantes et animaux célébraient l'universalité de la vie. Aux abords d'Auroreville, les roomboos attendaient l'arrivée de la nuit, le nez pointant de leur terrier. Mars était belle, et toute la nature participait de cette beauté. Elle se demanda ce que verrait un erloor, à sa place. Des couleurs différentes, voire inédites… Cela avait-il une quelconque importance ? Quel que soit l'œil ou la lunette, chacun pouvait apprécier la profondeur illimitée du ciel, la diversité de son contenu. Marthe en avait la conviction. Quand bien même la guerre enflammerait les continents, elle ne renoncerait jamais à contempler les cieux. Elle continuerait à rêver d'y retourner, avec ou sans cavorite.

Elle tourna la molette de réglage fin avec une lenteur étudiée. Ce point dans le ciel, oui, ce devait être Mars.

DU MÊME AUTEUR

Aux Éditions Albin Michel

LES TEMPS ULTRAMODERNES (Folio Science-Fiction n° 750)

Aux Éditions Gallimard

LES OPÉRAS DE L'ESPACE (Folio Science-Fiction n° 475)

Aux Éditions Denoël

Dans la collection Lunes d'encre

OMALE

OMALE, I (Folio Science-Fiction n° 507)

OMALE, II (Folio Science-Fiction n° 508)

LES VAISSEAUX D'OMALE (Folio Science-Fiction n° 557)

Aux Éditions du Bélial'

MÉMORIA (Folio Science-Fiction n° 402)

POINTS CHAUDS

ALIENS MODE D'EMPLOI

LUM'EN

COLONIES (Folio Science-Fiction n° 703)

Aux Éditions Critic

SPIRE

CE QUI RELIE (Folio Science-Fiction n° 629)

CE QUI DIVISE (Folio Science-Fiction n° 638)

CE QUI RÉVÈLE (Folio Science-Fiction n° 654)

LES PEAUX-ÉPAISSES (Folio Science-Fiction n° 616)

LE SANG DES IMMORTELS (Folio Science-Fiction nº 636)

LES CHANTS DE FELYA – L'INTÉGRALE

LES CHASSEURS DE SÈVE

Aux Éditions Scrineo

ÉTOILES SANS ISSUE (Folio Science-Fiction nº 615)

Aux Éditions Fleuve Noir

LES ENGLOUTIS

DANS LA GUEULE DU DRAGON

LE CONTINENT DÉCHIQUETÉ

LA TROISIÈME LUNE

HAUTE ENCLAVE

ARAGO

RÉZO

ELAÏ

LE MONDE BLANC

LE BAGNE DES TÉNÈBRES

Aux Éditions ActuSF

L'AFFAIRE DU ROCHILE

CRIMES, ALIENS & CHÂTIMENTS (en collaboration avec Pierre Bordage et Laurent Whale)

Aux Éditions Bragelonne

HORDES

L'ASCENSION DU SERPENT

LE VOL DE L'AIGLE

LES CROCS DU TIGRE

Aux Éditions Octobre

LES ÈRES DE WETHRÏN

LE NOM MAUDIT

LA GUERRE DE L'AUBE

ALAET L'INSOUCIANT

Aux Éditions L'Atalante

LA MÉCANIQUE DU TALION

Aux Éditions J'ai Lu

UNE PORTE SUR L'ÉTHER

Aux Éditions Degliame

ALAET

LA CITADELLE DES DRAGONS

LE DÉMON-MIROIR

LE LABYRINTHE SANS RETOUR

LA FRONTIÈRE MAGIQUE

LE PIÈGE AUX SORCIERS

LA CARAVANE DES OMBRES

LE SABLIER MALÉFIQUE

L'ODYSSÉE DES SIRÈNES

Aux Éditions SENO

TYPHON

Dans la même collection

554.	Thomas Day	*Sept secondes pour devenir un aigle*
555.	Glen Duncan	*Rites de sang*
556.	Robert Charles Wilson	*Les derniers jours du paradis*
557.	Laurent Genefort	*Les vaisseaux d'Omale*
558.	Jean-Marc Ligny	*Exodes*
559.	Ian McDonald	*La petite déesse*
560.	Roger Zelazny	*Les princes d'Ambre* (Cycle 2)
561.	Jean-Luc Bizien	*Vent rouge* (Katana, I)
562.	Jean-Luc Bizien	*Dragon noir* (Katana, II)
563.	Isaac Asimov	*Cher Jupiter*
564.	Estelle Faye	*Thya* (La voie des Oracles, I)
565.	Laurent Whale	*Les damnés de l'asphalte*
566.	Serge Brussolo	*Les Geôliers* (INÉDIT)
567.	Estelle Faye	*Enoch* (La voie des Oracles, II)
568.	Marie Pavlenko	*La Fille-Sortilège*
569.	Léo Henry	*La Panse* (INÉDIT)
570.	Graham Joyce	*Comme un conte*
571.	Pierre Pevel	*Les enchantements d'Ambremer* (Le Paris des Merveilles, I)
572.	Jo Walton	*Le cercle de Farthing*
573.	Isaac Asimov	*Quand les ténèbres viendront*
574.	Grégoire Courtois	*Suréquipée*
575.	Pierre Pevel	*L'Élixir d'oubli* (Le Paris des Merveilles, II)
576.	Fabien Cerutti	*L'ombre du pouvoir* (Le Bâtard de Kosigan, I)
577.	Lionel Davoust	*Port d'âmes*

578. Pierre Pevel — *Le Royaume Immobile* (Le Paris des Merveilles, III)
579. Jean-Pierre Boudine — *Le paradoxe de Fermi*
580. Fabrice Colin — *Big Fan*
581. Fabien Cerutti — *Le fou prend le roi* (Le Bâtard de Kosigan, II)
582. Jo Walton — *Hamlet au paradis*
583. Robert Charles Wilson — *Les Perséides*
584. Charles Yu — *Guide de survie pour le voyageur du temps amateur*
585. Estelle Faye — *Un éclat de givre*
586. Ken Liu — *La ménagerie de papier*
587. Chuck Palahniuk et Cameron Stewart — *Fight Club 2*
588. Laurence Suhner — *Vestiges* (QuanTika, I)
589. Jack Finney — *Le voyage de Simon Morley*
590. Christopher Priest — *L'adjacent*
591. Franck Ferric — *Trois oboles pour Charon*
592. Jean-Philippe Jaworski — *Chasse royale – De meute à mort* (Rois du monde, II-1)
593. Romain Delplancq — *L'appel des illustres* (Le sang des princes, I)
594. Laurence Suhner — *L'ouvreur des chemins* (QuanTika, II)
595. Estelle Faye — *Aylus* (La voie des Oracles, III)
596. Jo Walton — *Une demi-couronne*
597. Robert Charles Wilson — *Les affinités*
598. Laurent Kloetzer — *Vostok*
599. Erik L'Homme — *Phænomen*
600. Laurence Suhner — *Origines* (QuanTika, III)
601. Len Deighton — *SS-GB*
602. Karoline Georges — *Sous-béton*

603.	Martin Millar	*La déesse des marguerites et des boutons d'or*
604.	Marta Randall	*L'épée de l'hiver*
605.	Jacques Abeille	*Les jardins statuaires*
606.	Jacques Abeille	*Le veilleur du jour*
607.	Philip K. Dick	*SIVA*
608.	Jacques Barbéri	*Mondocane*
609.	Romain d'Huissier	*Les Quatre-vingt-un Frères* (Chroniques de l'Étrange, I)
610.	David Walton	*Superposition*
611.	Christopher Priest	*L'inclinaison*
612.	Jacques Abeille	*Un homme plein de misère*
613.	Romain Lucazeau	*Latium I*
614.	Romain Lucazeau	*Latium II*
615.	Laurent Genefort	*Étoiles sans issue*
616.	Laurent Genefort	*Les peaux-épaisses*
617.	Loïc Henry	*Les océans stellaires*
618.	Romain d'Huissier	*La résurrection du dragon* (Chroniques de l'Étrange, II)
619.	Romain Delplancq	*L'Éveil des Réprouvés* (Le sang des princes, II)
620.	Jean-Philippe Jaworski	*Chasse royale – Les grands arrières* (Rois du monde, II-2)
621.	Robert Charles Wilson	*La cité du futur*
622.	Jacques Abeille	*Les voyages du fils*
623.	Iain M. Banks	*Effroyabl Angel*
624.	Louisa Hall	*Rêves de Machines*
625.	Jean-Pierre Ohl	*Redrum*
626.	Fabien Cerutti	*Le Marteau des Sorcières* (Le Bâtard de Kosigan, III)
627.	Elan Mastai	*Tous nos contretemps*
628.	Michael Roch	*Moi, Peter Pan*
629.	Laurent Genefort	*Ce qui relie* (Spire, I)
630.	Rafael Pinedo	*Plop*

631. Jo Walton	*Mes vrais enfants*
632. Raphaël Eymery	*Pornarina*
633. Scott Hawkins	*La Bibliothèque de Mount Char*
634. Grégory Da Rosa	*Sénéchal*
635. Jonathan Carroll	*Os de Lune*
636. Laurent Genefort	*Le sang des immortels*
637. Estelle Faye	*Les Seigneurs de Bohen*
638. Laurent Genefort	*Ce qui divise* (Spire, II)
639. Ian McDonald	*Luna – Nouvelle Lune* (Luna, I)
640. Lucie Pierrat-Pajot	*Les mystères de Larispem, I* (Le sang jamais n'oublie)
641. Adrian Tchaikovsky	*Dans la toile du temps*
642. Karin Tidbeck	*Amatka*
643. Jo Walton	*Les griffes et les crocs*
644. Grégory Da Rosa	*Sénéchal II*
645. Saad Z. Hossain	*Bagdad, la grande évasion !*
646. Al Robertson	*Station : La chute*
647. Peter Cawdron	*Rétrograde*
648. Fabien Cerutti	*Le Testament d'involution* (Le Bâtard de Kosigan, IV)
649. Yoon Ha Lee	*Le gambit du Renard*
650. Sabrina Calvo	*Toxoplasma*
651. Karoline Georges	*De synthèse*
652. George R. R. Martin / Lisa Tuttle	*Elle qui chevauche les tempêtes*
653. Katherine Arden	*L'Ours et le Rossignol*
654. Laurent Genefort	*Ce qui révèle* (Spire, III)
655. Léo Henry	*Thecel* (INÉDIT)
656. Grégory Da Rosa	*Sénéchal III*
657. Romain d'Huissier	*Les Gardiens célestes* (Chroniques de l'Étrange, III)
658. Thomas Spok	*Uter Pandragon*
659. Estelle Faye	*Les nuages de Magellan*

660.	Chris Vuklisevic	*Derniers jours d'un monde oublié* (INÉDIT)
661.	Annalee Newitz	*Autonome*
662.	Nicolas Texier	*Opération Sabines* (Monts et merveilles, I)
663.	Ray Bradbury	*Le Pays d'octobre*
664.	Patrick K. Dewdney	*L'enfant de poussière* (Le cycle de Syffe, I)
665.	Mary Robinette Kowal	*Lady astronaute* (INÉDIT)
666.	Lucie Pierrat-Pajot	*Les mystères de Larispem, II* (Les jeux du siècle)
667.	Lionel Davoust	*La Messagère du Ciel* (Les dieux sauvages, I)
668.	Thibaud Latil-Nicolas	*Chevauche-Brumes*
669.	Nicolas Texier	*Opération Jabberwock* (Monts et merveilles, II)
670.	Ernest Callenbach	*Écotopia*
671.	Adam Roberts	*Jack Glass, l'histoire d'un meurtrier*
672.	Élisabeth Vonarburg	*Chroniques du Pays des Mères*
673.	Pierre Alferi	*Hors sol*
674.	Alain Damasio	*Les Furtifs*
675.	Michael Roch	*Le livre jaune*
676.	Yoon Ha Lee	*Le stratagème du corbeau*
677.	Ian McDonald	*Luna – Lune du loup* (Luna, II)
678.	Gareth L. Powell	*Braises de guerre*
679.	Christopher Priest	*Conséquences d'une disparition*
680.	Lionel Davoust	*Le Verrou du Fleuve* (Les dieux sauvages, II)
681.	Manon Fargetton	*Dix jours avant la fin du monde*
682.	Katherine Arden	*La fille dans la tour*

683. Philippe Auribeau — *L'héritage de Richelieu*
684. Jean-Philippe Jaworski — *Chasse royale – Curée chaude* (Rois du monde, II-3)
685. George Orwell — *1984*
686. Adrian Tchaikovsky — *Chiens de guerre*
687. John Varley — *Blues pour Irontown*
688. Patrick K. Dewdney — *La peste et la vigne* (Le cycle de Syffe, II)
689. Ian McDonald — *Luna – Lune montante* (Luna III)
690. Lucie Pierrat-Pajot — *Les mystères de Larispem, III* (L'élixir ultime)
691. Katherine Arden — *L'hiver de la sorcière*
692. Jo Walton — *Pierre-de-vie*
693. Lionel Davoust — *La Fureur de la Terre* (Les dieux sauvages, III)
694. Philip K. Dick — *Radio libre Albemuth* (Prélude à la trilogie divine)
695. Estelle Faye — *Les révoltés de Bohen* (Le cycle de Bohen, II)
696. Fabien Cerutti — *Les secrets du premier coffre*
697. Philippe Testa — *L'obscur*
698. Jean-Philippe Jaworski — *Le sentiment du fer*
699. Thibaud Latil-Nicolas — *Les flots sombres* (Chevauche-brumes, II)
700. Aurélien Manya — *Trois cœurs battant la nuit*
701. Rozenn Illiano — *Le phare au corbeau*
702. Ted Chiang — *Expiration*
703. Laurent Genefort — *Colonies*
704. Adam Roberts — *La chose en soi*
705. Gareth L. Powell — *L'armada de Marbre* (Braises de guerre, II)
706. Sébastien Coville — *L'Empire s'effondre*
707. Lionel Davoust — *L'Héritage de l'Empire*, 1 (Les dieux sauvages, IV)

708. Lionel Davoust — *L'Héritage de l'Empire*, 2 (Les dieux sauvages, IV)
709. Jacqueline Carey — *La marque* (Kushiel, I)
710. Jacqueline Carey — *L'élue* (Kushiel, II)
711. Ken Liu — *Jardins de poussière*
712. Auriane Velten — *After ®*
713. Grégoire Courtois — *Les agents*
714. Mary Robinette Kowal — *Vers les étoiles*
715. Geoffrey Le Guilcher — *La Pierre jaune*
716. Emmanuel Chastellière — *La piste des cendres*
717. Estelle Faye — *Un reflet de lune*
718. Jacqueline Carey — *L'avatar* (Kushiel, III)
719. Antonio Exposito — *Le quatrième Roi mage*
720. Élisabeth Vonarburg — *Le silence de la Cité*
721. Frank Herbert — *Nouvelles, I*
722. Frank Herbert — *Nouvelles, II*
723. Thibaud Latil-Nicolas — *L'appel des grands cors* (Chevauche-brumes, III)
724. Olav et Viat Koulikov — *Enquêtes d'un détective à vapeur*
725. Pascale Quiviger — *Le Royaume de Pierre d'Angle, I* (L'art du naufrage)
726. Adrian Tchaikovsky — *Dans les profondeurs du temps*
727. Sabrina Calvo — *Melmoth furieux*
728. Chris Brookmyre — *La ville dans le ciel*
729. Emmanuel Chastellière — *Célestopol 1922*
730. Patrick K. Dewdney — *Les chiens et la charrue* (Le cycle de Syffe, III)
731. Sébastien Coville — *Toucher la peau du ciel* (L'Empire s'effondre, II)